CHRISTOPH ELBERN

Tödlicher Schlaf

rütten & loening

CHRISTOPH ELBERN

Tödlicher Schlaf

HAMBURG 1907:
CARL-JAKOB MELCHER ERMITTELT

HISTORISCHER
KRIMINALROMAN

rütten & loening

ISBN 978-3-352-00973-0

Rütten & Loening ist eine Marke
der Aufbau Verlage GmbH & Co. KG

1. Auflage 2023
© Aufbau Verlage GmbH & Co. KG, Berlin 2023
Satz Greiner & Reichel, Köln
Druck und Binden CPI books GmbH, Leck, Germany
Printed in Germany

www.aufbau-verlage.de

Kapitel 1

Noch heute habe ich das Gefühl, dass ich gar nicht dabei gewesen bin an diesem Abend im Hotel. Ich weiß, dass es anders ist, ich weiß, dass ich dort war. Und doch ist es, als wäre das alles nur von einem Kinematografen auf eine Leinwand projiziert worden. Und so ist das Blut an meinen Händen und auf dem Teppich nicht rot, die verschlissenen Vorhänge des Zimmers sind nicht dunkelgrün und die hölzernen Möbel nicht dunkelbraun. Hellgraue und dunkelgraue Töne bestimmen das Bild in meinem Kopf, das ich von diesem Abend im Juli 1907 habe.

Alle anderen Details der dramatischen Ereignisse zwischen Frühjahr und Sommer dieses Jahres sind mir viel lebendiger im Kopf. Ich kann sie spüren. Alle Düfte, Geräusche, Details, Gespräche und Gedanken sind heute so lebendig und so untrennbar mit mir verbunden wie damals.

Doch ausgerechnet diese eine verheerende Situation in dieser Nacht im Hotel entzieht sich meinem Gefühl und in Teilen auch meinem Gedächtnis, und ich muss das ergänzen, was mir andere erzählt haben.

Es war viel Blut an meinen Händen. Es muss mit Druck aus ihrer Halsschlagader geschossen sein, und ich habe wohl versucht, die Blutung zu stoppen. Auf ihrer schwarzen Bluse kann von dem Blut nicht viel zu sehen gewesen sein. Ich weiß, dass unter meinen Händen das Leben aus ihrem dünnen Körper gewichen sein muss. Ich stelle mir vor, dass sie schwach gezuckt hat. Und sie hat noch etwas gesagt. Etwas, was ich in diesem Moment nicht verstand und nicht einordnen konnte, das sich aber so tief als einzige manifeste Erinnerung dieser Minuten in mein unbewusstes Denken geprägt hat, dass es mir Monate später wieder einfiel, als es wichtig wurde.

Das Zimmer habe ich hinterher nie mehr betreten. Nicht für viel Geld würde ich den Ort je wieder aufsuchen. Aus Schilderungen und von ein paar Fotografien, die ich viel später sah, weiß ich, dass es ein nicht besonders großes Zimmer mit abgenutzten Möbeln, dunklen Samtvorhängen und einer ebenso dunklen Tagesdecke auf dem breiten Bett war. Eine Absteige, wie meine reiche Tante sagen würde.

Meine Erinnerung setzt wieder ein, als ich auf dem Flur vor dem Zimmer Gepolter vernahm. Mehrere Personen versuchten offenbar, leise zu sein. Flüstern und Tuscheln auf der anderen Seite der Zimmertür. Ein Schaben, dann flog die Tür auf. Das infernalische Krachen, mit dem die Klinke gegen die Wand schlug, das Klirren von irgendetwas Gläsernem. Noch heute sehe ich die drei Männer in der Tür stehen: ganz vorne mein bester Freund, Kriminalsekretär Martin Bucher, flankiert von zwei uniformierten Schutzmännern. Ich erinnere mich an das Gefühl panischer Angst, als Martin ausrief: »Du, Carl-Jakob?«

Ich sehe mich neben der toten Frau hocken, zwischen meinem Daumen und meinem Zeigefinger ein kleines Messer, ein Obstmesser, wie man es zum Schälen von Äpfeln verwendet. Blutig dieses Messer und blutig meine Hände. Ich erinnere mich, wie ich das Messer ansah, vor meinen Augen drehte, als könnte mir dieses unschuldige Werkzeug meine Fragen beantworten. Dann erst nahm ich wahr, dass Martin eine Pistole auf meinen Kopf gerichtet hatte.

Wer einen besten Freund hat, und ich wünsche es jedem Mann und jeder Frau, einen Menschen so bezeichnen zu können, der kann vielleicht nachfühlen, was es bedeutet, von eben dieser Person tödlich bedroht zu werden.

»Lass sofort das Messer fallen«, sagte mein bester Freund.

Ich tat wie geheißen und richtete mich langsam auf.

Kapitel 2
Drei Monate zuvor

Die zuckerweiße Villa der Familie Knudsen an der Westseite der Alster in Hamburg-Harvestehude war eigentlich ein ruhiger Ort. Meine Tante, die Reederwitwe Isolde Knudsen, hatte sich nach dem Tod meines Onkels Wilhelm drei Jahre zuvor zwar nur eine kurze Trauerzeit auferlegt und schnell wieder zu sich und ins Leben gefunden, doch es gab nur noch selten Gesellschaften im Haus und wenn, dann waren es Abendessen oder Literaturzirkel, die sehr betulich abliefen.

Tante Isolde, die sich in ihrem fünfundfünfzigsten Jahr noch bester Gesundheit und Vitalität erfreute, kündigte in regelmäßigen Abständen an, dass sie das schlossähnliche Gebäude mit seinen knapp dreißig Zimmern nun endlich verkaufen werde. Für sich allein brauche sie ja nicht so viel Platz. Bei der Ankündigung war es bisher geblieben. So ganz allein lebte die Tante ja auch nicht in der Villa Knudsen. Da war noch Pauline, das neunzehnjährige Dienstmädchen, das seit einem Jahr das Haus und seine Herrin versorgte. Ein pausbäckiges, rothaariges Bauernmädchen aus Ostfriesland, das mir etwas zu laut und der Tante etwas zu vorlaut war. Aber weil Pauline eine fleißige und fröhliche Deern war, konnten wir damit leben. Köchin Maria stammte aus Italien und gehörte seit Urzeiten zum Inventar der Villa ebenso wie der Fahrer und Kutscher Johannes, der seit über zwanzig Jahren hier seinen Dienst tat. Johannes stammte aus Afrika, genauer aus dem sogenannten Schutzgebiet Deutsch-Südwestafrika. Der große, kräftige Schwarze hatte sich mit der Unterstützung meines Onkels eine beeindruckende Bildung angeeignet, die weit über Lesen, Schreiben und Rechnen hinausging. Wie alt Johannes war, wusste er selbst nicht genau. Ende dreißig, schätzte er. Das Geburtsdatum in seinem Pass, der ihn als Bürger des Deutschen Reiches auswies, hatte sich Onkel Wilhelm ausgedacht, als er ihm das für einen Afrikaner so wertvolle Dokument vor langer Zeit besorgt hatte.

Johannes fuhr den Mercedes-Benz Simplex, ein Automobil, das Onkel Wilhelm noch angeschafft hatte und das die Tante wegen seines Komforts und seiner Wirkung auf die Umgebung liebte und wegen seines Lärms und Gestanks hasste. Wie die Villa stand auch das Automobil auf der Liste der Dinge, die die Tante eigentlich nicht brauchte und bald verkaufen wollte. Fast genauso gerne, wie die Tante im Kraftwagen fuhr, ließ sie sich von Johannes im gepflegten Landauer kutschieren, der von den Pferden Brünhilde und Siegfried gezogen wurde.

Seit einiger Zeit war Johannes im Hause auch als eine Art Butler tätig, vor allem, wenn Gäste kamen. Es war beeindruckend, wie er zwischen Pferdestall, Automobilwerkstatt und Salon nicht nur rasch die Kleidung wechseln konnte, sondern auch seinen ganzen Habitus. War er bei den Pferden noch derbe und fluchte laut, so konnte er sich zwischen den feinen Gästen der Tante vornehm bewegen und eloquent auf Fragen antworten. Und davon gab es viele. Wer Johannes zum ersten Mal sah, wollte in ihm alle Vorurteile über den vermeintlich primitiven Menschentyp aus Afrika bestätigt wissen, und es war immer wieder eine Freude, zu sehen, wie der kluge und charmante Mann alle düpierte. Daran hatte auch Tante Isolde ihre Freude, die Johannes über alle Maßen schätzte und fast wie ein Familienmitglied ansah.

Johannes kam irgendwie auch nicht los von der Familie Knudsen. Es stand ihm frei, zu gehen und anderswo sein Glück zu versuchen. Er könnte jederzeit wiederkommen. Das hatte ihm mein Onkel zu Lebzeiten stets zugesichert, und meine Tante hielt es ebenso. Doch er blieb. Gelegentlich traf er sich mit anderen Dienstboten zum Schach oder zum Klönschnack, wie er, ganz Hamburger, sagte. Aber da wurde ihm dann häufig zu viel getrunken. Johannes selbst trank keinen Tropfen. Er hatte mir einmal erzählt, dass er als Kind in seiner Heimatstadt Lüderitzbucht mit Freunden im Hafen eine Flasche Aquavit gestohlen hatte, welche sie auch sogleich leerten. So schlecht, wie es den Jungen anschließend ging, sollte es Johannes nie wieder gehen, hatte er sich geschworen und war seitdem abstinent geblieben.

Tante Isolde hätte Johannes auch gerne zu einer Frau verholfen, doch war die Auswahl an schwarzen Frauen in Hamburg gering, und eine Verbindung mit einer weißen Frau konnte sich die Tante, vermutlich allerdings auch Johannes, nicht vorstellen.

Und schließlich lebte noch ich in der Villa Knudsen: Carl-Jakob Melcher, bald dreißig Jahre alt, von Beruf Bakteriologe mit frischem Doktortitel. Ich beschäftigte mich am Institut für Schiffs- und Tropenkrankheiten bei Dr. Bernhard Nocht mit ansteckenden Krankheiten aller Art.

Wilhelm Knudsen, ein Bruder meiner Mutter, und seine Frau Isolde hatten mich vor zehn Jahren, nach dem Tod meiner Eltern, bei sich aufgenommen und mir eine Zukunft ermöglicht. Nur so konnte ich das Gymnasium beenden, in Greifswald studieren und den Beruf ergreifen, der mich ausfüllt. Seit ich vor drei Jahren meine Stelle in Hamburg angetreten hatte, logierte ich bei der Familie Knudsen, und mein schlechtes Gewissen darüber, dass ich die Gastfreundschaft der Tante weidlich ausnutze, wuchs.

Ebenso wie die Tante schon länger in ein kleineres Domizil umziehen wollte, so hatte auch ich vor, eine Wohnung zu suchen und einen Hausstand zu gründen. Für einen Mann meines Alters war es höchste Zeit. In den vergangenen Jahren fehlte mir jedoch zu diesem konventionellen Lebensrezept die eine wichtige Zutat: eine Frau an meiner Seite.

Mit Margot hatte ich diese Frau inzwischen womöglich gefunden. Seit einem halben Jahr traf ich mich mit der Kinderärztin. Sie war schön, klug und fröhlich. Was wollte ich mehr? Ich hatte Margot im allgemeinen Krankenhaus in Eppendorf kennengelernt, wo wir einige Wochen lang Fälle von Masern bei Kindern untersuchten. Wir fanden uns gleich sympathisch.

Händchenhalten, ein paar Küsse, manchmal schon recht leidenschaftlich. Wir gingen noch recht schüchtern miteinander um. Noch zögerte ich, den nächsten Schritt zu gehen, da es beim letzten Mal, als ich mich verliebt und große Pläne gemacht hatte, gründlich schiefgegangen war. Doch das ist eine andere Geschichte.

Tante Isolde mochte Margot, war bei ihren seltenen Besuchen höflich und respektvoll zu ihr. Aber sie machte mir gegenüber auch keinen Hehl daraus, dass sie eine studierte Frau, die einen anspruchsvollen Beruf ausübte und weiterhin ausüben wollte, nicht als geeignete Ehefrau und Mutter ansah. Das überraschte mich nicht und sollte mich nicht beeinflussen. Ich liebte Tante Isolde, doch sie war einfach noch nicht im zwanzigsten Jahrhundert angekommen.

Ich betonte eingangs, dass es normalerweise sehr ruhig im Hause Knudsen zuging. Das tat ich deshalb, weil es an einem stürmischen und viel zu kalten Maitag des Jahres 1907 schlagartig vorbei war mit der Ruhe am Harvestehuder Weg. An diesem Tag wurde kurz vor Einbruch der Dämmerung Agatha Rosenberg durchs Portal geweht. Man muss es so sagen, denn der Auftritt der jungen Frau glich eher einem bedrohlichen Wetterphänomen als einer normalen Ankunft. Hinter Agatha stolperte Johannes ins Haus, den man kaum erkennen konnte, da er einen Turm von Taschen und Koffern vor sich her balancierte, der jeden Moment zu kippen drohte. Wie sich herausstellte, war das nur ein Teil von Agathas Habseligkeiten. Weitere Stücke lagen noch im Automobil und wiederum weitere in einer Droschke, die gerade auf den Hof fuhr.

In der Halle stürmte Agatha auf Tante Isolde zu. Ein schwarzer Wirbelwind: großer schwarzer Hut mit schwarzen Federn, darunter hüpften schwarze Locken hervor, ein schwarzer Wollmantel, unter dem ein schwarzer Rock mit reichlich Spitze nicht ganz bis auf den Boden reichte, so dass man die hochhackigen schwarzen Schnürstiefel darunter gut sehen konnte.

»Tante Isolde«, rief sie aus und umarmte die Hausherrin. »Was freue ich mich, dich zu sehen.« Die vertrauliche Anrede überraschte mich. Agatha war nicht mit Tante Isolde verwandt. Sie war die Tochter einer sehr guten Freundin der Tante. Agathas Vater, der Bankier Moses Rosenberg, mit dem Onkel Wilhelm auch geschäftlich verbunden gewesen war, hatte vor zehn Jahren ein Investmentbüro an der Themse eröffnet und war mit seiner Frau und der damals siebzehnjährigen Agatha und ihrem älteren Bruder ins Vereinigte Königreich gezogen. Wie Tante Isolde mir berichtete, konnte Rosenberg sein ohnehin schon erhebliches Vermögen auf diesem Wege noch einmal vervielfachen.

»Du kennst Agatha ganz bestimmt. Sie war damals häufig mit ihrer Mutter bei uns zu Gast«, behauptete Tante Isolde, als sie mir vor einer Woche von dem bevorstehenden Besuch der Frau erzählte, aber ich erinnerte mich nicht an sie. Vor zehn Jahren hatte ich gerade mein Studium in Greifswald begonnen, und zuvor hatte ich kaum zwei Jahre im Hause Knudsen gelebt und konnte mir nicht jede Familie merken, die dort ein- und ausging.

Ich kam aus der Bibliothek, als Agatha eintraf, und blieb mit einigem Abstand stehen, um die lebhafte Begrüßung nicht zu stören. Ich beobachtete Agatha. Sie war fast so groß wie ich, also gut einen Meter und achtzig, und selbst in dem weiten Mantel wirkte sie noch dünn. Auf dem schlanken, glatten Hals saß ein schmaler Kopf. Ihr fast hageres Gesicht hatte im Profil etwas Vogelhaftes, was durch die recht spitze Nase unterstrichen wurde. Unweigerlich dachte ich: Eine Schönheit ist sie nicht, die Freundin aus London. Als Agatha mich erblickte, ließ sie von Tante Isolde ab und stürmte auf mich zu.

»Und du musst Zee-Jott sein«, rief sie. Ja, sie kreischte fast, umarmte mich und gab mir einen Kuss auf die Wange. Damit hatte ich nicht gerechnet. Genauso wenig wie mit der Anrede. Zee-Jott war mein Spitzname auf dem Gymnasium gewesen, den ich heute nur noch von meinem alten Freund Martin Bucher hörte. Ich war mit Agatha sicher nicht zur Schule gegangen. Sie war drei Jahre jünger als ich und hatte das Lyzeum besucht.

»Gut siehst du aus«, ergänzte sie. Natürlich hatte sie recht. Mein halblanges, blondes Haar war frisch geschnitten, den rotblonden Vollbart stutzte und pflegte ich jeden Morgen, und wenn ich wieder mit dem Rudern anfangen würde, könnte sich schnell mein Idealgewicht wieder einstellen.

Ich muss ziemlich irritiert geschaut haben, denn Agatha trat einen Schritt zurück, sah mich mit schiefem Kopf an und sagte: »Du erinnerst dich nicht an mich, oder?«

»Ja, äh«, stammelte ich.

»Das macht nichts, Zee-Jott. Du bist mit meinem Bruder zur Schule gegangen, Konstantin.«

An Konstantin Rosenberg erinnerte ich mich dunkel. Er war nicht Teil unserer Gruppe, eher ein Eigenbrötler. Ich nickte wissend.

»Ja, richtig, Konstantin.«

Agatha bezog ihr Zimmer im ersten Stock, das über ein eigenes Bad verfügte, und machte sich frisch. In diesem Zimmer hatte ich bis vor Kurzem gewohnt. Inzwischen war ich ins Erdgeschoss gezogen, in die drei Räume, die zuvor mein Cousin Adolf bewohnt hatte. Das war eigentlich zu viel Komfort für jemanden, der keine Miete bezahlte, aber Tante Isolde hatte darauf bestanden, dass ich dort wohnte, und Geld nahm sie von mir auch nicht an.

Im Speisezimmer hatte Fräulein Pauline bereits ein festliches Mahl aufgetragen, völlig unüblich für einen Dienstag. Nicht, dass Tante Isolde hätte sparen müssen. Seit dem Tod ihres Mannes und dem Verkauf der Reederei Knudsen war sie ausgesprochen wohlhabend. Aber als gläubige Lutheranerin war sie um Bescheidenheit bemüht, und dick werden wollte sie auch nicht.

Für Agatha gab es also an diesem Abend eine Ausnahme, und ich war dankbar, davon profitieren zu dürfen, denn ich war im Institut wieder einmal nicht zum Mittagessen gekommen. Agatha erschien zum Abendessen vollständig in Schwarz gekleidet. Ich war geneigt, zu fragen, ob sie in Trauer sei, verkniff es mir aber. Tante Isolde hätte mich sicher dahingehend informiert.

Agatha stürzte begeistert auf den Esstisch zu, lobte das Essen, die Düfte, das Geschirr. Sie nahm von allen Speisen wenig auf ihren Teller und aß auch davon nur einen Bruchteil. Kein Wunder, dass sie so dünn war. Andererseits hatte sie auch gar keine Zeit zum Essen, da sie unablässig plapperte und gestikulierte. Ich beobachtete sie fasziniert und musste mich bemühen, sie nicht anzustarren. Sie war pure Energie, Präsenz, die keine Ablenkung zuließ. Und sie hatte einen schönen Mund. Schmale, rote Lippen, ebenmäßige Zähne. Unter der spitzen Nase wirkte dieser perfekte Mund allerdings fast karikaturenhaft.

Aus der Halle drang gelegentlich das Poltern und Schlurfen von Johannes zu uns herüber, der immer noch damit beschäftigt war, Agathas zahllose Gepäckstücke die Treppe hinaufzubugsieren.

Wir erfuhren von Agatha zunächst alle Details über die zweitägige Dampferfahrt von London nach Hamburg, über die Nachlässigkeit des Personals an Bord, die hohen Preise und die langweiligen Mitreisenden. Tiefpunkt der Reise war ein Sturm vor der Elbmündung.

»Am zweiten Tag habe ich nur noch gekotzt, sage ich euch. Es war die Hölle«, schimpfte sie und lachte sarkastisch. »So ein scheiß Dampfschiff torkelt über die Wellen wie ein Korken.«

Tante Isolde zuckte kaum merklich zusammen. Solch derbe Sprache hörte man nicht mehr im Hause Knudsen, seit mein Cousin Adolf vor drei Jahren von seiner Mutter des Hauses verwiesen worden war.

Als Agatha doch einmal einen Bissen kauen musste, nutzte Tante Isolde den Moment und stellte ein paar Fragen.

»Wie geht es deinen Eltern? Wie ergeht es dir in London, was macht deine Karriere?«

Die Antworten auf die Fragen kannte Tante Isolde, die einen regen Briefwechsel mit Henriette Rosenberg unterhielt. Sie fragte wohl eher aus Höflichkeit.

»Moses und Henriette geht es gut«, berichtete Agatha, und ich fand es befremdlich, dass sie ihre Eltern bei den Vornamen nannte. »Solange Moses das Geld verdienen und Henriette es ausgeben kann, führen sie eine glückliche Ehe. Meine Mutter ist eine Frau des neunzehnten Jahrhunderts. Es reicht ihr, auf Händen getragen zu werden. Sie will nicht selbst laufen.« Diese Bemerkung ließ Tante Isolde kurz schlucken. Mir fiel nun ein leichter britischer Akzent in Agathas Sprache auf, den sie zu unterdrücken versuchte. Manchmal suchte sie auch nach dem richtigen deutschen Wort.

»Und London ist eine richtige Stadt, eine moderne Metropole«, sagte sie, als sei sie selbst für diesen Umstand verantwortlich. »In London ist alles möglich.« Sie beugte sich vor und sah uns aus ihren tief liegenden braunen Augen an. »Wisst ihr eigentlich, dass London fast zehnmal so groß ist wie euer niedliches Hamburg? Sechs Millionen Menschen.«

»Müssen wir uns deshalb jetzt schlecht fühlen?«, fragte ich etwas gekränkt.

»Nein, müsst ihr nicht. Aber ihr könnt lernen. Die Briten sind dem Deutschen Reich zwanzig Jahre voraus, in allem.«

Mich langweilte dieser aufgesetzte Patriotismus einer Zugewanderten. Ich war gespannt, wie sie ihre Karriere beschreiben würde. Tante Isolde hatte mir erzählt, dass Agatha am Konservatorium in London eine Ausbildung zur Opernsängerin absolviert hatte. Sehr zum Leidwesen ihres Vaters, der das für Firlefanz hielt und seine Tochter lieber mit irgendeinem einflussreichen Bankierssohn oder Politiker verheiraten würde. Die große Bühne war Agatha in London aber wohl bisher verwehrt geblieben, und das war dann auch einer der Gründe, weshalb sie uns die Ehre ihres Besuches erwies. Sie erhoffte sich in der kulturellen Provinz der Hansestadt einen besseren Einstieg als Primadonna.

Tante Isolde tat mir den Gefallen, das Thema erneut anzusprechen: »Und deine Karriere?«

Hatte ich nun eine weitere großspurige Eloge über Agathas großes, verkanntes Talent erwartet, so wurde ich überrascht. Sie war erstaunlich ehrlich.

»Das hatte ich mir einfacher vorgestellt«, sagte sie und sah betreten auf ihren Teller, auf dem ein Stück gebratene Gänsebrust erkaltete. »In London gibt es viele gute Sängerinnen, und die wollen alle ans Royal Opera House. Ich bin nur eine von vielen Guten.« Sie machte eine Pause. »Vielleicht nicht mal das.«

»Aber du hast doch studiert«, sagte Tante Isolde. »Irgendjemand hat dein Talent doch erkannt und gefördert.«

»Ja, mag sein. Aber vielleicht hat die gesellschaftliche Stellung meines Vaters und vor allem sein Geld doch mehr Einfluss darauf gehabt, als ich Schaf mir eingestehen wollte.«

»Mach dich mal nicht schlecht, Kind«, beschwichtigte Tante Isolde und tätschelte Agathas Hand. »Nun bist du in Hamburg, und hier werden wir dein Talent zu schätzen wissen.«

»Du meinst also«, sagte Agatha und lächelte süffisant, »dass mein mittelmäßiger Sopran für eine kleine Großstadt wie Hamburg reicht, oder was?«

»Ach, hör schon auf«, schimpfte Tante Isolde. »Sing uns etwas vor. Los!«

Agatha verdrehte die Augen. »Das habe ich befürchtet. Ich bin gar nicht eingesungen.«

»Bitte, Agatha«, sagte ich. »Ich würde dich auch gerne singen hören.«

Wir gingen in den Salon, wo ein schwarz glänzender Steinway-Flügel stand, der bei festlichen Anlässen zum Einsatz kam und wenn Tante Isolde mal selbst in die Tasten griff, was selten vorkam.

Während Fräulein Pauline Mokka und Cognac servierte, sang Agatha in einer Ecke des Salons von uns abgewandt einige Koloraturen und machte andere eher merkwürdige Geräusche, um sich einzusingen. Dann nahm sie am Klavier Platz.

Tante Isolde und ich standen mit unseren Mokkatassen mitten im Salon und blickten erwartungsvoll auf Agatha. Fräulein Pauline, die kurz den Salon verlassen hatte, kam mit Köchin Maria und Johannes zurück. Schüchtern standen die Dienstboten abseits. Sie wussten, dass Tante Isolde nichts dagegen hatte, wenn sie an dem bevorstehenden Ereignis teilnahmen.

Agatha begann ein kurzes Vorspiel, das eine bekannte Melodie variierte, und ließ dann auch gleich ihre Stimme hören.

»Komm, lieber Mai, und mache ...«, sang sie, dieses fröhliche, leichte Lied von Mozart, das jedes Kind und sogar ein Banause wie ich kennt. Ich beobachtete ihre Finger, die über die Tasten tanzten, als hätten sie ein eigenes Leben. Agatha hatte die Augen geschlossen, ihr Mund öffnete sich beim Singen weit und gab ihr ein etwas fratzenhaftes Aussehen. Das kannte ich aus der Oper, die ich mit Tante Isolde regelmäßig besuchen musste. Auf mich wirkte das immer etwas grotesk, aber was wusste ich schon.

Agathas Gesang klang für mich sehr rein und klar, sie sang, soweit ich das beurteilen konnte, einen sehr hohen, intensiven Sopran, und ich war etwas besorgt um die dünnen Cognacschwenker. Agatha konnte singen, ohne Frage.

Bei der Liedzeile »Ach, lieber Mai, wie gerne einmal spazieren gehn!« öffnete sie kurz die Augen und sah mich an. Oder bildete ich mir das ein? Als sie geendet hatte, applaudierte das fünfköpfige Publikum begeistert.

»Noch eins, bitte«, forderte Tante Isolde, und Agatha erfüllte den Wunsch mit einem elegischen, fast traurigen Stück, das ich nicht kannte. Später erfuhr ich, dass es sich um die »Sapphische Ode« von Hamburgs berühmtem Sohn Johannes Brahms handelte. Wie in der Oper, wo ich auch bei deutschen Texten nur die Hälfte verstand, gingen in dem nun recht tiefen Gesang die wichtigsten Worte unter. Deshalb schlug ich später den Text in der gut sortierten Bibliothek im Hause Knudsen noch einmal nach:

Rosen brach ich nachts mir am dunklen Hage;
Süßer hauchten Duft sie als je am Tage;
Doch verstreuten reich die bewegten Äste
Tau, der mich näßte.
Auch der Küsse Duft mich wie nie berückte,
Die ich nachts vom Strauch deiner Lippen pflückte:
Doch auch dir, bewegt im Gemüt gleich jenen,
Tauten die Tränen.

Bildete ich mir das ein, oder sah mich Agatha wieder an, als sie die Zeile mit dem Küssen sang?

So war mit Agatha also der Wohlklang in die Villa Knudsen eingezogen. Aber auch der Lärm. Agatha machte sich ständig unüberhörbar. Sie rannte mit harten Absätzen übers Parkett und die Treppen rauf und runter, sie klapperte und schepperte im Bad, sang bei allen möglichen Verrichtungen gerne englische Shantys und Sauflieder. Wenn ihre Bewegungen einmal nicht so krachend daherkamen, dann, weil sie barfuß unterwegs war. Eine der vielen Angewohnheiten, die Tante Isolde als unschicklich für eine junge Dame einordnete. Aber die Gastgeberin ließ ihren Gast gewähren. Sah sie in Agatha eine Art Wiedergeburt ihrer Tochter? Die kleine Marianne, die den Knudsens spät geschenkt und in ihrem vierten Jahr durch die Masern wieder genommen worden war, wäre heute ungefähr in Agathas Alter. Oder verbarg sich hinter Agathas extrovertiertem Benehmen ein größeres Problem, von dem nur Tante Isolde wusste?

Ich hatte nie gefragt, weder die Tante noch Agatha, wie es denn weitergehen sollte und wie lange sie zu bleiben gedachte. Aber was ging mich das auch an?

Kapitel 3

Für den folgenden Sonntag hatten wir einen Ausflug geplant. Margot und ich wollten mit meinem Freund Martin und seiner Frau Mathilde in Hagenbecks Tierpark. Der neue Zoo, von dem die ganze Stadt, ach was, das ganze Deutsche Reich sprach, hatte erst vor einer Woche nördlich von Hamburg im Ort Stellingen eröffnet, und es war nur Tante Isoldes guten Verbindungen zu verdanken, dass wir schon Eintrittskarten hatten. Natürlich nahmen wir Agatha mit, darum musste mich die Tante nicht erst bitten. Meine Bedenken, dass sie sich bei zwei Paaren wie das fünfte Rad am Wagen fühlen könnte, wischte Agatha hinweg. Sie freue sich riesig darauf, versicherte sie, Martin wiederzusehen, und noch mehr auf meine Margot. Martin hatte ich vorgewarnt, damit er sich auf Agathas Energie einstellen konnte. Die erste Begegnung der beiden in der großen Droschke nach Stellingen, die uns Tante Isolde spendiert hatte, fiel dann ähnlich einseitig aus wie bei mir ein paar Tage zuvor. Agatha war überschwänglich erfreut, Martin konnte sich kaum an sie erinnern. Es war wohl so, dass in der Oberprima die kleinen Schwestern unserer Mitschüler für uns eher unsichtbar waren.

Der Andrang vor dem Tierpark war an diesem herrlichen Sonntag besonders groß, und obwohl wir bereits Billetts hatten, mussten wir uns in die lange Schlange vor dem Tor einreihen. Aber das war nicht so schlimm, da das Tor selbst schon eine Augenweide war. Ein helles, massives Steinportal mit allerlei Verzierungen, deren beeindruckendsten die lebensgroßen Bronzefiguren eines Eisbärenpaares, eines Löwenpaares und zweier Männer waren, der eine ein Indianer, der andere ein afrikanischer Eingeborener. Den eigentlichen Torbogen bildeten die hochgestreckten Rüssel zweier Elefantenköpfe.

Der Tierpark hatte auch deshalb schon lange vor seiner Eröffnung für Gesprächsstoff in der Stadt gesorgt, weil Hamburg bereits einen Zoo hatte. Der lag nahe der Innenstadt an der Grenze zu St. Pauli und erfreute sich ausreichender Zustimmung. Doch niemand konnte es der Familie Hagenbeck, die seit über fünfzig Jahren als Tierhändler und Schausteller erfolgreich war, verbieten, außerhalb der Stadtgrenzen einen eigenen Park zu eröffnen. Der sorgte besonders für Furore, weil Carl Hagenbeck den ersten gitterlosen Zoo der Welt versprach und seine Entwürfe von Wällen und Gräben, die Tiere und Besucher fast unsichtbar voneinander trennten, bereits vor Jahren hatte patentieren lassen.

Gleich zu Beginn konnten wir uns von der Wirkung der hagenbeckschen Idee überzeugen. Wir gingen auf einen riesigen Felsen zu. Es sah aus, als könnten wir diesen Berg mühelos erreichen und dass die Horde Paviane, die auf dem Felsen verstreut hockte und uns feindselig und zähnefletschend ansah, umgekehrt mit einem Sprung zu uns gelangen konnte. Margot klammerte sich etwas ängstlich an mich, auch Mathilde suchte die Nähe ihres Mannes. Nur Agatha schritt mutig drei Meter vor uns und erreichte als Erste den Rand der Anlage. Ein niedriger Zaun und eine Hecke, mehr war nicht mehr zwischen ihr und den wilden Affen. Dann erst sahen wir den tiefen Graben aus glattem Beton, der direkt hinter der Hecke gut drei Meter tief und ebenso breit klaffte. Zum Felsen hin war die Grabenwand schräg, so dass Affen, die in den Graben fielen, leicht wieder zu ihrem Felsen kommen konnten. Es war ihnen hingegen unmöglich, über die steile

Seite des Grabens zu den Zuschauern zu gelangen. Die Frauen entspannten sich etwas.

Margot trug ein helles Sommerkleid mit gelben Blumen. Dazu einen modernen Strohhut mit breiter Krempe, den ich ihr kürzlich aus Berlin mitgebracht hatte, wo ich am Königlich Preußischen Instituts für Infektionskrankheiten ein Symposium besucht hatte. Agatha trug ein dünnes schwarzes Kleid und einen grob geflochtenen schwarzen Hut. Mathildes Kleiderwahl unterlag gewissen Einschränkungen. Ein inzwischen ans Monströse grenzender Bauch zwang die Schwangere, die wenigen Kleider, die ihre Mutter den Umständen entsprechend umgearbeitet hatte, immer wieder anzuziehen. Das Kindlein wurde für den August erwartet, und Martin und Mathilde freuten sich so offensiv auf das Kleine, dass es mir schon manchmal auf die Nerven ging. War ich neidisch? Ein wenig sicherlich. Martin war schon ein paar Schritte weiter in der Lebensplanung als ich, obwohl wir beide gleich alt waren. Aber ich war auch etwas eifersüchtig. Seit Martin mit Mathilde verheiratet war, hatte er viel weniger Zeit für mich. Früher hatten wir uns häufiger auf ein Bier getroffen, waren ins Theater gegangen oder auf der Alster gerudert. Das fehlte mir. Besonders fehlte mir aber, von Martin in seine Fälle bei der Hamburger Kriminalpolizei eingebunden zu werden. Seitdem wir vor drei Jahren sieben Morde aufklären und die beiden dafür verantwortlichen Mörder dingfest machen konnten, hatte ich noch weitere kleine Hilfsdienste leisten können. Nützlich war dabei neben meinem messerscharfen Verstand – Martins Worte, nicht meine – auch meine wissenschaftliche Ausbildung. Immer mehr Fälle können unter dem Mikroskop und im Reagenzglas gelöst werden. Biologie und Chemie liefern Zeugen, die mit dem bloßen Auge nicht zu erkennen sind und deren Sprache man erst entschlüsseln muss. Es machte mir große Freude, da mitzumischen. Mein Vorgesetzter, Dr. Bernhard Nocht, ließ mich gewähren, solange ich meine Pflichten am Institut nicht vernachlässigte. Und auch Arnold Manthey, Martins Chef, hörte nach anfänglicher Skepsis gerne auf meine Meinung, wenn er nicht weiterwusste. Doch Martin und ich hatten nun schon längere Zeit keine kriminalistische Nuss mehr gemeinsam geknackt. Ich hegte den Verdacht, dass Martin, seit Mathilde guter Hoffnung war, die schweren Verbrechen lieber von Kollegen ermitteln ließ. Hatte der Familienvater über den Draufgänger gesiegt? Fühlte sich Martin in der Schreibstube jetzt sicherer als in den dunklen Gassen des Gängeviertels, wo Mord und Totschlag an der Tagesordnung waren? Ich sprach ihn nicht darauf an, und ich hatte darüber auch nicht zu urteilen. Wenn ich mal Vater bin, halte ich mich vielleicht auch von den besonders schlimmen Infektionen fern. Infektionen sind die Mörder und Räuber in meiner Welt. Bakterien und andere Krankheitserreger sind die gefährlichen Verbrecher, die ich jage. Die Waffen, mit denen ich sie unschädlich mache, sind Hygiene, Arzneien und Impfstoffe.

»Haha, guckt mal, was der da macht«, rief Agatha plötzlich schrill aus und riss mich aus meinen Gedanken. Sie deutete auf einen Pavian, der völlig ungeniert am Rande des Grabens hockte und masturbierte. Sein leuchtend roter kleiner Penis war unübersehbar. Mathilde und Margot sahen sich erst kurz an und dann errötend auf den Boden. Martin kicherte, worauf seine Frau ihn leicht in die Rippen stieß. Ein älteres Paar, das in der Nähe stand, sah Agatha an, schüttelte den Kopf und ging murmelnd davon.

Tante Isolde hätte Agatha jetzt sicher zur Seite genommen und ihr ein paar Hinweise zum gebotenen Anstand gegeben. Ich sah darin keinen Sinn. Agatha war siebenundzwanzig Jahre alt. Sie wusste, was sich gehörte, und die Regeln waren in der feinen

Gesellschaft von London sicher die gleichen wie bei uns. Ihre Grenzüberschreitungen waren bewusst und geplant.

Wir flanierten weiter. Mit fiel auf, dass sich sowohl Margot als auch Mathilde nun etwas von Agatha fernhielten. War es nun an mir, den sozialen Leim zu bilden und die Fremde einzubeziehen? Dafür hätte ich mich im Gehen von Margot trennen müssen, um zu Agatha aufzuschließen. Das hätte Margot missdeuten können. Ich war einfach nicht gut in solchen Dingen.

Nach Elefanten und Kängurus, den absonderlichsten Säugetieren, die ich je gesehen hatte, kamen wir an einen Bereich, in dem nicht Tiere, sondern Menschen ausgestellt wurden. Auf einem Schild stand zu lesen, dass es Massai waren, aus den britischen Schutzgebieten in Ostafrika, die hier in einer Handvoll Hütten lebten. Ich zählte zwölf Männer und Frauen und sechs Kinder. Sie hockten auf dem Boden, verrichteten Handarbeiten, zwei Frauen kochten etwas in einem Topf auf einem Feuer. Drei Kinder malten irgendwelche Bilder in den Sand. Die Massai trugen keine Kleidung wie wir, sondern waren in farbenfrohe Gewänder gewickelt, Teppichen oder Decken ähnlich. An einer Hüttenwand lehnten fremdartige Schilde und Speere. Es war eine friedliche Szene, die Menschen beachteten uns gar nicht.

Die Familie Hagenbeck war mit Tierhandel zu Wohlstand gekommen, doch den großen Reichtum hatten diese Völkerschauen gebracht, die Hagenbeck seit vielen Jahren nicht nur in Hamburg, sondern im ganzen Reich und auch in halb Europa veranstaltete. Es gab viele, die auf diese Weise mit fremden Völkern Geld verdienten, aber Hagenbeck war der erfolgreichste von ihnen.

Wir harrten einen Moment schweigend vor der Anlage aus. Neben uns lärmte eine Gruppe junger Männer, die offenbar direkt aus der Schänke kam und sich nun darüber amüsierte, dass eine der Frauen ihr Kind nährte, wobei ihre Brüste zu sehen waren. Margot schaute zu den Burschen herüber, und wenn ich sie nicht bei der Hand gefasst hätte, wäre ihr sicher eine scharfe Bemerkung rausgerutscht. Margot war Kinderärztin. Der Friede einer stillenden Mutter war ihr heilig.

Es war das erste Mal, dass ich eine solche Völkerschau gewissermaßen fertig und aufgebaut sah. Bisher hatte ich nur ein paar Mal mit ihren, wie soll man sagen, Darstellern zu tun gehabt, wenn sie über den Hafen anreisten. Auch wenn die Gruppen aus Afrika, der Südsee oder Grönland gerne von den Veranstaltern als gefährlich, manchmal sogar als Menschenfresser dargeboten wurden, so waren sie doch in der Regel harmlos. Sie waren vielmehr froh, wenn ihnen niemand etwas antat. Eine Gefahr ging von ihnen vor allem dann aus, wenn sie Krankheiten wie Typhus, Cholera und Pocken einschleppten. Und auch wir konnten ihnen Krankheiten übertragen, auf die ihre Körper nicht vorbereitet waren. Die Veranstalter, die die Gruppen in ihren Heimatländern unter Vertrag nahmen, waren eigentlich verpflichtet, die Menschen zu impfen. Aber wir wussten zu genau, dass das häufig aus Geiz oder Gleichgültigkeit unterlassen wurde. Immer wieder kam es zu Krankheits- und Todesfällen.

»Wollen wir hoffen, dass die auch freiwillig hier sind«, sagte Agatha, die lange nachdenklich auf die Gruppe der auffallend schönen schwarzen Menschen geschaut hatte.

»Wieso, was meinst du?«, fragte Mathilde.

»Es kommt immer wieder vor, dass die wie Tiere eingefangen werden und gar nicht wissen, wie ihnen geschieht.«

»Es kommt immer wieder vor, dass welche von denen ausbüxen und durchs Land reisen«, gab nun Martin zum Besten. »Die hausen dann irgendwo im Wald und machen keine Anstalten heimzukehren.«

»Und was essen die dann?«, fragte Margot.

»Was sie zu Hause auch essen: Giraffen und Wasserbüffel und Bananen«, sagte Martin und lachte.

Margot schüttelte den Kopf. Sie war nicht immer empfänglich für Martins eigenartigen Humor.

»Der Mann da schaut uns an«, sagte Agatha, immer noch nachdenklich auf die Gruppe blickend. »Was denkt er? Denkt er: Ist das großartig, dass ich in Hamburg sein kann und euch alle kennenlerne? Oder denkt er: Was glotzt ihr so? Ich bin kein Tier. Ich bin ein menschliches Wesen.« Angesichts dieser Massai war Agathas rebellische Energie einer erstaunlichen Empfindsamkeit gewichen.

»Der denkt vermutlich gar nicht viel«, sagte Martin. »Der kann ja nicht mal lesen und schreiben.«

»Ach«, zischte Agatha ihn an, »und deshalb kann er nicht denken, meinst du?«

Martin zuckte verlegen mit den Schultern.

»Möchtest du irgendwo sitzen und von Menschen, die so ganz anders aussehen als du, den ganzen Tag angestarrt werden?«, fragte Agatha, die sich nun Martin zugewandt hatte. Sie klang weniger aggressiv, eher interessiert.

»Nee, natürlich nicht«, sagte Martin. »Aber die kriegen ja Geld dafür. Ich habe einen Beruf, ich muss das nicht tun.«

»Die haben auch Berufe«, sagte Agatha, die Martin offenbar noch nicht aus der Zange nehmen wollte. Ich beobachtete den Konflikt mit einer Mischung aus Faszination und schlechtem Gewissen. Müsste ich Martin beistehen? Dann bemerkte ich, dass auch Margot der Konfrontation interessiert folgte. Und nicht nur sie. Auch die Gruppe der betrunkenen Jungs schien Agatha zu beobachten.

»Die sind Hirten von Beruf und Bauern, vielleicht ist einer von denen Zimmermann. Und die Frauen sind Köchinnen und Heilerinnen«, sagte Agatha, immer noch ruhig.

»Das sind verlauste Wilde«, mischte sich nun einer der betrunkenen Jungs ein. »Die können nur das da.« Er machte eine obszöne Bewegung mit dem Becken.

Agatha ging ein paar Schritte auf den jungen Kerl zu. Ich spannte mich instinktiv an, und auch Martin wirkte reaktionsbereit. Das konnte hier nun schnell außer Kontrolle geraten. Was auch immer Agatha vorhatte, gegen die fünf Kerle hatten Martin und ich keine Chance.

»Das können die bestimmt besser als du mit deinem winzig kleinen Schwanz«, sagte Agatha nun, keinen Meter mehr von ihrem Widersacher entfernt. »Und sie haben auch mehr im Kopf als du in deinem Spatzenhirn.«

Abrupt tat der Junge einen Schritt auf Agatha zu, die nicht zurückwich und auch keine Angst zeigte. Seine Freunde hielten den Jungen zurück.

»Komm, Paule, lass uns weitergehen«, sagte einer, und die Jungs trollten sich.

Einen Moment starrten wir Agatha an. Sicher dachten wir alle das Gleiche. Was ist das für eine Frau? Warum setzt sie sich so vehement für eine Handvoll Afrikaner ein? Und wieso hat sie keine Angst vor diesen betrunkenen Burschen? Müssen wir sie bewundern oder fürchten?

Später am Abend brachte ich Margot nach Hause. Sie hatte ein Zimmer in der Altstadt bei einer Witwe, die an alleinstehende Frauen vermietete. Ich hatte das Haus noch nie betreten. Zur Manifestation des Männerverbotes in diesem Haus lag immer ein Dobermann vor der Tür, der knurrte, wenn er mich nur von Weitem sah, sich von Margot aber freudig streicheln ließ.

»Sie ist eine besondere Person, deine Cousine«, sagte Margot, als wir noch Händchen haltend auf der dunklen Straße standen.

»Sie ist nicht meine Cousine. – Findest du sie besonders faszinierend oder besonders bedrohlich?«, fragte ich.

Sie lächelte, dachte nach. Im Schein der Straßenlaterne leuchteten ihre Augen in ihrem zarten Gesicht wie meerblaue Planeten. Margot stellte sich auf die Zehenspitzen, sie war ein gutes Stück kleiner als ich, und gab mir einen langen Kuss.

»Ich glaube, ich finde sie faszinierend«, sagte sie dann. »Aber mir ist klar, warum sie nicht verheiratet ist. Männer finden sie sicher eher bedrohlich. Was ist mit dir?«

»Da sie mir noch nicht gegenübergetreten ist wie diesem Burschen im Zoo heute, empfinde ich sie nur als anstrengend. Ja, ich glaube, das trifft es.«

Meine Noch-nicht-Verlobte Margot Murnau lebte erst seit einem Jahr in Hamburg. Sie war vierundzwanzig Jahre alt und stammte eigentlich aus Bayern, was ihr einen besonderen Akzent verlieh, den ich ausgesprochen erregend fand. Ihr Vater war Großbauer und Besitzer mehrerer Brauereien und Wirtshäuser im Chiemgau, ihre Mutter war vor einigen Jahren an Brustkrebs gestorben.

Vielleicht war dieser Schicksalsschlag der Grund, weshalb der in der Tradition verwurzelte Maximilian Murnau seiner Tochter in der Schweiz ein Medizinstudium ermöglicht hatte. Fast überall in Europa konnten Frauen inzwischen studieren, nur im Deutschen Reich war es weitgehend verboten. In Heidelberg und auch in Württemberg waren kürzlich erste naturwissenschaftliche Studiengänge für Frauen geöffnet worden, und Margot war sicher, dass andere Universitäten sich bald auch nicht länger verweigern konnten.

»Schon bald, mein lieber Carli«, hatte sie mal gesagt, »wird eine promovierte Bakteriologin neben dir im Labor stehen, und du kannst nichts dagegen tun.«

»Das muss ich gar nicht«, hatte ich erwidert, »solange Nocht was zu sagen hat, bleibt unsere Wissenschaft männlich.«

»Vielleicht suchst du dir auch besser eine blutjunge, hübsche und naive Schauspielerin wie dein Vorbild Robert Koch, mein Lieber«, hatte sie geantwortet.

Margot konnte Latein, sprach fast fließend Englisch und Französisch und hatte in Zürich neben dem Studium Forschungen zur Wirksamkeit von Arzneimitteln geleitet. Sie war mir in der Wissenschaft mindestens ebenbürtig. Mich reizte das, Tante Isolde machte das Angst.

»Wirst du am Ende die Kinder versorgen, wenn deine Frau zehn Stunden am Tag im Krankenhaus steht?«, hatte sie gefragt. Ich wusste es nicht. Zurzeit war es so, dass Margot sehr viel arbeitete, mehr als ich. Bakterienkolonien und Reagenzien konnte man nach sechs Uhr sich selbst überlassen. Leidende Kinder nicht. Oft ging Margot erst spät am Abend nach Hause.

Wir würden einen Weg finden, um eine Familie zu gründen, da war ich sicher, auch wenn wir dieses Thema noch nie zu Ende gedacht hatten. Doch eine richtige medizinische Karriere war Margot ohnehin versagt, da Frauen keine verantwortlichen Positionen in Klinken innehaben durften, und eigene Praxen konnten sie ebenfalls nicht eröffnen. Margots Position am Neuen Allgemeinen Krankenhaus in Eppendorf war die einer Assistenzärztin.

»Wart's ab«, hatte Margot einmal gesagt, »wenn Frauen alles studieren dürfen, dürfen sie auch bald überall praktizieren.« Ihr Optimismus war erfrischend.

Wir hatten nun eine Weile eng umschlungen auf der Straße gestanden, uns geküsst, und Margot konnte meine Erregung nicht verborgen geblieben sein. Sie war Ärztin und mit Körperfunktionen, auch den männlichen, vertraut. Es war Zeit für mich, zu gehen.

Margot war nicht bereit, mit mir einen nächsten Schritt auf dem Weg der Leidenschaft zu gehen, dessen war ich sicher. Sie war ein katholisches Mädchen vom Lande. Da galt die Sünde der Unzucht noch etwas. Ich selbst hatte meine Unschuld bereits während des Studiums bei einer Greifswalder Prostituierten verloren. Und wenn das nicht zählte, wie Martin behauptete, dann spätestens vor drei Jahren bei Clara, dem Dienstmädchen im Hause Knudsen. Aber das ist eine andere Geschichte, die ich Margot noch nicht erzählt hatte. Nachdenklich trat ich den Heimweg an.

Kapitel 4

Wie bereits erwähnt, waren Gesellschaften in der Villa Knudsen in diesen Tagen nicht mehr so häufig. Das war anders, als der Reeder Wilhelm Knudsen noch lebte und mindestens einmal in der Woche Kaffeekränzchen, Rumverkostungen oder Soireen stattfanden. Onkel Wilhelm wurde vor drei Jahren von einer verirrten Kugel aus einem Polizeigewehr auf den Ohlsdorfer Friedhof geschickt, und seitdem war vieles anders.

Umso bemerkenswerter war es, dass Tante Isolde nun an einem gewöhnlichen Donnerstag eine Handvoll Freunde und Bekannte zum »Dinner mit Überraschung«, wie es in der Einladung stand, eingeladen hatte.

Pünktlich um sieben Uhr fuhren ein paar Kutschen und ein Automobil mit den Gästen vor der Villa Knudsen vor.

Zuerst stiegen der Bankier Ludwig Rabenhorst mit Gattin Erika aus ihrem Automobil. Rabenhorst war ein Freund Isoldes aus Kindertagen, und die Tante hatte mir verraten, dass der gewichtige Hüne Erika damals nur genommen hatte, weil Isolde ihn nicht gewollt hatte. Das kinderlose Paar war in seinen Fünfzigern und gehörte auf jede Einladungsliste bei Isolde Knudsen. Die beiden strahlten eine unaufgesetzte Vornehmheit aus, was sie von vielen Angebern in diesen ersten Hamburger Kreisen unterschied.

Allein in seiner Kutsche, vom Kutscher abgesehen, saß der Kaffeeimporteur Christoph Heinze, ein verwitweter Pfeffersack mit ungebändigtem schlohweißem Haarschopf und Vollbart. Ein

Reserveoffizier, der nie eine Kugel abgefeuert hatte, wie Onkel Wilhelm einmal abfällig erwähnt hatte, und ein langjähriges Mitglied der Hamburger Bürgerschaft. Heinze klebte seit Onkel Wilhelms Beerdigung an Tante Isolde wie eine Klette und gab offensichtlich die Hoffnung nicht auf, ihr irgendwann näherzukommen. Das war für Isolde Knudsen allerdings völlig ausgeschlossen. Sie wollte keinen Mann mehr in ihrem Leben. Sie hatte Wilhelm Knudsen sicherlich einmal geliebt und bis zu dem Tag respektiert, als er versuchte, einer skrupellosen Mörderin zur Flucht zu verhelfen, was misslang und Wilhelm das Leben kostete. Einen neuen Wilhelm brauchte Isolde nicht, und eine gute Partie, die Heinze zweifellos war, hatte Isolde Knudsen nicht nötig. Ich glaube, sie genoss ihre Unabhängigkeit sehr. So, wie sie über den Kaffeebaron sprach, mochte sie ihn nicht besonders, aber in ihren Kreisen wusste man, wie wertvoll einflussreiche Freunde sein konnten.

Ein weiterer dieser einflussreichen Freunde Isoldes stand auf der Gästeliste, und ich lag sicher nicht falsch, wenn ich vermutete, dass er und sein Arbeitsbereich der tiefere Grund dieses Dinners war. Max Bachur war seit zehn Jahren Direktor gleich mehrerer Hamburger Theater und in dieser Position ausgesprochen erfolgreich. Endgültig war Bachur in die Stadtgeschichte eingegangen, als er im Jahr zuvor den gefeierten italienischen Tenor Enrico Caruso nach Hamburg geholt hatte. Bachur war Tante Isolde seit Jahren zugewandt, weil sie die Oper leidenschaftlich liebte und dieser Liebe von Zeit zu Zeit mit üppigen Spenden Ausdruck verlieh. Bachur betrat mit seiner Frau Margarete die Eingangshalle, einer blassen, unauffälligen Frau, die den ganzen Abend über wenig sagte.

Die Speisenfolge für das fast intime Dinner war tagelang mit Maria erarbeitet worden. Tante Isolde ging in solchen Aufgaben auf, sie war eine Gastgeberin, die kein Mittelmaß duldete. In der italienischen Köchin Maria hatte sie eine Meisterin ihres Faches, die an solchen Abenden immer wieder über sich hinauswuchs.

Aufgetragen wurden von Maria, Pauline und Johannes in perfekter Choreografie zunächst eine Rinderbouillon mit pochiertem Wachtelei, als Hauptgang ein im Ganzen gebackener Lachs mit Dauphinkartoffeln und Rosenkohl. Zum Dessert gab es einen leichten Zitronenkuchen.

Nach der Vorspeise und nach dem Hauptgang wurde die angekündigte Überraschung präsentiert, die natürlich aus Gesangsdarbietungen von Agatha Rosenberg bestand. Ich hatte mitbekommen, wie Agatha sich ein paar Tage zuvor geziert hatte, während des Menüs als Pausenfüller zu singen, sie sei kein Salon-Orchester, aber Tante Isolde hatte ein schlagendes Argument: Nach dem Dessert sind die Herren angetrunken, dann ist die Gefahr groß, dass sie Agathas Talent einfach überhören.

Ich stellte es mir schwierig vor, zu singen, während einem ob der feinen Speisen das Wasser im Mund zusammenlief. Aber da Agatha so gut wie nichts aß, hatte sie damit sicher keine Probleme.

Vor dem Lachs gab sie Schuberts »Forelle« zum Besten, die – Zufall oder Absicht? – ja ebenfalls der Gattung der Salmo angehört. Vor dem Dessert hörten wir »Engel« von Tante Isoldes Lieblingskomponisten Richard Wagner. Ob nur ich das leichte Zittern in Agathas Stimme bemerkte, weil ich sie fast täglich singen hörte, weiß ich nicht. Sie musste nervös sein, schließlich konnte viel davon abhängen, ob Impresario Bachur beeindruckt war oder nicht. Anmerken konnte man ihm sein Urteil nicht. Er klatschte artig, machte Allerweltsbemerkungen wie »beachtlich«, »wohlklingend« und lobte die gesungenen Lieder und ihre Schöpfer mehr als die Sängerin.

Während des Desserts kam das Tischgespräch erst richtig in Gang, wobei den größten Anteil Kaffeebaron Heinze innehatte, der auf ein Stichwort des Bankiers Rabenhorst – es ging um undankbare Arbeiter – eine Geschichte vortrug, die ihn sichtlich erregte.

»Sie können es sich nicht vorstellen, was ich letzte Woche an Undank erlebt habe«, begann Heinze. Er war knapp über sechzig, recht dick und kurzatmig. »Bei uns ist ein Miedje auf einen meiner Vorarbeiter losgegangen und hat ihn übel verprügelt. Der Mann liegt immer noch im Krankenhaus. Das Miedje war wie von Sinnen. Es brauchte drei Schutzmänner, um sie in die Polizeikutsche zu expedieren.«

Die anderen schauten ihn mit offenen Mündern an.

»Was ist ein Miedje?«, fragte schließlich Agatha, die bisher recht unauffällig gewesen war. Eine Ermahnung der Tante, zumindest für ein paar Stunden feine Dame zu spielen, hatte offenbar gefruchtet.

»Ein Miedje«, sagte Heinze und wirkte etwas irritiert. »Das wissen Sie nicht? Na, gut. Miedjes sind junge Frauen, die bei der Kaffeeröstung die Stinker aussortieren. Das sind Bohnen, die zu lange fermentiert sind und den Geschmack verderben können. Die Bohnen werden auf großen Tischen ausgeschüttet, und die Miedjes picken mit ihren jungen Augen und flinken Fingern die faulen Bohnen raus.«

»Wie Aschenbrödel«, sagte ich.

»Ja, genau«, Heinze lachte, »so hat der alte Bismarck sie genannt, als er vor vielen Jahren mal bei uns war und sich alles angeschaut hat: Aschenbrödel des Kaffeehandels.« Und so hatte Heinze elegant eingeflochten, dass er dem lange verstorbenen Reichskanzler Bismarck begegnet war, was er sicher bei jeder Gelegenheit erwähnte.

»Und warum ist dieses Mädchen auf Ihren Vorarbeiter losgegangen, Christoph?«, fragte Tante Isolde.

»Weil sie irre ist, warum sonst? Der Mann hat es vermutlich gewagt, sie zum Fleiß anzutreiben. Wir können uns von den Faulen ja nicht auf der Nase herumtanzen lassen. Das sind wir den Fleißigen schuldig.«

»Wenn das so ein junges Mädchen ist«, fragte nun Agatha, »wie kann sie dann einen gestandenen Mann so verprügeln? Der ist doch sicher viel stärker als sie.«

»Ja, wenn er damit rechnet, angegriffen zu werden, ist das so. Aber das muss alles sehr schnell gegangen sein, ich war ja nicht dabei. Plötzlich hatte die Deern wohl dieses Eisenrohr in der Hand und hat auf seinen Schädel eingedroschen. Die Polizei muss nun noch herausfinden, wo das Rohr eigentlich herkam. Da oben auf dem Boden braucht man solche Rohre nicht. Wenn die kleine Hexe das geplant und das Rohr mitgebracht hat, dann ist das ein Mordversuch, der sie gut und gerne den Kopf kosten kann.« Man konnte Heinze ansehen, wie sehr er sich diesen Ausgang des Dramas wünschte. »Jetzt sitzt sie im Untersuchungsgefängnis und wartet auf ihren Prozess.«

Einen Moment herrschte betretenes Schweigen. Ob alle darüber nachdachten, mit wem sie mehr Mitleid haben sollten, mit dem geschundenen Vorarbeiter oder der verzweifelten Arbeiterin?

»Wie viele dieser Miedjes arbeiten denn bei Ihnen?«, fragte Agatha, und nicht nur ich beobachtete sie interessiert, sondern auch Tante Isolde. Wir hatten in den vergangenen Wochen gelernt, dass Agatha plötzlich verbale Attacken reiten konnte.

»Das wechselt. Je nachdem, wie viel Kaffee ankommt. Fünfzig, hundert, selten mehr.«

»Ist das nicht sehr anstrengend«, setzte Agatha nach, »den ganzen Tag Bohnen zu picken? Die sind doch bestimmt auch heiß.«

»Anstrengend?«, rief Heinze aus. »Wir reden von Kaffeebohnen, junges Fräulein.« Er zeigte mit Daumen und Zeigefinger die Größe einer Bohne, als ob das nicht jeder wüsste. »Das ist kinderleicht. Darum machen es ja auch Mädchen. Die schweren Arbeiten, Schiffe entladen, Säcke befüllen und so weiter, die machen bei uns die Männer. Und die allerschwerste Arbeit, nämlich den Laden am Laufen zu halten und trotz all der gierigen Gewerkschaften noch Profite zu machen, die bleibt an mir hängen, und ich habe keinen, dem ich einfach mal ein Rohr über den Schädel ziehen kann, wenn mir danach ist.« Er lachte rau.

Ich saß Agatha gegenüber, und als sich unsere Blicke kurz trafen, erkannte ich, dass sie dasselbe dachte wie ich: Was kann es Anstrengenderes geben, als zehn bis zwölf Stunden am Tag auf dem Dachboden einer heißen Rösterei zu stehen und Fingerspitzenarbeit zu verrichten?

Heinze versicherte sich des Mitgefühls aller Anwesenden für sein Unternehmerschicksal, und so ging man zu unverfänglicheren Themen über.

Bei der Verabschiedung erlöste Max Bachur Agatha dann endlich von ihrer quälenden Ungewissheit.

»Rufen Sie mich an, junges Fräulein«, sagte er und gab Agatha eine Visitenkarte. »Dann machen wir einen Termin zum Vorsingen.«

Agatha bedankte sich mit einem Knicks, eine Geste, die ich bei ihr noch nicht gesehen hatte, und leuchtete vor Glück. Ich sah Tante Isolde an, die zufrieden nickte.

Kapitel 5

Eine Woche nach dem Dinner mit Gesang hatte Agatha einen Termin zum Vorsingen bei Bachur und seinem Kapellmeister. Ich hätte den Theaterdirektor zu gerne gefragt, ob das englische Fräulein auch eingeladen worden wäre, wenn es Tante Isoldes Zuwendungen an sein Haus nicht gäbe, aber das verbot sich natürlich.

Am Vorabend des wichtigen Ereignisses saßen Agatha und ich noch spät im Salon und tranken Wein. Tante Isolde und die Dienstboten waren schlafen gegangen. Ich öffnete gerade die zweite Flasche eines phantastischen 1888er Bordeaux. Die besonders edlen Tropfen hatte noch Onkel Wilhelm erworben, diese Bestände gingen zur Neige. Tante Isolde ließ den Weinhändler, der die Familie seit Generationen belieferte, inzwischen eher durchschnittliche Tropfen aussuchen. Ihre Bescheidenheit zeigte sich zu meinem Bedauern auch in diesem Lebensbereich.

»Solltest du nicht langsam mal schlafen gehen?«, fragte ich Agatha, die schneller trank als ich und spürbar angetrunken war. »Morgen ist dein großer Tag.«

»Und darum kann ich noch nicht schlafen gehen«, sagte sie und gähnte. »Dann liege ich allein mit meiner schrecklichen Angst vor dem Versagen wach. Da sitze ich lieber hier mit dir und lasse mir sagen, dass es ganz wunderbar wird.«

»Es wird ganz wunderbar, Agatha«, sagte ich gehorsam, und sie lächelte mich freundlich an. »Aber es wird vielleicht noch wunderbarer, wenn du ohne Katzenjammer zum Vorsingen gehst.«

Sie winkte ab.

»Du bist ein bezaubernder Mann, Carl-Jakob«, sagte sie, und ich spürte, wie ich errötete. »Deine Margot kann sich glücklich schätzen. Wann heiratet ihr? Wie viele Kinder wollt ihr haben?«

Ich zuckte mit den Schultern.

»Ich kann mir gut vorstellen, mit Margot verheiratet zu sein und zusammenzuleben«, sagte ich nachdenklich. »Aber mir fehlt noch die Phantasie für Kinder in diesem Leben. Margot ist mit Leidenschaft Ärztin, und das will sie bleiben.«

Agatha nahm die Weinflasche und schenkte uns beiden nach.

»Dann wird es Zeit, dass du deiner Phantasie Beine machst. Du bist ein bedeutender Wissenschaftler, Margot wird in ein paar Jahren als richtige Ärztin erfolgreich sein. Dann leistet ihr euch eine Gouvernante für Friedrich und Charlotte, und alles wird bestens.«

»Friedrich und Charlotte?«, fragte ich ungläubig.

»Ja, so werden eure Kinder heißen. Und die Gouvernante wird ein Segen für die beiden sein, weil sie sie nicht so verzärtelt und verhätschelt, wie ihr es tun würdet, sondern sie zu selbstständigen Menschen erzieht. Ach ja, und deine Tochter Charlotte wird dann 1950 zur Reichskanzlerin gewählt.« Sie schlug sich vor Vergnügen ob dieser Vorstellung auf die Schenkel.

»Du bist ja völlig verrückt, Agatha, eine Frau als Reichskanzler, das ist doch absurd. Und so eine Über-Gouvernante, wie du sie beschreibst, können wir uns gar nicht leisten.«

»Da vertrau mal ganz auf deine Tante Isolde. Die macht das dann schon.«

Jetzt schlug ich mir vor Belustigung auf die Schenkel.

»Ausgerechnet Isolde Knudsen, die sich jeden Sonntag vom Pfarrer bestätigen lässt, dass Ehefrau und Mutter die einzig gottgewollte Bestimmung für jede Frau ist, ausgerechnet die soll meine Gouvernante bezahlen?«

»Das wird sie tun. Du wirst sehen. Sie liebt dich, und sie würde für dich durchs Feuer gehen. Ich wünschte, ich hätte auch so eine Mutter.« Sie sah kurz wie abwesend in den Raum. Worüber dachte sie nach? Noch bevor ich weiter ins Rätseln kam, fand Agatha zurück zum gewohnten Rebellentum.

»Sag mal«, fragte sie und sah mich verschwörerisch an, »gibt es hier irgendwo Zigarren?«

Ich zuckte zusammen. Als ich schon glaubte, an Agatha alles gesehen zu haben, was sie von einem durchschnittlichen Fräulein unterschied, da fiel ihr noch etwas Neues ein.

»Du rauchst Zigarren?«, fragte ich verwundert, doch es klang in ihren Ohren sicher empört, vorwurfsvoll. Ich stand auf und begab mich zur Anrichte mit dem Humidor. Mit zwei mittelgroßen kubanischen Zigarren der Marke Partagas kehrte ich zu Agatha zurück.

»Gelegentlich, wenn mir danach ist, rauche ich«, sagte Agatha, während sie der Zigarre die Spitze abbiss. »Oder ist das im Deutschen Reich den Frauen auch verboten wie Studieren, Wählen und Arbeiten?«

Wir zündeten die Zigarren an, und Agatha blies dicke Ringe an die Decke des Salons.

»Wählen dürft ihr in England auch nicht, und arbeiten dürfen Frauen im Reich«, erklärte ich.

»Ja, als Miedje für einen Hungerlohn. Und deine Margot wird lange warten müssen, ehe sie mal Oberärztin oder so etwas wird.«

»Sogar die große Florence Nightingale ist dagegen, dass Frauen leitende Ärztinnen werden. Und der hat dein König gerade noch einen Orden verliehen«, sagte ich, um Agatha herauszufordern. Aber sie lachte mich nur aus.

»Florence Nightingale hat ihre Verdienste, doch sie ist eine steinalte Frau, die von dieser Ehrung sicher gar nichts mitbekommen hat. Ihre Ansichten zur Frau als Ärztin sind fünfzig Jahre alt. Komm mir nicht damit.«

Wir schwiegen eine Weile und pafften unsere Zigarren.

»Warum«, fragte ich sie, weil mich das Thema immer noch beschäftigte, »hat diese junge Arbeiterin den Vorarbeiter verprügelt? Mit einem Eisenrohr, das ist erschütternd.«

»Na, warum wohl, Zee-Jott? Weil der Kerl ein übler Drecksack ist, da bin ich ganz sicher, und weil sie beschissen bezahlt wird und vielleicht von den paar Kröten noch ein halbes Dutzend kleine Geschwister durchfüttern muss. Darum.«

Mit jedem Glas Wein rutschte Agathas Sprache weiter in den Hafenarbeiterjargon, und der englische Akzent wurde stärker.

»Frauen sind die Sklaven des Kapitalismus«, rief sie aus und schwenkte ihr Glas. »Wir müssen uns befreien.« Sie lachte dreckig.

»Du bist auch eine Frau, Agatha, und du bist auch eine Profiteurin des Kapitalismus, nach allem, was ich über deinen Vater weiß.«

»Mein Vater?« Sie lachte wieder und nahm einen tiefen Schluck Wein. »Er ist ein neuer Typus des Kapitalisten. Er beutet keine Arbeiter in Fabriken aus. Er hat gar keine Arbeiter oder Fabriken. Er lässt das Geld arbeiten. Moses Rosenberg hat zwanzig Angestellte, und jeder von denen scheißt Tag für Tag Geld. Und Moses selbst scheißt die dicksten Haufen.«

Ich war nur froh, dass Tante Isolde im Stockwerk über uns tief und fest schlief. Und das musste Agatha nun auch unbedingt tun.

»Jetzt gehst du schlafen, und morgen begeisterst du die Hamburgische Staatsoper und wirst eine gefeierte Primadonna.«

»Ja«, rief sie und stand auf, wobei sie leicht schwankte. Ich stützte sie. »Und weißt du, wohin mein Vater sich sein Geld dann schieben kann?«

»Ich kann es mir denken, Agatha, gute Nacht.«

Sie kam nun ganz dicht mit ihrem Gesicht an meins, dafür musste sie sich nicht auf die Zehenspitzen stellen. Sie gab mir einen langen Kuss auf den Mund, den ich nicht erwiderte, ich wich aber auch nicht zurück. Es mag am Wein gelegen haben oder auch daran, dass ich Agatha nun schon vier Wochen um mich hatte, aber wenn ich ihr schmales Gesicht mit der langen Nase anfangs nachgerade als hässlich empfunden hatte, so erschien es mir nun von einer eigenartigen, exotischen Schönheit. Ich musste wohl auch dringend ins Bett.

Am nächsten Morgen war Agatha erstaunlich frisch. Im Gegensatz zu mir. Ich litt unter schrecklichen Kopfschmerzen und wäre gerne noch liegen geblieben, aber die Arbeit am Institut begann pünktlich um acht Uhr. Auch wenn ich ob meiner Leistungen gewisse Freiheiten genoss, so durfte ich es doch nicht übertreiben.

Agatha trällerte irgendwelche Koloraturen und würde damit sicher bis vor die Tür des Stadttheaters nicht aufhören. Zwischendurch biss sie in ein halbes Brötchen mit Marmelade, das anschließend auf ihrem Teller vertrocknete.

Als Tante Isolde den Raum verlassen hatte, flüsterte ich Agatha zu: »Ist die Zigarre von gestern Abend deiner Stimme nicht abträglich? Hast du kein Kratzen im Hals?«

»Ach was«, sagte sie, »da spüle ich jetzt mit Kaffee durch, dann geht das schon.«

Und es ging. Am Abend, als ich von der Arbeit kam, lief sie mir bereits in der Halle entgegen und fiel mir um den Hals.

»Es war phantastisch«, trällerte sie. »Ich habe eine Rolle. Ich singe die dritte Dame in der Zauberflöte. Die Proben laufen schon seit Wochen. Am Montag steige ich ein. Danke, Carl-Jakob.«

»Wofür? Du hast gesungen, nicht ich.«

»Du weißt schon, wieso.«

Es war sicher Tante Isoldes Einfluss zu verdanken, dass Agatha so schnell vorsingen durfte, aber die Rolle bekam sie so schnell, weil die ursprüngliche Besetzung in anderen Umständen war, was spätestens bei der Premiere unübersehbar gewesen wäre.

»Und die ist nicht verheiratet«, raunte Agatha mit gespielter Empörung. »Kannst du dir das vorstellen, Carl-Jakob? Was für ein Skandal!«

Kapitel 6

Als ich am folgenden Sonntag Margot in einem kleinen Boot über die sonnenbeschienene Alster ruderte, vergriff ich mich offenbar etwas im Ton, als ich von Agathas Erfolg an der Oper berichtete. Zu ausführlich, zu euphorisch waren meine Schilderungen, und mein Gesichtsausdruck war vermutlich auch unangemessen.

Dabei hatte alles so schön begonnen. Gleich nachdem wir abgelegt hatten, zog Margot Schuhe und Strümpfe aus, streckte sich unter dem kleinen Sonnenschirm am Heck aus und legte die Füße auf die Bordwand. Ich ruderte zügig, war dabei bemüht, es nicht angestrengt aussehen zu lassen, und konnte den Blick nicht von ihren Füßen lassen.

Was waren das für wunderschöne, kleine Füße! Zart, weiß, mit schlanken, ebenmäßigen Zehen und gepflegten, rosigen Nägeln. Ein Kunstwerk der Natur. Ob es doch einen Gott gab? Auch die Waden, die unter dem hochgerutschten Rock zur Hälfte frei lagen, konnten es an Schönheit mit der Geburt der Venus aufnehmen. Wenn wir mitten auf der Alster waren, würde ich aufhören, zu rudern, und diese Füße und Waden zärtlich streicheln. Sie würde mich gewähren lassen.

Das dachte ich jedenfalls, bis ich von Agatha erzählte. Nach den wenigen Sätzen spürte ich, wie Margot sich verkrampfte, ohne dass sie sich bewegt hätte. Sie öffnete die Augen und sah mich kalt an. Ihre schönen, vollen Lippen glichen nun einem hellroten Gleichzeichen. Die ganze Schönheit um uns herum, die Sonne, der blaue Himmel, das grüne Ufer und die eleganten Segelboote, alles wurde unter dieser Miene grau und hässlich.

»Ach ja? Sie scheint dir ja sehr am Herzen zu liegen, diese verrückte, unflätige Engländerin. Hoffentlich mischt sie nicht ein paar Schimpfworte in Mozarts Libretto.«

Margot blickte starr ins Nirgendwo.

»Margot, ich erzähle es doch nur. Sie liegt mir nicht am Herzen, jedenfalls nicht besonders. Du liegst mir am Herzen, weil ...«

»Papperlapapp. Wirst du auch überall so begeistert herumerzählen, dass ich gestern einen kleinen Jungen namens Robert ganz alleine durch einen Luftröhrenschnitt vor dem Ersticken gerettet habe?«

»Was? Das ist ja wunderbar«, rief ich, wohl wissend, dass ich jetzt nichts richtig machen konnte. Entweder meine Begeisterung war zu schwach oder zu aufgesetzt, es würde nicht reichen. »Ganz alleine«, rief ich aus, um nach einer kurzen Pause das Drama perfekt zu machen. »Aber das darfst du doch gar nicht, oder? Als Assistenzärztin.«

Nun nahm sie endlich die Füße von der Bordwand, setzte sich auf und funkelte mich an.

»Das ist alles, was dir dazu einfällt? Irgendwelche blöden Vorschriften? Hätte ich den kleinen Robert ersticken lassen sollen, weil Dr. Trapp gerade bei einem anderen verletzten Kind gebraucht wurde und Dr. Krause sich am Morgen unpässlich abgemeldet hatte?«

»Nein. Natürlich nicht. Es ist großartig, dass du dem Jungen das Leben gerettet hast. Ich bin so stolz auf dich.«

Das reichte, um sie etwas zu beschwichtigen, aber die schönen Füße legte sie nicht mehr auf die Bordwand, und gestreichelt habe ich sie an diesem Nachmittag auch nicht mehr.

Hätte ich damit rechnen müssen, dass Margot eifersüchtig auf

Agatha war? Warum? Sie konnte sich meiner sicher sein. Ich musste auf eine günstigere Gelegenheit warten, ihr jede Sorge zu nehmen. An diesem Sonntag würde diese Gelegenheit nicht mehr kommen.

Als ich tags darauf im Institut erschien, war ich in Gedanken immer noch bei Margot, ihren Füßen und ihrer Eifersucht. Ich musste Obacht geben, dass sich das nicht zu einem größeren Problem auswuchs. Warum vertraute sie meiner Liebe nicht?

Dr. Nocht holte mich augenblicklich mit einem Auftrag in die Wirklichkeit zurück. Ich sollte ins Hafenkrankenhaus hinübergehen, wo ein junger Soldat lag, der unter der Schlafkrankheit litt, die er von einem Einsatz in Afrika mitgebracht hatte. Es war nichts Besonderes, dass wir uns Infektionsfälle im Krankenhaus ansahen. Für das Wohlergehen und die Genesung waren die Ärzte zuständig. Nicht selten kämpften sie zwischen Leben und Tod. Wir Bakteriologen standen mit der wissenschaftlichen Betrachtung daneben, protokollierten Symptome, Verläufe, untersuchten Stuhl, Blut und Lungenschleim. Uns ging es nicht so sehr um den einen, der da im Bett lag und womöglich starb, sondern um Tausende, die überleben konnten, wenn wir klüger wurden.

Der Bogen mit Informationen über den Patienten, den mir Nochts Sekretärin in die Hand drückte, enthielt wenige Information. Er war kein einfacher Soldat, sondern ein Marine-Stabsarzt. Jahrgang 1877, also dreißig Jahre alt wie ich. Er war vor vier Tagen mit dem Postschiff »Feldmarschall« aus Daressalam, Deutsch-Ostafrika, eingetroffen. Das Besondere war: Ich kannte ihn. Ludolf Harberg war mit mir zur Schule gegangen. Er, Martin und ich bildeten bis zum Abitur ein eingeschworenes Trio. Wir büffelten zusammen, probierten heimlich Wein, schwärmten uns von hübschen Mädchen vor, die wir flüchtig kannten und nie anzusprechen wagten. Wir stritten darüber, wer die nachahmenswerteste Figur bei Karl May war. Ludolf präferierte Old Shatterhand, Martin Kara Ben Nemsi Efendi und ich Winnetou. Ich werde nie vergessen, wie Ludolf sich immer wieder über meine Wahl aufregte. Als weißer Europäer und Christ könnte ich doch unmöglich eine Rothaut zum Vorbild haben, die an den großen Manitu glaubt. Ich ließ diesen Einwand nicht gelten und störte mich eher daran, dass Kara Ben Nemsi, Martins Alter Ego, genau genommen identisch war mit Old Shatterhand. Der gleiche Mann, nur mit anderem Namen auf anderen Erdteilen. Aber das ließen die Freunde wiederum nicht gelten. Es ist schon wunderlich, wie sehr sich Sechzehnjährige in Betrachtungen verrennen können, die Dreißigjährigen so völlig einerlei sind.

Ludolf war schon bald nach dem Abitur zum Militär gegangen, und wir hatten uns aus den Augen verloren. Ich gehörte zu den Glücklichen, die vom Wehrdienst verschont blieben. Ein Grund dafür war mein Studium, der andere aber, dass ohnehin nur zwei Drittel aller Männer zum Wehrdienst eingezogen wurden. Für den Rest hatte man bei der Armee schlicht keinen Platz.

Es wäre ein zu großer Zufall, wenn der Ludolf Harberg, den ich nun im Hafenkrankenhaus zu besuchen hatte, nicht mein alter Kamerad war. Er hatte offenbar inzwischen Medizin studiert und war in des Kaisers Diensten nach Afrika gereist. Eine Berufswahl, um die ich ihn nicht beneidete. Nun war er also wieder daheim und hatte eine Plage mitgebracht, um die ich ihn ebenfalls nicht beneidete: die Schlafkrankheit.

Die Schlafkrankheit, wissenschaftlich: Afrikanische Trypanosomiasis, ist eine Tropenkrankheit, die den Menschen in den deutschen Kolonien in Ost- und Westafrika schwer zu schaffen macht. Besonders die eingeborene Bevölkerung ist davon betroffen. Die Krankheit wird von einer Fliege namens Glossina, einer tagaktiven Stechmücke, auf den Menschen übertragen. Wochen, manchmal Monate nach der Infektion zeigen sich Symptome wie Lymphdrüsenschwellungen, Schüttelfrost, Ödeme und Fieber. Im weiteren Verlauf kommt es zu Bewusstseins- und Gleichgewichtsstörungen sowie Krämpfen. Am Ende, oft Monate, manchmal über ein Jahr nach der Infektion, fällt der Patient in eine Art Wachschlaf und stirbt schließlich.

Die Schlafkrankheit kann nicht vom Menschen auf den Menschen übertragen werden. Es bedarf einer Glossina als Überträgerin. Da es diese Insekten in unseren Breiten nicht gibt, geht von einem Infizierten hierzulande also keine Gefahr aus. Anders in Afrika. Dort ist die Krankheit überaus präsent und schwächt die Arbeitskraft der Eingeborenen auf den Kaffee- und Kautschukplantagen und beim Eisenbahnbau erheblich. Kein Wunder also, dass die Kolonialverwaltungen großen Druck auf uns Wissenschaftler ausüben, endlich ein Heilmittel und am besten noch einen Impfstoff gegen die Schlafkrankheit zu entwickeln.

Ludolf Harberg lag allein in einem kleinen Krankenzimmer. Als ich den Raum betrat, sah es aus, als würde er schlafen. Die durch einen dünnen Vorhang abgemilderte Morgensonne schien auf sein Bett und sein Gesicht. Es war mehr als zehn Jahre her, dass ich ihn das letzte Mal gesehen hatte, doch ich erkannte ihn sofort. Er war älter geworden, natürlich, aber mehr als die Zeit zeichnete ihn die Krankheit. Graue, schweißglänzende Haut, in schattigen Höhlen liegende Augen. Dr. Buchheim, der zuständige Chefarzt, den ich flüchtig von anderen Einsätzen im Hafenkrankenhaus kannte, vermutete, dass Harberg im zweiten Stadium der Erkrankung war, die Infektion durch den Stich der Fliege also vier bis sechs Monate zurücklag. Harberg hatte gelegentlich Fieberschübe von 39,2 bis 40,2 Grad. Er wurde mit fiebersenkenden Mitteln behandelt, der Dehydrierung wurde mit Kochsalzlösung begegnet. An eine Behandlung der eigentlichen Krankheit, für die sich eine kleine Auswahl an kaum erforschten Möglichkeiten anbot, hatte man sich noch nicht gewagt.

Leise ging ich durch das Zimmer und stellte mich neben Ludolfs Bett. Seine lockigen blonden Haare klebten verschwitzt am Kopf, der Bart war ungepflegt und löchrig, als würden die Haare dort partiell ausfallen.

»Guten Morgen, Ludolf«, sagte ich leise und legte meine Hand auf seine, die auffällig kalt war, »ich bin's, Zee-Jott. Wie geht es dir?«

Es dauerte eine ganze Weile, bis er langsam die Augen öffnete und mich ansah. Er kniff die Augen zusammen, versuchte offenbar, zu fokussieren. Er sah mich sicher nur verschwommen. Sehstörungen bis zur völligen Erblindung gehörten ebenfalls zu den Symptomen der tückischen Krankheit.

»Zee-Jott ist hier, Carl-Jakob Melcher aus der Schule«, erklärte ich.

Nun lächelte er.

»Zee-Jott? Du? Was machst du denn hier?«

»Ich versuche, dir zu helfen, wie alle hier.« Er sah mich ungläubig an, und ich erklärte ihm mit wenigen Worten, was inzwischen mein Beruf war und dass ich nun in den nächsten Wochen ein paar Untersuchungen an ihm und vor allem an seinem Blut und an seinen Ausscheidungen vornehmen würde. Er nickte.

Um zu untersuchen, was die Krankheit in ihrem langsamen, aber unausweichlichen Verlauf anrichtete, musste dem Patienten zwei-, dreimal in der Woche Blut entnommen und von uns im Labor untersucht werden. Normalerweise entnahmen die Schwestern im Krankenhaus das Blut und schickten es mit einem Boten den kurzen Weg in unser Labor. Aber ich beschloss, die Blutentnahme, wann immer möglich, selbst durchzuführen, um so öfter bei dem Patienten sein zu können und neben dem Verlauf der Krankheit auch den alten Freund im Auge zu behalten.

Ludolf fiel es schwer zu sprechen. Er war schwach, und der Hals war angeschwollen. Er erzählte mir, dass er vor zwei Jahren als Stabsarzt der Kaiserlichen Marine nach Deutsch-Ostafrika gekommen und dort zunächst zu den Kämpfen gegen revoltierende Stämme im Süden der Kolonie geschickt worden war. Ich hatte von diesem Krieg gelesen, bei dem gut zwanzig ostafrikanische Stämme seit geraumer Zeit gegen die Truppen des Kaisers kämpften. Man nannte die Kämpfe Maji-Maji-Aufstände. Maji war das Wort für Wasser, und ein besonders charismatischer Häuptling eines der Stämme hatte den Kriegern wohl ein spezielles Getränk verabreicht, das magische Wirkung haben sollte. Wenn es diese sicher auch nicht hatte, so stachelte es die Krieger auf jeden Fall zu besonders erbittertem Widerstand an und machte es den Truppen des Kaisers schwer. Es gab ständig Aufstände in den Kolonien. Von den meisten erfuhren wir im Reich kaum. Aber dieser Aufstand und jener der Herero und Nama in Deutsch-Südwestafrika sorgten auch in Berlin und in Hamburg für Gesprächsstoff. Beide Kriege waren noch nicht beendet und hatten auf den Seiten der Aufständischen bereits zu sehr hohen Verlusten geführt. Und es waren nicht nur Krieger, sondern auch viele Frauen und Kinder unter den Opfern. Dieses Grauen berührte die Abgeordneten in Berlin allerdings weniger als die hohen Kosten der Auseinandersetzungen. Die ständigen Streitereien um Sinn und Nutzen der kolonialen Anstrengungen hatten im vergangenen Dezember bereits zur Auflösung des Reichstages geführt. Die anschließende Wahl wurde deshalb auch als »Hottentottenwahl« bezeichnet, nach dem Spottnamen der Kolonialisten für die Stämme in dieser Region. Die der Kolonialpolitik des

Kaisers kritisch gegenüberstehende SPD August Bebels konnte bei dieser Wahl zwar die meisten Stimmen erringen, musste sich aber am Ende nach einem komplizierten – und wie viele meinen: ungerechten – Stichwahlverfahren auf die Bank der Opposition zurückziehen. Der alte und neue Reichskanzler Bernhard von Bülow konnte folglich den Auftrag seines Kaisers erfüllen und die Kolonien nach Kräften zur Ruhe bringen. Koste es, was es wolle. Und es würde noch mehr kosten.

Mit dem Vertrauen in die kaiserliche Armee war es nicht weit her. Wie könne es denn sein, so wurde ein Abgeordneter zitiert, dass man gegen ein paar halb nackte Wilde, die nur mit Speeren und schrottreifen Musketen bewaffnet waren, keinen kurzen Prozess hinbekam.

Bismarck wusste schon, warum er in den achtziger Jahren des letzten Jahrhunderts zunächst keine deutschen Kolonien in Afrika oder anderswo hatte haben wollen. Zu teuer, zu unsicher. Nicht zuletzt Kaufleute aus Hamburg und Bremen hatten den Reichskanzler damals gedrängt und Schutz eingefordert. Gegen die anderen Kolonialmächte wie England, Portugal, Frankreich und Belgien, aber auch gegen die widerständigen Eingeborenen. Händler wie der Bremer Kaufmann Franz Adolf Lüderitz besaßen damals bereits Ländereien in Afrika und trieben Handel und Landwirtschaft, bauten Rohstoffe ab, lange bevor Berlin dort offiziell auftrat. Inzwischen schickte Kaiser Wilhelm II. einen Kreuzer nach dem anderen zum schwarzen Kontinent, um für Ruhe zu sorgen, aber diese will nicht einkehren.

»Das war ein Schlachtfest da«, sagte Ludolf. »Die Eingeborenen kämpfen wie die Löwen, aber sie haben keine Krallen.« Er zupfte mich am Arm, zog mich näher zu sich und flüsterte mit fauligem Atem: »Wir werden sie besiegen, Zee-Jott, aber nicht, weil wir sie militärisch schlagen, sondern weil wir sie aushungern. Major Johannes lässt jetzt ihre Felder niederbrennen und alle ihre Vorräte vernichten. Sie werden alle verhungern«, er schluckte, »Frauen und Kinder. Alle. Es ist Unrecht.«

Es überraschte mich, von einem Offizier der kaiserlichen Marine eine solche Einschätzung zu hören. Das war Hochverrat, wenn ich mich nicht irrte. Wie konnte Ludolf so sicher sein, dass seine Ansichten bei mir geheim blieben?

»Und dort hast du dich infiziert?«, fragte ich.

»Nein. Ich bin letzten Herbst schon abkommandiert worden an den Victoriasee. Dort war im britischen Schutzgebiet eine Gruppe von Forschern, die mehr Ärzte brauchte. Irgendjemand hielt es wohl für eine gute Idee, mich dorthin zu schicken. Dort wurde ich, wie ich vermute, im Februar, also vor vier Monaten ungefähr, gestochen.«

Ludolf hatte versucht, sich im Bett aufzusetzen, war aber schnell wieder zusammengesunken und sah nun ins Leere. Das Gespräch strengte ihn offenbar sehr an. Er wurde sicher den ganzen Tag umsorgt, das war bei einem Offizier so üblich, aber für ein Gespräch, für Interesse an dem, was er durchgemacht hatte, fehlte den Ärzten und Schwestern die Zeit.

Er lachte matt, als er schilderte, wie er mit einer kleinen Gruppe und einem schwachen Kraftwagen zwei Wochen über Dschungelpfade und Wüstenpisten bis nach Daressalam geruckelt war. Von dort ging es mit dem Schiff ins britische Mombasa, von wo aus eine Eisenbahnlinie bis fast an den See führte. Schließlich fuhren sie auf der letzten Etappe ihrer Reise mit einem Dampfer über den Victoriasee, wo sie endlich auf den Ssese-Inseln landeten.

»Und da habe ich dann mit den Forschern gearbeitet.«

»Ihr habt die Schlafkrankheit erforscht, sagst du?« Ich war wie elektrisiert. Da war der Kamerad den Tropenkrankheiten nähergekommen, als es mir vielleicht je vergönnt sein würde. Ich musste aufpassen, dass ich nun nicht zu forsch auf ihn einredete. Er brauchte Ruhe. »Hast du Robert Koch getroffen? War er dort?«, fragte ich dennoch.

»Robert Koch, am Arsch, Zee-Jott, glaub mir.«

Mir war bekannt, dass Geheimrat Dr. Koch vor drei Jahren die Leitung des von ihm gegründeten Preußischen Instituts für Infektionskrankheiten in Berlin abgegeben hatte und seitdem immer wieder in Afrika und anderswo unterwegs war, der Cholera, der Malaria und der Schlafkrankheit auf den Fersen. Aber hatte Ludolf Koch tatsächlich getroffen?

»Was meinst du damit, Robert Koch am Arsch?« Koch war der Säulenheilige meiner Profession, unser aller Vorbild. Ein Nobelpreisträger.

Ludolf schüttelte nur den Kopf. Er war kaum noch zu verstehen, so leise sprach er.

»Kann ich jetzt nicht sagen. Ist gefährlich. Ich muss erst das Journal wiederhaben.«

Sein Kopf war zu Seite gekippt. Ich fasste ihn vielleicht etwas zu grob am Kinn und drehte seinen Kopf in meine Richtung. Er versuchte, mich durch zitternde Lider anzusehen.

»Was für ein Journal, Ludolf? Was meinst du?«

»Jetzt nicht. Zu gefährlich«, sagte er nur.

Die Tür wurde leise geöffnet, und eine Schwester trat ein.

»Sie müssen jetzt gehen, Herr Dr. Melcher«, sagte sie. »Der Herr Stabsarzt braucht Ruhe.«

Ich strich Ludolf noch über die verschwitzten Haare und verließ leise das Zimmer. Der Herr Stabsarzt. Aus Old Shatterhand war ein Offizier geworden, der nun das Handeln seiner Armee als Unrecht bezeichnete. Und was wusste er angeblich über Robert Koch? Und was hatte es mit diesem Journal auf sich, das er wiederhaben musste? Ich beschloss, dem Gerede eines Fiebernden nicht zu viel Bedeutung beizumessen, und machte mich auf den Weg zurück in mein Institut.

Kapitel 7

Agathas erster Auftritt als dritte Dame in Mozarts Zauberflöte musste ohne mich stattfinden. Tante Isolde, die sich sonst auf mich als treuen Opernbegleiter verließ, gab Kaffeebaron Christoph Heinze die Ehre, neben ihr sitzen zu dürfen. Meine Entschuldigung wurde auch von Agatha akzeptiert: Es war Margots fünfundzwanzigster Geburtstag, den sie unbedingt mit mir, aber auf keinen Fall mit Agatha verbringen wollte.

Ich hatte vor, Margot zum Essen ins bekannte Gartenlokal Elbschlucht auszuführen, doch als ich Tante Isolde von diesem Plan berichtete und davon, welches Geburtstagsgeschenk ich Margot bei diesem Dinner präsentieren wollte, schimpfte sie.

»Carl-Jakob, wie kannst du nur so unromantisch sein? In der Elbschlucht ist bei diesem Wetter Hochbetrieb. Ihr werdet euer eigenes Wort nicht verstehen und ständig auf den Ober warten. Das Essen ist derbe und schwer. Nein, du gehst mit deiner Margot ins Petit Paris. Das ist sehr intim, das Essen ist phantastisch. Genau das Richtige.«

Und da die Tante wusste, dass dieses Lokal weit über meinen Möglichkeiten lag, steckte sie mir noch zwanzig Mark zu. Das war beeindruckend, ja geradezu rührend. Nicht wegen des hohen Betrages und der sicher exzellenten Empfehlung. Tante Isolde hatte sich wortlos einverstanden erklärt mit dem Geburtstagsgeschenk für Margot, das aus einem schmalen silbernen Ring mit einem winzigen Stein und einem Heiratsantrag bestand. Isolde war meine Tante und nicht meine Mutter, und mit meinen dreißig Jahren brauchte ich ihre Zustimmung für meine Brautwahl wahrlich nicht. Aber Tante Isoldes Segen war mir wichtig. Ich wollte sie strahlend wie eine Mutter an der Hochzeitstafel sehen und mit mir und meiner geliebten Frau im Reinen. Ich dachte daran, was Agatha gesagt hatte. Sie war sicher, dass Tante Isolde alles für mich tun würde.

Der Abend im Petit Paris war ein Erfolg auf der ganzen Linie. Das viergängige Menu übertraf alles, was ich bisher genießen durfte, Marias kulinarische Höhepunkte eingeschlossen. Auch Margot, die sich sonst nicht viel aus Luxus machte, genoss das Essen in vollen Zügen. Vor dem Dessert bestellte ich zwei Gläser Champagner. Dann nahm ich die kleine Schachtel mit dem Ring, öffnete sie und hielt sie ihr über den Tisch vor die Nase. Ich hatte den Gedanken verworfen, mich vor ihr hinzuknien. Ich bin kein Mann, der kniet, und Margot ist keine Frau, die das erwartet. Dann stellte ich die Frage aller Fragen: »Margot Murnau, willst du meine Frau werden?«

»Ja, Carl-Jakob Melcher«, sagte sie, und ihre Wangen glühten, »das will ich.« Da ihr sofort Tränen in die Augen schossen, sah sie sicher nicht, wir sehr meine Hand zitterte, als ich ihr den Ring an den Finger schob. Wir hoben die Gläser und stießen an. Ein älteres Ehepaar am Nebentisch lächelte freundlich zu uns herüber und beglückwünschte uns mit einem Nicken. Im Gartenlokal Elbschlucht hätten in diesem Moment die Gäste neben uns sicher grölend applaudiert und die Kapelle einen Tusch gespielt. Ich war Tante Isolde so dankbar für das Petit Paris.

Während wir also unserem Liebesglück bei Austern und Foie gras die Sporen gaben, trällerte sich Agatha in die Herzen der Hamburger Gesellschaft. Das war nicht einfach, denn schließlich war sie nur die dritte Dame, hatte nicht viel Präsenz und noch weniger Gesang auf die Bühne zu bringen, aber es gelang.

Tante Isolde berichtete mir begeistert von der Aufführung und behauptete sogar, dass sich viele Opernbesucher bei den insgesamt acht Vorhängen explizit der neuen Sopranistin zugewandt hätten, unter ihnen auch der Erste Bürgermeister.

Begeisterung auch am nächsten Abend im Hamburger Abendblatt. Der Rezensent war mit der »handwerklich soliden und künstlerisch hochwertigen Inszenierung« zufrieden. Er lobte die Hauptrollen, den Dirigenten und dann tatsächlich namentlich die »Londoner Sopranistin Agatha Rosenberg, die bei ihrem ersten Gastspiel in Hamburg Lust auf mehr macht«. Ich brauchte Tante Isolde nicht zu fragen, wer den Rezensenten mit ein paar Hintergrundinformationen versorgt hatte. Aber was stand es mir zu, die Nase zu rümpfen? Auch mir gab die Tante Rückenwind, wo immer es ging. Sie kümmerte sich eben um die ihr anvertrauten Menschen.

Agatha tanzte tagelang mit der Zeitung durchs Haus und sang ihren Part so lange, bis er mir zu beiden Ohren herauskam. Aber ich ließ sie gewähren. Ich freute mich auf meine Hochzeit oder mehr auf das, was nach der sicher anstrengenden Feier auf mich wartete. Denn Margot hatte nach unserem Essen im Petit Paris keinen Zweifel daran gelassen, dass sie erst als vor Gott und Staat legitimierte Frau Melcher in mein Bett steigen würde.

Agathas Erwähnung im Abendblatt blieb nicht ohne Folgen. Ein Reporter einer anderen Zeitung, die sich mehr mit gesellschaftlichen Themen als mit Politik und Kultur befasste, nahm über die Oper Kontakt zu ihr auf. Der Autor porträtierte in einer endlosen Reihe interessante Gäste der Stadt und führte für seine Kolumne ein langes Gespräch mit Agatha. Es wurden sogar Fotografien im Garten der Villa Knudsen gemacht, die Agatha in ihrem schönsten schwarzen Kleid mit einem gigantischen schwarzen Hut zeigten. Ich sah ihr und dem Fotografen amüsiert bei der Arbeit zu und konnte mir die Frage nicht verkneifen, ob sie überhaupt noch Garderobe in London gelassen habe. Da sei noch genug, versicherte Agatha, und in Hamburg gebe es ja auch ganz nette Mode zu kaufen. Nur eben wenig in Schwarz.

Diese Aussage zitierte der Reporter in seinem Artikel, was unverzüglich ein Hamburger Damenmodehaus auf den Plan rief. Man bot Agatha an, gegen ein Honorar nach Herzenslust die schwarzen Stücke der Kollektion zu probieren und sich in den Kleidern fotografieren zu lassen. Agatha war von der Idee begeistert wie ein Kind, und schon Tage später hingen in den Schaufenstern von Dabelstein Moden am Jungfernstieg die Fotografien von der bemerkenswerten Sängerin aus London, die, ungewöhnlich für eine Frau ihres Alters, ausschließlich Schwarz trug.

Ich freute mich für Agatha. Sie genoss die Aufmerksamkeit, und natürlich würde ihr das Interesse der Leute auch beim Weiterkommen als Sängerin helfen. So funktioniert das eben: Ein bisschen Trällern, ein wenig Tüll und Spitze, und schon war man Stadtgespräch. Ich kämpfte täglich gegen schlimme Krankheiten, und ich hatte sogar schon maßgeblich dabei geholfen, Mörder dingfest zu machen. Mein Name hatte jedoch noch nie in der Zeitung gestanden. Zum Glück war mir das nicht so wichtig.

Als ich Martin von meinem Heiratsantrag berichtete – wir standen zum Mittagessen an einem Fischstand an den Landungsbrücken –, fiel er mir spontan um den Hals. Ein Klecks Mayonnaise landete auf meiner Jacke.

»Das ist ja großartig, ich freue mich für euch.«

Natürlich bat ich ihn, mein Trauzeuge zu sein, und dafür hätte er mich gleich wieder umarmt, wenn ich ihn nicht davon abgehalten hätte.

»Und wann ist es soweit?«, fragte Martin aufgeregt. »Ich muss mir ein neues Hemd kaufen, und meine guten Schuhe müssen ...«

»Mal langsam«, stoppte ich seinen Eifer. »Ich muss erst noch nach Bayern reisen, um Margots Vater persönlich meine Aufwartung zu machen. Eine Postkarte reicht da nicht. Und dann will Margot noch das Hochzeitskleid ihrer Mutter umarbeiten lassen. Wenn wir es in diesem Jahr noch schaffen, bin ich der glücklichste Mann der Welt.«

»Verstehe«, sagte Martin und sah mich verschwörerisch an, »und du kannst nicht vorher schon mal, ich meine, ihr seid doch so gut wie ...«

»Nein«, unterbrach ich ihn, »Margot hat da ihre Prinzipien, ich will da nicht in sie dringen.«

Nach dieser dummen, unbeabsichtigten Formulierung sahen wir uns an und prusteten los wie Schuljungen.

Dann erzählte ich Martin von meinem Forschungsobjekt Ludolf Harberg. Er musste einen Moment überlegen, um wen es sich überhaupt handelte, aber bei Old Shatterhand ging ihm ein Licht auf. Ich berichtete Martin auch, dass Ludolf merkwürdige Andeutungen gemacht hatte und vermutlich über skandalöse Informationen verfügte.

»Er hat Fieber, Zee-Jott«, sagte Martin nachdenklich, »und er hat Schlimmes erlebt. Da kann im Kopf einiges durcheinandergehen. Glaubst du ihm?«

»Ich weiß es nicht. Ich weiß ja nicht mal, worum es geht. Robert Koch am Arsch, wie er sagte, und die Suche nach einem geheimnisvollen Journal sind noch nicht viel. Und gefährlich ist es, darüber zu sprechen, das hat er mehrfach betont. Wahrscheinlich leidet er nur unter Verfolgungswahn. Komm doch mal mit zu ihm, mach dir selbst ein Bild.«

Kapitel 8

Die vergangenen Wochen waren eigentlich meistens sonnig und sommerlich gewesen, was in Hamburg im Mai und Juni keine Selbstverständlichkeit ist. Doch der 19. Juni, ein Mittwoch, war nasskalt und stürmisch. Das war mir recht, denn es passte zu dem etwas morbiden Ritual, an dem ich Tante Isolde zuliebe nun schon zum dritten Mal teilnahm.

Es war der achtundsechzigste Geburtstag meines Onkels Wilhelm Knudsen, der nun schon seit fast drei Jahren auf dem Ohlsdorfer Friedhof ruhte. Es wurde in der Familie nicht viel über den zu Lebzeiten angesehenen Reeder gesprochen, eigentlich gar nicht. Auch an diesem Tag wurde nicht über ihn gesprochen, aber er wurde besucht. Die Zahl der Besucher war klein. Es handelte sich um Tante Isolde, ihren Sohn Adolf und meine Wenigkeit. Johannes fuhr die Tante und mich im Automobil zum Friedhof. Adolf Knudsen, inzwischen Ratsherr in der Hamburger Bürgerschaft, ließ sich von seinem Kutscher bringen.

Der Ablauf war wie in den Jahren zuvor: Wir trafen Adolf vor dem Tor des Friedhofs und nickten uns einen stummen Gruß zu. Dann gingen wir langsam den zehnminütigen Fußweg zu Onkel Wilhelms Grab. Die Tante ging voraus, Adolf folgte mit bestimmt zehn Schritten Abstand, dann ich. Mit noch mehr Abstand schloss sich Johannes dem skurrilen Trauerzug an. Die Tante hatte ihn bereits im ersten Jahr darum gebeten, weil er dem Onkel auf eine eigenartige Weise nahestand.

Am Grab angekommen, verweilten wir ein paar Minuten, sahen uns dabei nicht an. Das Grab war bescheiden. Ein Granitstein mit Namen und Lebensdaten, mehr nicht. Das pompöse Familiengrab der Knudsens lag in einem anderen Bereich des Friedhofs, doch Tante Isolde hatte ihren Mann dort nicht beisetzen wollen. Sie sah ihn vermutlich als eine Art Ausgestoßenen, Abtrünnigen, der die Familienehre beschmutzt hatte und deshalb nicht bei seinen Ahnen liegen sollte. Ich hatte nie mit ihr darüber gesprochen. Tante Isolde war eine Frau von klaren Prinzipien.

Ich weiß nicht, ob angesichts des Grabes des Familienoberhauptes Ehefrau und Sohn stille Zwiesprache mit dem Verstorbenen hielten. Wenn dem so wäre, dann würde Tante Isolde wohl so etwas sagen wie: »Du warst mir immer ein guter Mann, und wir haben vieles zusammen erreicht, doch in den letzten Monaten deines erfüllten Lebens habe ich dich nicht mehr verstanden. Du wusstest, dass du an Darmkrebs sterben wirst, und hast dich dennoch über die Maßen mit dem Neubau eines Schiffes belastet. Gegen alle Widerstände wolltest du diesen Kahn durchsetzen, den du nach unserer verstorbenen Tochter Marianne nennen wolltest. Für mich? Für Adolf? Oder doch für dich und dieses Dienstmädchen Clara, in das du so vernarrt warst, dass du sie sogar zur Galionsfigur des Schiffes machen wolltest. Und diese Clara war so wahnsinnig, dass sie deine Widersacher ermordete. Heimtückisch und ohne Skrupel. Wenn du, wie du sagtest, nichts von diesen Taten wusstest, wenn du keine Liebesbeziehung mit ihr hattest, warum hast du dann noch versucht, dieses Mädchen vor ihrer gerechten Strafe zu retten? Warum hast du dich zwischen sie und die Polizei gestellt? Wenn du das alles nicht getan hättest, wärst du nicht durch eine Polizeikugel gestorben, sondern kurz darauf am Darmkrebs. Du wärst als der ehrenhafte Mann gestorben, als der du gelebt hast. Und deine Frau und dein Sohn wären vielleicht noch eine Familie.«

Und Adolf würde in seiner stillen Zwiesprache sicher zum wiederholten Male den Vater um Verzeihung bitten. Dafür, dass er ihn verraten hatte an die, die gegen den Bau des Schiffes waren, die andere Interessen verfolgten und den Reeder Knudsen am Boden sehen wollten. Adolf hatte es nur gut gemeint, so beteuerte er damals mir gegenüber inständig. Er wollte den kranken Vater davor bewahren, sein Lebenswerk, die Reederei, zu ruinieren und seiner Mutter und ihm nur Schulden zu hinterlassen. Adolf würde in seiner Zwiesprache jammern, dass er doch nicht ahnen konnte, dass dieses verrückte Dienstmädchen Clara den alten Knudsen rächen würde, indem sie alle Verschwörer – bis auf Adolf selbst – ermordete. Diese Toten wollte sich Adolf nicht anlasten lassen. Tante Isolde würde ihrem Sohn diesen Verrat, der letztendlich auch zum Tode des Vaters geführt hatte, nie verzeihen. Sie würde, da war ich sicher, nie wieder mit Adolf sprechen.

Meine Zwiesprache mit dem Onkel war kurz und knapp: »Lieber Onkel Wilhelm, du hast mich geliebt wie einen Sohn, und deiner Großzügigkeit verdanke ich alles, was ich habe und bin. Deshalb wird auch nie jemand von mir erfahren, auch Tante Isolde nicht, dass das Dienstmädchen Clara, das ich wie irre geliebt und begehrt habe, deine Tochter war. Nur mein Freund Martin und ich wissen es, und wir werden dieses Wissen mit ins Grab nehmen.«

Nach wenigen Minuten verließen wir die Grabstätte und gingen schweigend zum Ausgang. Ich hatte meine geliebte Clara damals überführt und mit Martin zusammen dafür gesorgt, dass sie wenige Wochen nach ihrer Verhaftung unters Fallbeil kam. Das alles lastete immer noch schwer auf mir, ebenso wie das Geheimnis um Claras Vater. Aber dieser Fall hatte mich auch in Martins faszinierende Welt der Verbrechensaufklärung eingeführt, die mir inzwischen zu einer zweiten Leidenschaft geworden ist.

Kapitel 9

Als Agatha erfuhr, dass ich beabsichtigte, mit Martin zusammen Ludolf zu besuchen, wollte sie unbedingt mit.

»Das bin ich schon meinem Bruder schuldig, der so ein guter Freund von Ludolf war«, sagte sie und war ganz aus dem Häuschen. »Konstantin will bestimmt wissen, wie es Ludolf geht.«

»Und warum hatten die beiden dann jahrelang keinen Kontakt?«, fragte ich, erwartete allerdings keine Antwort. Von mir aus sollte sie mitkommen.

Wir trafen uns an einem bedeckten Mittag vor dem Hafenkrankenhaus und gingen zügig auf die Station, auf der Ludolf lag. Zufällig liefen wir Ludolfs Arzt Dr. Buchheim in die Arme, der unser Trio missmutig beäugte.

»Aber nur kurz«, sagte er mit strengem Blick in Richtung Agatha und Martin, dann zog er mich in sein Arztzimmer.

»Der Herr Stabsarzt bekommt zu viel Besuch, Herr Melcher. Jeden Tag kommt seine Mutter, und dann war gestern noch ein Militärpfarrer da…«

»Ein Pfarrer? Wo kam der denn her? Geht es mit Ludolf zu Ende?«

»Nein, keine Sorge. Der wurde wohl von der Kommandantur geschickt. Harberg ist ein Offizier, da kümmert man sich wohl um sein Seelenheil. – Das muss aufhören, Herr Melcher. Herr Harberg braucht Ruhe.«

»Das verstehe ich. Wir sind auch nur kurz bei ihm. Wie geht es ihm?«

»Es geht ihm wieder schlechter, nach ein paar guten Tagen. Das ist das Tückische an der Schlafkrankheit, die Symptome kommen in Schüben. Und, Herr Melcher, wir haben nicht viel Erfahrung damit. Ich habe erst eine Handvoll Patienten gehabt in den letzten Jahren.«

Das hatte auch Bernhard Nocht erwähnt, der mir alles erzählt hatte, was er über die Krankheit wusste. Bemerkenswert war, dass in Afrika ganze Stämme der Trypanosomiasis zum Opfer fielen, man schätzte allein in der Kolonie Britisch-Ostafrika eine Viertelmillion in den letzten Jahren, während in derselben Gegend gar keine oder nur sehr wenige Weiße erkrankten. Das hatte schon dazu geführt, dass man den Organismus des Afrikaners für anfälliger für die Schlafkrankheit erachtete. Eine Einschätzung, die Bernhard Nocht und auch Robert Koch nicht teilten. So würden sich die Weißen nur in trügerischer Sicherheit wähnen. Wahrscheinlicher war es, dass die Eingeborenen deshalb häufiger erkrankten, weil sie den ganzen Tag ohne Schutz im Freien arbeiteten, wo sie der Fliege ständig ausgesetzt waren. Das erhöhte die Wahrscheinlichkeit eines übrigens sehr schmerzhaften Stiches. Die Europäer indes hielten sich mehr in geschlossenen, von Moskitonetzen geschützten Räumen auf und trugen dickere Kleidung. In manchen Gegenden Ostafrikas wurden sechs Promille der einheimischen Bevölkerung infiziert, in anderen bis zu fünfzig Promille. Dabei unterschieden sich die Mückenpopulationen in den Gegenden gar nicht so signifikant. Ein weiteres Rätsel, das es zu lösen galt.

»Und wann beginnen Sie mit einer Behandlung?«, fragte ich Dr. Buchheim, während wir mit Agatha und Martin im Gefolge Richtung Krankenzimmer gingen.

»Schon bald wollen wir mit geringen Gaben von Atoxyl beginnen«, sagte der Arzt, und man spürte, dass es ihm bei dem

Plan etwas unwohl war. »Es wäre gut, wenn Sie dann täglich eine Blutanalyse machen würden, Herr Dr. Melcher«, sagte er und nannte meinen frischen Doktortitel, was mir selbst noch ungewohnt war und unter Ärzten und Wissenschaftlern eigentlich auch nicht mehr so üblich.

»Natürlich, das machen wir«, sagte ich.

In Ludolfs Zimmer waren nicht nur die transparenten Gardinen zugezogen, sondern bis zur Hälfte des Fensters auch die dicken, lichtdichten Vorhänge. So lagen Bett und Patient im Halbdunkel. Als wir eintraten, hob Ludolf angestrengt den Kopf und sah in unsere Richtung. Sein Gesichtsausdruck verriet, dass er uns nicht erkannte.

»Ludolf, guten Tag, ich bin's, Zee-Jott«, sagte ich, während ich näher trat, »und ich habe Besuch mitgebracht.«

»Guten Tag, Ludolf«, sagten Agatha und Martin gleichzeitig. Der Kranke schaute verstört.

»Martin Bucher und Agatha Rosenberg sind bei mir«, erklärte ich.

Es schien mir, als würde Ludolf ob dieser Vorstellung erschrecken. Dann setzte er sich auf und sagte: »Was für eine Überraschung! Kommt doch näher.«

Martin und Agatha stellten sich neben das Bett und sahen Ludolf mitleidig an. Agatha nahm vorsichtig die Hand des Patienten und umschloss sie mit ihren Händen.

»Ludolf«, sagte sie mit verstörender Zärtlichkeit, »es ist schön, dich wiederzusehen. Wenn auch ...« Sie brach ab und schluchzte leise.

»Agatha?«, sagte er mit einem sehr großen Fragezeichen im Tonfall. »Was machst du hier, wieso ...?« Er sah sie aus trüben Augen an. Agatha beugte sich zu ihm hinunter, brachte ihr Gesicht ganz nah an seins.

»Ja, Ludolf, ich bin hier.«

Martin und ich sahen uns kurz an. Martin erschien diese Situation offenbar genauso geheimnisvoll wie mir. Agatha ließ Ludolfs Hände los und machte Martin Platz.

»Howgh, Old Shatterhand«, sagte Martin und legte Ludolf eine Hand auf die Wange. »Du wirst schon wieder. Bist doch ein unverwüstlicher Trapper.«

Ludolf lächelte milde.

»Und was machst du, Martin?«, fragte er, und seine Kraft schien mit jeder Minute, die wir bei ihm waren, weiter zu schwinden. »Bist du auch so eine Laborratte geworden wie Zee-Jott?« Er kicherte matt.

»Nein, Ludolf, ich bin in den Diensten des Kaisers wie du«, sagte Martin, und es klang ein wenig stolz. »Ich bin bei der Hamburger Kriminalpolizei.«

Ludolf schwieg einen Moment. Seine gerade noch lächelnden Gesichtszüge erstarrten.

»Kriminalpolizei«, wiederholte er fast tonlos.

»Ludolf«, drängte ich nun meine Frage dazwischen, bevor der Freund wieder völlig im Nebel verschwand, »Doktor Buchheim sagte mir, dass ein Pfarrer bei dir war. Was wollte der?«

Ludolf musterte mich aus glasigen Augen.

»Pfarrer? – Ach ja, Pater Paul. Er hat mit mir gebetet. Den Rosenkranz.«

»Den Rosenkranz? Ich wusste gar nicht, dass du katholisch bist?«, sagte ich.

»Bin ich nicht. Es hat aber gutgetan.«

»Hattest du nach einem Geistlichen verlangt?«

»Nein«, flüsterte Ludolf matt. »Der ist geschickt worden. Das steht einem zu, wenn man sich für den Kaiser die Gesundheit ruiniert.«

Ich konnte zusehen, wie sich das Bewusstsein des kranken Freundes eintrübte. Doch eine Frage musste ich noch loswerden.

»Was wolltest du von Robert Koch erzählen, von den Ssese-Inseln? Was ist da vorgefallen?«

Nun schreckte Ludolf kurz hoch, starrte mit weit aufgerissenen Augen in meine Richtung. »Nein, jetzt nicht. Das ist geheim. Zu gefährlich«, sagte er mit krächzender Stimme und sank ins Kissen. Er schloss die Augen und fiel offenbar in komatösen Schlaf. Ein beißender Geruch ließ vermuten, dass er sich unkontrolliert erleichtert hatte. Nach einigen Momenten der Unsicherheit verließen wir leise das Krankenzimmer.

Auf der Straße löcherte mich Agatha mit ihren Fragen, was denn so geheimnisvoll und geheim sei, was Ludolf damit meine, doch ich schüttelte nur den Kopf.

Martin sah Agatha eindringlich an.

»Wie gut kennst du Ludolf eigentlich?«, fragte er sie schließlich.

»Na, wie gut schon«, sie wirkte etwas verstört, »er war sehr gut mit meinem Bruder befreundet. Sie spielten mehrmals in der Woche Tennis, als Doppel, nahmen an Turnieren teil. Ludolf war oft bei uns.«

Nachdem Martin und ich Agatha zur Tram gebracht hatten, setzten wir uns auf eine Bank.

»Ludolf will nicht mit der Polizei reden«, sagte ich.

»Ja, das habe ich gemerkt.«

»Ob er was verbrochen hat? Oder ob er sich vor irgendetwas fürchtet?«

»Denk darüber nicht so viel nach, Zee-Jott«, sagte Martin. »Der spricht im Wahn, das Fieber. Der hat Geschichten im Kopf, die nicht von dieser Welt sind. Da musst du nicht viel drauf geben.«

Kapitel 10

Eines Abends, als Agatha mal wieder als dritte Dame auf der Opernbühne stand und ich mit Tante Isolde allein bei einem leichten Abendessen saß, brachte ich das Gespräch auf die Familie Harberg.

»Marieluise und Gottfried Harberg«, sagte Tante Isolde nachdenklich, und man konnte förmlich zusehen, wie sie im reichen Schatz ihrer Erinnerungen kramte. Die Tante hatte ein fabelhaftes Gedächtnis, besonders wenn es um die Hamburger Gesellschaft ging.

»Sie waren keine Reeder oder Kaufleute. Harberg war leitender Angestellter bei Woermann.« Damit gehörte er, wie ich längst gelernt hatte, nicht zur ersten Garde der Hamburger Pfeffersäcke. Auch wenn das Gehalt eines leitenden Angestellten bei der größten Reederei der Welt, die den gesamten Afrikaverkehr kontrollierte, sicher fürstlich war.

»Wir hatten nie eine engere Verbindung zu den Harbergs«, erzählte Tante Isolde weiter. »Man sah sich hier und da auf Gesellschaften. Harberg war einer, der sich hochgearbeitet hatte, war hochgeachteter Offizier im Krieg 70/71 und hat dann seine Chance genutzt. Er war aber, wie das so oft bei Leuten aus kleinen Verhältnissen ist, ein ziemlicher Angeber, wenn ich mich recht entsinne. Marieluise war Volksschullehrerin, bevor sie durch ihren Mann in die Gesellschaft aufstieg.«

»Und wie geht es ihnen heute?«

»Gottfried Harberg ist früh gestorben. Das muss so um die Zeit gewesen sein, als du in Greifswald dein Studium begonnen hast. Ich erinnere mich, dass ich allein im strömenden Regen auf dem Ohlsdorfer Friedhof stand, weil Wilhelm Dringenderes zu tun hatte.« Sie lachte. »Er hasste Beerdigungen.«

»Und was ist aus Gottfried Harbergs Frau geworden?«

»Ich glaube, für sie war es schwer nach dem Tod ihres Mannes. Ich habe sie nicht mehr gesehen. Ich habe nur mal gehört, dass ihr Mann ihr nicht unerhebliche Schulden hinterlassen hat und sie das Haus und einiges mehr verkaufen musste.«

»Das würde erklären, warum Ludolf zum Militär gegangen ist. Dort war ihm dann vielleicht ein Studium möglich, das seine Mutter sich nicht hätte leisten können.«

»Eigentlich muss man sich schämen«, sagte Tante Isolde, die durchaus zur Selbstkritik fähig war, »dass man Leute aus den Augen verliert, wenn sie in wirtschaftliche Schwierigkeiten geraten. Ich weiß gar nicht, ob Marieluise Harberg noch lebt.«

»Doch, Tante Isolde, sie lebt. Sie besucht täglich ihren Sohn im Krankenhaus. Ich bin ihr aber noch nicht begegnet.«

»Wenn du sie sprichst, richte ihr Grüße aus, falls sie sich überhaupt noch an mich erinnert.«

Tante Isolde hatte sich wie fast jeden Abend früh zurückgezogen, als Agatha hereinschneite. Es war ihr anzumerken, dass sie nach der Aufführung noch mit Kollegen im Operncafé eingekehrt war. Sie war selbst für ihre Verhältnisse äußerst lebhaft, als sie in den Salon stürmte, wo ich ein letztes Glas Wein trank und las.

»Na«, sagte ich und lächelte sie an, »haben dich Papageno und die Königin der Nacht noch zum Champagner eingeladen?« Ich hoffte, dass sie nicht wieder darauf zu sprechen kam, dass ich sie in ihrer Glanzrolle noch nicht gesehen hatte. Und dabei hatte sie Margot und mir Freikarten versprochen.

»Nein, ich habe eingeladen«, sagte sie, ließ sich in den Sessel neben mir fallen, nahm mir mein Weinglas aus der Hand und tat einen tiefen Schluck. »Aber nicht die arroganten Hauptdarsteller, sondern ein paar Garderobenfrauen und Bühnenarbeiter.«

»Was?«, rief ich, während ich ein zweites Glas aus der Vitrine holte. »Wie kommst du denn dazu?«

Agatha zog die Schnürstiefel aus und ließ sie achtlos fallen. Ihre Seidenstrümpfe hatten an einem Fuß ein großes Loch. Es schien sie nicht zu stören.

»Ja, mein hochwohlgeborener Zee-Jott, das sind auch Leute, die zu einem gelungenen Opernabend beitragen und verdienen, dass man sich für sie interessiert.«

»So, so«, sagte ich betont gleichgültig. »Und wo wart ihr? Im Operncafé?«

»Nein.« Sie lachte. »Da fühlen sich Fritz und Moni und Anna und wie sie alle heißen nicht wohl. Wir waren in einer Bierkaschemme irgendwo ein ganzes Stück hinterm Rathaus. Eine ganz andere Welt, sage ich dir.«

»Und eine gefährliche Welt für eine reiche junge Dame wie dich.«

»Ich bin keine reiche Dame«, sagte sie kokett, »ich bin eine kleine Opernsängerin mit bescheidener Gage.«

Und einem steinreichen Vater in London, dachte ich.

Agatha erzählte begeistert von ihrer Begegnung mit den einfachen Leuten, die nach Schweiß und Hafen rochen, die lachten und stritten, ohne sich zu verstellen. Sie schwärmte vom Erlebnis, kaltes Bier aus einem Steinkrug zu trinken. Es war sehr unterhaltsam.

»Und die Kerle dort haben dich in Ruhe gelassen? Bist du als einsame Frau nicht ein gefundenes Fressen für die?«

»Ja, das glauben die Herren«, sagte sie und lachte derbe. »Einer hat mir an den Hintern gepackt, da habe ich mich umgedreht und ihm eine schallende Ohrfeige gegeben. ›Beim nächsten Mal habe ich einen Bierkrug in der Hand‹, habe ich ihm gesagt, und da war Ruhe.«

Ich war nur froh, dass ich nicht mit Agatha in dieses Lokal geraten war, ich hätte bestimmt Prügel bezogen.

»Und weißt du, Zee-Jott, worüber die Garderobenfrauen und die Näherinnen und die Arbeiterinnen in der Kaschemme so reden?«

»Keine Ahnung, über den Traumprinzen, der sie irgendwann erlöst?«

»Bitte, Zee-Jott, sei nicht überheblich. Das passt nicht zu dir. Sie reden über Kathrin Meier.«

»Wer ist das?«

»Das ist das Miedje, von dem dieser Kaffeebaron, Tante Isoldes Verehrer, erzählt hat. Die ist zu so einer Art Heldin geworden. Ich bin sicher, dass dieser, wie hieß der noch ...«

»Christoph Heinze«, soufflierte ich.

»Ja, dass dieser Heinze noch gar nicht mitbekommen hat, dass der Fall Stadtgespräch ist. Jedenfalls in Winkeln der Stadt, die so ein feiner Herr nie aufsucht.«

»Und was erzählt man sich da?«

»Na, diese Kathrin ist eine von vielen, die bei diesem Heinze schlecht bezahlt und noch schlechter behandelt werden. Die müssen viel länger arbeiten als vereinbart, werden von diesen Vorarbeitern geschlagen und auch begrapscht. Es ist wohl auch so, dass Mädchen, die sich den Vorarbeitern gefällig zeigen, weniger Probleme haben.«

Ich atmete tief durch. In was für ein Wespennest stach Agatha da gerade. Jedem, der mit offenen Augen durch die Stadt ging, waren die vielfältigen Ungerechtigkeiten bekannt. Man lebte aber ruhiger, wenn man nicht daran rüttelte. Das taten die SPD und die Gewerkschaften bereits zur Genüge und machten dem Pfeffersack klassischer Prägung seit Jahren das Leben schwerer und schwerer. Eine junge Dame der Gesellschaft hatte sich da gefälligst herauszuhalten, nett auszusehen und den Mund zu halten. Das war doch in London sicher genauso.

»Und weil sie den Mann fast totgeschlagen hat«, warf ich ein, »ist sie nun eine Heldin?«

»Ja, klar. Kein Mensch weiß genau, wie viele dieser Mädchen, nicht nur bei Heinze, sondern auch in anderen Lagerhäusern und Fabriken unter den schrecklichen Bedingungen leiden. Bevor sie die Arbeit dahinrafft, werden sie häufig entlassen und sterben einsam zu Hause oder nehmen sich das Leben. Dafür macht dann doch niemand Herrn Heinze verantwortlich. Eines von Heinzes Miedjes ist letztes Jahr schwanger geworden, nachdem sich ein Vorarbeiter an ihr vergangen hatte. Das Mädchen ist bei dem Versuch, das Kind wegmachen zu lassen, irgendwo im Dreck verblutet. Sie war fünfzehn Jahre alt. Der Vorarbeiter hat alles abgestritten, und das war's.«

Wieder musste ich tief durchatmen und hatte gleich Angst vor Agathas Antwort auf meine nächste Frage.

»Und was gedenkst du, nun zu tun, außer dich zu empören?«

»Ich werde den Frauen in ihrem Kampf beistehen, Zee-Jott, was sonst?«

Mir lag eine lange Rede auf der Zunge, in der es um Rücksicht auf ihre Gastgeberin ging, um die große Gefahr, die der Einmischung in solche Angelegenheiten innewohnte, aber auch darum, dass eine kleine Opernsängerin allein nicht die Welt verändern könne. Aber ich hielt diese Rede nicht. So gut kannte ich Agatha inzwischen – sie würde mich auslachen.

»Morgen geht es los«, sagte sie und stand auf. »Auf dem Jungfernstieg gibt es eine Kundgebung für Kathrin Meier. Viele Arbeiterinnen werden dort sein, auch Dienstboten ...«

»Und sicher alle politisch fragwürdigen Kräfte des Untergrunds«, fügte ich sarkastisch an.

»Politisch fragwürdig, mein Lieber, ist eine Regierung, die Leute wie Heinze einfach machen lässt.«

Im Weggehen rief sie noch »Komm doch mit!« und war verschwunden.

Ich wusste nicht genau, warum ich am folgenden Abend mit Agatha zu dieser Kundgebung am Jungfernstieg ging. Ich war kein besonders politischer Mensch. Ich konnte verstehen, dass die Sozialisten um mehr Gerechtigkeit und bessere Verteilung des Wohlstandes kämpften. Aber lag die Lösung darin, die Arbeiter und Miedjes gegen ihre Dienstherren aufzuhetzen? Und war es wirklich die Lösung des Problems, die Arbeiter über das Wohl ihrer Unternehmen selbst entscheiden zu lassen, wie es Karl Marx gefordert hatte? Brauchte man nicht Menschen wie Heinze, die Visionen und Sachverstand zum Wohle aller einbrachten?

Auf dem Jungfernstieg hatten sich an diesem warmen Juniabend vielleicht zweihundert Menschen versammelt, die meisten waren Frauen. An ihrer Kleidung war zu erkennen, dass sie ausnahmslos der Arbeiterklasse angehörten, wie Marx es nannte. Manche von ihnen hatten die übliche Dienstbotentracht an. Agatha und ich waren sicher die Einzigen, die in einer Villa als Bedienste lebten und nicht als Bedienende.

Das Alsterufer war gesäumt von gut fünfzig Schutzmännern, die Hälfte von ihnen auf Pferden. Sie trugen Pickelhauben, und jeder hielt einen Schlagstock in der Hand. In der Freien und Hansestadt Hamburg waren solche Kundgebungen nicht verboten, sie wurden aber argwöhnisch beäugt. Das Polizeiaufgebot hatte den Sinn, Ausschreitungen vorzubeugen, wobei man annehmen durfte, dass das martialische Auftreten der Staatsmacht Ausschreitungen mitunter erst provozierte.

Die Terrasse des burgähnlichen Cafés Alsterpavillon war gut besucht. An kleinen Tischen saßen vornehm gekleidete Menschen und blickten neugierig bis missmutig auf das Geschehen keine fünfzig Meter von ihnen entfernt.

Am Rand der Promenade stand ein großer, zweispänniger Leiterwagen, der der Versammlung offenbar als Rednerbühne diente, darauf drei Frauen in einfachen Kleidern und mit schlichten Hüten. Als ich mich mit Agatha der Versammlung näherte, schüttelte sie enttäuscht den Kopf.

»Das ist ziemlich erbärmlich, Hamburg«, sagte sie.

»Wieso?«, fragte ich.

»Beim Mud March in London im Februar waren wir viertausend Frauen.«

»Mud March?«

»Das war eine große Kundgebung für das Frauenwahlrecht. Tausende sind zum Parlament marschiert. Es hieß Mud March, weil es stark regnete und wir am Ende alle völlig verdreckt waren.« Agatha lächelte stolz.

»Und hat es etwas gebracht? Dürft ihr wählen?« Natürlich wusste ich, dass es nicht so war.

»Ja, du wirst dich wundern«, sagte sie. »Es hat etwas gebracht. Die Zeitungen waren auf unserer Seite, und es gab sogar einen Gesetzentwurf, der dann nicht durchkam. Das war ein Anfang. Wir müssen hartnäckig sein.«

Auf dem Leiterwagen ergriff eine der Frauen das Wort und begrüßte, durch einen Schalltrichter sprechend, die Anwesenden. Ich kannte die Frau, die dort redete. Es war Emma Neumann, die Sozialistin. Ich hatte sie vor drei Jahren kennengelernt, als ich mit Martin zusammen eine Mordserie an reichen Hamburger Bürgern aufgeklärt hatte. Emma konnte uns damals Zugang zu Hamburger Anarchisten verschaffen, und sie war wie ich schicksalhaft mit einer Täterin verbunden. Ich hatte Emma damals auch um Unterstützung in einer Herzensangelegenheit ersucht, und sie hatte sich als kluge und erfahrene Frau erwiesen. Die Neumann war im Büro der Hamburger SPD beschäftigt und kämpfte an vielen Fronten für Sozialismus und Gerechtigkeit. Sie musste nun fast sechzig Jahre alt sein, nur wenig älter als Tante Isolde, sah aber deutlich älter aus. Ich konnte Emma in ihren politischen Ansichten nicht vollständig folgen, vermutete in ihr aber eine faire und leidenschaftliche Kämpferin. Ich erzählte Agatha, dass ich Emma Neumann flüchtig kannte, was sie mit einem verwunderten Gesichtsausdruck quittierte.

Es war nicht überraschend, dass Emma nun hier auf dem Podium stand und gegen Unterdrückung und Gewalt in Hamburger Fabriken antrat.

»Arbeiterinnen und Arbeiter, Genossinnen und Genossen«, rief sie mit einer für eine so schmale Person ungewöhnlich kräftigen Stimme, »ich danke euch für euren Mut, hier heute zu erscheinen. Wir müssen viele Stimmen erheben, bevor wir gehört werden.«

»Ich habe nachgezählt«, flüsterte Agatha mir zu, »außer dir sind noch zwölf Männer da.«

»Und die sind sicher alle von der Geheimpolizei«, sagte ich.

»Wir stehen hier heute, um Gerechtigkeit zu fordern«, fuhr Emma Neumann fort. »Gerechtigkeit für Kathrin Meier. Die Genossin Meier hat sich gegen Gewalt und Willkür an ihrem Arbeitsplatz zur Wehr gesetzt. Sie hat sich verteidigt. Dafür soll sie jetzt hart bestraft werden.«

Einige der Frauen in der Menge riefen Unverständliches. Vom Alsterpavillon kamen ein paar Männer, sicher Angestellte aus den Geschäften und Kontoren ringsum.

»Wir fordern Gerechtigkeit für Kathrin Meier«, rief Emma Neumann nun noch lauter, und die Menge wiederholte den Ausruf und applaudierte. »Wir fordern ihre sofortige Freilassung aus der Untersuchungshaft. Wir fordern einen fairen Prozess unter Beteiligung der Gewerkschaften …«

»Du spinnst doch, Emma«, rief einer der Männer am Rande, der sofort von Frauen in seiner Nähe niedergebrüllt wurde. Emma ließ sich nicht beirren.

»Wir fordern eine ausführliche polizeiliche Untersuchung des Vorfalls und der Arbeitsbedingungen bei Kaffeeimporteur Heinze. Wir fordern, dass die Arbeiter dort unter dem Schutz der Verschwiegenheit befragt werden. Wir fordern die Untersuchung aller Gewalttaten, die dabei ans Licht kommen.«

»Sie kann ja viel fordern«, flüsterte ich, »es wird ihre Forderungen nur niemand erfüllen.«

»Aber wenn wir gar nichts fordern«, sagte Agatha, »wird sich nie etwas ändern.«

Die Gruppe der Schaulustigen war angewachsen, und es wurden immer wieder Provokationen Richtung Bühne und Publikum gerufen. »Kümmert euch um eure Kinder und eure Männer, ihr Blaustrümpfe«, rief jemand, oder: »Dir sollte dein Mann mal mit dem Rohrstock Manieren beibringen, Emma.«

Ich wusste, dass Emmas Mann, ein gewalttätiger Säufer und Versager, vor Jahren in der Elbe ertrunken war und sie ihm keine Träne hinterherweinte.

Einige der Frauen brüllten nun zurück: »Es reicht, ihr habt uns lange genug rumkommandiert.« Und: »Komm nur her, Fettwanst, dann gibt's was auf die Nase.« Die Stimmung wurde aggressiver, war in meinen Augen aber weit entfernt von einer Eskalation. Dennoch rückten die Polizisten langsam näher.

»Und dann müssen wir alle weiteren Ungerechtigkeiten gegen Frauen in Hamburger Fabriken und Lagerhäusern ans Tageslicht bringen. Wir fordern höhere Löhne für Frauen, geregelte Arbeitszeiten und Schutz für schwangere Frauen«, rief Emma.

Und dann hob sie an zu einer Brandrede für das Frauenwahlrecht, ihrem Lieblingsthema. Seit unserem letzten Zusammentreffen vor drei Jahren hatte sich in dieser Hinsicht im Deutschen Reich nichts verändert, aber Emma hatte offenbar den Mut noch nicht verloren. Sie würde vermutlich noch aus dem Grab eine kämpferische Faust recken.

Emma forderte in leidenschaftlichen Worten nicht weniger als eine Revolution gegen Senat, Gerichtsbarkeit und Pfeffersäcke, um ihr Publikum schließlich aufzufordern, vors Rathaus zu ziehen. Von der Ladefläche ihres Wagens wurden Schilder an die Versammelten verteilt. Ich konnte handgemalte Sätze wie »Wahlrecht für Frauen jetzt«, »Gerechter Lohn für alle« und »Lasst Kathrin Meier frei« lesen. Eine der Frauen vom Leiterwagen setzte sich auf den Kutschbock und steuerte das Gespann der Menge voran Richtung Rathaus, das nur wenige Minuten entfernt war.

Es war verboten, vor dem Rathaus Kundgebungen abzuhalten, wie jeder wusste. Das war gewiss der Grund, warum sich einige Teilnehmerinnen von der Gruppe absonderten und ihrer Wege gingen. Viele der Frauen waren vermutlich – so wie ich – zum ersten Mal auf einer solchen Kundgebung, wussten aber vom Hörensagen und aus Zeitungen, dass es schnell zu Schlägereien kommen konnte. Es verdross mich, dass es so einfach war, den Kampfgeist einiger Frauen zu brechen. Dafür kamen aber Passanten hinzu, die auf eine Möglichkeit hofften, ihre Sensationsgier zu stillen. So zogen nun also drei Gruppen Richtung Rathaus: Emma Neumanns Protestler, die Neugierigen, die hämisch lachten, gefolgt von den Schutzleuten, die noch nicht eingriffen, es aber jeden Moment tun konnten. Das Geräusch der Pferdehufe auf dem Pflaster wirkte bedrohlich. Viele der Frauen sahen beunruhigt zu den Polizisten, auch Emma wirkte nun etwas nervös.

Agatha und ich gingen am Ende der ersten Gruppe, und es kam mir so vor, als gehöre Agatha noch zu Emmas Gefolgschaft, ich aber bereits zu den Schaulustigen. Ich wusste tatsächlich nicht, ob ich hier noch mitgehen wollte.

Als wir den Rathausplatz erreicht hatten, erkannte ich, dass der Zeitpunkt und das Ziel der Kundgebung nicht zufällig gewählt waren. An diesem Abend fand eine Bürgerschaftssitzung statt, und es waren bereits einige der Ratsherren mit ihren auffälligen weißen Faltenkragen auf dem Weg ins Rathaus. Und nun kamen über die Herrmannstraße weitere Polizisteneinheiten zu Fuß und auf Pferden. Es kam mir vor, als seien es inzwischen mehr Polizisten als Teilnehmer der Kundgebung.

Von rechts bewegten sich Emma und ihr Gefolge aufs Rathaus zu, während von links gut dreißig Ratsherren Kurs hielten, jedoch langsamer wurden. Ängstlich schauten sie hinüber zu uns. Die Menge wurde lauter und fuchtelte mit den Schildern. Auf dem Leiterwagen stand Emma, ganz unerschrockene Arbeiterführerin, und rief: »Da sind die hohen Herren. Sagen wir ihnen direkt, was wir von ihnen wollen.« Es folgte ein Durcheinander von Stimmen, aus denen keine einzelne Aussage zu identifizieren war. Das herannahende Hufgetrappel war indes deutlicher zu vernehmen. Gut fünfzig Berittene postierten sich nun vor dem Rathausportal, bildeten in zwei Gruppen ein Spalier. Weitere Polizisten ohne Pferde verlängerten diesen Trichter, durch den nun die Ratsherren, separiert von der aufgebrachten Menge, ins Rathaus schreiten konnten. Das alles ging erstaunlich schnell und so reibungslos, als hätten es alle Beteiligten häufig geübt.

Immer mehr Ratsherren kamen aus allen Richtungen zu Fuß oder in Kutschen zum Rathaus und tippelten nervös durch den Trichter ins schützende Gebäude.

Nun standen also Emma und ihre Frauen hinter dem Polizeispalier und brüllten den Ratsherren Forderungen und Beleidigungen entgegen, während sich hinter ihnen das Heer der Schaulustigen vergrößerte und der Gruppe der Frauen immer näher kam.

Emmas Leiterwagen stand mitten in der dicht gedrängten Menge, die Pferde traten nervös auf der Stelle. Ich nahm Agatha bei der Hand und versuchte, sie etwas abseits zu ziehen, es wurde auch um uns herum immer enger. Doch Agatha strebte in genau die entgegengesetzte Richtung, näher zu Emma, näher zu den Polizisten und den Ratsherren hinter ihnen.

Die Hamburger Bürgerschaft bestand aus hundertsechzig Ratsherren und Senatoren, die allerdings noch längst nicht alle angekommen waren. Es wurde lauter auf dem Rathausplatz, irgendwie auch wärmer. Man musste nicht klaustrophobisch veranlagt sein, um es in dieser Situation mit der Angst zu tun zu bekommen.

Nun öffnete sich im ersten Geschoss des Rathauses ein Fenster, und ein dicker, älterer Herr lehnte sich hinaus. Er setzte einen Schalltrichter vors Gesicht und brüllte hinein.

»Verlassen Sie sofort den Rathausplatz, alle!« Im Nu war er puterrot im Gesicht. »Diese Versammlung ist gesetzeswidrig, die Polizei wird den Platz in Kürze räumen.«

Gebrüll und Pfiffe waren die Antwort.

In diesem Moment näherte sich über die schmale Adolphsbrücke rechts neben dem Rathaus eine Gruppe junger Männer.

Mindestens ein Dutzend, mit ein paar Nachzüglern waren es bald zwei Dutzend, die sich zügig auf uns und die Menge zubewegten. Sie trugen die typische Kleidung der Hafenarbeiter und tief ins Gesicht gezogene Schirmmützen. Die Hemdsärmel hatten sie hochgekrempelt. Die meisten hatten prall gefüllte Säcke in den Händen.

Emma bemerkte die Gruppe erst, als sie sich bereits in die Menge zwängte. »Nein, Hinnerk, nicht, lasst das!«, hörte ich Emma rufen, doch keiner der Männer reagierte. Als die Eindringlinge die Reihe der Polizisten erreicht hatten, griffen sie in ihre Säcke und holten etwas heraus, das sie über die Köpfe der Polizisten warfen. Pferdeäpfel. Hunderte. Der braune Mist hagelte auf die schwarzen Roben der Ratsherren, bedeckte das Pflaster und erfüllte die Luft mit dem ebenso vertrauten wie unangenehmen Gestank.

Ein Gebrüll und Geschrei überall, dem man nicht mehr entnehmen konnte, wer nun vor Begeisterung ob dieser Eskalation brüllte und wer vor Empörung. Emma Neumann war auf jeden Fall empört, sie weinte fast vor Wut über die offenbar unangekündigte Unterstützung durch eine Gruppe Anarchisten, denn um nichts anderes handelte es sich hier.

Die Obrigkeit beschränkte sich nun nicht mehr auf Warnungen. Wie auf ein Kommando drängten sich die Polizisten aus dem Spalier in die Menge, von hinten kamen weitere Berittene, und alle droschen mit ihren schwarz lackierten Holzknüppeln vom Pferd herunter wahllos auf jeden ein, den sie erwischen konnten. Die Menschen stoben auseinander, suchten vorbei an den Polizisten Fluchtwege, die es jedoch nicht gab. Überall dunkle Uniformen, glänzende Knöpfe und Pickelhauben. Und Knüppel.

Die Kutscherin des Leiterwagens versuchte, die Pferde zu zügeln, doch die rasten in heller Panik los und trampelten einige

Frauen und Polizisten nieder. Emma, die gerade noch solide wie ein Dampferschornstein auf dem Wagen gestanden hatte, schlug in der Beschleunigung des Wagens lang hin und blieb auf der Ladefläche liegen.

Endlich ließ sich Agatha von mir aus dem Tumult ziehen. Im Weglaufen erwischten uns noch ein paar Stockhiebe. Mich traf einer so fest am Kopf, dass ich strauchelte und von Agathas erstaunlich kräftigem Griff vor dem Hinfallen gerettet wurde. Das war gut so, denn wer stürzte, lief Gefahr, von Polizeipferden zertrampelt zu werden. Schmerzensschreie, Flüche und Befehle erfüllten den ganzen Platz.

Ich lief mit Agatha über die Schleusenbrücke zu den Alsterarkaden, wo wir im Schatten des Säulenganges kurz verschnauften. Das taten einige andere auch. Ich stand da, die Hände auf die Knie gestützt, und sah auf den Boden. Nur langsam kam ich wieder zur Ruhe und meine Atmung in einen entspannten Rhythmus. Als ich aufsah, stand Agatha dicht neben mir, kerzengerade, und sah mich an. Triumphierend? Ja, und irgendwie glücklich, irre glücklich. Sie lachte.

»Zee-Jott, das war großartig. Ich habe mich noch nie so stark gefühlt.«

Erst jetzt sah ich das Hämatom über Agathas linker Augenbraue. Dick und dunkel. Schon der Anblick bereitete mir Schmerzen.

»Wir können froh sein, dass wir überhaupt noch leben«, sagte ich. »Du solltest dein Auge mal sehen. Das müssen wir kühlen, das sollte sich ein Arzt ansehen.«

»Ach, Papperlapapp!« Sie winkte ab und ging los. Richtung Rathausmarkt. »Wir müssen zurück. Da sind Leute gestürzt und niedergetrampelt worden. Die brauchen unsere Hilfe.«

Damit hatte sie sicher recht, aber mir stand der Sinn nur nach der heimeligen Sicherheit der Villa Knudsen und einer Tasse Tee mit Cognac oder besser Cognac mit Tee. Doch schon war Agatha auf der Brücke und lief auf den Rathausplatz. Nun sah ich, dass ihr Kleid am Ärmel einen Riss hatte, einer der Absätze ihrer Stiefel lose am Schuh hing und beim Gehen klackte. Bald würde er ganz abreißen.

Auf dem Platz waren nur noch wenige Menschen, die meisten trugen Uniform. Zwei Frauen und ein Mann lagen mit schmerzverzerrten Gesichtern auf dem Pflaster. Bei ihnen hockten jeweils Polizisten und sprachen mit ihnen. Gleich würden Sanitäter kommen und die Verletzten versorgen. Als wir uns dem Rathaus näherten, stellte sich uns ein Polizist in den Weg. Er war weit über fünfzig, sein brutales, fettes Gesicht glänzte unter der Pickelhaube vor Schweiß.

»Gehen Sie, machen Sie sich weg hier, der Spaß ist vorbei«, schnauzte er uns an. Ich beobachtete Agatha mit einem Seitenblick. Jetzt mach es bitte nicht noch schlimmer, sagte ich in Gedanken zu ihr, und offenbar hörte sie mich, denn sie sah den Wachtmeister nur eindringlich an und sagte: »Offensichtlich werden die Verletzten versorgt. Das ist auch das Mindeste, sollte man meinen. Lass uns gehen, Zee-Jott.« Dann drehte sie sich auf dem noch heilen Absatz um und stapfte Richtung Jungfernstieg.

»Geht in eure Küchen, ihr dummen Weiber«, rief der Polizist hinter uns her. »Diesen Kampf werdet ihr nie gewinnen!«

Agatha blieb stehen, drehte sich zu dem Kerl um und rief: »Und ihr habt den Kampf schon längst verloren, alter Mann, ihr habt es nur noch nicht gemerkt.« Ich zog sie weiter, wobei der Absatz des Stiefels ganz abriss. Agatha lachte und hakte sich bei mir ein, damit ich sie stützen konnte wie eine Kriegsversehrte. Dabei zog mir ein Duft in die Nase, eine Mischung des sicher teuren Parfums, das sie benutzte, sonnenbeschienener Haut und Mädchenschweiß. Ich fand es betörend und schämte mich gleich dafür.

Am Jungfernstieg etwas abseits entdeckten wir den Leiterwagen. Emma Neumann saß auf der Ladefläche, eine der anderen Frauen kniete hinter ihr und machte sich an ihrem Hinterkopf zu schaffen.

»Los, Zee-Jott, stell sie mir vor, diese Emma, ich will sie kennenlernen«, sagte Agatha und zerrte mich zu dem Leiterwagen. Als Emma mich kommen sah, lächelte sie kopfschüttelnd. Sie erkannte mich sofort, das hatte ich nicht erwartet.

»Hast du dich verlaufen, Carl-Jakob?«, sagte sie und musterte Agatha interessiert. »Und das ist deine neue Flamme?«

»Zweimal nein, Emma«, sagte ich. »Meine Bekannte Agatha wollte zu eurer Versammlung, und ich passe nur auf sie auf.«

»Das ist dir ja ganz großartig gelungen«, sagte Emma und lächelte Agatha verschwörerisch an. »Dein Auge, Kindchen, sollte sich mal ein Arzt ansehen.« Agatha ignorierte den Ratschlag und hielt Emma die Hand hin.

»Agatha Rosenberg aus London«, sagte sie forsch, »ich möchte Sie bei Ihrem Kampf unterstützen.«

»Aha«, sagte Emma und grinste, während die Frau hinter ihr einen Verband um ihren Kopf wickelte. »Aus London kommen Sie. Dann sind Sie mit den Suffragetten gegangen?«

Agatha nickte, und schon waren die beiden ungleichen Frauen im Gespräch über den Stand der Bewegung in Hamburg und im Reich über Frauenwahlrecht und Frauenrechte allgemein. Agatha und Emma verstanden sich auf Anhieb.

Ich stand nur nutzlos daneben und fragte mich, wohin das führen würde. War die rebellische und zu ungeahnten Grenzüberschreitungen bereite Agatha gut aufgehoben in Emmas Nähe? Wie auch immer ich mir diese Frage beantworten sollte, es war einerlei. Niemand interessierte sich für meine Meinung. Nachdem sie gut eine halbe Stunde miteinander geplaudert hatten, verabschiedeten sie sich mit einer Verabredung. Wann und wo sie sich zu welchem Zwecke treffen wollten, bekam ich nicht mit, und das hatte sicher seine Gründe.

Im Gehen konnte ich Emma noch eine Frage stellen, die mir die ganze Zeit nicht aus dem Kopf ging.

»Warum hat man dich nicht verhaftet, Emma? Der ganze Platz voller Polizei und du als Rädelsführerin mittendrin.«

Emma zuckte mit den Schultern. »Vielleicht nehmen sie mich nicht ernst. Oder sie nehmen mich zu ernst und befürchten, dass ein Aufstand ausbricht, wenn sie mich verhaften. Auf jeden Fall lassen sie mich nicht aus den Augen.«

Sie deutete zu einem Mann, der etwas abseits an einem Geländer stand und rauchte. Der junge Kerl in einem ziemlich abgetragenen Anzug sah hastig in eine andere Richtung, als wir zu ihm blickten.

»Verstehe«, sagte ich und wünschte Emma alles Gute.

»Und hast du Emma auch von deinem Vater erzählt?«, fragte ich Agatha, als wir langsam an der Alster entlang nach Hause schlenderten. Die Schuhe hatte sie ausgezogen und ließ sie lässig an einer Hand baumeln.

»Nein, wieso?«, fragte sie, als ob sie nicht genau wüsste, worauf ich hinauswollte.

»Männer vom Schlage deines Vaters und ihre Welt des grenzenlosen Kapitalismus sind genau das, wogegen Emma erbittert kämpft.«

»Das ist mir aufgefallen, Zee-Jott, und genau das macht die alte Dame so interessant. Warum soll ich ihr von Moses erzählen? Es kommt doch nicht darauf an, wo ich herkomme, sondern darauf, wo ich hinwill.«

»Und wo willst du hin, Agatha?«, fragte ich.

»In eine bessere und gerechtere Welt vielleicht«, sagte sie, blieb stehen und sah mich an. Ihr Blick traf meinen, mir wurde etwas mulmig, und da war wieder dieser Duft.

»Wie willst du denn zu deiner besseren Welt kommen? Mit Gesang oder mit Gebrüll?«

»Vielleicht mit beidem. Das wäre doch was.«

Kapitel 11

Wenige Tage, nachdem ich mir im Kampf um die Rechte der Frauen fast den Schädel hatte einschlagen lassen, war ich mal wieder bei Ludolf. Ich konnte mich ungeschminkt in der Öffentlichkeit bewegen, meine Beule am Kopf verbarg ich unter Haaren und im Freien unter einem Hut. Ganz anders Agatha: Ihren Bluterguss am Auge musste sie kunstvoll schminken und pudern. In der Operngarderobe bestach sie eine Maskenbildnerin mit einem exklusiven Parfum aus London, damit diese keine Fragen stellte und nichts weitertratschte. Agatha machte keinen Hehl daraus, dass sie ihre Verletzung gern wie eine Heldennarbe herumgezeigt hätte, um jedem, der danach fragte, ihre Geschichte von der gewalttätigen Hamburger Obrigkeit zu erzählen. Aber sie war vernünftig genug, dies nicht zu tun.

Ludolf lag wie immer in seinem Bett im halbdunklen Zimmer. Seine Haut war wächsern, der Blick glasig. Er lächelte matt, als er mich sah.

»Zee-Jott, alter Vampir«, sagte er mit rauer Stimme, »schön, dich zu sehen. Willst du wieder mein Blut saugen?«

»Ja, Ludolf, das will ich«, sagte ich und setzte mich auf den Rand des Bettes. Ich bereitete die Blutabnahme vor. Wir waren darin bereits gut eingeübt. Es wurde allerdings zunehmend schwierig, in Ludolfs zerstochenen Unterarmen noch einen unversehrten Punkt für die Entnahme zu finden. Der anhaltend niedrige Blutdruck des Patienten machte das Auffinden einer Vene zu einem Suchspiel.

»Hattest du heute schon Besuch?«, fragte ich in dem Versuch, ein unverfängliches Gespräch zu führen.

»Ja. Meine Mutter war da«, sagte er und starrte geheimnisvoll an die Decke.

»Und? Geht es ihr gut? Meine Tante Isolde möchte, dass ich sie von ihr grüße. Wann sehe ich deine Mutter mal?«

»Sie kommt immer ganz früh, wenn noch alle schlafen«, sagte er. »Sie möchte niemanden treffen.«

»Oh, dann geht es ihr also nicht so gut?«

Ludolf zuckte mit den Schultern und starrte weiter ohne jede Regung an die Decke. »Weiß nicht«, sagte er schließlich und sah mich an. »Bei ihr ist die Sache jedenfalls nicht gut aufgehoben.«

»Welche Sache? Was meinst du? Sag doch endlich mal, was dich bedrückt.«

Nervös knabberte er an seinem Daumennagel, sah abwechselnd mich an und dann wieder die Bettdecke. »Nein, noch nicht. Ich brauche das Journal. Und die Bilder. Vor allem aber das Journal. Die Bilder müssen noch entwickelt werden. Ich weiß ja gar nicht genau, was drauf ist.«

Er wirkte nun, als sei er in einer anderen Welt, als spreche er gar nicht mit mir.

»Welche Bilder, Ludolf?«

»Die Toten«, sagte er nur.

»Mensch. Gib mir die Sachen, dann kann ich darauf aufpassen«, rief ich vielleicht etwas zu erregt.

»Nein, das geht nicht. Sie sind nicht hier. Ich muss sie holen, wenn ich hier raus bin.«

»Wer hat sie denn jetzt, diese Sachen?«

»Der Mann auf der Krankenstation. Dieser Mann. Ein Verbrecher.«

»Ein Verbrecher? Ludolf, sag mir einen Namen. Hat er dein Geheimnis gestohlen?«

»Nein. Nicht gestohlen. Nicht jetzt. Zu gefährlich. Ich muss hier raus«, stammelte er.

Es war zum Verzweifeln. Ich konnte ihm jetzt unmöglich sagen, dass die Chancen nicht gut standen, dass er je hier herauskam. Aber es hatte keinen Sinn. Ich musste warten, bis er sich mir anvertraute. Er war misstrauisch. Und er hatte Angst. Vor wem? Vor was? Hatte Ludolf tatsächlich Informationen, die ihn in Gefahr bringen konnten? Oder hatte Martin recht, der seine Andeutungen für die Wahnvorstellungen eines fiebernden Geistes hielt. Auch Direktor Nocht hatte bestätigt, dass es bei der Schlafkrankheit zu Wahnvorstellungen und Halluzinationen kommen konnte. Das war in dem Stadium der Krankheit, in dem sich Ludolf befand, zwar noch nicht beobachtet worden, auszuschließen war es jedoch nicht. Wir wussten eben viel zu wenig über die Krankheit und noch weniger darüber, wie sie behandelt werden konnte.

Nachdem ich mich von Ludolf verabschiedet hatte, sprach ich Doktor Buchheim auf das Thema an.

»Der Patient hat hohes Fieber«, sagte ich. »Muss man nichts dagegen tun?«

»Doch, doch«, erwiderte Buchheim, der an seinem Schreibtisch saß und irgendwelche Akten aufmerksam las. Seine schmale Brille rutschte fast von der Nasenspitze. »Wir geben Aspirin, das wirkt ausgezeichnet.«

»Aber er hat sicher vierzig Grad Fieber. Das darf doch nicht lange so andauern, oder?«

Er sah von seinen Akten auf. »Wir erhöhen die Dosis, das ist unbedenklich.«

Aspirin war der Name, unter dem Acetylsalicylsäure gehandelt wurde, und es galt seit Jahren als Wundermittel gegen alles Mögliche. In der letzten Zeit fand das Mittel in der Fachpresse allerdings mehr Erwähnung wegen zahlreicher Patentstreitigkeiten, die sich der Hersteller Bayer mit anderen Produzenten lieferte, als durch seine pharmazeutischen Eigenschaften. Acetylsalicylsäure hatte tatsächlich fiebersenkende Wirkung. Mehr aber vermutlich auch nicht.

»Und wie wollen Sie der eigentlichen Erkrankung beikommen?«, fragte ich – tatsächlich aus Interesse und nicht, um Dr. Buchheim zu provozieren.

»Wir haben nun endlich Atoxyl und werden bald mit der Behandlung beginnen«, sagte Buchheim. Seine Unsicherheit war mit Händen zu greifen. »Wir müssen mit der Dosierung vorsichtig sein. Da fehlt uns die Erfahrung.«

Atoxyl, das wusste ich von Bernhard Nocht, war ein arsenhaltiges Mittel, über das seit einiger Zeit gesprochen wurde. In Deutschland wurde es bereits zur Behandlung von Blut- und Nervenkrankheiten verwendet. Auch gegen bestimmte Hautkrankheiten half es angeblich. Der Einsatz bei Tropenkrankheiten war noch nicht ausführlich erforscht. Versuche an Tieren hatten bestenfalls für Forschungsgrundlagen gesorgt. Für weitere Erkenntnisse musste man Atoxyl und andere Mittel an Menschen erforschen. Doch abgesehen davon, dass es in Deutschland kaum geeignete Patienten gab, wurden Versuche an Menschen von der Öffentlichkeit zunehmend kritisch beobachtet. Es hatte immer wieder Todesfälle gegeben, so dass die Regeln für Forschung und Industrie strenger geworden waren.

Es war bekannt, dass Robert Koch Atoxyl neben vielen anderen Mitteln in Afrika einsetzte. Aber viel mehr wusste auch Nocht nicht.

»Ist das nicht sehr riskant?«, fragte ich Buchheim. »Eine falsche Dosierung kann Harberg umbringen.«

Der Mediziner sah mich fast mitleidig an. »Lieber junger Freund, machen Sie sich da mal keine Sorgen, wir wissen schon, was wir tun«, sagte er mit maximaler Herablassung.

»Ach ja?«, entgegnete ich in zu forschem Ton. »Gerade sagten Sie noch, Sie wissen nichts über Atoxyl.«

»Ich weiß nicht viel über Atoxyl, aber ich weiß alles über den menschlichen Körper, und das wird helfen, ihren Freund gesund zu machen. Vertrauen Sie mir.«

Ich vertraute ihm nicht, verkniff mir aber jede weitere Bemerkung. Buchheim war fast doppelt so alt wie ich, und seine Verdienste als Chefarzt im Hafenkrankenhaus waren unbestritten. Er würde sich bei Nocht über mich beschweren, und der würde mir eine Zigarre verpassen, wie es Martin nannte, wenn man vom Vorgesetzten getadelt wurde.

Ich war entschlossen, mehr zu erfahren über Atoxyl, über die Schlafkrankheit und darüber, wie meinem alten Freund Ludolf Harberg geholfen werden konnte. Im Hafenkrankenhaus aber fand ich die Antworten auf meine Fragen ebenso wenig wie im Tropeninstitut. Nirgendwo in Hamburg würde ich weiterkommen. Ich musste nach Berlin. Bernhard Nocht würde mir die Reise genehmigen, und wenn nicht, würde ich mir freinehmen und auf eigene Faust zum Königlich Preußischen Institut für Infektionskrankheiten fahren.

Noch ganz in Gedanken bestieg ich mein Fahrrad und fuhr den schmalen Weg entlang, der vom Gebäude mit den Krankenzimmern vom Gelände hinunter zum Elbpark führte, als mir ein Radfahrer von links in die Quere kam. Ich konnte mein Rad noch abbremsen, aber der andere Radfahrer, den ich in meinem Schreck nur als bedrohliche, dunkle Masse wahrnahm, kam ins Schleudern und schlug aufs Pflaster.

Ich lehnte mein Rad an eine Wand und eilte dem Mann zu

Hilfe. Er war tatsächlich sehr dick und trug eine schwarze Jacke und eine passende Hose, dazu grobe Schuhe, Militärstiefeln ähnlich. Sein Hut, ein schwarzer Homburg, war mir vor die Füße gerollt. Ich hob ihn auf, klopfte den Staub ab und trat zu dem Mann, der nun vor mir auf dem Rücken lag, wie eine umgedrehte Riesenschildkröte. Er japste und zappelte. Ich erwartete nun eine Schimpftirade des Gestrauchelten, doch die blieb aus. Stattdessen lachte er mich an. In seinem fleischigen, hochroten Gesicht schrumpften seine blauen Augen zu kleinen, feuchten Knöpfen.

»Wo kommen Sie denn so plötzlich her, junger Mann?«, rief er aus. »Ich war wohl mit meinen Gedanken ganz woanders.« Noch bevor ich etwas sagen konnte, streckte er mir seine Pranke entgegen. »Na, nun helfen Sie mir schon auf. Im Stehen schimpft es sich leichter.« Er lachte immer noch. Ich griff seine Hand und versuchte, ihn hochzuziehen, doch er war viel zu schwer. Er mochte gut und gerne zweihundertfünfzig Pfund wiegen. Aber wenigstens saß er nun, und ich konnte hinter ihn treten, unter seine Achseln greifen und ihn so unter enormer Anstrengung aufrichten. Dabei berührte ich mit dem Gesicht die dünnen Haarsträhnen auf seiner schweißnassen Glatze. Er roch nach Tabak und altem Mann. Endlich stand er und klopfte sich den Staub von der Kleidung. Nun bemerkte ich, dass er unter der schwarzen Jacke keine Weste oder ein normales Hemd trug, sondern ein schwarzes, knopfloses Hemd mit dem wunderlichen weißen Rundkragen, der den Geistlichen kennzeichnete. Von meinem Freund Martin, einem Pfarrerssohn, wusste ich, dass dieses Kleidungsstück Kollar genannt wurde.

»Haben Sie sich verletzt, Hochwürden?«, stammelte ich und betrachtete den Mann von allen Seiten. An der linken Hand hatte er eine Abschürfung und sicher ein paar blaue Flecken an Stellen, die ich nicht sehen konnte, aber sonst schien er wohlauf. »Es tut mir unendlich leid, Hochwürden, ich habe Sie nicht kommen sehen.«

Der Mann winkte ab und klopfte mir freundschaftlich auf die Schulter. »Alles in Ordnung, junger Mann, beruhigen Sie sich, ich habe beste Verbindungen zu allen Schutzengeln. Es war außerdem meine Schuld, ich habe nicht aufgepasst. – Und hören Sie mit dem dummen Hochwürden auf. Ich bin kein Kardinal. Ich bin einfach Pater Paul.« Er streckte mir die Hand entgegen, und ich schlug ein.

»Carl-Jakob Melcher«, stellte ich mich vor und fuhrt fort: »Dann sind Sie der Militärpfarrer, der sich um meinen Freund Ludolf Harberg kümmert, richtig?«

»Sie kennen Ludolf? Ich bin gerade auf dem Weg zu ihm.«

Ich schilderte dem Pater meine sowohl private als auch berufliche Verbindung zum armen Ludolf und dankte ihm für den geistlichen Beistand, den er dem Freund zuteilwerden ließ.

»Der Herr kann uns die Last unseres irdischen Daseins nicht abnehmen«, sagte der Pater mit salbungsvoller Stimme, während ich bei seinem Fahrrad die abgesprungene Kette richtete, »aber er kann uns ein wenig beim Tragen helfen.«

Der Pater schlug vor, dass ich doch mit zu Ludolf kommen solle, aber ich lehnte ab. Ich kam ja gerade von ihm und wollte nun meine Reise nach Berlin planen.

»Dann müssen Sie mir bei nächster Gelegenheit unbedingt von Ihren Forschungen erzählen, Herr Doktor«, sagte der Pater und strahlte mich an. »Am besten bei einem guten Glas Bier, zu dem ich Sie einlade. Das bin ich Ihnen schuldig nach dem Schrecken, den ich ihnen eingejagt habe.«

»Sie sind mir gar nichts schuldig, aber ich treffe mich gerne mit Ihnen«, sagte ich, überwältigt von der erfrischenden Herzlichkeit des Gottesmannes. Dann fuhr ich davon. Pater Paul schob sein Rad; es war unübersehbar, dass er ein wenig humpelte.

Kapitel 12

Zu meiner großen Verwunderung stimmte Bernhard Nocht meiner Bitte zu, nach Berlin reisen zu dürfen, um mehr über Atoxyl zu erfahren. Er habe selbst schon mit dem Gedanken gespielt, sich persönlich und vor Ort über den aktuellen Forschungsstand zu informieren, doch momentan habe er dafür keine Zeit. Er plante eine Vortragsreise in die Vereinigten Staaten und brauchte dafür jede Minute. Außerdem war er seit vergangenem Jahr zusätzlich zu seiner Position als Direktor des Instituts zum Leiter des gesamten Hamburger Medizinalwesens ernannt worden. Eine große Ehre für meinen Vorgesetzten, aber auch eine große Verantwortung.

Sicher war ein weiterer Grund dafür, dass Nocht lieber mich schickte, die Tatsache, dass Robert Koch selbst nicht in Berlin war. Koch war nicht mehr Leiter des Instituts, er hatte keine Pflichten dort. Er war wieder einmal in Afrika, und niemand am Institut konnte genau sagen, wann er heimkehren würde. Wenigstens sei gerade wieder ein Assistent, aus Afrika kommend, eingetroffen, versicherte man mir am Telefon, der mir mit ein paar frischen Erkenntnissen helfen könne. Das klang für mich sehr vielversprechend, und schon am folgenden Tag bestieg ich den Zug nach Berlin. Margot hätte mich gerne zum Bahnhof begleitet, aber sie hatte wie immer alle Hände voll zu tun mit den kranken Kindern unserer Stadt. Martin hatte ein paar anzügliche Bemerkungen gemacht, dass ich alleine in der turbulenten Hauptstadt nicht unter die Räder kommen solle, ich sei ja jetzt verlobt. Was meinte er? Hamburg bot auch jede Menge Möglichkeiten, dem Laster zu frönen, das musste er als Polizist doch am besten wissen. Er musste aber auch wissen, dass ich nicht die Sorte Mann war, die auf flüchtige Vergnügungen aus war.

Dr. Buchheim erzählte ich nichts von meiner Reise. Es würde ihm nicht gefallen, dass ich mich über Atoxyl schlauer machen würde. Schlauer, als er es war.

Eine Übernachtung hatte mir Nocht in Berlin zugestanden und dafür gesorgt, dass man mir im Institut ein schlichtes Gästezimmer zur Verfügung stellte. Er selbst wohnte gewiss in einem feinen Hotel, wenn er in Berlin war.

Aber ich hatte mich nicht zu beschweren. Ich musste meine knappe Zeit nutzen. Nach einer vierstündigen Zugfahrt nahm ich die Tram zum Institut. Es war nicht mehr im berühmten Triangel-Gebäude neben der Charité ansässig, wo ich während meines Studiums auf einer Exkursion von Greifswald nach Berlin einen Vortrag gehört hatte. Eigentlich hatte man damals Dr. Koch selbst angekündigt; aber er war verhindert gewesen und hatte sich von einem seiner zahlreichen Assistenten vertreten lassen. Das Institut war damals wie heute eine Art Wallfahrtsort meiner Wissenschaft, der Tempelberg der Bakteriologie. Inzwischen war man in ein komfortableres, neues Gebäude in Berlin-Wedding umgezogen. Ich war schon auf einem Symposium hier gewesen, und es erfüllte mich mit großer Ehrfurcht, durch die Tür treten zu dürfen und mich als Soldat im wichtigen Kampf gegen die Geißeln der Menschheit fühlen zu dürfen. Ich war nicht Robert Koch, ich war nicht Paul Ehrlich und auch nicht Bernhard Nocht, aber ich war auch nicht niemand. Ich war einer, der mit am Tisch sitzen durfte. Ich war Dr. Carl-Jakob Melcher, Bakteriologe.

Gleich nach meiner Ankunft am Institut ließ ich mich zu Sebastian Fuhrmann bringen, einem Doktoranden, der zu meiner

Betreuung abgestellt war. Fuhrmann verbrachte anfangs viel Zeit damit, mich herumzuführen und mir die Geschichte des Instituts zu erklären, die ich längst kannte. Dann lud er mich im Casino zu einem mittelmäßigen Mittagessen ein. Allen konkreten Fragen, die ich hatte, wich er aus. Eigentlich war es ja auch nur eine Frage: Wie steht es um Atoxyl? Wie ist der Forschungsstand zu Dosierung, Wirkung und Nebenwirkungen bei der Behandlung der Schlafkrankheit? Kann man es bedenkenlos anwenden?

Es wurde rasch offensichtlich, dass Fuhrmann von Atoxyl weniger Ahnung hatte als ich, und auch sonst wusste er nicht viel über die Schlafkrankheit. Er rühmte sich irgendwelcher Studien zur Tuberkulose, die er aktuell durchführte, was sich für mich anhörte wie ein wissenschaftliches Abstellgleis.

Fuhrmann ließ mich an einer Vorlesung über Tropenkrankheiten eines mir unbekannten Mediziners teilnehmen, in der ich nichts erfuhr, was ich nicht schon wusste, und dann war der Tag auch schon vorüber. Nach einem Essen und einem Glas Wein in einem nahe gelegenen Gasthaus verbrachte ich den Abend lesend auf meinem Zimmer. Fuhrmann hatte mir neuere Berichte und Aufzeichnungen von Koch über seine noch laufende Ostafrika-Expedition gegeben. Darin beschrieb Koch ausführlich, wie sich seine Gruppe wochenlang in der Gegend um den Victoriasee bewegte, auf der Suche nach Gebieten, die besonders von den Schlafkrankheit erregenden Glossinen bevölkert waren. Dabei gewann Koch Erkenntnisse über die Lebensbedingungen des Insekts. Eine Erkenntnis war, dass dichtes Buschwerk und Feuchtigkeit gute Bedingungen darstellten. Also ließ er große Flächen niederbrennen. Eine Maßnahme, die die Glossinen verschwinden ließ, aber sicher keine weiterreichende Lösung sein durfte. Man konnte ja nicht halb Afrika niederbrennen.

Koch untersuchte auch zahlreiche Tiere, um sie als Zwischenwirte für die Erreger zu identifizieren. Auffallend war, dass bei Säugetieren wie Antilopen, Wasserbüffeln oder Giraffen wenige bis gar keine Erreger im Blut zu finden waren. Schließlich erwies sich ein furchterregendes Reptil als Komplize des Erregers und der Glossine: das Krokodil. Es gab reichlich von den großen Echsen rund um die Ssese-Inseln. Hatte ich in Hagenbecks Tierpark Exemplare von schätzungsweise drei Metern Länge schon als angsteinflößend wahrgenommen, so mussten die von Koch beschriebenen sechs Meter langen Krokodile jeden Mann in Panik davonrennen lassen. Kochs Gruppe erlegte mehrere dieser Tiere und fand in ihrem Blut reichlich Hinweise auf die Parasiten. Koch nahm nun an, dass nur Mücken, die zuvor ein Krokodil gestochen haben, den Erreger auf den Menschen übertragen konnten. Man vermochte sich kaum vorzustellen, dass eine Fliege mit ihrem kleinen Stachel den Lederpanzer eines Krokodils durchdringen konnte. Aber das musste sie auch nicht. Der Stachel war lang genug, um eine schwach durchblutete Schicht in der Lederhaut zu erreichen und das Tier zu infizieren.

Koch formulierte tatsächlich den Gedanken, dass man dort, wo Menschen lebten, alle Krokodile ausrotten könne. Mir erschien das nicht nur als Versündigung an der Natur, sondern auch als schlichtweg nicht praktikabel.

Auf den Ssese-Inseln nahe der Stadt Entebbe im nordwestlichen Teil des riesigen Sees, so groß wie das Königreich Bayern, fand Koch ideale Bedingungen für seine Forschung. Viele Fliegen, viele Menschen und eine hohe Rate an Infektionen. Er beschrieb, wie er immer mehr Gebäude für seine Behandlungen errichten lassen musste. Und Koch benötigte immer mehr Ärzte, was vermutlich auch meinen Freund Ludolf an den See gebracht hatte. Bis zu tausend Patienten waren gleichzeitig auf seiner Station.

Bei der Untersuchung der Menschen kam Koch zu der Erkenntnis, dass die Analyse des Blutes allein keinen zuverlässigen Nachweis über eine Infektion lieferte, sondern dass es einer Punktion der Lymphdrüsen bedurfte. Diese äußerst schmerzhafte Prozedur wurde von vielen Eingeborenen abgelehnt, was den Forschern zunehmend Probleme bereitetet. Über eine Behandlung mit Atoxyl stand nichts in den mir ausgehändigten Berichten.

Erst am nächsten Morgen brachte mich Fuhrmann zu dem Mann, der mir versprochen worden war. Clemens Siegel war ein etwa vierzigjähriger, schlanker Mann, dem die Sonne Afrikas Gesicht und Halbglatze fleckig gebräunt hatte. Er war ein ernsthafter Gesprächspartner, der weder für Ironie noch für kleine Scherze empfänglich war. Er war auch nicht dazu zu bewegen, längere Ausführungen zu machen. Er beantwortete meine Fragen kurz und knapp, jedenfalls einige.

»Erproben Sie dort in Afrika Atoxyl?«, war meine erste Frage. Ich hatte genug Zeit verloren.

»Ja.«

»An erkrankten Eingeborenen?«

»Ja.«

»Auch an erkrankten Weißen?«

»Kaum. Es gibt keine Patienten.«

So ging das hin und her. Auf diese mühsame Art erfuhr ich, dass man sehr behutsam und in sehr geringen Dosen Atoxyl verabreichte und kleine Erfolge erzielte. Die Symptome der Erkrankten wurden schwächer, erste Anzeichen einer Genesung waren zu erkennen.

»Und dann? Was passiert dann? Genesen sie? Sterben sie?«, fragte ich.

»So weit sind wir noch nicht. Es sterben Menschen, ja. Aber nicht am Atoxyl, sondern an der Krankheit. Es ist sehr mühsam, die Veränderungen im Blut auszuwerten. Es dauert. Wir müssen Geduld haben. Im Moment sieht es so aus, dass die Parasiten im Blut weiterleben. Sie werden schwächer unter geringen Dosen Atoxyl, aber sie sterben nicht. Mit der Erhöhung der Dosis ist Dr. Koch sehr vorsichtig. Wir haben ja auch nur eine begrenzte Zahl an Freiwilligen, die sich behandeln lassen will.«

»Und die anderen wollen sterben?« Ich musste mich zusammenreißen, den Mann nicht an den Schultern zu packen und zu schütteln, damit er etwas ausführlicher würde.

»Ja, so ist es. Es sind primitive Menschen. Wir wissen, noch nicht mal, ob sie auf diese Mittel genauso reagieren wie Weiße.«

Er zeigte mir Aufzeichnungen von Blutwerten, Journale von Krankheitsverläufen, in denen die Symptome detailliert beschrieben waren. Und er zeigte mir Bilder von abgemagerten Schwarzen, die in einer Hütte auf Pritschen lagen, neben ihnen Robert Koch und andere weiße Männer in Arztkitteln oder Tropenkleidung.

»Wir tun, was wir können. Dr. Koch opfert sich auf, das können Sie mir glauben.«

Ich sah die Berichte lange durch, suchte und wusste nicht, wonach. Schließlich spielte ich meine letzte Karte aus.

»Sie haben doch sicher Ludolf Harberg dort unten kennengelernt«, sagte ich so unverfänglich wie möglich.

»Harberg? Harberg?«, dachte Siegel laut nach.

»Ein junger Stabsarzt. Groß, blond«, versuchte ich, ihm auf die Sprünge zu helfen.

»Ja, ich glaube, ich erinnere mich. Woher kennen Sie ihn?«

»Er ist in Hamburg. Er hat sich infiziert, und wir behandeln ihn.«

»Ach, verstehe, dann ist Harberg der Infizierte in Hamburg, von dem ich gehört habe. Das tut mir leid. Wie geht es ihm?«

»Schlecht. Er ist sehr schwach. Phase zwei der Krankheit, vermuten wir.«

»Grüßen Sie ihn von mir, ich wünsche ihm alles Gute. – Aber wir waren nur kurz zusammen auf den Inseln. Erst war ich auf dem Festland unterwegs, und dann war Harberg bei einer Gruppe, die aufs Festland ging. Nach Bukoba, glaube ich. Ich weiß nicht, mit welchem Auftrag oder ob sie überhaupt einen Auftrag hatten. Ich habe Harberg vor meiner Abreise nicht mehr gesehen.«

»Bukoba?«

»Ja, das ist die Provinzhauptstadt zehn Schiffsstunden von den Inseln entfernt am deutschen Ufer des Sees.«

»Die Ssese-Inseln liegen im britischen Teil des Sees, richtig?« Siegel nickte. »Dr. Koch ist aber doch im Auftrag der Reichsregierung unterwegs, wieso forscht er bei den Briten?«, fragte ich mehr aus Neugier.

»Ja«, antwortete Siegel wieder überheblich, »die Glossinen halten sich nicht an Staatsgrenzen und die infizierten Eingeborenen auch nicht. Wir müssen zusammenarbeiten, wenn wir Erfolg haben wollen.«

»Ludolf Harberg hat mir erzählt«, sagte ich etwas unsicher, »dass die Forschungen sehr schwierig sind und es viele Tote gibt. Stimmt das?« Ich stocherte im Nebel. Ludolf hatte nichts dergleichen gesagt. Aber irgendeinen Grund musste es doch geben, dass er so schlecht über Koch sprach. Gleichzeitig bezichtigte ich Siegel mit meiner Frage der Lüge. Schließlich hatte er gerade noch beteuert, dass Koch sehr behutsam vorging. Es war einfach ein Versuch, Siegel aus der Reserve zu locken.

Siegel lächelte milde, meine Frage verunsicherte ihn nicht.

»Herr Dr. Harberg war zur Assistenz eingeteilt, zur Grundversorgung unserer Patienten, soweit ich mich erinnere. Mit der Medikamentierung und der Dosierung hatte er ganz sicher nichts zu tun. Wenn er jetzt unter der Krankheit Dinge erzählt, dürfen Sie das nicht so ernst nehmen. Die Situation in der Station ist für viele Menschen sehr aufwühlend. Bitte lassen Sie da keine Gerüchte aufkommen.«

So schnell wollte ich mich nicht abspeisen lassen und fragte, ob Professor Schilling vielleicht zu sprechen sei. Claus Schilling war seit zwei Jahren der Leiter des Instituts und damit Robert Kochs Nachfolger in diesem Amt. Doch natürlich war er für mich nicht zu sprechen.

Clemens Siegel verabschiedete mich mit distanzierter Höflichkeit. Es war unübersehbar, dass ich ihn mit meinen Fragen misstrauisch gemacht hatte. Durchaus möglich, dass mein Chef Bernhard Nocht nun gebeten wurde, mich nicht allzu vorwitzig werden zu lassen. Nachdenklich und besorgt um Ludolfs Behandlung machte ich mich auf die Heimreise.

Eigentlich wollte ich vor meiner Abreise noch einen Abstecher ins KaDeWe machen, dem Kaufhaus des Westens, einem riesigen Warenhaus, das vor Kurzem eröffnet hatte und über das das ganze Reich sprach. Nirgendwo, so konnte man auch in Hamburger Zeitungen lesen, gab es eine so erlesene Auswahl an Kleidung, Accessoires, Kosmetikartikeln, Parfümerie und vielem mehr. Ich hätte Margot gerne von dort ein kleines Geschenk mitgebracht. Aber dann war mir doch nicht danach, irgendwelchen teuren Tand zu kaufen, während der sterbende Ludolf durch meine Gedanken geisterte.

Kapitel 13

Als ich am frühen Abend mit dem Zug aus Berlin eintraf, stand Margot auf dem Bahnsteig, um mich zu empfangen. Wir küssten uns länger, als es in der Öffentlichkeit schicklich war, und gingen in ein Lokal in Bahnhofsnähe, wo ich Margot bei einem Glas Wein und ein Paar Frikadellen meine Abenteuer schilderte. Sie war interessiert und, als ich geendet hatte, empört.

»Und du glaubst wirklich, dass die dort unten die Eingeborenen benutzen, um ihre Dosierungen zu testen? So, wie wir Ratten benutzen?«

»Ich weiß es nicht, Margot. Aber es erschien mir schon verdächtig, wie dieser Siegel versuchte, mich zu beschwichtigen. Lassen Sie da keine Gerüchte aufkommen, hat er gesagt.«

Nachdem ich Margot mit einer Droschke nach Hause gebracht hatte, betrat ich mit meiner kleinen Reisetasche die Villa Knudsen. Es war schon halb elf, aber Tante Isolde war noch wach.

Ich fand sie im Salon, wo sie in einem Sessel saß und finster vor sich hin starrte. Dann entdeckte ich am anderen Ende des Salons Agatha auf einem Klavierhocker sitzend, die ebenfalls missmutig blickte.

»Was ist denn hier los?«, rief ich, beschwingt vom Wein und von Margots Abschiedskuss. »Ist jemand gestorben? Bekomme ich keine Willkommensparade?«

Die Frauen sahen sich an, dann mich. Kein Lächeln.

»Sag du es ihm, Tante Isolde«, sagte Agatha nur und ließ die Finger verlegen über die Tastatur des Klaviers streichen.

Isolde sah mich an, traurig, enttäuscht, es war schwer, zu sagen. Ich rechnete mit dem Schlimmsten.

»Agatha hatte heute Abend Besuch.«

Ich schluckte. »Und wer war zu Gast, dass er für so schlechte Stimmung sorgt?«, fragte ich. »Der Leibhaftige?«

»Schlimmer«, murmelte Agatha.

»Emma Neumann«, rief Tante Isolde empört aus. »Emma Neumann, die Anarchistin und Umstürzlerin, eine wahre Bedrohung für alle Menschen von Stand, spaziert am helllichten Tag in mein Haus – durch den Haupteingang – und bekommt sogar noch Wein angeboten.«

Ich musste mich bemühen, nicht zu grinsen, es war der Tante wirklich ernst. Ich war erstaunt, dass sie überhaupt wusste, wer Emma Neumann war, aber das hatte ihr vermutlich Agatha verraten, nachdem sie gefragt hatte, wer denn um alles in der Welt diese merkwürdige Person sei.

»Ja, es tut mir leid, Tante Isolde«, sagte Agatha, und es war sicher nicht ihre erste Entschuldigung an diesem Abend. »Das war kurzsichtig von mir. Es wird nicht wieder vorkommen.«

»Ich versuche, mir vorzustellen«, schimpfte Tante Isolde weiter und lief durch den Raum, »was dein Vater, der ehrenwerte Moses Rosenberg, sagen würde, wenn du ihm einen englischen Kommunistenführer ins Haus bringen würdest? Wäre der begeistert?«

»Ganz sicher nicht«, antwortete Agatha brav, und irgendwie kam es mir vor, als würde die Szene, die sich unmittelbar nach dem offensichtlichen Rauswurf der Emma Neumann zwischen Agatha und der Tante abgespielt haben musste, hier für mich noch mal zum Besten gegeben. So richtig überzeugend wirkte es jedoch nicht.

Natürlich verstand ich den Zorn der Tante gut und Agathas

unendliche Dummheit in keiner Weise, aber es war nicht der richtige Zeitpunkt für meine Meinung.

»Ich kann dir nicht verbieten, diese Frau zu treffen, Agatha, aber du bringst sie oder andere Leute ihres Schlages nie wieder in mein Haus. Haben wir uns verstanden?«

»Ja, Tante Isolde.«

»Und am besten lässt du dich mit diesen Leuten gar nicht in der Öffentlichkeit sehen. Jeder weiß, dass du zur Familie Knudsen gehörst, und wir haben einen Ruf zu verlieren.«

Ich wusste noch nicht, dass Agatha zur Familie gehörte, aber im Stillen gratulierte ich ihr dazu. Isoldes Wunsch, mit Leuten vom falschen Schlag nicht wieder gesehen zu werden, wurde von Agatha nicht mit einem »Ja, Tante Isolde« quittiert, was in mir dunkle Befürchtungen weckte.

»Darf ich den Damen vorschlagen, dass wir mit einem kleinen Cognac die Stimmung etwas anheben und ich euch von meinen Abenteuern in der fernen Hauptstadt berichte?«, sagte ich und spürte, wie mein Vorstoß von beiden Frauen dankend angenommen wurde. Sie hätten ohne mich vermutlich den ganzen Abend nicht mehr aus ihrem Groll gefunden.

Die nächste halbe Stunde plauderte ich Belanglosigkeiten hinaus, die ich interessant verpackte. Mit den wahren Erkenntnissen meiner Reise behelligte ich Agatha und Tante Isolde nicht.

Stattdessen behelligte ich am nächsten Morgen Dr. Nocht damit, den ich inständig bat, Atoxyl weder an Ludolf noch an irgendwelchen anderen Schlafkrankheitpatienten anzuwenden. Ich wusste, dass es nicht in seiner Macht stand, Dr. Buchheim Vorschriften zu machen, aber ich war sicher, dass der Arzt auf den berühmten Experten Nocht hören würde. Und so war es. Ein Anruf meines Vorgesetzten, und Buchheim versprach, sein Atoxyl vorerst im

Schrank zu lassen. Mein Name fiel dabei nicht, und von meiner Reise war auch keine Rede. Nocht berief sich auf neueste Forschungsergebnisse, das reichte.

Ich hatte das Gefühl, meinem alten Schulfreund Ludolf das Leben gerettet zu haben, was natürlich nicht der Fall war. Er würde nicht qualvoll von der vermeintlich falschen Arznei vergiftet, aber er hatte immer noch die Parasiten im Blut, die ihn langsam auffraßen. Ein Heilmittel dagegen stand uns nicht zur Verfügung.

Ich dachte manchmal darüber nach, ob ich die richtige Wahl getroffen hatte, als ich mich für einen forschenden Beruf entschied. Die Tante wollte mich als Arzt sehen; da wäre ich eher an der Stelle, wo Menschen gesund gemacht werden. Aber dann wäre ich eben auf die Forscher angewiesen, die mir die Mittel dafür an die Hand gaben. Bei der Schlafkrankheit hatten wir Forscher bisher versagt. War es nicht ohnehin menschliche Hybris zu glauben, dass wir auf kurz oder lang für jedes Problem eine Lösung finden würden, für jede Krankheit eine Arznei oder einen Impfstoff? Tuberkulose, Milzbrand, Tollwut, Cholera, die Liste der Bedrohungen, derer wir uns erfolgreich stellten, wurde immer länger. Aber durften wir erwarten, dass es so weiterging? Oder brachte die Natur immer wieder neue Angreifer in Stellung, um uns unsere Sterblichkeit und Begrenztheit vor Augen zu führen? Vielleicht wurden wir einfach zu viele auf unserer Mutter Erde, wenn Kriege und Seuchen nicht eingriffen. Es gab fast zwei Milliarden Menschen auf der Welt, doppelt so viele wie vor hundert Jahren. Viele hungerten. Ein Gedanke, mit dem ich mich nicht anfreunden wollte. Ich wollte daran mitwirken, dass jeder Mensch eine Chance auf ein langes und möglichst leidfreies Leben hatte.

Tatsache war aber auch: Eine Krankheit wie die Schlafkrankheit oder die Malaria würden wir Europäer gar nicht kennen, wenn es uns nicht in die entlegensten Winkel der Welt ziehen würde, um, ja, um was zu finden? Und was wir völlig außer Acht ließen: Nicht nur wir brachten die fremden Krankheiten zu uns, sondern exportierten unsere Seuchen auch in die Fremde. Und das schon seit Jahrhunderten. Als der Spanier Cortez vor vierhundert Jahren das starke und mächtige Volk der Azteken im heutigen Mexiko angriff, waren es weniger die Waffen der Europäer, die die meisten Opfer forderten, sondern eingeschleppte Krankheiten wie Pocken und Cholera. Verbündete, auf die man nicht stolz sein konnte. Was wir heute Tödliches in die Kolonien trugen, und was es anrichtete, war noch gar nicht wirklich erforscht.

Doch ich war Bakteriologe, ich musste die Wahrheit unter dem Mikroskop suchen, anstatt trüben Gedanken nachzuhängen, die kein Ergebnis bringen konnten.

Kapitel 14

Mein Cousin Adolf, Sohn von Tante Isolde und Onkel Wilhelm, spielte in meinem Leben fast keine Rolle mehr. Als ich in der Villa Knudsen vor über drei Jahren einzog, begegnete ich ihm noch fast jeden Tag. Er bewohnte die drei Räume, in denen ich nun residierte, und war kaum zu übersehen und zu überhören. Seit Wilhelms Tod und dem Zerwürfnis mit seiner Mutter bekam ich eigentlich nur über Dritte oder aus der Zeitung mit, was Adolf so trieb. Er war geschieden, lebte in einer großen Wohnung in der Innenstadt, arbeitete als Schiffsmakler und – das ist das Wichtigste – saß seit drei Jahren als Ratsherr in der Hamburger Bürgerschaft. Dort kämpfte er dafür, dass für Menschen seines Standes in der Stadt und im Deutschen Reich alles so blieb, wie es war – und damit war Adolf der natürliche Feind von Emma Neumann und ihren Genossen.

Ich war mit Adolf nie sehr eng gewesen. Auch als Kind nicht, wenn ich Onkel und Tante besuchte. Er ist sechs Jahre älter als ich und pflegte stets ein eher großspuriges Auftreten. Seine Freizeit verbrachte er in Nachtclubs und auf Pferderennbahnen, und sein Umgang mit Frauen war eher der eines Matrosen als der eines Mannes der Gesellschaft. Meine Verbundenheit mit Tante Isolde machte es überdies undenkbar, dass ich mit Adolf gesellschaftlich verkehrte. Wenn ich ihn auf der Straße traf, was selten vorkam, grüßte ich zurückhaltend und ging meines Weges. Beim jährlichen Besuch an Wilhelms Grab hielt ich es ebenso.

Und doch sprach er mich eines Tages an.

»Hey, Carl-Jakob«, zischte es neben mir, als ich frühmorgens mit dem Fahrrad das Tropeninstitut ansteuerte. Ich war unausgeschlafen, da es am Vorabend bei einem Essen mit Margot, Martin und seiner Frau etwas später geworden war. Mathilde wollte noch einmal, wie sie sagte, ein paar Erwachsene sehen, bevor sie niederkam und als Wöchnerin mit sich selbst und dem Kind beschäftigt sein würde.

Ich war etwas in Gedanken und hatte den Einspänner, der in einigem Abstand zum Institut im Schatten einer großen Linde stand, erst gar nicht bemerkt.

»Warte mal einen Moment.«

Ich hielt neben der Kutsche und erkannte nun Adolf. Er sah gut aus. Sein Bart war gepflegt, er trug eine moderne Kappe anstelle eines Hutes und eine helle Sommerjacke. Offensichtlich hatte er auch abgenommen.

»Was machst du denn hier?«, fragte ich.

»Es braucht jemand deine Hilfe. Dringend.«

»Ach was«, sagte ich. »Wer denn. Du?«

»Nein, mir ist nicht zu helfen«, sagte Adolf grinsend und stieg vom Kutschbock. Er kam näher und flüsterte mit ernstem Gesicht. »Deine Freundin Agatha braucht Hilfe.«

»Agatha? Ich habe den Eindruck gewonnen, dass sie sich sehr gut selbst helfen kann. Was hast du mit ihr zu schaffen?«

Ich misstraute Adolf zutiefst. Er hatte mehr als einmal bewiesen, dass er heimtückisch, intrigant und stets auf seinen eigenen Vorteil bedacht war. Wenn er mir antrug, Agatha zu helfen, dann ging es auch um ihn.

»Deine Freundin Agatha …«

»Sie ist nicht meine Freundin«, unterbrach ich ihn. »Setz da bitte keine Gerüchte in die Welt. Ich bin verlobt.«

»Ja, Glückwunsch, Carl-Jakob, ehrlich. Aber diese Agatha, was auch immer sie ist, läuft Gefahr, in Schwierigkeiten zu geraten.«

»Und was hast du damit zu tun? Und was ich?«

Adolf lehnte sich lässig an die Kutsche und zündete sich eine Zigarette an.

»Ich bin der, der aufgeschnappt hat, was Agatha Ungeschicktes treibt, und du bist der, der sie davon abhalten kann. So einfach ist das.« Er trat die Zigarette, kaum angezündet, wieder aus. War er nervös? »Mein Freund Christoph Heinze ...«

»Ach, der ist auch dein Freund? Ich weiß nur, dass er der Freund deiner Mutter ist und vermutlich gerne mehr wäre. Wie kommt es, dass deine Mutter und du noch dieselben Freunde haben?«

»Wir sitzen nebeneinander in der Bürgerschaft, mein Lieber. Wir sind politische Freunde, und das ist allemal mehr wert als Christophs unreife Schwärmerei für meine Mutter. Sei's drum: Agatha mischt sich in Dinge ein, die sie nichts angehen, und Christoph, also Herr Heinze, hat sie wiederholt gewarnt. Es wird unangenehm für sie, wenn sie nicht einlenkt.«

Ich war interessiert. Agatha war in der Tat bei aller gebotenen Distanz inzwischen eine Art Freundin für mich, und ich bildete mir ein, einigermaßen Bescheid zu wissen über ihr Tun zwischen Opernhaus und Villa Knudsen. Doch Adolf berichtete mir von Aktivitäten, in die Agatha mich noch nicht eingeweiht hatte. Sicher aus dem einen Grund, dass ich sie nicht billigen würde. Offenbar war sie in den vergangenen Tagen mehrfach mit anderen Frauen vor den Toren der Kaffeerösterei Heinze erschienen, um Arbeiterinnen zu befragen. Sie hatten dafür angeblich Fragebögen vorbereitet, die sie mit den Frauen durchgingen und ihre Antworten notierten. Die Art der Fragen war für mich nicht überraschend: Wie viele Stunden arbeiten Sie? Wie viele Stunden bekommen Sie bezahlt? Dürfen Sie Pausen machen? Werden

Sie geschlagen? Werden Sie belästigt? Und so weiter. Die älteren Arbeiterinnen gingen meistens zügig weiter, wenn sie angesprochen wurden. Aber die Jüngeren blieben stehen, beantworteten die Fragen und sprachen untereinander den ganzen Tag darüber.

»Das tun sie nicht nur bei Heinze vor der Tür, sondern auch bei anderen Gesellschaften und Lagerhäusern. Die stacheln zum Aufruhr an, Carl-Jakob!«, empörte sich Adolf.

Ich hatte mich schon gewundert, dass Agatha in den letzten Tagen beim Frühstück gefehlt hatte. Ich dachte, dass es nach der Oper später geworden war und sie nicht aus dem Bett kam, aber nun wusste ich den wahren Grund.

»Es ist ja nicht verboten, auf der Straße Menschen zu befragen, oder?«, sagte ich scheinheilig.

»Nein. Darum geht es nicht. Heinze ist wütend. Nach der Sache mit diesem Mädchen, das auf den Vorarbeiter losgegangen ist, sind sowieso alle verrückt geworden, sagt er. Heinze wollte schon mit meiner Mutter wegen Agatha sprechen, aber ich schlug ihm vor, das über dich zu regeln. Isolde regt sich nur auf und macht der Kleinen mehr Ärger als nötig. Du bist da gewiss diplomatischer.«

»Meinst du? – Also ich soll jetzt Agatha von ihrem Feldzug für die Rechte der Frauen zurückpfeifen? Und die anderen Frauen auch?«

»Ja. Diese Emma Neumann kennst du doch auch. Die ist wohl noch schlimmer als Agatha. Die sollen aufhören damit. Und die sollen keine Lügen in die Welt setzen, was auch immer die Frauen da auf die Fragen antworten.«

»Was antworten sie denn?«

»Was weiß ich! Dass sie schlecht behandelt werden, zu wenig Geld verdienen, geschlagen werden. Das wird dieses Mädchen in der Haft doch auch erzählen. Alles Lügen, glaub mir.«

Ausgerechnet Adolf zu glauben, fiel mir schwer, und soweit ich wusste, hatte die inhaftierte Arbeiterin noch gar nichts gesagt. Martin hatte mir nur erzählt, dass sie bei den Befragungen entweder vor sich hin starrte oder hysterisch schrie und schimpfte. Zum Vorwurf des versuchten Mordes hatte sie sich noch nicht geäußert, und einen Anwalt hatte sie ebenfalls nicht. Der Prozess würde auch ohne ihr Zutun stattfinden und für sie sicher nicht günstig verlaufen. Nur ihr junges Alter von siebzehn Jahren würde sie vor langem Zuchthaus oder gar dem Fallbeil bewahren.

Sei's drum: Ich musste mit Agatha sprechen. Das war ich weniger Adolf als vielmehr meiner und ihrer Gastgeberin Tante Isolde schuldig. Sie hatte es nicht verdient, dass man sich in der Hamburger Gesellschaft die Geschichte erzählte, die ehrenwerte Witwe Knudsen würde eine gefährliche Revolutionärin beherbergen.

»Ich werde mit ihr sprechen«, sagte ich in möglichst versöhnlichem Ton. »Aber glaube nicht, dass die Damen, die angetreten sind, die Welt aus den Angeln zu heben, auf mich hören.« Adolf bestieg seine Kutsche, doch ich hatte noch eine Frage. »Was will Heinze denn unternehmen, wenn Agatha und die anderen damit nicht aufhören? Will er sie anzeigen? Oder verprügeln?«

»Verprügeln sicher nicht. Christoph Heinze ist ein friedliebender und gesetzestreuer Bürger. Aber einige seiner Arbeiter sind impulsiv und leicht reizbar. Da kann man für nichts garantieren, verstehst du?«

Ich verstand und beobachtete Adolf, wie er sich auf den Kutschbock schwang, sein Pferd mit einem Schnalzen in Bewegung setzte und langsam davonfuhr.

Am Abend erzählte ich Martin von meiner Begegnung mit Adolf und fragte nach Kathrin Meier und wie es ihr erginge. Wir gingen langsam den Spielbudenplatz entlang, nachdem wir in einem Gartenlokal ein Glas Wein getrunken hatten. Martin druckste herum, rückte dann aber mit der Wahrheit heraus.

»Die ist immer noch wie von Sinnen, wenn man sie befragt. Die schreit nur rum, schlägt auf uns ein. Du glaubst es nicht. Und da rutscht einem schon mal die Hand aus.«

»Dir?«

»Nein, ich bin die Ruhe selbst. Aber Schröder ist so einer. Also, Schröder ist ein Idiot, keine Frage, aber ich kann ihn auch verstehen.«

»Ist sie verletzt?« Ich wollte nicht zu vorwurfsvoll klingen. Was wusste ich schon von Verhafteten und Verhören? Das waren keine Kaffeekränzchen.

»Sie hat wohl die Nase gebrochen, ist aber nicht so schlimm.«

»Aha. Und sonst?«, sagte ich, wissend, dass da noch was kam.

»Und der Schröder hat angeblich versucht, ihr an die Wäsche zu gehen. Behauptet sie jedenfalls. Schröder erklärt natürlich, nichts gemacht zu haben.«

»Und wem glaubst du?«

Martin zuckte mit dem Schultern.

Kathrin Meier hatte zwar keinen Anwalt, bekam aber täglich Besuch von ihrer Mutter, die die Schilderungen ihrer Tochter sicher an Emma Neumann und ihre Genossinnen weitertrug. Da musste sich niemand über Unruhe wundern.

»Und Kathrin Meier sagt nichts zu den Vorwürfen?«

»Nein. Wir haben sie schon mehrfach vernommen. Ich. Mein Kollege Schröder, unser Chef Manthey. Auch alle drei zusammen. Entweder sie schweigt wie eine Leiche, oder sie tobt wie ein Derwisch. Sie beschimpft uns, spuckt, wirft mit Sachen.«

»Habt ihr auch mal eine Frau mit ihr sprechen lassen?«, fragte ich und bereute die Frage gleich.

»Was?«, rief Martin entsetzt aus. »Wo soll ich denn eine Frau hernehmen? Es gibt keine Frauen bei der Polizei. Höchstens auf der Schreibstube oder bei der Putzkolonne.« Er schnaubte verächtlich. »Frauen bei der Polizei, dass ich nicht lache.«

»Es gibt durchaus Frauen bei der Polizei, wie ich gehört habe«, sagte ich. »In London zum Beispiel.«

»Ja, prima. Dann lassen wir eine Polizistenfrau aus London kommen. Dann kann die sich bespucken lassen.«

Martin blieb stehen und zündete sich eine Zigarette an. Er musterte die Ware am Stand eines Zigarrendrehers, ohne sich wirklich dafür zu interessieren. Er war offenkundig ratlos, was nicht häufig vorkam.

Ich stellte mich neben ihn, nahm eine mittelgroße Zigarre und roch daran. Sie duftete nach weiter Welt, nach Palmen, nach Hitze. Ich rauchte nicht gerne. Mit Agatha hatte ich nur aus Höflichkeit eine Zigarre geraucht und diese auch nach ein paar Zügen wieder ausgemacht. Aber ich mochte den Geruch. Er hatte etwas Ehrliches, Stabiles. Ich ließ mir die Zigarre in ein hölzernes Kistchen packen und bezahlte. Ich würde sie Agatha schenken.

»Margot könnte mit dieser Kathrin sprechen«, sagte ich, als wir weitergingen.

»Margot? Wieso Margot? Sie ist keine Kommissarin, soweit ich weiß.«

»Aber sie ist Ärztin. Kinderärztin. Und deine Kathrin Maier ist erst siebzehn. Fast noch ein Kind. Vielleicht kann Margot zu ihr durchdringen.«

Wir hatten das Ende der Reeperbahn erreicht und überquerten den Millerntorplatz zum Elbpark. An diesem warmen Sommerabend herrschte reges Treiben mit Kutschen, Kraftwagen, Straßenbahnen. Hamburg war auf dem Weg von der Pflichterfüllung in den Feierabend.

»Du meinst, dass deine Margot die verrückte Meier aufs Sofa legt und mit ihr merkwürdige Gespräche führt wie dieser Arzt aus Wien, dieser …«

»Sigmund Freud«, ergänzte ich.

»Ja, Heilung durch Schnacken, und am Ende gibt's noch ein Geständnis. Von mir aus.« Martin lachte wieder dieses Lachen, das keine Heiterkeit in sich trug. Es war nicht sein bester Tag, er wirkte fahrig und lustlos.

»Du meinst Psychoanalyse. Das ist nicht ganz so einfach, und das ist auch nicht Margots Profession. Aber sie ist eine kluge Frau, und ich …« Bevor ich meiner Verlobten noch mehr huldigen konnte, unterbrach Martin mich.

»Schon gut, von mir aus versuchen wir es. Ich stelle aber einen Schutzmann hinter die Tür, falls diese Verrückte auf Margot losgeht. Und ich muss Manthey fragen. So etwas mache ich nicht ohne Segen von oben.«

»Dann frag ihn. Ich spreche mit Margot.«

Wir setzten uns auf eine Bank am Fuße des Bismarckdenkmals und sahen zu dem steinernen Kanzler auf. Streng blickte die Statue, die im vergangenen Jahr enthüllt worden war, aus über dreißig Meter Höhe in Richtung Altona. Der Reichskanzler stand kerzengerade auf ein Schwert gestützt und trug einen Umhang wie ein germanischer Held. Pures Pathos und aus meiner Sicht eine unangemessene Verherrlichung des nicht unumstrittenen Politikers und Reichsgründers.

Kapitel 15

Wenige Tage später konnte die Vernehmung des Miedje Kathrin Meier durch die Kinderärztin Margot Murnau im Vernehmungsraum des Untersuchungsgefängnisses stattfinden. Kommissariatsleiter Arnold Manthey war sofort einverstanden, weil er sich anders auch keinen Rat mehr wusste. Er sicherte sich aber noch bei seinem Chef, dem mächtigen Polizeidirektor Gustav Roscher ab. Roscher hielt die Idee zwar für hanebüchenen Unfug, wie er sich ausdrückte, hatte aber keine Bedenken, solange von dieser Vernehmung durch eine blutjunge Zivilistin nichts an die Öffentlichkeit drang.

Margot war indes schwerer zu überzeugen. Sie benutzte den Begriff »Schnapsidee«, als ich ihr den Vorschlag unterbreitete. Ihre Einwände waren die gleichen, die Martin zunächst geäußert hatte. Sie sei für den Körper zuständig, nicht für Geist und Seele, und mit Straftätern habe sie nun gar keine Erfahrung. Angst vor dem gewalttätigen Mädchen habe sie nicht, wies sie meine Vermutung brüsk zurück.

»Carl-Jakob, erspar mir das bitte«, flehte sie. Erst als ich anmerkte, dass ja vielleicht auch Agatha die Befragung übernehmen konnte, hatte ich Margot so weit.

»Diese rüde Person? Das fehlt ja gerade noch. Sie wird sich mit dem Mädchen in die Haare kriegen, und dann gibt es noch mehr Leid.«

Ich bin eigentlich kein Mensch, der andere manipuliert, um sein Ziel zu erreichen. Deshalb erschrak ich über meinen hinterhältigen und erfolgreichen Schachzug. Letztendlich fühlte sich Margot geschmeichelt, dass die erfahrenen Polizisten ihr eine so wichtige Aufgabe zutrauten, und willigte ein.

Doch sie hatte Bedingungen: Sie wollte allein mit Kathrin Meier sprechen, es solle niemand zuhören, auch nicht heimlich. Außerdem sollte nicht an die Öffentlichkeit dringen, dass eine Ärztin vom Neuen Allgemeinen Krankenhaus Eppendorf Polizeiarbeit übernahm. Das deckte sich vorzüglich mit Roschers Bedingungen. Eine Honorierung der Tätigkeit, die Manthey angeboten hatte, lehnte Margot ab.

»Ich glaube, ich tue das eher für das arme Mädchen als für die Polizei«, hatte sie gemeint.

An einem trüben Mittwochmorgen, früh um sieben, gingen Margot, Martin und ich zum Untersuchungsgefängnis. Manthey wollte später mit einem Kraftwagen nachkommen. Die frühe Stunde passte am besten in Margots Dienstplan.

Wir wurden in einen Besucherraum geführt, wo man uns mit Kaffee und Brötchen versorgte. Nach wenigen Minuten wurde Margot von einer Wärterin abgeholt und aus dem Raum geführt. Ich wusste nicht genau, wo der Vernehmungsraum lag, den man Margot und Kathrin zugedacht hatte. Aber er war sicher außer Hörweite. Manthey, der gerade in den Besucherraum eilte, als Margot abgeholt wurde, versuchte noch, zu insistieren, wollte wenigstens dem Anfang des Gesprächs beiwohnen, doch Margot und die Wärterin beachteten ihn gar nicht.

»Die kann uns dann viel erzählen«, raunte Manthey, nachdem sich die Tür geschlossen hatte. »So ein Vieraugengespräch ist doch keine verwertbare Aussage.«

Noch bevor ich mich über die Zweifel des Kommissars an Margots Redlichkeit empören konnte, schritt Martin ein, der soeben zu uns gestoßen war.

»Also bitte, Chef«, sagte er in seiner gewohnt respektlosen Art, »das Fräulein Murnau ist über jeden Zweifel erhaben. Dafür lege ich meine Hand ins Feuer und alles, was Sie sonst noch wollen.«

»Lassen Sie mal«, sagte Manthey und grinste.

Über zwei Stunden saßen wir im Besucherraum, tranken Kaffee, aßen Brötchen, die man stetig nachlieferte, und warteten. Martin rauchte ein paar Zigaretten, bis Manthey ihn aufforderte, das zu unterlassen. Wir sprachen nicht viel. Ich hatte mit Manthey weder eine berufliche noch eine private Ebene, und mit Martin wollte ich vor seinem Chef auch nicht zu vertraut plaudern.

Ich sah immer wieder auf die Uhr. Längst hatte mein Dienst im Tropeninstitut begonnen, und ich hatte mich nicht abgemeldet. Nocht hätte die Vernehmung einer Straftäterin durch meine Verlobte nicht als Entschuldigung akzeptiert. Ich war davon ausgegangen, dass Margot höchstens eine Stunde bei der Frau blieb, aber es wurden schließlich zweieinhalb.

Als sich schließlich die Tür öffnete, sprangen wir drei gleichzeitig auf. Margot wurde von der Wärterin eingelassen. Sie sah müde und traurig aus.

»Was ist passiert?« Ich stürzte auf sie zu und fasste sie an den Schultern, so dass sie zurückschreckte und mich verwundert ansah.

»Was soll passiert sein?«, fragte sie leise.

»Hat sie Sie angegriffen?«, fragte nun Manthey. »Sind Sie verletzt?«

Margot schüttelte den Kopf.

»Kathrin ist ein verängstigtes Mädchen, kein wildes Tier. Was denkt ihr?«, sagte sie und setzte sich an den Tisch. Ich goss ihr Kaffee ein. Ein Brötchen lehnte sie ab.

Dann erzählte Margot von einem langen und anstrengenden

Gespräch. Meine Verlobte verfügte über ein phänomenales Gedächtnis und konnte einige Aussagen wortwörtlich wiedergeben. Manthey machte sich eifrig Notizen.

Zunächst war Kathrin Meier sehr irritiert über den Besuch einer fremden Frau und wollte erst gar nicht mit ihr sprechen. Noch weniger, als sie erfuhr, dass Margot Kinderärztin war. Sie sei nicht krank, und ein Kind sei sie auch nicht, hatte sie gesagt und dann geschwiegen.

Doch allmählich gelang es Margot mit behutsamen Fragen, das Interesse des Mädchens zu gewinnen. Margot fragte Kathrin Meier nicht, warum sie den Vorarbeiter verprügelt habe, woher das Eisenrohr, die Tatwaffe, stamme, ob sie die Tat geplant habe und ob andere Arbeiterinnen davon wussten. All die Fragen, die verschiedene Polizisten zuvor ohne Unterlass gestellt hatten und die ohne Antwort geblieben waren, ließ Margot aus. Stattdessen wollte sie von Kathrin Meier wissen, wie es ihr gehe, ob sie genug zu essen bekomme und ob das Essen gut sei. Sie fragte zudem, wie sie sich mit den anderen Frauen verstehe und ob sie außer von der Mutter noch anderen Besuch bekomme. Und als die junge, blasse Frau, die Margot eher auf fünfzehn Jahre, also zwei Jahre jünger geschätzt hätte, endlich anfing zu reden, entstand ein eindrucksvolles Bild vom Leben einer jungen Arbeiterin in Hamburg.

Kathrin lebte mit ihrer Mutter und zwei kleineren Brüdern in einer Zweizimmerwohnung im Gängeviertel, dem heruntergekommenen Arbeiterbezirk direkt am Hafen. Der Vater fuhr als Heizer auf einem Dampfschiff und war so gut wie nie zu Hause. Wenn er gelegentlich kam, hatte er seine Heuer meistens schon versoffen und verhurt, schlief den ganzen Tag und war die ganze Nacht aus. Die Mutter betrieb im Souterrain des Hauses, in dem sie lebten, einen kleinen Milchladen, der nicht viel einbrachte.

Die beiden Brüder gingen noch zur Volksschule. Kathrins Monatslohn betrug selten mehr als fünfunddreißig Mark, halb so viel, wie ein einfacher Hafenarbeiter verdiente. Das Einkommen war für die Familie lebensnotwendig und die harte Arbeit als Miedje die einzige Möglichkeit für die junge Frau, Geld zu verdienen. Kathrin war klug, da war sich Margot sicher, aber nicht sehr gebildet. Sie hatte nur wenige Jahre und mit Unterbrechungen die Volksschule besucht. Als sie dreizehn war, litt die Mutter unter einer langwierigen Krankheit, und Kathrin musste sie pflegen, die Brüder versorgen und den Milchladen führen.

»Sie hat in dem Gespräch nur einmal kurz gelächelt«, erzählte Margot, »als sie von ihren kleinen Brüdern sprach, die so fleißig lernen und sicher mal Handwerker oder Barkassenführer werden könnten. Für die Zukunft ihrer Brüder war sie bereit, das Martyrium beim Kaffeeimporteur Heinze auf sich zu nehmen.«

Und es war ein Martyrium. Fast jeden Tag mussten sie länger als die vereinbarten zehn Stunden arbeiten. Pausen gab es kaum, und wenn es den Vorarbeitern nicht schnell genug ging, wurden die Mädchen angebrüllt und nicht selten geschlagen. Besonders tat sich ein fetter Kerl namens Salzmann hervor. Es war der, der dann auch das Eisenrohr zu spüren bekam. Er hatte es vor allem auf Kathrin abgesehen, weil sie sich anders als andere Mädchen weigerte, mit ihm »hinter die Säcke zu gehen«, wie er es nannte. Hinter den Kaffeesäcken auf einem der Lagerböden verging sich dieser Salzmann regelmäßig an den Mädchen, die ihm gefielen. Wer mitmachte, wurde weniger angebrüllt und drangsaliert. Kathrin weigerte sich stetig, entzog sich mit Kratzen und Beißen seinem Zugriff und wurde dafür bestraft – mit härteren Aufgaben, Beschimpfungen und Schlägen. Manchmal musste sie, wenn die anderen Mädchen schon gehen durften, bleiben und ganz allein den Boden fegen. Die Mädchen sprachen nicht über

Salzmanns Umtriebe, nie wäre eine auf die Idee gekommen, den Vorarbeiter an höherer Stelle zu melden. Alle wussten, dass es dann nur noch schlimmer würde.

An die eigentliche Tat hatte Kathrin kaum noch eine Erinnerung. Als Salzmann sie wieder bedrängte, war ihr dieses Rohr ins Auge gefallen, und als er von ihr abließ und ihr den Rücken zudrehte, hatte sie zugeschlagen. Sie wusste weder wie oft noch wie fest, und sie wusste schon gar nicht, woher sie den Mut und die Kraft für diese Tat genommen hatte.

»Und wisst ihr was?« Margot lächelte uns an. »Sie bereut es. Sie bereut, den Kerl geschlagen und verletzt zu haben. Ob er wieder gesund würde, hat sie mich gefragt. Könnt ihr euch das vorstellen?«

Wir schwiegen alle drei einen Moment. Schließlich stellte Manthey die erste Frage an Margot.

»Und gibt es Zeugen? Haben andere Mädchen gesehen, was passiert ist?«

»Ja, sicher«, entgegnete Margot. »Mindestens zehn Mädchen standen nah genug. Aber sie sagen nichts. Sie trauen sich nicht. Dieser Heinze hat ihnen auch schon gedroht. Das weiß Kathrin von ihrer Mutter.«

»Und Sie halten es nicht für möglich«, fragte Manthey und rückte bedenklich nahe an Margot heran, »dass dieses Mädchen die Reue nur vortäuscht, um sich in ein besseres Licht zu rücken?«

»Mit welchem Zweck?«, fragte Margot und sah Manthey herausfordernd an.

»Na, um eine mildere Strafe zu bekommen«, sagte der Kommissar. »Das ist ja nur verständlich.«

Margot nahm einen Schluck Kaffee und sah Manthey lange ausdruckslos an, bis er unruhig wurde. Ich hatte meine Liebste nie so stark und selbstbewusst erlebt wie in diesem Moment, und ich war noch nie zuvor so stolz auf sie.

»Herr Manthey«, sagte sie schließlich ganz ruhig, »ich kann verstehen, dass Sie so denken. In Ihrem Beruf haben Sie es jeden Tag mit Lügnern und Betrügern zu tun. Das muss schrecklich sein.« Manthey sah wie ertappt auf den Boden. »Aber ich bin Ärztin, Kinderärztin, und Kathrin Meier ist ein Kind. Sie hatte keine Gelegenheit, erwachsen zu werden, auch wenn sie seit Jahren wie eine Erwachsene handeln muss. Sie kann gar nicht lügen, sie kann nur leiden. Der einzige Mensch, den Kathrin Meier jeden Tag belügt, ist sie selbst. Sie macht sich vor, sie redet sich ein, dass es irgendwann besser werden wird. Sie erzählt sich vor dem Einschlafen, dass die Mutter gesund und die Brüder erfolgreich werden, wenn sie nur hart genug arbeitet. Dieser Traum hält sie am Leben ...«

»Frau Murnau, verstehen Sie mich nicht falsch«, versuchte Manthey sie zu unterbrechen, doch Margot sprach weiter.

»Für sich selbst hat sie keinen Traum. Und wenn sie einen hätte, dann wäre der an diesem unseligen Nachmittag zusammen mit dem blutigen Eisenrohr auf den Boden der Fabrik gefallen. Kathrin Meier weiß, was sie getan hat, und sie weiß, was ihr blüht. Sie rechnet mit dem Schlimmsten, und sie ist bereit dafür.«

Margot hatte Tränen in den Augen, ihre Hände zitterten, als sie ein Wasserglas griff und hastig trank.

»Dazu muss es nicht kommen«, sagte Martin und legte seine Hand auf Margots Knie, was ich als freundschaftliche Geste akzeptierte. »Sie ist viel zu jung. Sie wird nicht hingerichtet, glaub mir.«

»Und wenn schon! Wenn Kathrin jahrelang hinter Gefängnismauern verschwindet und sich nicht um ihre Familie kümmern kann, wird Kommissar Manthey in ein paar Jahren ihre

Brüder kennenlernen. So ist doch der Lauf dieser merkwürdigen Welt.«

Manthey druckste herum. Fühlte er sich angegriffen? War ihm wie uns ebenfalls unwohl bei dem Gedanken, dass ein junges Mädchen gebrochen wurde, weil es sich gewehrt hatte?

»Fräulein Murnau, ich brauche Zeugen. Die Aussagen dieses Mädchens müssen glaubhaft bestätigt werden, dann lässt der Richter vielleicht Milde walten.«

»Ja«, sagte Margot resigniert, »dann fragen Sie die anderen Arbeiterinnen. Aber das haben Sie ja sicher schon getan und keine Antworten bekommen.«

Aber Agatha hat Antworten bekommen, dachte ich.

»Kathrin braucht einen Anwalt«, sagte Margot plötzlich und stand auf. »Ich werde dafür sorgen, dass sie nicht vollkommen hilflos vor den Richter tritt.« Dann ging sie geradewegs auf den Ausgang zu.

»Das wird Roscher sicher nicht gefallen«, flüsterte Manthey Martin zu, »das macht alles nur noch komplizierter.«

Martin zuckte mit den Schultern und grinste. Sicher bewunderte er meine Margot in diesem Moment genauso wie ich.

Kapitel 16

Am folgenden Tag machte ich meine Visite bei Ludolf bewusst früh, um seiner Mutter zu begegnen.

»Acht Uhr, da stellen wir inzwischen unsere Uhren nach«, hatte Dr. Buchheim gesagt. »Sie ist nie eine Minute zu früh oder zu spät, und sie bleibt auch nie länger als eine halbe Stunde.«

Wenige Minuten nach acht Uhr betrat ich nach leisem Klopfen das Krankenzimmer des Freundes. Es erschien mir noch dunkler als sonst, und es fiel nur wenig Licht auf den Platz neben dem Bett.

Eine kleine Frau saß sehr krumm auf dem Stuhl. In einer Hand hielt sie eine Schale, in der anderen einen Löffel, den sie vorsichtig und zitternd an Ludolfs Mund führte.

»Iss das, mein Junge, damit du zu Kräften kommst«, sagte sie leise.

Mit spitzen Lippen versuchte Ludolf, die Suppe zu schlürfen, sog auch ein wenig ein, doch seine schwachen Lippen und das Zittern der Mutter ließen das meiste auf die Bettdecke tröpfeln.

»Guten Tag, Frau Harberg«, sagte ich und trat näher. »Ich bin Carl-Jakob Melcher. Ich bin mit Ludolf zur Schule gegangen.«

Sie sah mich aus trüben Augen an, der graue Star war weit fortgeschritten.

»Ja, Carl-Jakob, Ludolf hat mir erzählt, dass Sie sich um ihn kümmern.«

Ich nahm der Frau Schüssel und Löffel ab und begann, den Patienten zu füttern. So bekam er erheblich mehr von der schwach nach Huhn und Zwiebeln duftenden Suppe in den Mund.

»Sie helfen, dass Ludolf wieder gesund wird, nicht wahr?«, sagte Frau Harberg.

»Ich tue, was ich kann. Und die Ärzte hier auch. Er wird schon wieder«, sagte ich aufmunternd und glaubte es doch nicht. Ludolf war so schwach und blass wie lange nicht und dämmerte immer weg. Hatte Doktor Buchheim mich angelogen und doch schon mit der Gabe von Atoxyl begonnen? Ludolf erschien mir auch äußerst dehydriert. Eigentlich müsste den ganzen Tag jemand neben seinem Bett stehen und ihm Wasser einträufeln. Doch dafür hatte niemand die Zeit.

Ich plauderte ein wenig mit der alten Frau Harberg, obschon es mir schwerfiel. Sie erzählte, dass sie eine kleine Rente habe und sich mit Näharbeiten etwas dazu verdiene. Ich fragte sie nicht, wie sie mit ihren schlechten Augen überhaupt eine Nähmaschine bedienen könne. Frau Harberg schilderte ihr Leben sachlich, ohne Klage. Sie sprach es nicht aus, aber sie wusste, dass sie nach dem Mann bald auch noch den Sohn vor der Zeit verlieren würde.

Eine Schwester kam herein und zog die Vorhänge etwas auf, um der Sonne eine Chance zu geben, und so sah ich Ludolfs Mutter besser. Sie konnte nicht über sechzig sein, wirkte jedoch deutlich älter. Der Rücken gebeugt, die Kleidung einfach und bei genauerem Hinsehen verschlissen. Aber es war auch ein Rest der Schönheit und der Haltung in ihrer Erscheinung, die Frau Harberg zu besseren Zeiten ausgestrahlt haben musste.

Im Weggehen stieß ich erneut auf Pater Paul, der diesmal zu Fuß auf dem Krankenhausflur unterwegs war. Er begrüßte mich wie einen alten Freund.

»Lieber Herr Doktor, wie geht es Ihnen?«, fragte er in seiner lauten, fröhlichen Art und drückte mir die Hand. »Schön, Sie wiederzusehen.«

»Mir geht es gut, Pater Paul«, antwortete ich, »aber mit Ludolf werden Sie heute nicht viel Freude haben. Er ist sehr schwach.«

»Gespräche mit Gott brauchen nicht viele Worte«, sagte der Pater, und ich ertappte mich einmal mehr dabei, wie ich gläubigen Menschen ihr Gottvertrauen neidete. Meiner Tante Isolde gelang es auch immer wieder vortrefflich, in schwierigen Lagen Gott zu Hilfe zu rufen. Meine Mutter hatte den Schöpfer als Dienstmann ihrer seelischen Lasten ebenfalls genutzt, auch wenn sie das am Ende nicht vor dem Choleratod bewahrt hatte.

»Ich schulde Ihnen noch ein Bier«, riss mich der Pater aus meinen Gedanken. »Wie wär's heute Abend?«

»Sie schulden mir gar nichts Pater Paul, wirklich nicht. Es ist doch nichts passiert bei unserem kleinen Unfall.«

»Ich bestehe darauf, Herr Doktor, tun Sie mir den Gefallen.«

Warum nicht?, dachte ich. Der alte Gottesmann konnte sicher ein interessanter Gesprächspartner sein, daher willigte ich ein.

»Aber nur, wenn Sie aufhören, mich Herr Doktor zu nennen. Carl-Jakob genügt.«

Pater Paul war vor mir in dem Lokal Max & Mathilde auf dem Schulterblatt, das er vorgeschlagen hatte. Er saß an einem kleinen Tisch im hinteren Bereich des großen und gut besuchten Gastraumes. Wir bestellten Hamburger Pannfisch und Bier.

Unser Gespräch kam etwas stockend in Gang. Es war für uns beide eine eigenartige Situation. Wir kannten uns kaum, der Pater war fast doppelt so alt wie ich, und während seine Welt um die Idee eines lieben Gottes kreiste, glaubte ich felsenfest an die Erkenntnisse der Wissenschaft. Hatten wir uns überhaupt viel zu sagen? Ja, wir hatten, wie sich im Laufe des Abends herausstellte. Der Pater war sehr an meiner Arbeit interessiert und kannte sich für einen Laien ganz gut mit Tropenkrankheiten aus. Er hatte einige Jahre in Afrika verbracht und war dem Elend dort persönlich begegnet. Und das war vermutlich auch der Grund, warum er einiges mit anderen Augen betrachtete als die Menschen, mit denen ich sonst sprach.

1890 war er zum ersten Mal auf dem schwarzen Kontinent gewesen und hatte mit anderen Geistlichen zahlreiche Missionsstationen gegründet. Dann traf er den Offizier Rudolf Ganßer, der im Auftrag des Kaisers das Land vermessen sollte. Ihn hatte er dann lange begleitet.

»Wir haben solche großen Türme, Messzeichen, in die Landschaft gesetzt, eine verrückte Arbeit. Vorher mussten wir eine Menge Bäume fällen, um Platz und Holz für die Türme zu haben.«

»Sie haben Bäume gefällt?«, fragte ich und hoffte, dass es nicht zu despektierlich klang.

Der Pater lachte herzhaft. »Nein, ich nicht. Ich war zwar noch etwas jünger und schlanker, aber in der Hitze war ich froh, wenn ich einen Fuß vor den anderen bekam. Wir hatten natürlich eine Menge Eingeborene für die Arbeit.«

Nebenbei baute Pater Paul mit diesem Ganßer Schulen, bohrte Brunnen und half mit, die Sprache der Küstenbevölkerung, Kisuaheli, im ganzen Land zur Amtssprache zu machen.

»Es gibt da über hundert Stämme, und jeder hat seine eigene Sprache. Da beißt sich die preußische Bürokratie die Zähne aus.« Er lachte wieder. »Das wollten wir ändern. Und wir waren recht erfolgreich.«

»Was sind das für Menschen dort in Afrika?«, fragte ich und überlegte, ob ich überhaupt schon einmal mit einem Menschen gesprochen hatte, der so lange Zeit in Afrika verbracht hatte. Selbst Johannes kannte seine Heimat ja nur aus seiner Kindheit.

»Das ist nur schwer mit ein paar Worten zu beschreiben«, sagte Pater Paul und lächelte versonnen. »Es sind eine Menge unterschiedlicher Kulturen. Den Afrikaner gibt es nicht, genauso wenig, wie es den Europäer gibt. Die sind sich ja untereinander oft nicht grün, und wenn sie nicht uns als gemeinsamen Feind hätten, würden sie sich selbst gegenseitig bekriegen. Aber sie sind auch nicht die Wilden, für die wir sie hier halten.«

»Nein? Was dann?«

»Menschen wie Sie und ich. Sie lieben, lachen, streiten. Und sie können eine Menge Dinge, die wir nicht können. Die Wildnis lesen, die Natur verstehen. Wir Europäer machen uns alles Untertan, die afrikanischen Stämme leben hingegen in Einklang mit den Bedingungen. Das ist faszinierend.«

»Waren Sie in Afrika auch als Militärpfarrer tätig?«

»Ja, leider. Als ich mal ein paar Wochen in Daressalam war und nicht aufgepasst habe – es muss wohl an der frischen Lieferung bayerischen Bieres gelegen haben –, hat mich so ein ordensbehangener, kaiserlicher Schnösel zum Militärpfarrer ernannt. Was für ein Fehler!«

»Wieso?«, fragte ich.

»Das bedeutete, dass ich dahin gehen musste, wo es brenzlich war. Im Süden kam es immer häufiger zu Aufständen, die bis heute andauern. Ich folgte mit meinen Kruzifixen und Kommunionskelchen einer Gruppe Askari, die widerständige Stämme aufspüren und ausschalten sollte.«

»Askari, sind das nicht diese afrikanischen Söldner?«

»Sie können sie Söldner nennen. Aber die meisten von ihnen dienen dem Kaiser nicht nur des Geldes wegen. Sie wollen dazugehören. Sie wollen Deutsche sein. Wenn die wüssten, wie anstrengend das ist.«

»Wo dazugehören? Sie gehören doch zu ihren Stämmen, oder?«

»Ja, eigentlich schon. Aber die Stämme sind oft schwach oder in alle Winde zerstreut. Da wollen viele vielleicht zu den Gewinnern gehören. Und Geld hat natürlich auch dort eine magische Anziehungskraft. Meine Gruppe hatte gut zweihundert Mann, davon nur zwanzig deutsche Offiziere und Unteroffiziere, der Rest waren Askari. Da wurde jeden Morgen im Lager die kaiserliche Fahne gehisst, und Schwarze in tadellosen Uniformen sangen ›Heil dir im Siegerkranz‹, ohne ein Wort zu verstehen. Es war zum Totlachen.«

Ich sah den Pater nachdenklich an. »Die kämpfen dann gegen die eigenen Leute? Das ist schon merkwürdig, oder?«

»Nicht, wenn man sich vor Augen hält, dass es meistens nicht die eigenen Leute sind. Oft bekämpfen sie mit kaiserlichen Waffen dieselben Leute, gegen die sie seit Generationen mit Speeren und Pfeilen zu Felde ziehen.«

»Wie haben Sie sich mit denen verständigt?«

»Wir haben, wie gesagt, vielen Kisuaheli beigebracht und auch Deutsch. Diese Menschen lernen schnell, sind wissbegierig. Viele halten uns noch für so etwas wie Halbgötter, die ihnen Fortschritt und Wohlstand bringen. Wenn ein Eingeborener einen Anzug trägt oder eine Uniform und dazu gut Deutsch spricht, wandelt er sich ganz schnell zu einem preußischen Beamten erster Ordnung.« Der Pater lachte, und ich musste mit ihm lachen. »Aber das ändert sich. Die Stimmung wird schlechter.«

»Warum?«

»Weil wir ihnen Tod und Verderben bringen statt Fortschritt«, sagte der Pater fast flüsternd und sah sich um. Er gab dem Kellner ein Zeichen, mehr Bier zu bringen. »Außerdem bekommen unsere hohen Herren immer mehr Angst davor, dass die Eingeborenen so werden wie sie. Das nennen sie Äthiopismus.«

»Was ist das?«

»Das hat im Süden Afrikas angefangen und breitet sich über den ganzen Kontinent aus. Wie eine Epidemie.« Er grinste mich hintergründig an. »Die von uns missionierten Eingeborenen interpretieren unseren Glauben neu, stellen die Wiege der Christenheit nach Afrika und lösen ihre neue Kirche von unserer alten. Und bei der Kirche machen sie nicht halt. Der neue, eigene Glaube stärkt das Selbstvertrauen und damit den Widerstand. Sie begreifen: Wenn sie zusammenstehen, sind sie stark, und wenn sie stark sind, werden sie uns irgendwann rauswerfen.«

»Werden sie das schaffen?«

»Ich denke schon. Wissen Sie, wie viele Deutsche ständig in Deutsch-Ostafrika leben? Schätzen Sie!« Er sah mich herausfordernd an. Ich wusste es nicht. Ich kannte die Kolonien, so viele waren es ja nicht: Deutsch-Südwestafrika, Kamerun, Togo, Deutsch-Ostafrika, Kiautschou in China und Mikronesien. Aber ich hatte keine Ahnung, wie viele Deutsche in diesen Gebieten siedelten.

»In Ostafrika? Hunderttausend?«, schätzte ich forsch.

Der Pater lachte hemmungslos. »Ja, das glauben viele, dass wir dort so mächtig wären. Es sind nie mehr als viertausend Deutsche in Deutsch-Ostafrika, in einem Gebiet, das doppelt so groß ist wie das Deutsche Reich. Diese viertausend herrschen über sieben Millionen Eingeborene. Wie lange können wir denen noch weismachen, dass wir ihre Herren sind?«

Der Pater verwirrte mich. Er schien nicht viel vom deutschen Kolonialismus zu halten, das hatte er mit Emma Neumanns SPD gemein.

»Sie haben mit Ihrer Arbeit den Kolonialismus doch unterstützt. Und jetzt macht es Ihnen nichts aus, wenn die Schwarzen uns rauswerfen?«, fragte ich ihn.

»Es ist ihr Land. Wer will das bestreiten? Nur weil sie schwach sind, machtlos gegen unsere Waffen, dürfen wir sie nicht als Sklaven für uns schuften lassen.«

»Wenn Sie mit wir das Deutsche Reich meinen, dann vergessen Sie bitte nicht, dass Belgier, Franzosen, Engländer und andere europäische Nationen schon viel länger in Afrika und anderswo Kolonien haben und dort auch nicht zimperlich sind«, wandte ich ein.

»Da haben Sie recht, Carl-Jakob, aber etwas Falsches ist nicht weniger falsch, wenn es ein anderer auch tut, oder?«

»Nein, natürlich nicht«, sagte ich und pickte die letzte Kartoffel von meinem Teller. »Aber es heißt ja auch immer, dass die Eingeborenen bezahlt werden und überdies medizinische Versorgung und Schulbildung erhalten. Das ist doch auch etwas wert.« Ich wunderte mich über mich selbst, dass ich die Argumente meines kaisertreuen Cousins Adolf wiederkäute. Das war nicht meine Meinung, aber es machte mir Freude, den Pater aus der Reserve zu locken. Wie weit würde er gehen in seiner Kritik an der Politik des Kaisers? Er war schließlich auch ein Militärbediensteter.

Der Pater lehnte sich zurück, sah mich eine Weile an und lächelte. »Sie sind angestellt. Richtig?«

Ich nickte.

»Sie zahlen Steuern. Korrekt?«

Ich nickte abermals.

»Und warum zahlen Sie Steuern?«

»Das ist einfach«, sagte ich. »Damit der Staat die gemeinschaftlichen Dinge bezahlen kann. Bildung, Verkehr, Gesundheitswesen und, ja, auch Verteidigung.«

Der Pater nickte zufrieden. »Aber Sie arbeiten ja nicht, damit Sie diese Steuern bezahlen können.«

»Nein, ich arbeite, um Geld zum Leben zu haben, und einen Teil meines Einkommens zahle ich als Steuern an den Staat.«

»Genau. Das ist in unseren Kolonien anders. Dort arbeiten die Eingeborenen, um ihre Steuern zu zahlen. Nur deswegen.«

»Ich verstehe nicht ganz.«

»Na, eigentlich haben die dort ja auch schon gearbeitet, bevor wir bei ihnen einmarschierten. Sie hatten ihre Felder, gingen auf die Jagd, züchteten Rinder und Ziegen. Sie waren Tischler, Goldschmiede und Weber. Davon lebten sie, und eigentlich könnten sie das auch noch heute tun. Warum sollten sie also auf den Plantagen der Weißen arbeiten und ihre eigene Landwirtschaft vernachlässigen? Sie brauchten kein Geld, viele Stämme kannten es gar nicht, wenn sie nicht an der Küste lebten und mit Arabien und Indien Handel trieben. Wo kein Einkommen ist, können keine Steuern abgezogen werden. Deshalb kam man auf die Idee, die Steuer für etwas zu erheben, was die Stämme bereits besaßen, damit sie gezwungen waren, das Geld dafür zu verdienen.«

»Und was war das?«

»Ihre Hütten. Jede Familie muss heute für ihre Hütte Steuern zahlen. Und zwar nicht in Naturalien, sondern in Rupien – und die kann man nur bei den deutschen Herren verdienen.«

»Und wer nicht zahlt?«, fragte ich, obwohl ich mir die Antwort schon denken konnte.

»Dem wird die Hütte angezündet, was sonst? Aber manche Beamte haben ein Mahnwesen der besonderen Art eingeführt. Sie zünden der Familie nicht gleich die Hütte an, sondern nehmen Frauen und Töchter in Gewahrsam, bis die Steuer bezahlt ist. Gewahrsam ist allerdings der falsche Ausdruck, wenn man sich vorstellt, was diese Beamten mit ihren Gefangenen anstellen. Unsere hehre Moral reicht nicht bis in den hintersten Winkel der Steppe, und unsere Gesetze tun es erst recht nicht.«

Schweigend schaute ich in meinen fast leeren Bierkrug. Ich stellte fest, dass ich zu wenig wusste über das Leben in den Kolonien. Ich trank jeden Tag meinen Kaffee oder Tee, kaufte meiner Verlobten Schokolade und für mein Fahrrad neue Gummireifen, und trotzdem hatte ich keine Ahnung, mit wie viel Leid diese Dinge verbunden waren. Kaum jemand dachte darüber nach.

»Und was ist Ihre Geschichte, Carl-Jakob?«, schreckte mich der Pater aus meinen Gedanken. »Was haben Sie von der Welt gesehen?«

»Hauptsächlich Dinge, die man mit bloßem Auge nicht erkennen kann«, sagte ich und lächelte ihn an. Dann erzählte ich von meiner Familie, vom Choleratod meiner Mutter und vom Freitod meines bankrotten Vaters ein paar Jahre später. Und ich erzählte von Onkel Wilhelm und Tante Isolde Knudsen, die mir zur zweiten Familie geworden waren. Das Drama um das mordende Dienstmädchen Clara und den Tod des Onkels sparte ich aus. Und ich ließ den Pater teilhaben an der faszinierenden Welt der Erreger, Keime und Bakterien und dem mühsamen Kampf gegen die Krankheiten.

»Und werden Sie ihrem Freund Ludolf helfen können?«, fragte der Pater schließlich.

»Ganz ehrlich, Pater, ich glaube nicht. Wir haben noch kein Mittel, und so weit, wie die Krankheit bei Ludolf fortgeschritten ist, werden wir rechtzeitig keines mehr finden.«

»Aber ist nicht Dr. Koch auf ein Mittel gestoßen?«, fragte Pater Paul. »Ich habe da so etwas gelesen.«

»Sie lesen medizinische Forschungsberichte?«, fragte ich verwundert.

»Nein, aber ich lese gelegentlich die Deutsch-Ostafrika-Zeitung aus Daressalam, ein übles Hetzblatt übrigens, und da gab es Berichte, von Robert Koch selbst verfasst.«

»Ja, Koch forscht in Afrika, und Ludolf war ja auch bei ihm. Aber anstatt die Krankheit zu besiegen, hat der Arme sie sich dort eingefangen. Ich bin gespannt, wann es Koch selbst erwischt.«

»Gott bewahre«, rief der Pater aus.

»Und was das Mittel angeht, das Sie meinen: Es heißt Atoxyl. Aus Kochs Berichten geht nicht hervor, wie viele Menschen an der Behandlung sterben, er berichtet nur, wie viele geheilt sind. Die Toten werden wohl auf das Konto des Parasiten gesetzt, und das halte ich für bedenklich. Und wie lange die Geheilten noch leben, muss sich noch zeigen. Die Berichte, die ich gesehen habe, sind nur wenige Monate alt. Die Krankheit tötet jedoch sehr langsam.«

»Sie meinen, Koch ist nicht ehrlich mit seinen Erkenntnissen?« Der Geistliche sah mich fast verängstigt an. Jeder im Deutschen Reich hielt Koch für einen Wunderheiler mit Gottes Segen und akademischen Weihen.

»Wir reden von demselben Koch, der seinerzeit nicht ehrlich war, als es um das Tuberculin ging, und der ein Mittel auf den Markt brachte, von dem er weder wusste, wie es zusammengesetzt war, noch wie es wirkte. Seine Geliebte hätte er so fast umgebracht.«

»Das ist bekannt. Aber wir reden auch von dem Nobelpreisträger Koch«, entgegnete der Pater.

»Sie haben recht«, sagte ich fast resigniert. »Ich bewundere Koch ja auch, aber bevor ich dem Atoxyl ein Loblied singe und es an meinem Freund Ludolf anwende, brauche ich mehr Sicherheit.«

»Wie lange hat Ludolf noch?«, fragte der Pater.

»Schwer zu sagen. Nach allem, was ich über die Symptome und den Verlauf gelesen habe, würde ich schätzen, zwei Monate, höchstens vier.«

»Und wird sein Bewusstsein sich weiter eintrüben? Manchmal

habe ich das Gefühl, dass er nichts mehr mitbekommt«, sagte der Pater.

»Und dann hat er wieder wache Momente, in denen er viel erzählt. Es ist mysteriös. Wir müssen abwarten. Ich glaube, er hat noch eine Mission, er muss noch etwas erledigen.«

»Eine Mission? Was meinen Sie damit?«, fragte der Pater und sah mich mit großen Augen an.

»Nur so ein Gedanke«, erwiderte ich und entschied mich dann zu schweigen. Es war offensichtlich, dass Ludolf dem Pater gegenüber keine geheimnisvollen Andeutungen gemacht hatte.

Der Pater nickte und bestellte Schnaps.

Kapitel 17

Für meine nächste Begegnung mit Agatha hatte ich mir zwei recht widersprüchliche Aufgaben auferlegt. Ich musste sie, dem Versprechen Adolf gegenüber folgend, von Heinze und seinen Arbeiterinnen fernhalten. Gleichzeitig wollte ich aber wissen, was genau bei diesen skandalösen Befragungen herausgekommen war und ob etwas davon zur Entlastung von Kathrin Meier taugen konnte.

Agatha durchschaute mich sofort, obwohl ich mir wirklich alle Mühe gegeben hatte, arglos zu klingen. Sie nannte mich einen Büttel des Kapitals und lachte herzhaft.

Zunächst hatte ich ihr noch einmal erklärt, was ihre Umtriebe für Tante Isolde bedeuteten und dass ich, sosehr ich ihren Kampf für Gerechtigkeit auch nachvollziehen konnte, auf der Seite der Tante stand, der ich jeden Ärger ersparen wollte. Brav versprach sie, sich von Heinze, seinem Besitz und seinen Arbeiterinnen fernzuhalten.

Meine Frage, was denn eigentlich bei den Befragungen herausgekommen sei, klang bei aller Mühe wohl nicht beiläufig genug. Agatha wurde sofort neugierig.

»Warum willst du das wissen?«, fragte sie schnippisch. »Antworten auf verbotene Fragen dürfen einen anständigen Mann wie dich doch nicht interessieren. Das wäre ja so, als würdest du Forschungsergebnisse in deiner Arbeit verwenden, die auf – wie sagt man? – unethische Weise zustande gekommen sind, oder?« Damit sprach sie einen wunden Punkt der Wissenschaft insgesamt an.

Agatha konnte ich nichts vormachen, sie witterte förmlich, dass mein Interesse an den Befragungen einen Grund hatte. Also erzählte ich ihr von Margots Gespräch mit Kathrin Maier und von unserer Suche nach Zeugen.

»Und ihr wollt Kathrin einen Anwalt stellen?«, fragte sie erregt vor Bewunderung. »Das finde ich großartig.«

Die Ergebnisse der Befragung waren weniger hilfreich. Die meisten Befragten hatten ihre Namen nicht genannt oder nur ihren Vornamen. Aus Heinzes Betrieb hatten ohnehin nur sechs Miedjes die Fragen beantwortet. Auch wenn die Mädchen sehr vorsichtig in ihren Aussagen waren, so war doch deutlich zu erkennen, dass Misshandlungen und Belästigungen der Mädchen bei Kaffeeimporteur Heinze zum Alltag gehörten und Heinze, wenn auch nicht persönlich solcher Taten beschuldigt, nichts dagegen unternahm.

»Ein Mädchen – Waltraud oder so hieß sie – war ziemlich aufgebracht und meinte, man müsse die Vorarbeiter bestrafen. Sie könnte ich vielleicht zu einer Aussage vor Gericht bewegen. Aber dazu müsste ich sie suchen, und das könnte ich nur vor Heinzes Rösterei.«

»Nein«, rief ich eindringlich, »das lassen wir erst mal bleiben. Der Anwalt macht das dann schon.«

Tante Isolde hatte von Agathas Umtrieben bei Heinze nie erfahren. Offenbar war es Adolf gelungen, Heinze zur Verschwiegenheit zu bewegen. In den Gazetten wurde nur am Rande über die Ereignisse berichtet, und es war keinem Reporter aufgefallen, dass es sich bei einer der protestierenden Frauen um die englische Opernsängerin handelte, die sie vor Kurzem noch so gefeiert hatten.

Agatha hielt ihr Versprechen. Sie mied Heinze und sein Kontor in der Speicherstadt. Aber das war auch schon alles. Ihre rebellischen Umtriebe hielten an. Als Nächstes organisierte sie mit Emma Neumann eine gar merkwürdige Veranstaltung. In Knopfs Lichtspielhaus am Spielbudenplatz, einem großen Saal mit über sechshundert Plätzen, zeigte sie einen Film.

»Les Résultats du féminisme« lautete der Titel des französischen Films: Die Folgen des Feminismus. Überall in der Stadt plakatierten Frauen das Ereignis. Ein großer Spaß wurde versprochen, vor allem für Frauen, und eine gute Sache war ebenfalls mit dem Vergnügen verbunden: Die Eintrittsgelder sollten zum großen Teil der inhaftierten Kathrin Meier zugutekommen, die davon einen Anwalt bezahlen sollte, der die Berufsbezeichnung auch verdient hatte. Das war nicht meine Idee gewesen, und ich war auch nicht sicher, ob so viel Aufmerksamkeit Kathrin Meiers Sache dienlich war, aber mich fragte ja niemand.

Der Betreiber des Lichtspielhauses, Eberhard Knopf, der seit Jahren mit mancherlei Spektakel von sich reden machte, würde sich von seinen Nachbarn und Gästen so einiges anhören müssen, weil er den Blaustrümpfen eine Bühne bot. Aber das war ihm angesichts des ausverkauften Hauses vermutlich gleichgültig.

Das Gedränge am Abend der Vorstellung war groß, und längst nicht allen konnte Einlass gewährt werden. Sehr viele Frauen waren im Publikum, sehr viele davon Arbeiterinnen und Dienstmädchen, aber auch Männer jeden Alters. Mittendrin in einer Mischung aus Skepsis und Vorfreude befand ich mich – in Begleitung meiner Verlobten und Martin, dessen schwangere Frau Mathilde sich vom Gedränge fernhielt und zu Hause blieb.

Im rauchgeschwängerten Saal wurde Bier und Wein serviert, ein Klavierspieler klimperte muntere Melodien, es herrschte eine prächtige Stimmung. Gelächter und Gejohle.

Bevor die Filmvorführung startete, trat Emma Neumann auf die Bühne und hielt eine kurze, dennoch leidenschaftliche Ansprache. Sie berichtete von der armen Kathrin Meier, die allein im Kerker saß, sich vor zudringlichen Wärtern schützen musste und nicht wusste, ob ihr vielleicht morgen schon das Fallbeil drohte. Emma schlug den Bogen zu den katastrophalen Arbeitsbedingungen in Fabriken und Lagern und gelangte auf ihrer Reise entlang der Ungerechtigkeiten sogar bis nach Afrika:

»Alle leiden unter dem Kapitalismus. Das Miedje Kathrin Meier, die Männer und Frauen in Fabriken und Lagerhallen. Ausgebeutet, ohne Rechte – und es wird immer schlimmer. Längst exportieren wir den Kapitalismus nach Afrika, wo wir ganze Völker unterwerfen und ausbeuten, wie es Attilas Hunnenhorden nicht schlimmer hätten tun können.« Gelächter und Gemurmel im Publikum. »Sklaverei allerorten. Und die älteste Sklavin ist die Frau: als Ehefrau, als Geliebte, als Mutter, als Arbeiterin, als ständig sorgende und pflegende Kraft ist sie aller Rechte beraubt und dient dem Kapitalismus auf vielfache Weise. Und die meisten von uns merken das nicht einmal.«

Nun wurde das Gemurmel lauter. Zwischenrufe, hauptsächlich von Männern, forderten das Ende der Rede und den Beginn des Films. Emma warb noch für ihre Partei und die Gewerkschaften, forderte wie immer das Frauenwahlrecht und gab dann die Leinwand frei.

Der Film war amüsant. Nein, mehr als das: Er war ausgesprochen lustig. Das Publikum bog sich vor Lachen. Dabei war der Film von der Anlage her recht einfach. »Les Résultats du féminisme« zeigte eine verkehrte Welt. Männer waren Frauen, und Frauen waren Männer, wobei sie ihre Kleidung nicht getauscht hatten. Es waren Männer, die in einem Hutatelier den Schmuck auf die Hüte nähten, und es war eine Frau, die einen Hut auswählte und sich den von einem Mann hinterhertragen ließ. Männer puderten und schminkten sich und bewegten sich äußerst affektiert. Dazu spielte der Pianist alberne Melodien, welche die Lächerlichkeit des Dargestellten noch unterstrichen. Ein Mann wurde von einer Frau auf der Straße angesprochen, die versuchte, ihn mit sich zu ziehen. Er zierte sich, und schließlich kam eine andere Frau und begann mit der Nebenbuhlerin einen Kampf. Auf einer Parkbank versuchte eine Frau, ihren Begleiter zu küssen, der sich jedoch sanft dagegen wehrte. Dann sah man Männer im Haushalt. Einer nähte, einer bügelte, in einem Sessel saß eine Frau, rauchte und sah zu. Verkehrte Welt eben. Immer wieder bedrängten in diesem Film Frauen Männer. Männer fielen in Ohnmacht und mussten mit Riechsalz wiederbelebt werden. Frauen in trinklustiger Runde, die dem Mann, der mit einem Wäschekorb den Raum betrat, die Laken lachend um die Ohren warfen. Männer trugen Kleinkinder ins Bett und schoben Kinderwagen über die Straße, was für besonderes Gejohle im Publikum sorgte.

Nach nicht einmal sieben Minuten war der Film zu Ende.

»So wird die Welt auch nicht besser, wenn Männer und Frauen einfach die Rollen tauschen«, sagte Martin, als wir nach der Vorstellung noch zusammenstanden.

»Nein, das nicht, aber hier konntet ihr mal sehen, wie lächerlich euer Männergetue wirkt. Das allein war die fünf Pfennige wert«, entgegnete Margot gut gelaunt.

Martin tat gut daran, eine Diskussion mit Margot zu vermeiden. Da konnte er nur verlieren. Und mir war einmal mehr klar, dass mein Leben mit Margot sicher anders verlaufen würde als das aller anderen Paare, die wir kannten.

Agatha kam auf uns zugestürmt.

»Na, wie hat es euch gefallen?«, fragte sie aufgeregt.

»Es war amüsant, sehr witzig«, sagte ich, und die anderen nickten.

»Ich muss aber auch gleich los«, erklärte Martin. »Ich habe noch Wäsche zu machen, und ein paar Knöpfe an Mathildes Kleid muss ich auch noch annähen.«

Alle lachten. Auch nach diesem Film konnte sich niemand Martin mit einem Bügeleisen vorstellen.

»Und habt ihr schon einen Anwalt für Kathrin Meier?«, fragte Agatha. »Das Geld für ihn haben wir jedenfalls jetzt. Ist das nicht großartig?«

»Ja, ganz großartig«, grummelte Margot kaum hörbar und warf mir einen Seitenblick zu, so dass ich kurz geneigt war, mich wegzuducken. Ich hatte ihr noch nicht erzählt, dass ich Agatha über ihr Gespräch mit Kathrin Meier berichtet hatte. Natürlich war das ein Fehler. Gewiss betrachtete meine Verlobte Kathrin Meier als ihren Schützling. Agatha wollte sie in der Sache am wenigsten an ihrer Seite haben. Die Frage nach einem Anwalt ging natürlich auch in meine Richtung. Ich wollte mich darum kümmern, hatte aber noch keine Idee. Tante Isolde wollte ich natürlich nicht fragen, wen ich gegen ihren Freund Heinze in Stellung bringen sollte. Aus den gleichen Gründen kam auch Adolf nicht infrage. Emma Neumann hatte bereits abgewinkt. Sie kannte aus der Arbeit in Partei und Gewerkschaft einige Advokaten, aber die waren allesamt Sozialisten und würden jeden Richter in der Sache gegen sich aufbringen. Ich würde mich also noch ein wenig umhören müssen.

Kapitel 18

Wenige Tage später war Ludolf tot. Als ich zu meiner Visite, die ich nicht mehr täglich absolvierte, im Hafenkrankenhaus eintraf, kam mir Frau Harberg entgegen. Sie wurde von Dr. Buchheim gestützt und weinte still in ein Taschentuch. Der Blick des Arztes erübrigte jede Frage.

»Er ist irgendwann in der Nacht einfach eingeschlafen«, sagte er und schob die trauernde Mutter in meine Arme, als wolle er ein lästiges Problem loswerden.

»Aber wie kann das sein?«, fragte ich ihn und versuchte, nicht zu aufgebracht zu klingen. »In diesem Stadium der Schlafkrankheit stirbt man noch nicht. Das dauert viel länger.«

»Herr Melcher«, versuchte Buchheim, mich zu beruhigen, doch ich unterbrach ihn.

»Wieviel Atoxyl haben Sie ihm gegeben?«, fuhr ich den Mediziner so heftig an, dass Frau Harberg an meiner Seite zusammenzuckte. »Haben Sie ihn vergiftet?«

»Ich muss schon sehr bitten, Melcher«, knurrte Buchheim, »mäßigen Sie sich. Ich habe ihm überhaupt kein Atoxyl gegeben, keinen Tropfen.«

»Die Leiche bleibt hier«, befahl ich, »der Körper bleibt genau dort, wo er ist. Unverändert.«

»Das haben Sie nicht zu entscheiden«, sagte der Doktor und lächelte mich überheblich an.

»Ich nicht, aber das wird entschieden. Nur einen Moment.«

Wie gerufen kam Pater Paul in seinem watschelnden Gang angelaufen. In seine gesegneten Arme konnte ich nun Ludolfs Mutter übergeben und auf dem schnellsten Weg ins Stadthaus zu Kriminalsekretär Martin Bucher eilen.

»Du musst das akzeptieren, Zee-Jott«, sagte Martin, als ich ihm die Lage geschildert hatte. »Ludolf ist an dieser teuflischen Krankheit gestorben. Wir wussten, dass das passieren wird, und nun ist es eben etwas früher geschehen.«

Doch ich ließ nicht locker. Ludolf nahm nun ein Geheimnis mit ins Grab, das er gerne noch offenbart hätte. Vielleicht war es wirklich so, wie Tante Isolde einmal gesagt hatte, als ihre Mutter starb: Menschen, die auf dieser Welt noch etwas Wichtiges zu erledigen hatten, entwickelten eine Überlebenskraft, die ihnen das möglich machte. Als ihre Mutter vor Jahren im Sterben lag und der Arzt ihr nur noch wenige Tage gab, wollte sie sich unbedingt noch bei ihrem Sohn, Isoldes Bruder, dafür entschuldigen, dass sie ihn verstoßen hatte. Der Sohn, dessen Name mir entfallen ist, hatte seiner Mutter einst offenbart, dass er keine Frau lieben könne. Erst auf dem Totenbett siegte die Mutterliebe über die vermeintliche Schande der Homosexualität. Da Isoldes Bruder inzwischen an der Westküste der USA lebte, dauerte es zwei Monate, bis er am Bett seiner Mutter in Hamburg erscheinen konnte. Tante Isolde war sicher, dass das Warten auf den Sohn der Mutter die Kraft gegeben hatte, den Krebs in Schach zu halten. Zwei Tage nach seinem Besuch starb sie mit einem Lächeln im Gesicht.

Darum glaube ich, dass Ludolf noch auf den passenden Zeitpunkt und vielleicht auf den passenden Menschen gewartet hätte, um sein Geheimnis zu lüften. Doch auch wissenschaftliche Gründe sprachen gegen diesen frühen Tod. Die Anzahl der Parasiten in Ludolfs Lymphflüssigkeit, die zwischenzeitlichen Erholungen – Ludolf war noch nicht sterbenskrank gewesen.

»Du meinst«, fragte Martin ungläubig, »er wurde getötet?«

Ich zuckte mit den Schultern.

»Aber wer sollte das tun, Zee-Jott? Wer sollte einen Menschen ermorden, der sowieso in Kürze sterben wird?«

»Ludolf hatte ein Geheimnis, und dieses Geheimnis konnte offenbar Menschen in Schwierigkeiten bringen.«

»Du meinst sein wahnhaftes Gerede vom bösen Robert Koch?« Martin winkte ab. »Das sind doch Hirngespinste.«

»Ja, vielleicht dieses Geheimnis, vielleicht aber auch ein anderes. Er sprach von Filmrollen, die er versteckt hielt.«

»Vielleicht hat ihn auch seine Mutter getötet«, sagte Martin und blickte dabei, als würde er das für einen genialen Verdacht halten. »Aus Mitleid.«

»Wenn du Frau Harberg gesehen hättest, wüsstest du, dass sie zu schwach ist, einen Käfer zu zertreten. Außerdem ist der tägliche Besuch bei Ludolf das Einzige, was sie noch hat im Leben.«

»Na gut, du Nervensäge. Ich sehe, was ich tun kann«, sagte Martin und verschwand im Büro seines Chefs.

Wenige Minuten später kam er wieder heraus mit der Anordnung, die Leiche des Ludolf Harberg dem Leichenbeschauer zu überstellen.

Dr. Buchheim war sichtlich erschüttert über diese Anordnung, als ich mit Martin im Gefolge schwitzend und stöhnend wieder bei ihm im Büro erschien. Er nahm es gewiss als persönlichen Affront, dass eine von ihm diagnostizierte Todesursache angezweifelt wurde. Aber er hatte sich zu fügen.

Ich hatte den toten Ludolf noch gar nicht gesehen, und daher ging ich, ohne Buchheim um Erlaubnis zu fragen, zu seinem Zimmer. Langsam öffnete ich die Tür und vernahm ein Gemurmel. Im halbdunklen Raum musste ich mich erst orientieren. Ludolf, besser sein Körper, lag im Bett, die Bettdecke straff verspannt. Nur sein Kopf, der auf dem ordentlich drapierten Kissen lag, war zu sehen. Die Haut war farblos, die Augen waren geschlossen. Er sah nicht aus, als würde er friedlich schlafen. Er sah eindeutig tot aus. Ein Schlafender strahlte friedliches Leben aus, der tote Ludolf nur beginnende Verwesung.

Neben dem Bett saß Pater Paul, ein Buch, vermutlich eine Bibel, in den Händen und murmelte vor sich hin. Als er mich bemerkte, sah er kurz auf, fuhr dann aber mit seinem Gebet fort.

Ich stand neben Ludolfs Bett und betrachtete den Toten. Ich war traurig, ja, aber nicht am Boden zerstört oder verzweifelt. Dafür hatte ich Ludolf nicht nah genug gestanden, und dafür war auch sein Tod viel zu erwartbar, seit wir uns wiederbegegnet waren. Ein anderes Gefühl in mir war viel stärker: Wut. Ich war wütend darüber, dass Ludolf gegangen war, ohne sein Geheimnis preiszugeben. Genauer: Ohne mir sein Geheimnis preiszugeben, denn ich war ja offenbar der Einzige, demgegenüber er überhaupt ein paar Andeutungen gemacht hatte. Ich wollte Antworten.

Der Pater schlug sein Buch zu und sah mich an.

»Ist er wirklich friedlich eingeschlafen?«, fragte ich.

»Ich weiß es nicht«, antwortete der Pater, »aber dort, wo er jetzt ist, hat er auf jeden Fall seinen Frieden.«

Ich durfte von einem Gottesmann keine sachliche Einschätzung erwarten.

»Wo ist seine Mutter?«, fragte ich.

»Ich habe sie nach Hause gebracht. Nun kümmert sich eine Nachbarin um sie. Dr. Buchheim hat ihr auch etwas zur Beruhigung mitgegeben. Am Abend kommt wohl ihre Tochter.«

»Ihre Tochter? Ludolf hatte eine Schwester?«, fragte ich verwundert darüber, dass mir das völlig entfallen war. Aber sicher redeten wir Jungs damals nicht so viel über unsere Schwestern.

Kapitel 19

Bereits einen Tag nach seinem Tod konnte Ludolf in der Leichenschau obduziert werden. Es gab einen neuen Leichenbeschauer, Dr. Wilhelm Seutter, den ich noch nicht kannte. Sein Vorgänger Dr. Trestow, mit dem ich in der Vergangenheit so manchen Kompetenzstreit ausgefochten hatte, war in Pension gegangen. Trestow war vom alten Schlag, einer, der seine Erkenntnisse fast ausschließlich auf Augenschein und Erfahrung begründete. Moderne Methoden, wie sie vor allem aus England und den USA zu uns drangen, trafen bei ihm auf Desinteresse bis Ablehnung. Ich muss dem alten Pathologen allerdings zugutehalten, dass er mir nach anfänglicher Verweigerung gelegentlich gestattete, Obduktionen beizuwohnen. So hatte ich von Trestow gelernt, was ein Ypsilon-Schnitt war, wie man die inneren Organe untersuchte und woran man einen Herzinfarkt erkannte. Ob der Neue ebenso großzügig sein würde? Martin hatte mich als den Bakteriologen vom Tropeninstitut vorgestellt, der auch noch Fragen seiner Profession an den Leichnam habe, da könne man das ja gewissermaßen in einem Abwasch erledigen.

Als ich den kühlen Keller des Hafenkrankenhauses betrat, stand Seutter mitten in dem niedrigen Raum und streifte Handschuhe über. Er war größer als ich, sicher fast ein Meter neunzig, und ein paar Jahre älter, Mitte dreißig, schätzte ich. Unter dem weißen Kittel war eine schlanke, nicht sehr muskulöse Gestalt zu vermuten. Er trug das dunkelblonde, lockige Haar halblang und einen gepflegten Vollbart. Er sah gut aus, nein, er war schön, nicht, wie ein Mensch aus Fleisch und Blut, sondern eher schön wie Michelangelos David.

Der Tote lag auf einem stählernen Tisch unter einer hellen Leuchte. Nackt. Ich empfand es als würdelos, den Freund so zu sehen. Aber wie sollte er sonst dort liegen? Im Frack mit Zylinder?

Ein alter Gehilfe in fleckigem Kittel sortierte unter leisem Klirren Instrumente auf einem Beistelltisch. Schließlich sah er erst mich und dann Dr. Seutter erwartungsvoll an. Ein Blick des Leichenbeschauers reichte, um dem Gehilfen zu vermitteln, dass er nun nicht mehr gebraucht werde und gehen könne. Fast unterwürfig zog sich der Mann zurück. Damit war klar: Ich sollte nun der Gehilfe sein.

»Herr Melcher, nehme ich an«, sagte Seutter, ohne mich anzusehen.

»Dr. Carl-Jakob Melcher«, korrigierte ich. Nun sah er mich aus blaugrünen Augen an – mit hochgezogenen Augenbrauen.

»Aber Sie sind kein Arzt«, sagte er, »Sie sind, was hat dieser Polizist noch gesagt …?« Sein Tonfall konnte geringschätziger nicht sein.

»Bakteriologe.« Ich hatte nicht vor, ihm zu erklären, was das war, und kam gleich zur Sache. »Es heißt, dass Ludolf Harberg an der Schlafkrankheit gestorben sei, aber ich habe da meine Zweifel. Deshalb bin ich hier.«

»Ludolf Harberg«, sagte Seutter, und mir schnitt sein hoher, heiserer Singsang schon jetzt ins Hirn. »Ist das sein Name?«

Ich nickte.

»Kannten Sie ihn?«

»Ja, wir sind zusammen zur Schule gegangen.«

»Und deshalb sind Sie hier? Um den alten Freund noch mal von innen zu sehen?«

»Nein, Herr Dr. Seutter, ich bin hier, weil ich, wie gesagt, Zweifel an der Todesursache habe.«

Wenn ich nun einen Austausch über mögliche Todesursachen erwartet hatte, dann wurde ich enttäuscht. Dr. Seutter begann schweigend mit der Arbeit. Er setzte ein großes Skalpell an und begann, den Ypsilonschnitt durchzuführen. Um den Brustkorb zu öffnen, benötigte er meine Hilfe. Mit Zangen und Muskelkraft bogen wie die Rippen auseinander, einige brachen. Anschließend löste Seutter nach und nach die Lungenflügel, das Herz, Milz und Leber aus dem Torso, schließlich kamen wir zu den Nieren. Seutter nahm eine Niere in die Hand und betrachtete sie unter der grellen Operationsleuchte.

»Die hat bestimmt nicht mehr gut funktioniert«, sagte er mehr zu sich.

»Nierenentzündung ist ein typisches Symptom der Schlafkrankheit«, belehrte ich ihn.

»Also ist er an Nierenversagen gestorben«, sagte Seutter und warf die Niere achtlos in eine Emailleschale, die ich ihm hinhielt. »Dann sind wir hier fertig. Friede seiner Asche.« Er machte Anstalten, die Handschuhe abzustreifen. Natürlich wollte er mich provozieren, und fast hätte er es geschafft. Ich kochte innerlich vor Wut, hatte mich aber unter Kontrolle, was mir nicht in jeder Lebenslage gelang.

»Machen Sie ruhig Schluss«, sagte ich beiläufig, »ich sehe mir das alles noch etwas genauer an.« Ich nahm die Leber, legte sie auf einen Seziertisch und begann, sie mit einem Skalpell aufzuschneiden. Das nach dem Gehirn aus meiner Sicht faszinierendste Organ des Körpers zeigte bei Ludolf alle Anzeichen einer schweren Entzündung. Die Lebermasse war hellrot statt dunkelbraun, und die sonst glatte Oberfläche war runzelig. Ich würde in der Leber gewiss Spuren der Trypanosoma-Erreger finden, die in einem toten Körper noch ein paar Tage überleben konnten. Das wäre keine Überraschung. Ich suchte aber auch nach anderen Stoffen. Arsen zum Beispiel.

Wie zu erwarten war, zog Seutter sich nicht zurück. Er befahl mir auch nicht, seinen Arbeitsbereich zu verlassen mit dem Hinweis, dass er entscheide, wann die Autopsie beendet ist. Stattdessen kam er zu mir und sah mir über die Schulter. Ich hatte eine Atemschutzmaske und eine Schutzbrille aufgesetzt. Wortlos reichte ich auch ihm diese Schutzmittel.

»Was machen Sie da?«, fragte er misstrauisch. Ich antwortete nicht. Wenn er sich in der Rechtsmedizin nur ein wenig auskannte, wusste er, was ich da tat. Die nötigen Hilfsmittel waren in einem Regal über dem Tisch säuberlich angeordnet, was dafür sprach, dass die Untersuchung, die ich vornahm, hier zum Alltag gehörte.

Ich gab ein kleines Stück des Lebergewebes in ein Reagenzglas und fügte etwas Salzsäure und ein Stück Zink hinzu. Augenblicklich reagierten die Stoffe, und dichter, weißer Rauch stieg in dem Reagenzglas hoch. Ich nahm einen Korken, in dem ein dünnes, gut zehn Zentimeter langes Glasrohr steckte, und verschloss damit das Reagenzglas. Durch das Glasrohr trat nun das im Reagenzglas entstehende Gas unter geringem Druck aus. Mit einem Zündholz entzündete ich das Gas und wollte nun schnell nach einer Porzellanplatte greifen, doch erschien diese wie aus dem Nichts vor der Austrittsöffnung des Röhrchens. Mit ruhiger Hand hielt Seutter das Porzellan in zwei Zentimeter Abstand zu der Flamme. Wir verharrten vielleicht zehn Sekunden in dieser Anordnung. Dann sahen wir uns an und schüttelten gleichzeitig den Kopf. Auf dem Porzellan bildete sich keine dunkle Ablagerung. Das bedeutete: Ludolfs Leber enthielt kein Arsen. Er war also nicht mit dem hochgiftigen Stoff vergiftet worden. Und es bedeutete außerdem, dass er von Buchheim nicht mit Atoxyl behandelt worden war, dessen Arsenanteile sich ebenfalls in der Leber abgelagert hätten. Buchheim hatte die Wahrheit gesagt.

Und ich hatte mir Seutters Hochachtung erworben, weil ich die seit über fünfzig Jahren gebräuchliche Marshsche Probe zum Nachweis von Arsen nicht nur kannte, sondern auch routiniert durchführen konnte. Er sprach seine Hochachtung zwar nicht wörtlich aus, aber die Tatsache, dass er überhaupt mit mir sprach und offenbar bereit war, Ludolf weiter zu untersuchen, reichte mir als Beweis.

»Eine Vergiftung mit Kaliumcyanid können wir auch ausschließen«, sagte der Mediziner, während er eine Probe von Ludolfs Blut ins Licht hielt.

»Warum?«, fragte ich.

»Weil dieses Gift unmissverständlich an sehr hellem Blut zu erkennen ist. Dieses Blut hier ist, wie man so sagt, blutrot.«

Seutter trat wieder an den Tisch, auf dem der vollständig ausgeweidete Ludolf lag. Nein, es war nicht Ludolf. Das waren nur Fleischstücke, Knochen, Gewebe, Flüssigkeiten. Und Gestank. Wenn es so etwas wie eine Seele gab, dann hatte sie diesen Körper und diesen Raum längst verlassen.

»Keine Würgemale, kein Genickbruch«, murmelte Seutter, während er den Körper absuchte, »keine offenen Wunden. Und die Injektion von Gift würden wir bei den vielen Einstichen in beiden Armen nicht entdecken, wohl aber den Stoff, der injiziert wurde. Also, Dr. Melcher, wie wurde Ihr Freund getötet?«

Woher sollte ich das wissen?

»Wir haben uns die Lunge noch nicht angesehen«, sagte ich fast trotzig.

»Gut, dann die Lunge«, erwiderte Dr. Seutter, nahm die Lunge aus der Schale und warf sie auf den Seziertisch wie ein Fleischer eine Ochsenzunge. Es war nun offensichtlich, dass Seutter keine Hoffnung mehr hatte, irgendetwas zu finden, was auf eine gewaltsame Tötung hindeutete. Vermutlich hatte er diese Erwartung von Anfang an nicht gehabt. Er musste seine Pflicht tun, und wenn dieser Klugscheißer vom Tropeninstitut nicht dabei wäre, könnte er schon längst bei seinen Freunden in der Weinstube sitzen. Dachte er so? Von seinem Vorgänger Trestow hatte ich eigentlich gelernt, dass man mit der Leichenschau erst fertig ist, wenn alle Organe untersucht waren.

Seutter löste die Aorta, die wie eine fette Schlange zwischen den beiden Lungenflügeln lag, anschließend entfernte er mit ein paar geschickten Schnitten die Speiseröhre und die Luftröhre. Die fingerdicke Luftröhre legte er vor mir hin.

»Aufschneiden und sehr genau angucken«, befahl er.

Während ich mit einer Schere das feste Gewebe der Länge nach aufschnitt, was sich als sehr mühsam erwies, öffnete Seutter im oberen Bereich der Lunge die Bronchien. Er hielt mir ein Stück der Lunge unter die Nase und deutete mit dem Skalpell auf ein paar gräuliche Knubbel.

»Diese Lymphknoten hier sehen auch nicht aus wie bei einem Neugeborenen«, sagte er. Das überraschte mich nicht. Die Schlafkrankheit griff an diesen Organen besonders hartnäckig an, wie man wusste.

»Was ist das?«, sagte Seutter plötzlich und betrachtete eine kurze dicke Röhre. Ich unterbrach meinen qualvollen Versuch, das Gewebe der Luftröhre zu durchtrennen, und musterte das Stück, das er in der Hand hielt.

»Ich weiß es nicht. Die Speiseröhre?«, riet ich.

»Nein. Das ist ein Bronchus. Hierdurch gelangt die Atemluft in die Lunge. Aber ich meine das hier.« Er deutete mit dem Skalpell auf winzige helle, kurze Würmchen.

»Trypanosoma sind es nicht«, sagte ich, »die kann man mit dem bloßen Auge nicht erkennen. Irgendwelche Maden vielleicht?«

Seutter schabte etwas von den Würmchen aus dem Gewebe, brachte die Substanz auf einen Objektträger und legte ihn unter das Mikroskop.

»Eine Faser«, murmelte er. Dann sprang er auf.

»Los, öffnen Sie endlich die Luftröhre, und sehen Sie, ob da noch mehr von dem Zeug ist.«

Ich tat wie befohlen und fand auch hier diese Würmchen. Sogar mehr davon als in diesem Bronchus. Nachdem Seutter sie ebenfalls unter dem Mikroskop untersucht hatte, kam er zu dem Schluss, dass es sich um ein Gewebe handelte, um Stoff. Eine Stunde und ein paar Analysen später waren wir auch ziemlich sicher, was es für ein Stoff war: Baumwolle.

»Ist es ungewöhnlich, dass er Fasern von der Bettwäsche einatmete, in der er viele Wochen den ganzen Tag lag?«, fragte ich. Natürlich ging mir wie Dr. Seutter dieser eine Gedanke durch den Kopf: Ludolf wurde mit seiner Bettwäsche erstickt. Erstickte Opfer, auch so viel hatte ich inzwischen gelernt, konnte man häufig schon an äußeren Merkmalen erkennen: bläuliche Gesichtsfarbe, aufgeblähte Lunge, Totenflecken. Aber Ludolfs Körper war schon zu Lebzeiten in einem so desolaten Zustand, dass man für jede Todesursache ein Symptom finden konnte, wenn man wollte.

»Möglich, dass man da Fasern einatmet«, antwortete Seutter. »Hängt sicher auch von Alter und Qualität der Wäsche ab. Aber so viele Fasern und so tief in den Bronchien? Eigentlich hustet man das irgendwann wieder raus. Ich denke auch, dass unser Freund hier zu schwach war, um kräftig durchzuatmen. In seinem Zustand atmet man flach, nicht tiefer als nötig. So viel Sauerstoff braucht ein liegender Körper auch nicht.«

»Das heißt«, führte ich den Gedanken fort, »dass die Fasern nur dann so tief in die Lunge eindringen, wenn der Mensch an Luftnot leidet, wenn er zu ersticken droht.«

Seutter nickte.

Nun spekulierten wir darüber, wie Ludolf erstickt worden sein könnte. Wenn ihm jemand ein Kissen aufs Gesicht gedrückt hätte, wären auch in der Nase, in den Augen, in den Augenbrauen diese Fasern zu finden gewesen. Also hatte ihm jemand ein Stück Baumwolle, vielleicht ein Stück der Bettdecke, direkt in den Mund gedrückt, während er die Nase zuhielt. Zwischen den hinteren Backenzähnen fanden wir Fasern, was diese Theorie als sehr wahrscheinlich erscheinen ließ.

»Gut«, sagte ich und sah den Leichenbeschauer zufrieden an. Ich fand, dass wir gemeinsam gute Arbeit geleistet hatten, und wünschte mir dazu eine Bestätigung von ihm. Aber es kam nichts. »Dann ist er tatsächlich ermordet worden. Können wir sicher sein?«

»Eigentlich können wir nie sicher sein«, sagte Seutter, und nun klang auch bei ihm eine gewisse Zufriedenheit mit. Womöglich focht es ihn an, dass ich so hartnäckig an Mord geglaubt hatte, wo er schon längst keine Fragen mehr hatte.

Kapitel 20

Agathas Erfolg an der Oper war kein Strohfeuer. Obwohl die Zauberflöte, in der sie die dritte Dame sang, noch wöchentlich auf dem Spielplan stand, probte sie bereits für eine weitere Rolle. In Wagners Tristan und Isolde sollte sie die Brangäne singen, Isoldes Dienerin und Vertraute. Damit hatte sie nicht nur mehr Bühnenpräsenz und Gesang als die dritte Dame, sondern auch die volle Aufmerksamkeit von Tante Isolde, die Wagner über alles liebte. Mir graute schon vor der Premiere, zu der ich die Tante vermutlich begleiten sollte. Vier Stunden Oper und dann auch noch der pathetische Wagner, womit hatte ich das verdient?

Agatha sah ich aus diesem Grund kaum noch. Das war gut, weil ich nicht auf sie aufpassen musste, aber auch schlecht, weil ich nicht auf sie aufpassen konnte. Tante Isolde hatte immer noch nichts von Agathas Befragung vor Heinzes Fabrik erfahren, aber die Filmvorführung mit Emma Neumanns aufrührerischer Rede war ihr nicht entgangen. Die halbe Stadt tratschte darüber, und in diesem Zusammenhang war auch davon die Rede, dass diese englische Opernsängerin in Knopfs Lichtspielhaus mit von der Partie gewesen war. Das war Anlass genug für die Tante, mich beiseitezunehmen und zu Agathas Bewacher oder Anstandsdame zu ernennen. Ich wollte das nicht, aber ich hatte keine Wahl.

Ich mochte Agatha, wirklich, sie war klug und voller Energie, aber eben auch unberechenbar. Seit der Filmvorführung war nichts mehr vorgefallen, jedenfalls nichts, wovon ich gewusst hätte, aber was hieß das schon?

Trotzdem war ich misstrauisch, als Agatha mir an einem Dienstagmorgen beim Frühstück – Tante Isolde hatte das Haus schon früh für eine Einladung verlassen – eine gute Nachricht versprach.

»Ich habe einen Anwalt für Kathrin Meier gefunden. Er ist genau der Richtige.«

Dann erzählte sie von einem Verehrer, der sich in der Oper immer wieder Zutritt zu den Garderoben verschaffte, indem er Personal bestach und den Sängerinnen Blumen und Konfekt brachte und das Gespräch mit ihnen suchte.

»Der will nicht das, was du denkst, Carl-Jakob, er will nur plaudern, sich im Licht der großen Kunst sonnen, verstehst du?«

»Nein, eigentlich nicht, aber das ist auch egal. Warum ist er der richtige Anwalt für die Meier?«

»Er hat viel Erfahrung mit Straftätern, hat schon einen Mörder vor dem Fallbeil bewahrt, und Christoph Heinze kennt er auch.«

»Woher?«

»Er hat ihn wohl vor Jahren in einer Erbschaftsgeschichte gegen seine Schwägerin vertreten. Ist gut ausgegangen für Heinze.«

»Dann sind sie aber doch sicher beste Freunde, der Kaffeebaron und der Advokat. Was soll Kathrin Meier das nützen?« Ich klang vermutlich etwas zu überheblich.

Agatha sah mich entgeistert an.

»Hältst du mich für dumm, Carl-Jakob?«, fragte sie mit einer Ernsthaftigkeit, die mich schaudern ließ.

»Agatha, bitte, ich ...«

»Ja oder nein, Carl-Jakob, hältst du mich für dumm?«

»Nein, nein«, beteuerte ich, »natürlich nicht, Agatha, ich halte dich für ausgesprochen klug, ehrlich.«

Sie entspannte sich wieder. War das jetzt alles nur ein Spiel gewesen, eine Inszenierung?

»Gut«, sagte sie. »Dann wirst du nicht annehmen, dass ich Kathrin Meier einen Anwalt empfehle, der mit Christoph Heinze befreundet ist. Das Gegenteil ist der Fall. Rudolf Kramer, so sein Name, hat mit Heinze sogar noch ein Hühnchen zu rupfen, weil Heinze bei der Honorarzahlung in der Erbschaftssache von Vereinbarungen abgewichen ist. Kramer ist stinksauer auf Heinze, er will ihm eins auswischen. Und außerdem sagt er, dass er vor Gericht keine Freunde kenne, sondern nur Mandanten.«

»Na, dann«, sagte ich und tat beeindruckt.

Ich hatte noch nie einen Anwalt für irgendetwas benötigt. Ich wusste nicht, wie man den Richtigen auswählte. Ich wollte jetzt einfach diesem Kramer vertrauen. Agatha sollte den Anwalt zu Kathrins Mutter schicken, und die Dinge konnten ihren Lauf nehmen.

Doch damit nicht genug. Agatha und Emma reichte es natürlich nicht, nur Kathrin Meiers Leben zu retten. Es mussten gleich alle Frauen, denen in Hamburger Unternehmen Unrecht geschah, gerettet werden.

»Der Anwalt«, sagte Agatha voller Stolz, »ist auch bereit, eine weitere Miedje aus Heinzes Kaffeehaus zu vertreten.«

»Was?« Nun war sie wieder da, meine Sorge. »Wieso? Wer ist das Mädchen? Was hat Heinze ihr getan?«

»Was Heinze und seine Leute den Mädchen antun, Tag für Tag, hat unsere kleine Befragung ergeben. Da gibt es genug Gründe, Heinze und ein paar seiner Vorarbeiter vor Gericht zu stellen. Auch minderjährige Arbeiterinnen haben Rechte. Es könnten mehr Mädchen sein, aber die anderen trauen sich nicht, Heinze zu verklagen. Wir sind froh, dass wenigstens eine jetzt bereit ist. Andere folgen vielleicht, wenn die Ersten gewinnen.«

Mir fehlten die Worte. Agatha gab keine Ruhe. Sosehr ich auch ihren Mut, ihre Tatkraft und ihren Sinn für Gerechtigkeit bewunderte, sosehr fürchtete ich mich auch vor den Erschütterungen, die Agathas Kampf in der Villa Knudsen auslösen würde. Als Aufpasser hatte ich bereits jetzt versagt.

»Eins noch«, sagte ich zu Agatha, bevor ich mich auf den Weg ins Institut machte, »vielleicht ist es gut, wenn niemand erfährt, dass der Anwalt von dir ausgewählt wurde und du in dieser ganzen Klagesache drinsteckst. Tante Isolde zuliebe.«

»Keine Sorge, Carl-Jakob. Das läuft alles über Emma. Ich halte mich im Hintergrund.«

Hintergrund, dachte ich, als ich durch die kühle Morgenluft die Alster entlang Richtung Institut radelte, als ob Agatha überhaupt wüsste, wo sich der Hintergrund befand. Sie kannte nur die erste Reihe.

Kapitel 21

Doch in der ersten Reihe stand tatsächlich Emma Neumann. Denn anders war es nicht zu erklären, dass sie bereits zwei Tage später schwer verletzt ins Allgemeine Krankenhaus Eppendorf eingeliefert wurde. Ich erfuhr davon durch Martin, der mich am Abend vor dem Institut abfing.

Ich erschrak fürchterlich, als plötzlich ein Kraftwagen direkt vor mir bremste und noch ein Stück über den Kies rutschte. Am Steuer des Automobils saß Martin. Mir war gar nicht bekannt, dass er fahren konnte, aber das musste man heute bei der Polizei sicher lernen.

»Los, steig ein!«, rief er mir aus dem offenen Opel zu. »Emma Neumann ist angegriffen worden.«

Auf dem Beifahrersitz saß ein uniformierter Beamter, also öffnete ich die hintere Tür und setzte mich auf die Rückbank. Noch bevor ich die Tür schließen konnte, raste Martin los. In halsbrecherischem Tempo ging es durch die Stadt. Das Krankenhaus Eppendorf lag am nördlichen Stadtrand und war viel größer als das Hafenkrankenhaus.

Während der Fahrt setzte mich Martin über die Geschehnisse ins Bild. Er musste schreien, da Motor und Fahrtwind bei mehr als fünfzig Stundenkilometern die Verständigung erschwerten.

Ich verstand, dass Emma am späten Nachmittag im Innocentiapark von Spaziergängern bewusstlos im Gebüsch liegend entdeckt worden war. Ein herbeigerufener Schutzmann hatte für eine Ambulanz gesorgt, die Emma ins Krankenhaus brachte. Von dort hatte man die Kriminalpolizei verständigt. Mehr wusste Martin auch noch nicht.

Auf dem weitläufigen Krankenhausgelände brauchten wir einige Zeit, bis wir das richtige Gebäude gefunden hatten. Dort empfing uns ein Arzt und führte uns ins Gebäude. Der Polizist blieb beim Wagen.

Wir gelangten in einen großen, hellen Saal mit einem Dutzend Krankenbetten. Es roch nach Desinfektionsmitteln und Urin. Die Hälfte der Betten war belegt. Frauen jeden Alters lagen in weißen Laken. Bei manchen saßen Besucher am Bett und murmelten leise mit den Kranken, andere lasen oder schliefen.

Der Arzt führte uns zu einem Bett in der hinteren Ecke des Raumes. Emma sah verheerend aus. Um den Kopf hatte sie einen weißen Verband, durch den etwas Blut sickerte. Beide Augen waren geschwollen, die Augenbrauen von Pflastern bedeckt. Der Körper der kleinen Frau war komplett zugedeckt, bis auf das linke Bein, das eingegipst auf der Decke lag. Emma schlief. Der Arzt las mit monotoner Stimme von einem Klemmbrett ab, das er in der Hand hielt.

»Großflächige Platzwunde am Kopf, Nasenbeinbruch, Verlust zweier Backenzähne, Hämatome im Gesicht und am ganzen Körper. Fraktur des linken Oberschenkelknochens und des linken Schienbeins. Vermutlich keine Schädelfraktur und keine inneren Verletzungen. Bei Einlieferung war die Patientin ansprechbar und nannte ihren Namen.«

Emma öffnete die Augen. Sie sah uns an, die geschwollenen Lippen bemühten sich um ein Lächeln.

»Ihr kommt zu spät, Männer«, sagte sie mit krächzender Stimme, »sie haben mich erwischt.«

»Wer hat dich erwischt, Emma?«, fragte ich, und sie zuckte nur mit den Schultern. Martin und ich nahmen uns Stühle und setzten uns zu beiden Seiten des Bettes. Der Arzt begab sich zu anderen Patienten.

Geduldig lauschten wir Emmas Schilderung eines perfiden Überfalls. Es fiel ihr schwer, zu sprechen, und gewiss hatte sie auch starke Schmerzmittel bekommen. Aber sie war klar und präzise wie immer.

Emma berichtete, dass sie einen Ratsherren ihrer Partei auf der Isestraße besucht hatte, der krank im Bett lag und von dem sie ein paar Unterschriften benötigte. Sie hatte sich höchstens eine Stunde in der Wohnung des Mannes aufgehalten, mit seiner Frau einen Kaffee getrunken und sich dann zu Fuß auf den Heimweg gemacht. Am Innocentiapark, an einer Stelle, wo die Bäume besonders hoch und dicht stehen, hatte plötzlich eine geschlossene Kutsche, ein Zweispänner, neben ihr gehalten. Die hintere Tür war aufgesprungen, und zwei Männer, große, starke Kerle, zerrten sie in den Wagen. Das musste so schnell gegangen sein, dass es von Passanten nicht bemerkt wurde. Der Wagen war dann nur ein kleines Stück weitergefahren, vermutlich an eine besser geschützte Stelle. Wer den Wagen fuhr, hatte Emma nicht gesehen, und die beiden Männer, die mit ihr im Laderaum des Wagens waren, trugen Masken. Sie stopften ihr einen Lappen in den Mund und begannen, sie zu schlagen. Der eine mit Fäusten, der andere war mit einem Schlagring bewaffnet. Auf den Kopf, in den Nacken, in den Bauch. Sie schlugen die kleine Frau mit aller Kraft, ein Wunder, dass sie das überlebt hatte.

»Während sie auf mich eindroschen, haben sie immer wieder gesagt, dass ich mit meinen kommunistischen Hetzereien aufhören solle, sonst würde es mir beim nächsten Mal noch schlimmer ergehen«, sagte Emma und fügte gequält lächelnd hinzu: »Ich habe für den Sozialismus viel Dresche einstecken müssen, aber das waren sicher die schlimmsten Prügel seit Langem.«

»Heinze«, sagte ich, und Martin nickte.

»Ist Ihnen etwas aufgefallen, das uns weiterhelfen könnte, Frau Neumann?«, fragte Martin. »Etwas an der Kutsche oder den Pferden vielleicht? Oder hatten die Männer irgendetwas Auffälliges an sich?«

Emma schüttelte den Kopf.

»Es ging alles so schnell, und im Wagen war es dunkel. Ich bin dann auch ohnmächtig geworden. Ich vertrage halt nicht mehr so viel Prügel wie früher. Als ich im Gebüsch wieder zu mir kam, waren die Kerle über alle Berge, und mein Bein schmerzte wie die Hölle.«

Margot kam durch den Saal geeilt an Emmas Bett. Die Nachricht von der Einlieferung der bekannten Frau hatte sich offenbar schnell im Krankenhaus verbreitet. Margots Arbeitsplatz, die innere Medizin, lag im Nebengebäude. Eine spezielle Kinderklinik gab es noch nicht.

»Wie geht es ihr?«, fragte sie mich.

»Sieh sie dir an«, sagte ich. »Unkraut vergeht nicht. Emma kämpft noch für Gerechtigkeit, wenn wir alle längst unter der Erde liegen.«

»Jetzt ist aber erst mal gut mit Kämpfen, Frau Neumann«, sagte Margot und nahm die Hand der Verletzten. »Jetzt ruhen Sie sich aus. Ich sehe immer mal wieder nach Ihnen. Wenn Sie etwas brauchen, sagen Sie es mir.« Und an uns gewandt: »Und ihr macht euch auf den Weg und sucht die Feiglinge, die der Frau das angetan haben. Hier könnt ihr nichts tun.«

Die Ermittlungen der folgenden Tage brachten kein Licht ins Dunkel dieses Überfalls. Rund um den Innocentiapark wurden Anwohner befragt, doch niemand hatte etwas Ungewöhnliches bemerkt. Auch wenn alles auf Heinze als Drahtzieher hindeutete, so konnte Martin nicht einfach bei dem Kaffeebaron hineinspazieren und ihn der Anstiftung zur schweren Körperverletzung bezichtigen. Emma hatte viele Feinde in Politik und Wirtschaft. Martins Chef Manthey war ohnehin der Meinung, dass »jemand, der so viel Unfrieden in der Stadt stiftet wie die Neumann, sich nicht wundern darf, wenn es mal was auf die Schnauze gibt«.

Emmas Wunden würden bald heilen. Ob ihr Kampfesmut wirklich keinen Schaden genommen hatte, wie es zunächst den Anschein machte, würde sich zeigen.

Kapitel 22

Am folgenden Sonntag besuchte ich nachmittags Marieluise Harberg in ihrer kleinen Wohnung in Barmbek. Es war ein Kondolenzbesuch, aber ich suchte ebenso nach Antworten. Es bestand wenig Hoffnung, dass die alte Frau Harberg sie mir geben konnte. Doch ich war auch neugierig auf Ludolfs Schwester.

Die Wohnung lag in einem großen, schlecht gepflegten Mietshaus. Ich fragte mich, wie es die alte Frau Tag für Tag bis in den vierten Stock schaffte, einen Aufzug gab es nicht. Frau Harberg erkannte mich nicht gleich. Erst als ich sprach, lächelte sie und ließ mich ein. Sie trug ein schwarzes, verwaschenes Kleid, die Haare waren ungeschickt zu einem Dutt gebunden, der von einem schwarzen Haarnetz gehalten wurde.

Die Wohnung war klein, drei Zimmer und eine kleine Küche, die Toilette lag auf halber Treppe. Emma Neumann wohnte ähnlich, nur dass es für die aus ärmlichen Verhältnissen stammende Emma die beste Wohnung ihres Lebens war, und für Marieluise Harberg, die eine Welt mit Dienstboten und Meissener Porzellan kannte, stellte dies die letzte Station vor dem Armenhaus dar.

Wenn sie gewusst hätte, dass ich komme, hätte sie gebacken oder Käse und Früchte und Wein geholt, entschuldigte sich Frau Harberg. Aber da ich diesen Aufwand vermeiden wollte, hatte ich mich bewusst nicht angemeldet. Kaffee hatte sie oder jedenfalls etwas, was in der Welt der Armut die edle Bohne aus Afrika ersetzte: Zichorienkaffee. Er schmeckte fürchterlich, aber ich trank ihn, ohne das Gesicht zu verziehen.

Frau Harberg wirkte gefasst. Sie schien den Tod des Sohnes vor einer Woche akzeptiert zu haben, überwinden würde sie den Schmerz vermutlich nie. Nach Tante Isoldes Theorie, dass wir uns so lange am Leben erhalten, wie wir eine Aufgabe, eine Mission haben, müsste Marieluise Harberg bald gehen. Es gab nichts mehr für sie zu tun.

Ludolfs Tod brachte sie gewiss in noch größere finanzielle Nöte. Ludolf hatte sie von seinem Sold bestimmt miternährt. Wenn überhaupt, bekam sie nur eine kleine Rente, und die Näharbeiten könnte sie bald auch nicht mehr ausführen. Mich überkam ein tiefes Gefühl der Hoffnungslosigkeit, als ich bei ihr in der Stube an dem kleinen Tisch saß, den Zichorienkaffee vor mir in einer Tasse, die nicht zur Untertasse passte. Die Möbel verschlissen, die Tapete an den Wänden fleckig. Es roch muffig. In einer Ecke stand eine alte mechanische Nähmaschine, daneben lagen aufgerollte Stoffbahnen. Nicht viel, nicht glanzvoll. In der Villa Knudsen stand eine dieser modernen elektrischen Nähmaschinen, die niemand bedienen konnte. Das Dienstmädchen, das es gelernt hatte, war nicht mehr im Haus, und die anderen versuchten es gar nicht erst.

»Ich habe gehört, Ihre Tochter ist zu Besuch? Das ist doch schön«, sagte ich.

»Ja, die Gretel, das ist schön.«

»Und wo ist sie jetzt?«, hakte ich nach.

»Sie ist beim Bestatter, kümmert sich um alles, das gute Mädchen. Ludolf muss auf jeden Fall ja eine schöne Beerdigung haben.«

Auf dieses Stichwort hin zückte ich den Zwanzigmarkschein, den ich eingesteckt hatte, und schob ihn zu Frau Harberg.

»Für die Beisetzung«, sagte ich leise.

Sie lächelte gerührt.

»Das müssen Sie nicht, Carl-Jakob. Die Armee kommt für die Beerdigung auf.«

»Behalten Sie es trotzdem, bitte, Sie müssen sich nicht schämen.«

Sie nickte und steckte das Geld schüchtern in ihre Schürze.

Unser Gespräch stockte immer wieder. Ich wollte sie nicht fragen, wie es ihr ging, wie es nun weitergehen solle. Das waren alles Fragen, auf die sie keine Antwort wusste. Aber ich hatte noch andere Fragen.

»Frau Harberg, hat Ludolf Ihnen gegenüber etwas von Unterlagen erzählt, die er versteckt hielt? Geheime Dokumente?«

Sie sah mich aus ihren trüben Augen an.

»Nein, aber das haben mich die Männer auch gefragt, die hier waren.«

»Männer?« Das kam überraschend wie ein Hahnenschrei mitten in der Nacht. »Was für Männer? Wer war hier?«

Frau Harberg zog sich etwas zusammen unter der Attacke meiner Fragen.

»Ja, zwei Männer, von der Polizei oder von der Armee. Ja, sie waren von der Armee, trugen aber keine Uniformen. Sie mussten wohl Ludolfs Sachen abholen. Waren nicht besonders höflich, aber das lernt man bei der Armee ja nicht.« Sie lächelte. »Nur mein Ludolf, der war immer höflich. Das hatte er von seinem Vater.«

»Und was haben die Männer mitgenommen?«

»Alles, alle Sachen von Ludolf, die aus Afrika mitgekommen waren. Viel war es ja nicht. Ein großer Rucksack, die Uniform, seine Arzttasche. Das würde alles der Armee gehören, sagten sie. Ich hätte gerne eine Erinnerung behalten. Die Uhr seines Vaters zum Beispiel. Die hatte ich ihm geschenkt, als er nach Afrika ging. Hat ihm dort sicher einer von den anderen Soldaten gestohlen.«

»Die beiden Männer, die hier waren, wie hießen die«, fragte ich so ruhig, wie es mir in meiner Erregung möglich war.

Marieluise Harberg fasste sich an die Stirn, dachte nach.

»Ich wollte es erst aufschreiben, habe aber keinen Bleistift gefunden, und dann waren sie schon wieder weg. Mit allen Sachen.«

»Und sie nahmen die Sachen, also Rucksack und Uniform, und haben dann noch nach etwas gefragt? Nach was genau?«

»Na, so wie Sie gerade. Nach Dokumenten, irgendwelchen Dokumenten.«

»Aber die hatten Sie nicht. Ludolf hatte Ihnen nie im Krankenhaus irgendwelche Papiere gegeben?«

»Nein.« Sie sank zusammen, traurig darüber, mir nicht die erhoffte Antwort geben zu können. Dann schrak sie plötzlich auf.

»Kohl, einer der Soldaten hieß Kohl. So ein dünner, mürrischer Kerl. Und der andere hieß Schmitz oder so ähnlich. Irgendwas mit Z am Ende. Ganz so tüddelig bin ich wohl doch noch nicht.« Sie lächelte triumphierend.

»Könnten die beiden auch Krohl und Nemetz geheißen haben?«, fragte ich vorsichtig.

»Ja, genau. So haben sie geheißen. Der andere war so ein Dicker, der übel gerochen hat. Sie haben in Ludolfs Zimmer viel Unordnung gemacht.«

Treffer. Nemetz und Krohl waren Offiziere der polizeilichen Spionageabwehrstelle Sektion Hamburg, die direkt dem Kriegsministerium in Berlin unterstand. Ich kannte die beiden. Sie hatten damals auch ihre fettigen Nasen in unsere Ermittlungen rund um die Morde an reichen Hamburgern gesteckt. Manthey hasste diese Leute. Er war der Meinung, dass es ihnen nicht um die Überführung von Tätern ging, sondern um die Aufdeckung und Unschädlichmachung von vermeintlichen Verrätern. Sie arbeiteten möglichst im Geheimen und ohne viel Aufsehen. Wie Parasiten hatten sie damals an uns gehangen und jeden unserer Schritte verfolgt. Wenn die beiden nun bei Ludolfs Witwe auftauchten, war zu vermuten, dass von seinen Geheimnissen etwas durchgesickert war und die Obrigkeit beunruhigte.

Ich ließ mir von Frau Harberg Ludolfs Kammer zeigen. Ein schmales Bett, ein Schreibtisch, ein Schrank und ein kleines Regal mit Büchern.

»Was haben die beiden Männer mitgenommen, außer Rucksack und Uniform?«

»Nichts. Sie haben nur alles angefasst, jedes Buch haben sie ausgeschüttelt, ohne mir zu sagen, warum. Den Kleiderschrank haben sie durchwühlt, aber da war ja nicht viel drin. Ich habe alles gestern gleich wieder aufgeräumt.«

»Und wissen Sie, was in dem Rucksack war? Haben die Männer den auch durchsucht?«

»Da war nicht viel drin. Wäsche. Der war mir so gebracht worden, als Ludolf ankam. Er ist ja gleich vom Schiff ins Krankenhaus gekommen. Ich habe die Wäsche gewaschen und wieder in den Rucksack gepackt. Ich dachte, wenn er gesund ist, will er ja bestimmt bald wieder los.«

Sie setzte sich auf Ludolfs Bett und weinte leise.

Ich konnte also nun davon ausgehen, dass Nemetz und Krohl die Unterlagen, Ludolfs Geheimnis, nicht gefunden hatten. Den Rucksack hatten sie mitgenommen, um ihn in Ruhe zu untersuchen, alle Nähte aufzutrennen, Geheimfächer zu entdecken.

»Er war so fasziniert von Afrika, Carl-Jakob, er wäre sicher wieder dorthin gefahren.« Frau Harberg hatte nun einen zerlesenen Brief in den zitternden Händen, den sie mir gab. »Als der Brief letztes Jahr angekommen ist, konnte ich ihn noch lesen. Jetzt nicht mehr. Mögen Sie ihn mir vorlesen?«

Der Brief war mit der sauberen Handschrift eines gebildeten

und akkuraten Menschen geschrieben. Die weite Reise und die Tränen der Mutter hatten das Papier fleckig und die Tinte blass werden lassen, doch unter dem elektrischen Licht in der Stube konnte ich gut lesen.

Daressalam am 16. August 1906
Liebe Mutter,

endlich habe ich etwas Zeit, um Dir zu schreiben. Ich sitze auf einer schattigen Veranda in der Stille und Hitze des Mittags. Vor mit steht ein Glas Sekt von der Mosel, das ich auf Dich erhebe. Zum Mittag gab es im nahe gelegenen Gasthaus Schweinebraten mit Knödeln. Daressalam, die Hauptstadt unserer Kolonie, ist ein nettes kleines Städtchen, in dem es so viele Dinge aus der Heimat gibt, dass ich manchmal vergesse, dass ich in Afrika bin. Doch die Hitze und die schwarzen Menschen erinnern mich dann wieder daran. Heute ist Sonntag, und ich war in der Kirche. Ich weiß, dass Dir wichtig ist, dass ich den Kontakt zu Gott nicht verliere. Das ist allerdings nicht leicht in dieser Welt, wo Gott so häufig nicht zu erkennen ist. Es liegt nicht an Afrika. Afrika ist göttlich. Ich glaube, dass das Paradies so aussieht wie die Natur hier. Die weiten Savannen, die majestätischen Berge. Es gibt weiße Strände wie auf Sylt, nur dass es hier immer warm ist. Das Meer ist azurblau und voller Fische. Es gibt auch Haie, aber ich schwimme nicht weit hinaus. Auf dem beschwerlichen Weg vom Süden in die Hauptstadt habe ich Giraffen und Elefanten gesehen. In der Nacht haben wir Löwen brüllen gehört.
Nein, es liegt nicht an Afrika, dass ich Gott hier oft nicht erkennen kann. Es sind wir, die die Gottlosigkeit hierhergebracht haben. Bevor ich in die Kolonie reiste, glaubte ich tat-

sächlich, dass wir diese wilde Welt befrieden müssen, um ihre Schätze höheren Zwecken zuzuführen. Ich glaubte, dass im gleichen Maße wie wir von dieser Welt profitieren, diese Welt irgendwann von uns profitieren wird. Die kaiserliche Armee, so dachte ich in meiner grenzenlosen Dummheit, muss nur so lange die wilden und kindlichen Menschen hier in Schach halten, bis sie verstanden haben, dass wir ihnen eine bessere Zukunft bringen.

Ich Narr! Die Menschen hier sind weder wild noch dumm. Lange bevor wir uns ungefragt in ihrem Land breitmachten, trieben sie Handel über die Meere mit Arabien und Indien. Sie bauten Städte und schufen Kunstwerke. Und sie wurden versklavt. Lange vor uns – und nun von uns. Denn darum geht es. Arbeiter für die deutschen Herren. Und weil viele Menschen hier das nicht wollen, gibt es Krieg. Und der Krieg wird bleiben. Die letzten Monate waren wir im Süden unterwegs, wo einige Stämme sich seit Jahren gegen die kaiserliche Herrschaft wehren. Sie kämpfen mit Speeren und alten Gewehren, aber ihre beste Waffe ist das Land. Sie kennen die Natur. Sie können sich in dieser Welt unsichtbar machen und plötzlich wieder auftauchen. Der offene Kampf, den man bei der kaiserlichen Armee lernt, funktioniert hier nicht. Deshalb gehen die Offiziere zu der Strategie über, die Dörfer und Felder der Aufständischen niederzubrennen, ihr Vieh zu töten und die Menschen so dem Hungertod zu weihen. Frauen, Kinder, Alte. Wie ich höre, geht in unserer südwestafrikanischen Kolonie Ähnliches vor sich. Dass wir diese Gebiete »Schutzgebiete« nennen, ist ein zynischer Witz. Wir beschützen nur uns selbst, sonst niemanden.

Will Gott das so? Ist es so, wie Dein Freund Pastor Meining mal gesagt hat, dass wir Weißen die auserwählte Rasse

sind und es nicht nur unser Recht, sondern unsere Pflicht ist, die Menschen hier und ihr Land zu beherrschen? Ich glaube nicht.
Für mich ist der Krieg nun vorbei. Ich werde als Arzt dort gebraucht, wo man für das Leben kämpft. In ein paar Tagen fahre ich mit dem Schiff von Daressalam nach Mombasa, einer Hafenstadt im britischen Schutzgebiet. Von dort reise ich mit der Eisenbahn weiter an den Victoriasee. Keine Angst, Mutter, die Briten sind hier mal nicht unsere Feinde. Im Kampf gegen Malaria, Schlafkrankheit und andere Seuchen dieses Kontinents stehen wir zusammen. Am Victoriasee forscht der berühmte Robert Koch – und ich darf Teil seiner Station dort werden. Koch forscht nicht nur, er heilt auch. Und es gibt so viele infizierte Eingeborene, dass die Ärzte, die Koch aus Deutschland mitgebracht hat, es nicht mehr schaffen, alle zu versorgen. Ich freue mich sehr auf diese Aufgabe, die Gott sicher mehr gefällt als das Niederbrennen von Dörfern. Ich weiß, dass Du stolz auf mich bist.
Wenn Dich dieser Brief erreicht, bin ich längst bei Robert Koch am wunderschönen Victoriasee und schreibe schon den nächsten Brief an Dich.
Richte Gretel meine herzlichen Grüße aus, vielleicht versteht sie mich ja irgendwann.

*In Liebe
Dein Sohn Ludolf*

Als ich mit der Geschichte geendet hatte, die Ludolf mir genau so bereits auf dem Krankenbett erzählt hatte, sah ich, dass Frau Harberg gleichzeitig lächelte und weinte. Die liebenden Worte des Sohnes waren tröstend und verletzend zugleich. Sie würde seine Stimme nie mehr hören, und diesen Brief würde sie nicht mehr lesen können. Aber ich war froh, dass dieser Brief nicht Nemetz und Krohl in die Hände gefallen war. Sie hätten ihn sicher mitgenommen, um Ludolfs kritische Ausführungen zu vernichten.

»Was versteht seine Schwester Gretel nicht?«, fragte ich.

»Sie versteht nicht, dass er Soldat geworden und nach Afrika gegangen ist. In ihrer Welt gibt es nur Frieden und Glück. Und von ihrem Bruder hatte sie erwartet, dass er sich hier bei uns um Kranke kümmert und nicht am Ende der Welt an einem Krieg teilnimmt.«

»Wo lebt Gretel?«, fragte ich.

»Auf Helgoland. Sie betreibt mit ihrem Mann eine Art Ferienpension. Ich weiß nicht genau, was das ist.«

»Und weil sie Ludolf nicht versteht, hat sie ihn auch nie im Hafenkrankenhaus besucht?«, fragte ich, und die Antwort kam von einer Stimme hinter mir.

»Ganz genau.«

Ich drehte mich um. In der Tür stand eine junge Frau. Ich schätzte sie auf Anfang zwanzig. Sie hatte kurze blonde Haare, die ihr wild und unfrisiert vom Kopf abstanden. Ihr mädchenhaftes Gesicht war pausbäckig und recht hübsch, sie war von kräftiger Statur, aber nicht dick. Gekleidet war sie wie ein Junge. Oder eher wie ein Arbeiter. Blaues Leinenhemd, graue, fleckige Arbeitshose und derbe Stiefel mit genagelter Sohle.

»Du musst Zee-Jott sein«, sagte sie fröhlich und reichte mir die Hand. Sie hatte einen Händedruck wie ein Schmied. »Ich bin Gretel, schön, dich kennenzulernen.« Und dann deutlich ernster: »Und vielen Dank, dass du dich so gut um Ludolf gekümmert hast. Und bevor du fragst: Natürlich bin ich traurig, dass ich Ludolf nicht mehr besucht habe.«

Wir setzten uns an den Tisch und schwiegen. Ich hatte so viele Fragen an Gretel, wollte sie im Beisein der Mutter allerdings nicht stellen. Als ich mich schließlich verabschiedete, bot Gretel an, mich noch ein Stück zu begleiten.

Während wir die Beethovenstraße Richtung Uhlenhorst hinunterspazierten, konnte ich meine Fragen stellen, aber Gretel hatte keine Antworten. Sie kannte jedoch die Gründe, warum Ludolf zur Armee gegangen war.

»Er wollte Arzt werden«, erzählte sie, »und hatte das Studium bereits begonnen, als mein Vater starb. Mutter konnte sich Ludolfs Studium nicht mehr leisten, und so hat er die Möglichkeiten genutzt, die die Armee bot. Warum er dann ausgerechnet nach Afrika ziehen musste, wo man wahlweise von Speeren durchbohrt, wilden Tieren gefressen oder tückischen Krankheiten getötet wird, kann ich dir nicht erklären.«

»Und das hat gereicht, um nicht mehr mit ihm zu sprechen?« Gretel blieb stehen und sah mich an.

»Er war es, der nicht mehr mit mir sprechen wollte. Mein Leben hat ihm noch viel weniger gefallen als mir seines.«

»Du betreibst mit deinem Mann auf Helgoland eine Ferienpension, sagte deine Mutter. Was findet Ludolf falsch daran?«

Gretel blieb wieder stehen. Sie lachte mich laut an.

»Das hat meine Mutter erzählt, ein Mann und eine Pension?« Sie schüttelte den Kopf. »Die Mama wird es nie verstehen.«

»Mein Mann heißt Ulrike, und wir sind seit drei Jahren verheiratet«, sagte sie stolz und zeigte mir einen goldenen Ring an ihrer rechten Hand.

»Du kannst nicht mit einer Frau verheiratet sein«, sagte ich fast trotzig.

»Wer sagt das? Die Kirche? Der Kaiser? Ulli und ich sind auf der Düne vor Helgoland bei Windstärke acht vom Inselpfarrer getraut worden, davon gibt es sogar eine Fotografie. – Und übrigens, mein Lieber, der Paragraf hundertfünfundsiebzig gilt nur für Männer. Pech gehabt. Wir Weiber dürfen tun, was wir wollen. Jedenfalls in dieser Hinsicht. Das gilt nur als pervers oder sündig, aber nicht als illegal.«

War ich schockiert? Nein. Ich wusste, dass es Homosexualität auch unter Frauen gab und dass man sich in der Wissenschaft nicht einig war, ob die Liebe zum eigenen Geschlecht angeboren war, eine Folge von Entwicklungen in der Kindheit oder nur eine sündhafte Angewohnheit. Ich hatte noch nie einen Grund gesehen, mich näher damit zu beschäftigen. Irgendwie war mir dieses Thema peinlich.

»Und eure Pension ist keine Pension, sondern was?«, fragte ich.

»Wir haben auf der Düne, das ist diese sandige Insel vor Helgoland, ein Haus gebaut. Eher eine Blockhütte mit zehn einfachen Zimmern. Zu uns kommen Menschen, die diesem ganzen Großstadtzirkus mal entfliehen wollen. Wir haben keine Zentralheizung und keine Wasserleitungen. Strom haben wir auch nicht. Wir kochen auf dem Feuer und machen Kerzen und Öllampen an, wenn es dunkel wird.«

»Verstehe«, sagte ich, »so was wie der Monte Verità in Italien.« Ich hatte von diesem Berg gelesen, auf dem sich vor ein paar Jahren eine Gruppe von Künstlern und Freigeistern aus dem Deutschen Reich angesiedelt hatte, um ein sehr ursprüngliches Leben zu führen. Seitdem war dieser Berg eine Art Wallfahrtsort für alle, die jenseits der Zivilisation nach Sinn suchten.

»Ja, vielleicht. Aber ich glaube, dort wollen die Leute für immer bleiben. Unsere Gäste kommen für ein paar Wochen und gehen dann wieder zurück in ihr verrücktes Leben.«

»Verzichtet ihr auch auf Kleidung wie die da in Italien?« Ich musste selbst grinsen über meine ungehörige Frage.

»Wer das möchte, kann das tun. Ansonsten tragen wir nicht mehr als nötig. Und wir essen nicht mehr als nötig. Keine Tiere, auch keine Lebensmittel von Tieren, also Eier, Milch und so was. Wir gehen früh schlafen und stehen früh auf. Wir baden im Meer, zu jeder Jahreszeit, wie die Robben auf unserem Strand. Und was soll ich dir sagen: Es gibt keine Krankheiten und keinen Streit.« Sie breitete die Arme aus und drehte sich lachend um sich selbst. »Du musst zu uns kommen. Es wird dir gefallen.«

Es wunderte mich nicht, dass der Stabsarzt Ludolf Harberg das Leben seiner kleinen Schwester nicht verstanden hatte. Kaum jemand, den ich kannte, würde dieses Leben verstehen. Margot nicht, Martin nicht, Pater Paul erst recht nicht. Agatha, die würde es vielleicht verstehen, aber so leben wollte die verwöhnte britische Lady sicher auch nicht. Verstand ich Gretels Leben? Vielleicht musste ich es nicht verstehen, vielleicht gab es Dinge im Leben, die man nicht beurteilen musste und schon gar nicht verurteilen.

Wir schwiegen eine Weile. Gretel sah nachdenklich vor sich hin.

»Ich frage mich jetzt, wo Ludolf tot ist«, sagte sie schließlich, »was geworden wäre, wenn er damals nach London gefahren wäre? Vor zehn Jahren war das, ich war vierzehn.«

»Was wollte er in London?«, fragte ich.

»Das Mädchen heiraten, das er liebte. Das war sein Plan. Aber sie war Mutter zu jung und Vater zu jüdisch. Außerdem hatte Ludolf gerade sein Studium begonnen. Dann starb mein Vater, und Ludolf musste ohnehin bleiben.« Sie schüttelte den Kopf.

»Wer war diese Frau?«, fragte ich, obwohl ich eins und eins längst zusammengezählt hatte.

»Sie war die Schwester von Ludolfs Tennisfreund Sebastian. Amanda oder so hieß sie. Siebzehn Jahre alt. Ich habe sie nur ein paarmal gesehen, weil ich damals auf einer Klosterschule war. Aber eine Begegnung mit ihr hatte es wirklich in sich.«

»Wieso?«

»Na, ich kam in Ludolfs Zimmer, und da haben sie es gemacht.«

»Was gemacht?«, fragte ich, um gleichzeitig zu bemerken, wie dumm meine Frage war.

Gretel lächelte mich nur an.

»Sie war siebzehn, sagst du. Ganz schön jung ... dafür. Was hat diese ... Amanda denn gesagt, als Ludolf sie dann doch nicht mehr heiraten wollte?« Natürlich wusste ich längst, wie der richtige Name dieser Amanda war, aber ich behielt mein Wissen für mich.

»Das weiß ich nicht. Ich glaube, er hat sich nie wieder bei ihr gemeldet, der Feigling. Und wenn ich nach ihr gefragt habe, hat er geschimpft und mir den Mund verboten. Das war wohl ein wunder Punkt.«

Wir standen nun am Ufer der Alster, eine kühle Brise wehte vom Wasser her. Die letzten Segelboote hatten den großen See mitten in Hamburg, der eigentlich ein Fluss war, verlassen. Es kehrte Ruhe ein.

Es war alles gesagt. Jedenfalls reichte es, um mich zu verwirren. Ich verabschiedete mich von Gretel. Wir würden uns auf Ludolfs Beisetzung wiedersehen. Und dort würde sie auch Agatha treffen. Ob die beiden Frauen sich erkennen würden? Würde Agatha in Gretel das Mädchen wieder erkennen, das Ludolf und sie erwischt hatte. Wie würden die Frauen reagieren? Es konnte aufregend werden an Ludolfs Grab.

Während ich durch den lauen Sommerabend die Alster entlang zum Zuckerschlösschen der Witwe Knudsen radelte, kam mir plötzlich ein verstörender Gedanke: Wie verletzt war Agatha, als sie vor zehn Jahren von Ludolf sitzengelassen wurde? Und wie nachtragend war sie? Nun erklärte sich auch die vertraute Begegnung im Krankenhaus. Die beiden kannten sich viel besser, als Agatha zugegeben hatte. Hatte Agatha Ludolf noch geliebt? Oder empfand sie nach zehn Jahren des Wartens eher das Gegenteil?

Kapitel 23

Am folgenden Tag traf ich Martin im Hafenkrankenhaus. Er war mit zwei weiteren Polizisten damit beschäftigt, Personal und Patienten zu befragen. Aus Ludolfs Tod war ein Mordfall geworden. Einzig Dr. Buchheim wollte es nicht so richtig wahrhaben, dass in seiner Obhut ein Mensch getötet worden war. Offenbar hatte er noch vor der Polizei alle Angestellten auf der Station persönlich befragt. Wo sie in der Nacht waren, ob sie etwas bemerkt hatten. Ich hätte ihn gerne gefragt, warum ihm an Ludolfs Leiche nicht aufgefallen sei, dass sie Anzeichen einer Erstickung zeigte. Später, als wir die Leiche obduzierten, hatten sich diese typischen und sehr offensichtlichen Zeichen schon verflüchtigt.

Wie auch immer: Die Hinweise aus der Belegschaft waren zahlreich, aber auch verwirrend, wie Martin mir berichtete.

»Hier kann jeder ein und aus gehen, wie er mag, scheint mir«, grummelte mein Freund.

»Es ist ein Krankenhaus, kein Gefängnis«, entgegnete ich. »Viele Kranke bekommen von ihren Familien jeden Tag Essen gebracht, weil die Kost hier, nun ja ...« Ich hatte zu Anfang meiner Tätigkeit am nahe gelegenen Tropeninstitut gelegentlich im Speisesaal des Krankenhauses zu Mittag gegessen und war schnell davon abgekommen.

Ein Hinweis war etwas mehr wert. Ein Bediensteter, der für den Müll zuständig war, begegnete am Abend vor dem Auffinden des toten Ludolf bei Einbruch der Dunkelheit an einem Hintereingang des Krankenhauses zwei Herren. Sie grüßten nicht und stiegen nur rasch die Treppe zu den Stationen hoch. Er wollte sie noch fragen, wo sie hinwollten und warum sie nicht den Haupteingang nähmen, doch da waren sie schon verschwunden. Er hatte sich nichts weiter dabei gedacht und seine Arbeit beendet. Einer dick, einer groß und dünn, hatte der Müllarbeiter die Männer beschrieben. Dunkle Anzüge.

»Nemetz und Krohl«, schoss es aus mir heraus, und Martin sah mich verwundert an. »Wie kommst du denn jetzt auf die?« Ihm waren die kaiserlichen Geheimniskrämer von unseren Begegnungen vor drei Jahren ebenfalls noch in bester Erinnerung.

»Weil ich ihnen gestern begegnet bin, gewissermaßen«, machte ich es unnötig spannend. Dann erzählte ich von meinem Besuch bei Ludolfs Mutter und deren Erlebnis mit Krohl und Nemetz. Das reichte, um Martin in Staunen zu versetzen. Das Gespräch mit Gretel Harberg und die uns bisher unbekannte Verbindung von Ludolf und Agatha behielt ich erst einmal für mich. Ich wollte zunächst mit Agatha sprechen.

Was ich mich die ganze Zeit fragte: Warum hat Ludolf uns damals nichts von seinem Verhältnis mit Agatha erzählt? Gut, nach dem Abitur sahen wir uns nur noch selten, und als »es« zwischen Ludolf und Agatha passierte, war ich auf der Suche nach einem Studienplatz und Martin im Priesterseminar, in das ihn sein Vater gezwungen hatte. Aber wir waren in einem Alter, wo man sich unter engen Freunden sofort erzählte oder schrieb, wenn man »es« getan hatte. Hatte Ludolf sich geschämt? Hatte er Angst gehabt?

Ich konnte mich den ganzen Tag kaum konzentrieren. Immer wieder musste ich an Ludolf denken, seine Familie und seinen geheimnisvollen Tod. Waren Nemetz und Krohl angerückt, um Ludolf zu töten? Sie waren einfach ins Krankenhaus spaziert. Auf den Fluren begegnete man am späten Abend oft keinem Menschen. Es kam sicher vor, dass im Auftrag des Kaisers Verräter und andere unliebsame Personen still und heimlich beseitigt wurden. Aber so? Und dann die beiden Dummköpfe Nemetz und Krohl? Braucht es da nicht Meuchelmörder von anderem Kaliber? Martin wollte die beiden sofort aufsuchen und zur Rede stellen. Das musste er tun als Polizist. Aber er wusste auch, dass sie ihm die Tat nicht gestehen würden, was auch immer er ihnen androhte.

Zu Hause saß Tante Isolde allein im Salon und las. Die Stille im Haus konnte manchmal ziemlich erdrückend sein. Ein Haus wie die Villa Knudsen verlangt nach Gesellschaften, nach tobenden Kindern und emsig umherwuselnden Dienstboten. Hier war nur Tante Isolde. Das Dienstmädchen Pauline lag gewiss in ihrer Kammer unter dem Dach und ruhte sich aus, bevor das Abendessen serviert werden musste, das Köchin Maria im Souterrain gerade zubereitete. Dieses Haus machte mich an manchen Tagen trübselig, musste ich feststellen. Zu viel Raum, zu viele Erinnerungen. Wenn ich mit Margot verheiratet war, würde ich uns eine schöne Wohnung mit Balkon suchen. Und Tante Isolde würde ich helfen, dieses traurige Schloss zu verkaufen und eine angemessene Bleibe zu finden.

»Setz dich zu mir, Carl-Jakob«, sagte die Tante, als sie mich sah, und klopfte auf den Stuhl neben sich. Sie schenkte mir Kaffee ein, und wir plauderten eine Weile über Belanglosigkeiten. Mit den Geheimnissen rund um Agatha und Ludolf wollte ich die Tante nicht behelligen. Mich beschäftigte der letzte Brief, den Ludolf seiner Mutter geschrieben hatte. Seine grundsätzliche Kritik an der Kolonialpolitik hatte mich, ja was, schockiert? Bewegt hatte mich auf jeden Fall seine Beziehung zu Gott. Ich hatte ihn nicht als besonders gläubig in Erinnerung, aber das konnte sich mit den Jahren ja geändert haben.

»Tante Isolde«, fragte ich nach einem kurzen Moment des Schweigens, »meinst du, dass wir die Kolonien wirklich brauchen?«

Sie sah mich interessiert an.

»Was ist das für eine merkwürdige Frage? Ich glaube schon. Du trinkst gerade Kaffee, mein Lieber.« Sie lächelte milde. »Die beste Mischung von Christoph Heinzes Plantagen in Ostafrika.«

»Er besitzt diese Plantagen, richtig?«, fragte ich.

»Ja, ich denke schon.«

»Und wer hat sie ihm verkauft oder das Land, auf dem er den Kaffee anbaut?«

»Die Kolonialverwaltung, nehme ich an. Warum fragst du? Was bewegt dich?«

»Die Kolonialverwaltung verkauft Land, das ihr nicht gehört, an Leute wie Heinze, die dann dort von den Menschen Kaffee anbauen und ernten lassen, denen das Land eigentlich gehört. Dafür bekommen die Menschen ein paar Pfennige und obendrauf Schläge.« Ich versuchte, nicht zu aggressiv zu klingen. Ich wollte die Tante für diese Zustände nicht verantwortlich machen, mich interessierte nur ihre Sicht auf die Dinge. »Ist das gottgewollt?«

»Carl-Jakob«, sagte die Tante und lachte, »lass Gott da raus, das ist Politik. – Aber ist es nicht so, dass die Menschen dort, die Eingeborenen, das Land der Kolonialverwaltung verkauft haben? Wenn sie so dumm sind, schlechte Handel abzuschließen?«

»Kennst du die Geschichte vom Kaufmann Lüderitz aus Bremen?«, fragte ich und hoffte, es klang nicht zu herausfordernd.

»Ist das nicht der, nach dem diese Bucht benannt ist, aus der Johannes stammt?«

»Ja, genau der. Er hat Anfang der achtziger Jahre, noch bevor es die deutsche Kolonie gab, in Südwestafrika Land vom Stamm der Nama gekauft. Es ging um eine Fläche von zwanzig Meilen im

Umkreis um einen bestimmten Punkt. Es wurde ein Vertrag aufgesetzt und bezahlt. Als es dann zur Landvermessung kam, stellte sich heraus: Die Nama kannten nur englische Meilen, Lüderitz meinte aber die deutsche Meile, die fast fünfmal länger ist als die englische. So stand ihm also fünfmal mehr Land zu, als die Nama dachten, verkauft zu haben, fast ihr gesamtes Stammesgebiet. Natürlich war das kein Irrtum des Kaufmanns, sondern Kalkül. Der Stamm musste es akzeptieren. Waren die Nama zu dumm, Tante Isolde?«

»Ja, also ich weiß nicht ...«

»Wenn Maria beim Metzger fünf Pfund Fleisch verlangt und der Metzger ein Drei-Pfund-Stück nimmt und die Waage unbemerkt mit dem Daumen auf fünf Pfund drückt, ist Maria dann eine dumme Gans oder der Metzger ein Betrüger?«

»Natürlich ist der Metzger in diesem Fall ein Betrüger, aber«, fügte sie lachend hinzu, »Maria ist oft auch eine dumme Gans. – Ich weiß, was du meinst, Carl-Jakob, doch das ist Politik, damit kenne ich mich nicht aus.«

Ich hätte die Tante gerne noch etwas herausgefordert, ich wollte wirklich wissen, wie sie die Lage beurteilte, aber das Telefon klingelte, und ich ging zu dem Sekretär, auf dem der Apparat stand. Es war Agatha.

»Carl-Jakob, ich brauche deine Hilfe«, sagte sie. Sie klang angespannt, jedoch nicht ausgesprochen ängstlich. Gleich schoss mir durch den Kopf, dass sie wieder unangenehm aufgefallen war und nun auf der Polizeiwache, im Krankenhaus oder sonst wo in einer misslichen Lage steckte. Wenn ich sie da herausgeholt hatte, würde ich sie auffordern, die Villa Knudsen zu verlassen, sich irgendwo ein Zimmer zu suchen oder gleich nach London zurückzukehren.

»Was ist passiert?«, fragte ich.

»Nichts. Mach dir keine Sorgen. Ich habe nur eine Verabredung, bei der ich dich gerne dabeihätte.«

»Mit wem?«

»Erkläre ich dir alles, wenn du da bist. Komm schnell, bitte.«

Sie nannte mir die Adresse eines Hotels in der Nähe des neuen Hauptbahnhofes und eine Zimmernummer: 212.

Ich wollte sie noch fragen, was sie in einem Hotel zu suchen habe, doch die Leitung war bereits unterbrochen. Ich stürmte aus dem Haus, ohne Tante Isolde die Fragen zu beantworten, die sie mir hinterherrief.

Mit dem Fahrrad benötigte ich zwanzig Minuten bis zu der genannten Adresse. Ich hätte auch Johannes bitten können, mich mit dem Automobil zu fahren, doch bis der Wagen aus dem Schuppen geholt und der Motor gestartet war, hatte ich die halbe Strecke ja schon absolviert. Ich trat kraftvoll in die Pedale und kam verschwitzt vor dem Hotel an.

»Hotel Alter Heinrich« stand in abblätternden, goldenen Lettern über dem Eingang. Es war keines der ersten Häuser in Hamburg, ich kannte es nicht. Es fügte sich in eine Reihe viergeschossiger Stadthäuser und war nicht besonders breit. Es konnte nicht sehr viele Zimmer haben.

Über eine kurze Treppe betrat ich die Eingangshalle. Sie war nicht groß, bot Platz für zwei Sitzgruppen und einen Zeitungsständer. Der dunkelrote Teppichboden war fleckig und verschlissen. Auch die Polstermöbel hatten schon bessere Zeiten gesehen. Wie kam Agatha in ein solches Hotel? Ihrem Stand und Anspruch wäre eher das Hotel Vier Jahreszeiten direkt an der Alster angemessen. An einem Tresen saß ein alter Mann, der mit einer Lupe in der zitternden Hand die Zeitung las. Er beachtete mich nicht. Mein flüchtiges »Moin« prallte vermutlich an seinen tauben Ohren ab.

Zügig eilte ich die Treppe hinauf in den zweiten Stock. Ich sah einen kurzen Flur hinunter. Es war totenstill. Waren in diesem Hotel keine Gäste? Es war die Zeit, wo die Besucher der Stadt von ihren Geschäften oder Besichtigungen ins Hotel zurückkehrten, um sich für Abendessen oder Theater fertig zu machen. Wenn hier überhaupt Menschen waren, dann schliefen sie alle. An der Wand des Flures hing ein Telefon, das vermutlich allen Hotelgästen zur Verfügung stand. Hatte Agatha von dort angerufen?

Das Zimmer 212 war das letzte im Gang. Die dunkle Holztüre mit dem stumpfen Messinggriff war nur angelehnt. Ich klopfte. Nichts. Ich klopfte lauter. Keine Antwort. »Agatha?«, rief ich. Dann schob ich die Tür langsam auf.

Ein Bild des Grauens. Auf dem Teppich in dem mittelgroßen Raum lag Agatha. Aus ihrem Hals sprudelte in Abständen eine kleine Blutfontäne. Ich stürzte auf Agatha zu und drückte einen Finger auf die Wunde, die Blutung wurde kaum schwächer. Agatha hauchte etwas, ein Wort, das ich nicht verstand. Ich legte mein Ohr über ihren Mund, doch sie war verstummt. Die Blutfontäne blieb aus. Ihr Herz pumpte nicht mehr. Sekunden, die mir wie Stunden vorkamen, hockte ich regungslos über ihr. Das kleine Obstmesser lag neben ihrem Kopf. Ich hob es auf und betrachtete es, ohne dass ich einen klaren Gedanken fassen konnte.

Ich hörte Schritte auf dem Flur. Mehrere Personen, die offenbar versuchten, leise zu sein. Flüstern und Tuscheln auf der anderen Seite der Zimmertür hinter mir. Ein Schaben, dann flog die Tür auf. Mit infernalischem Krachen prallte die Klinke gegen die Wand, irgendetwas Gläsernes zerbarst. Ich drehte mich um, das Messer noch in der Hand. In der Tür standen drei Männer. Ganz vorne Martin, flankiert von zwei uniformierten Schutzmännern.

»Du, Carl-Jakob?«, stammelte Martin und sah erst mich, dann

die tote Agatha und dann wieder mich entsetzt an. Nun bemerkte ich, dass er mit einer Pistole auf mich zielte. »Lass sofort das Messer fallen«, sagte er energisch.

Ich tat wie geheißen und richtete mich langsam auf.

Kapitel 24

Und so erschien ich nur wenige Wochen, nachdem ich mit Margot, Martin und Manthey zur Vernehmung der Kathrin Meier im Hamburger Untersuchungsgefängnis war, wieder am selben Ort. Diesmal in der Männerabteilung, die gänzlich von der der Frauen getrennt war, und diesmal als Gefangener.

Auf der Fahrt von diesem merkwürdigen Hotel in einer geschlossenen Kutsche saß Martin mir die ganze Zeit mit ausdrucksloser Miene gegenüber. Er sah mich kaum an. Einer der Beamten hatte noch im Hotelzimmer meine blutigen Hände mit Handschellen gefesselt. Er saß ebenfalls in der Kutsche. Der andere Beamte war bei der toten Agatha geblieben.

Als wir gerade in der Kutsche Platz genommen hatten, hatte ich versucht, mit Martin zu sprechen, wollte beteuern, dass die Dinge nicht so waren, wie sie aussahen, aber er gab mir nur ein Zeichen, dass ich schweigen solle. Er hatte recht. Es war besser, jetzt nicht unbedacht loszuplappern. Ich musste genau überlegen, was ich nun sagte, und am besten sprach ich nicht ohne einen Anwalt an meiner Seite. Es war einerlei, wie die Dinge wirklich waren, es kam darauf an, wonach sie aussahen. Und im Moment sah es so aus, dass ich Agatha getötet hatte. Das musste jeder glauben. Und so verwirrt, wie ich in diesem Moment war, glaubte ich es fast selbst. Es ist ja nicht ungewöhnlich, dass Menschen in einer Art Rausch oder Trance Taten begingen, derer sie sich später nicht mehr erinnerten.

Im Gefängnis musste ich die für Straftäter wohl übliche Prozedur über mich ergehen lassen. Fotografien, Fingerabdrücke. Nun würde ich also für alle Ewigkeit in Polizeidirektor Roschers Verbrecherkartei landen. Ich machte mir keine Illusionen, dass mein Eintrag dort gelöscht würde, wenn sich in hoffentlich nicht allzu ferner Zeit meine Unschuld erweisen würde.

Schließlich durfte ich mir die Hände waschen, an denen Agathas Blut braun und klebrig haftete. Man gab mir einen dünnen grauen Anzug, meine Schuhe durfte ich behalten. Mit einer Decke, Handtuch und Seife versorgt wurde ich von einem mürrischen Wärter zu einer Zelle geführt. Martin war nicht dabei. Es gehörte wohl nicht zu seinen Aufgaben, Verhaftete in ihre Zellen zu begleiten, auch dann nicht, wenn es sich um den besten Freund handelte. Vermutlich war Martin schon wieder ins Stadthaus gefahren oder sogar nach Hause zu seiner schwangeren Frau in den Feierabend.

Was würde er Mathilde sagen? »Hallo, Schatz, war wieder ein anstrengender Tag, zum Glück nicht so heiß. Ach, übrigens, Carl-Jakob hat Agatha ermordet. Was gibt es zu essen?« Dann würde er seine Hand auf ihren runden Bauch legen und sich an den Bewegungen des Kindes erfreuen. Nein, das wollte ich nicht glauben. Martin war mein Freund, und er war gewiss in diesem Moment ebenso verwirrt und niedergeschlagen wie ich.

Wieder ein Gang mit vielen Türen. Nur waren es diesmal keine Hotelzimmer, sondern Gefängniszellen. Es war außer dem Wärter, der mich führte, niemand zu sehen. Hinter den verschlossenen Türen hörte ich Geräusche. Leises Singen, Gespräche, hinter einer Tür wurde gestritten. »Ich schlag dich windelweich«, brüllte einer. Der Wärter hämmerte heftig mit einem Schlagstock gegen die Tür und brüllte: »Ruhe da drinnen, sonst mache ich mit.«

Am Ende des Ganges hielt der Wärter an einer Tür mit der

Nummer 212. Das war auch die Zimmernummer im Hotel. Oder bildete ich mir das nur ein?

Mit einem Schlüssel, den er an einem großen Stahlring am Gürtel trug, öffnete der Wärter die Zelle. Warme, verbrauchte Luft schlug mir entgegen. Die Zelle wurde nur von einer schwachen Glühbirne beleuchtet. Das kleine, vergitterte Fenster lag direkt unter der Decke. Draußen war es inzwischen dunkel. Die schmutzigen Wände der kleinen Zelle waren übersät mit obszönen Kritzeleien und Sprüchen. »Ihr solt alle vereggen«, las ich und: »Die hat es verdient, die Hexe.« Links und rechts stand je ein Doppelstockbett. Die Gestelle waren rostig, die dünnen Matratzen fleckig und durchgelegen. Alle Betten waren leer, bis auf das oben links. Dort lag ein Körper unter einer Decke, die sich langsam hob und senkte. Der Mann schlief.

»Zu essen gibt's heut nichts mehr«, bellte der Wärter. »Zu spät. Bis zum Frühstück wirste schon nicht verhungern. Und nun such dir ein Bett, sind ja genug da.«

»Ich müsste mal dringend …«, begann ich meinen Satz, und der Wärter zeigte nur in die dunkelste Ecke der Zelle, in der ein großer, schmutziger Blecheimer stand, der von einem blechernen Deckel nur unzureichend verschlossen wurde. Auf einen in die Wand geschlagenen Nagel waren Stücke von Zeitungspapier gespießt.

Der Wärter schob mich in die Zelle und sagte: »In einer halben Stunde ist es zehn, dann ist hier Licht aus und Ruhe im Loch. Kein Mucks mehr, verstanden?«

Der Wärter schloss die Tür und drehte den Schlüssel herum. Zweimal. Das metallische Geräusch der ineinandergreifenden Riegel fuhr mir durch die Eingeweide und machte mir endgültig klar, dass ich eingesperrt war. Zum ersten Mal in meinem Leben konnte ich nicht einfach den Raum verlassen und hingehen, wohin ich wollte. Man hielt mich für einen Mörder. Selbst Martin, mein bester Freund seit Kindertagen, der mich besser kannte als meine zukünftige Frau und vielleicht besser als ich mich selbst, musste annehmen, dass ich Agatha getötet hatte. Agatha, die anstrengende und herausfordernde Agatha, die immer mit dem Kopf durch die Wand wollte und dabei doch äußerst inspirierend und liebenswert war. Warum sollte ich das getan haben? Vielleicht hatte Martin ein Motiv parat, mir fiel keines ein. Aber Martin würde ich heute nicht mehr sehen.

Ich wählte das obere Bett im Stockbett rechts. Die Ausdünstungen des Fäkalieneimers waren in den oberen Betten offenbar nicht ganz so schlimm. Ich streckte mich aus und starrte an die Decke, die von der nackten Glühbirne gespenstisch beleuchtet wurde.

»Malte«, vernahm ich plötzlich eine raue Stimme aus dem Bett neben mir. »Dr. Malte Niedlich.«

Er lächelte mich freundlich an und reichte mir über die Lücke zwischen den Betten hinweg die Hand, und da ich die Nennung des Titels nicht als Prahlerei, sondern als Ausdruck einer Gruppenzugehörigkeit verstand, stellte auch ich mich mit Titel vor.

Sollte ich mich darüber freuen, nicht mit einem brutalen Ganoven in einer Zelle gelandet zu sein, sondern bei einem Mann von Stand und Bildung? War das Zufall?

Dieser Malte war offenbar froh darüber, nicht mehr allein zu sein, und begann, leise zu erzählen. Mir war eigentlich nach Ruhe zumute, ich wollte nicht mehr daran denken, was vor wenigen Stunden geschehen war, wollte einfach schlafen. Aber dann ließ ich mich doch von Malte in ein Gespräch verwickeln.

Auch als das Licht schon lange erloschen war und der Wärter noch mehrmals »Ruhe, ihr Arschkrampen« gebrüllt hatte, hatten wir uns noch viel zu erzählen.

Mir war gleich zu Beginn der Schmiss auf Maltes Wange aufgefallen. Die Verbindung Borussia, der ich mich damals in Greifswald in jugendlicher Verblendung angeschlossen hatte, führte auch Mensuren durch, und so manchen Morgen kam ein Kommilitone mit einer neuen Wunde auf Hals oder Wange an den Frühstückstisch. Besonders Eifrige legten dann eine Kordel in die Wunde, damit sie langsamer verheilte und sich eine dicke Narbe bildete. So musste es auch mein Zellengenosse einst gemacht haben. Die Narbe, die vom linken Mundwinkel bis fast zum Ohr verlief, war dick und dunkelrot.

Ich hatte nie verstanden, was an dem mittelalterlich anmutenden Kampfritual der Mensur männlich oder mutig sein sollte. Und ich wäre damals sicher nicht in einer schlagenden Verbindung gelandet, wenn mich nicht Onkel Wilhelm dorthin empfohlen hätte und wenn man dort nicht eine Bleibe für mich gehabt hätte. Da ich aber nie an einer Mensur teilnahm, nicht einmal als Zuschauer, galt ich unter den Verbindungsbrüdern als Sonderling, weshalb mir auch nur die Dachkammer zugewiesen worden war.

Malte – natürlich duzten wir uns sofort, schließlich waren wir im Gefängnis – war Physiker, Wissenschaftler wie ich. Er hatte bei Professor Röntgen, inzwischen auch Nobelpreisträger, in Würzburg studiert und anschließend eine Stellung als Studienrat an einem Gymnasium in seiner Heimatstadt Lüneburg angetreten. Natürlich war ich neugierig, wieso er sich nicht in den Dienst der Forschung gestellt hatte, sondern stattdessen gelangweilten Pennälern die Hebelgesetze eintrichterte. Niedlich erklärte mir, dass er sich um das Gut seiner Familie zu kümmern hatte und um seine kranken Eltern und dass er sich für die Forschung nicht berufen fühlte.

»Wer im Schatten des großen Röntgen gestanden hat, glaubt nicht daran, dass er je selbst in die Sonne gelangen wird«, sagte er.

Weniger offen antwortete er auf meine Frage nach der Tat, die ihn in Untersuchungshaft gebracht hatte. Sein Schicksal war wie meins das Ergebnis einer Kette von Missverständnissen. Er war davon überzeugt, dass er in wenigen Tagen wieder in Freiheit sein würde. Der Anwalt der Familie würde das schon regeln. Ich dachte ebenso und rechnete damit, dass Tante Isolde mir bald einen Rechtsbeistand schicken würde. Waren wir Narren, dass wir uns auf die Anwälte unserer Familien verließen?

Ich schlief natürlich nicht in dieser Nacht. Und in den folgenden auch kaum. Die Matratze fühlte sich an, als sei sie mit feuchtem, verklumptem Stroh gefüllt. Die kratzige Wolldecke roch nach Desinfektionsmittel. In der zweiten Nacht träumte ich in einer kurzen Phase komatösen Schlafes, dass Malte zu mir herüberkam und mir mit irgendetwas in den Hals stach. Als ich aufschreckte, sah ich ihn zusammengerollt und leise schnarchend auf seinem Bett liegen.

Kapitel 25

Am Morgen nach meiner Verhaftung wurden wir, wie hier üblich, um sechs Uhr geweckt. Wieso eigentlich? Es gab nichts zu tun.

Ich war irgendwann nach stundenlangem Grübeln eingeschlafen, das immer wieder von Schreien und Streitereien in den Nachbarzellen und von Maltes Schnarchen unterbrochen wurde. Es mochte vier Uhr gewesen sein. Und bevor ein düsterer Traum mich vollständig umklammern konnte, polterte ein Wärter gegen die Tür und brüllte: »Raus, ihr nichtsnutzigen Arschlöcher, Frühstück.«

»Gestern waren wir syphilitische Kackbratzen«, sagte Malte und sprang von seiner Pritsche zur Tür. »Jeden Tag was Neues, wird nicht langweilig. Ob die extra Kurse belegen müssen für diese rüde Sprache?«

Er war gerade an der Tür, als eine kleine Klappe geöffnet wurde. Durch diese Klappe wurde nun ein Blechtablett gereicht, das Malte annahm. Ich lag noch auf dem Bett, döste vor mich hin und brauchte eine Weile, bis ich mich vom Bett hinunterbewegt hatte. Und als ich die Klappe erreicht hatte, knallte sie zu.

»He, ich hab noch nichts bekommen, hallo!«, rief ich durch die geschlossene Klappe.

»Oh, entschuldige«, sagte Malte nur und schlürfte ein Getränk aus einer Blechtasse, das noch übler roch als der Zichorienkaffee von Frau Harberg. »Ich hätte dir sagen müssen, dass du dich hier beeilen musst, um was zu bekommen.«

Auf seinem Tablett lagen zwei Scheiben Brot, die mit einer dünnen, weißen Schmiere bestrichen waren. Ich vermutete Margarine oder Schweineschmalz. Es sah auf jeden Fall so eklig aus, dass es mir nicht leidtat, beim Frühstück leer ausgegangen zu sein. Wenn ich nur nicht so einen höllischen Durst hätte.

»Wann gibt's was zu trinken?«, fragte ich meinen Zellengenossen, der sein Frühstück beendet hatte, ohne mir etwas anzubieten, und das Tablett mit einem Scheppern zu Boden fallen ließ. Er zuckte nur mit den Schultern.

Die Nächte sind lang, wenn man aufgewühlt und hilflos ist und sich in einer durch und durch feindlichen Umgebung befindet. Die Tage sind aber noch länger, denn es gab für uns Untersuchungshäftlinge nichts zu tun. Wir mussten nicht arbeiten, konnten faulenzen und auf die Mahlzeiten warten. Zum Glück gab es eine kleine Bibliothek, in der ich mir ein paar Tage später »Der Graf von Monte Christo« auslieh. Ich fühlte mich Dumas' unschuldig inhaftiertem Franzosen irgendwie verbunden. Ich hoffte nur, dass ich nicht wie er vierzehn Jahre auf die Freiheit warten musste.

Mit Malte sprach ich nicht viel an diesem ersten Morgen. Ich nahm ihm übel, dass er mich um mein Frühstück gebracht hatte. Ich wünschte mir mehr Unterstützung von dem vermutlich einzigen Mann mit Doktortitel außer mir in diesen Mauern.

Das Mittagessen gab es nicht in der Zelle, sondern in einem Speisesaal, in dem sich alle Häftlinge, vielleicht hundert an der Zahl, um Punkt zwölf in einer Reihe an der Essensausgabe anstellen mussten. Ich stellte mich hinter Malte an, um nicht wieder leer auszugehen, weil ich irgendeine ungeschriebene Regel nicht kannte. Es fiel mir auf, dass zahlreiche Gefangene sich vor Malte in die Reihe drängelten und er sie gewähren ließ. So kamen wir sicher zehn Personen später an die Reihe. Auch ohne jede Gefängniserfahrung wusste ich, dass man sich hier nicht über ungehöriges Verhalten beschwerte. Dennoch fragte ich Malte flüsternd, warum er sich nicht wehre. »Leute wie wir haben es hier schwer«, sagte er nur. Das ließ mich für die nächste Zeit nichts Gutes hoffen.

Die anderen Häftlinge sahen alle aus wie Schwerverbrecher. Dunkle Augen, ungepflegte Haare und Bärte, finstere Gesichter. Natürlich war ich Opfer meiner Vorurteile. Würden mir diese Männer in Senatorenrobe oder Talar mit gepflegten Bärten begegnen, empfände ich vermutlich Respekt und Hochachtung.

Einige Männer schauten auf den Boden, andere schwiegen in sich hinein, einige wenige ließen ihre Blicke schweifen, wachsam, einschüchternd. Das waren die Männer, die hier das Sagen hatten, das erkannte ich sofort.

Es war ein Untersuchungsgefängnis, und nach allem, was ich wusste, waren hier nur Häftlinge, die noch nicht verurteilt waren und auf ihren Prozess warteten. Aber das hieß ja nicht, dass sie unschuldig waren. Auch Mörder konnten hier monatelang verharren, bis man sie vor den Richter stellte. Es mochte an der Vielzahl der anhängigen Verfahren liegen, mit denen die Gerichte nicht nachkamen, oder an den komplizierten Ermittlungen.

Zum Mittagessen gab es einen Eintopf aus Linsen, Kartoffeln und etwas knorpeligem Fleisch. Es war nicht viel, was der Koch mit einer rostigen Emailkelle in meinen Blechnapf klatschte, doch mehr wollte ich auch nicht. Die graue Masse schmeckte nur salzig, sättigte allerdings einigermaßen. Ein Übriges tat die dünne Brotscheibe, die zum Eintopf gereicht wurde. Regelrecht gierig war ich hingegen auf den dünnen, lauwarmen Tee, der in eine Blechtasse geschöpft wurde. Ich leerte die Tasse noch im Stehen in einem Zug und hielt sie dem Mann am Ausschank hin, doch der grinste nur dreckig. Er war sicher auch ein Häftling, der auf seinem Posten den Geschmack der Macht kosten durfte.

»Der feine Herr Doktor ist hier nicht im Grand Hotel«, sagte er, und die Umstehenden lachten. Außer mit Malte hatte ich noch mit niemandem hier Bekanntschaft gemacht, doch sie kannten mich schon alle.

Malte setzte sich ans Ende eines der langen Tische, und ich setzte mich neben ihn.

Uns gegenüber saßen drei Männer, die schweigend aufstanden, obwohl sie noch nicht aufgegessen hatten. Sie setzten sich mit ihren Tabletts an einen anderen Tisch. Malte zuckte nur mit den Schultern und begann, seine Linsen zu löffeln. Vier Wochen war er nun schon hier und hatte sich an die Ablehnung vermutlich gewöhnt. Was sollte er auch machen? Wenn er sich beschwerte, gab es möglicherweise Prügel.

Nach dem Essen standen wir auf und stellten uns an der Geschirrabgabe an. Hinter mir drängelte ein kleiner, dicker Mann um die sechzig. Das Tablett mit dem Blechgeschirr klapperte in seinen zittrigen Händen. Er grinste mich immer wieder an.

»Biste wirklich n Dokter?«, fragte er schließlich.

Ich schwieg.

»Sag ma. Wasn fürn Dokter? Schirurg? Oder so n Irrendokter?«

»Doktor der Bakteriologie«, sagte ich, und er sah mich verwundert an. Ich konnte beobachten, wie sein vermutlich sehr eingeschränktes Gehirn versuchte, eine Frage zu formulieren.

»Dann haste bestimmt Geld, wa?«

Natürlich. Darum ging es. Wie überall in der Welt ging es auch hier nur darum. Wenn ich diese Frage mit Ja beantworten könnte, würde mir das sicher Vorteile einbringen, wäre aber auch mit Gefahren verbunden. Wie auch immer: Ich hatte nichts. Als ich verhaftet wurde, hatte ich meine Geldbörse dabei, die vielleicht drei Mark enthielt, aber die hatte man mir wie auch alle meine Kleidungsstücke abgenommen.

»Nein, ich hab nichts. Kannst dich also wieder um deinen eigenen Kram kümmern und mich in Ruhe lassen«, sagte ich und schob mein Tablett in eine Luke, an der sich schon einige andere Tabletts stapelten. Dann machte ich mich auf die Suche nach einem Waschraum. Niemand hatte mir gesagt, wo man sich frisch machen und wo man vielleicht auch etwas kultivierter seine Notdurft verrichten konnte. Und Malte war irgendwohin verschwunden.

Zwei Häftlinge, die ich im Vorbeigehen fragte, gingen einfach weiter, erst der Dritte deutete den langen Gang hinunter und sagte: »Am Ende rechts.«

Die Gänge waren nun recht belebt. Es war auch die Zeit des Hofgangs. Das hatte ich noch von Malte erfahren, dass nach dem Mittagessen eine Stunde »Freigehege«, wie er es nannte, auf dem Plan stand.

Im Waschraum waren vier Waschbecken und sonst nichts. Keine Toilette mit Wasserspülung, keine Dusche. An einem der Waschbecken stand ein alter Mann, völlig nackt, und wusch sich. Der Anblick verursachte mir Brechreiz und Mitleid zugleich. So mager war er, seine Haut so fleckig und zerschunden. Dann erst fiel mir auf, dass er dort, wo eigentlich Penis und Hoden ihren Platz haben, nur ein dunkelrotes Narbengeflecht hatte. Ich hoffte, nie zu erfahren, was dem Kerl zugestoßen war.

Ich wusch mich, so gut es ohne Seife und Handtuch ging. Weil ich immer noch mörderischen Durst hatte, versuchte ich, ihn aus dem Wasserhahn zu stillen. Doch die trübe Brühe schmeckte faulig. Sie kam vermutlich ungefiltert direkt aus einem der Fleete. Ein Wunder, dass wir die Cholera besiegt hatten, wenn die Wasserversorgung an solchen Orten noch immer so miserabel war.

Ich verließ den Waschraum und folgte dem Strom der Gefangenen auf den Hof. Es war ein enger Innenhof, umrahmt von den hohen Gefängnisgebäuden. Selbst am Mittag fiel nur wenig Sonne in das baumlose, von sandigem Boden bedeckte Viereck. Es gab keine Sitzgelegenheiten. An den Wänden lehnten Männer, andere hockten mitten auf dem Platz, wieder andere gingen langsam auf und ab. In kleinen Gruppen wurde leise gesprochen, manchmal gelacht, manchmal geschimpft. An der Tür, durch die ich nun trat, stand ein Wärter. Sonst sah ich kein Gefängnispersonal. Es erschien mir alles so unwirklich, wie ein Traum, aus dem ich gleich aufwachen würde.

Ich ging etwas auf und ab und hielt Ausschau nach Malte. Ich entdeckte ihn in einem schattigen Winkel. Ganz allein stand er dort und rauchte eine Zigarette. Ich gesellte mich zu ihm.

»Scheint schwer zu sein, hier Freunde zu finden, was?«, sagte ich und versuchte, meine Worte ironisch klingen zu lassen.

Malte nickte. »Die Wenigsten hier willst du wirklich zu Freunden haben. Übles Pack. Der da«, er deutete auf einen jungen Kerl, »hat seine Großeltern erstochen, um sie zu beklauen. Und der Dicke da an der Tür hat seine Frau auf dem Gewissen. Abschaum.«

Drei Männer kamen an uns vorbei. Als sie Malte erblickten, spuckten sie wie auf Kommando aus und sahen ihn feindselig an. Mich durchzuckte panische Angst. Ich würde mich in einer Schlägerei kaum behaupten können.

»Von denen halt dich fern«, sagte Malte, als die drei außer Hörweite waren. »Das sind die Afrikaner, üble Kerle.«

»Afrikaner?«, fragte ich verwundert. »Die sind weiß wie du und ich. Wieso nennt man sie so?«

»Weiß nicht. Ist mir auch egal.«

Nach dem Abendessen – Brot, eine Scheibe Dauerwurst, eine Scheibe Käse und lauwarmer Tee – kam ein Wärter und holte mich ohne weitere Erklärung ab. Er legte mir Handschellen an und führte mich in einen Raum, der heller und größer war als meine Zelle. In der Mitte stand ein Tisch, und an dem Tisch saß ein Mann, den ich nicht kannte.

Er wirkte auch im Sitzen sehr groß und war ausgesprochen dünn. Er musste um die vierzig sein. Das hagere Gesicht wurde beherrscht von einer dicken Brille, die schief auf einer roten, großporigen Nase saß. Ein Säufer, wie unschwer zu erkennen war. Er trug keinen Rock und keine Weste, nur ein zerknittertes weißes Hemd mit dunklen Flecken unter den Achseln, dazu dunkelrote Hosenträger. Der Hemdkragen war offen und wurde von einem dunkelroten Binder lediglich notdürftig zusammengehalten.

Er sah mich nicht an, als ich den Raum betrat. Er gab dem Wärter nur ein Zeichen, dass er mich auf den Stuhl setzen solle. Die Handschellen wurden mir nicht abgenommen. Der Wärter verließ den Raum nicht, sondern blieb schweigend neben der Tür hinter mir stehen. Ich konnte förmlich spüren, wie er uns unablässig beobachtete. Hielten sie mich für ein wildes Tier, das jederzeit angreifen konnte? Hatte ihnen Martin nicht erklärt, was sie sich für einen harmlosen Stubenhocker mit mir eingefangen hatten?

In diesem Moment überkam mich eine heftige Gefühlswoge. Ich hätte auf der Stelle losheulen können wie ein Kleinkind. Über Agathas Tod, über mein eigenes Elend. Aber ich riss mich zusammen und fixierte den Mann mir gegenüber, aus dessen mattblondem Haar Schuppen auf den Tisch rieselten.

Nun blickte er mich an. Ausdruckslos. Was dachte er? Was wusste er über mich? Und wer war er überhaupt?

»Carl-Jakob Melcher?«, fragte er, und ich nickte.

»Wie bitte?«, brüllte er plötzlich und schnellte mit dem Oberkörper vor. »Ich habe Sie nicht verstanden.«

Ich zuckte zusammen.

»Ja, ich bin Carl-Jakob Melcher. Und wer sind Sie?«

Der Mann lehnte sich zurück, zog an der inzwischen sehr kurzen Zigarette und sah mich aus zusammengekniffenen Augen an.

»Schröder«, sagte er. »Und das war dann auch gleich Ihre letzte Frage, Melcher. Ich stelle hier die Fragen.« Er drückte die Zigarette in einem blechernen Aschenbecher aus und zündete sich gleich eine neue an.

Schröder. Den Namen hatte ich schon gehört. Er war im Zusammenhang mit dem Miedje gefallen, das Heinzes Vorarbeiter verprügelt hatte. Martin hatte ihn als gewalttätig beschrieben und ihn einen Idioten genannt. Das war also mein Glückstag heute.

»Wo ist denn Kriminalsekretär Bucher, Herr Schröder? Kann ich ihn vielleicht sprechen?« Ich versuchte energisch und selbstsicher zu klingen. Aber ich fühlte mich erbärmlich, völlig verloren, und das merkte man mir mit Gewissheit auch an. Schröder musterte mich abfällig, ohne auf meine Frage einzugehen. Ich hätte mir denken können, dass man nicht Martin mit meiner Vernehmung beauftragen würde. Jeder wusste, dass wir Freunde waren.

»Warum haben Sie Agatha Rosenberg getötet?«, fragte Schröder und klang dabei fast gelangweilt, so als würde er jetzt eine festgelegte Litanei von Fragen herunterleiern, die er jedem Mordverdächtigen stellte. Bemerkenswert war, dass er nicht fragte, ob, sondern warum ich sie getötet hätte. An meiner Täterschaft schien gar kein Zweifel zu bestehen.

Nun musste ich mir genau überlegen, was ich antwortete. Jeder Satz konnte der falsche sein. Und einen Anwalt hatte ich auch noch nicht. Musste ich nicht nach einem Anwalt verlangen? War das nicht mein Recht?

»Ich habe Agatha nicht getötet«, sagte ich und spürte, wie meine Stimme zitterte. Ich konnte Schröders durchdringendem

Blick kaum standhalten, als ich anfügte: »Und Ihr Kollege Martin Bucher wird Ihnen das bestätigen.«

Schröder ging auf meine Bemerkung nicht ein, sondern stellte die nächste Frage.

»Wer ist Anton Seeliger?«

»Anton Seeliger?«, wiederholte ich. »Nie gehört, kenne ich nicht. Wer soll das sein?«

»Anton Seeliger hat das Zimmer angemietet, in dem wir das Opfer gefunden haben.«

»Irrtum«, sagte ich nun schon etwas mutiger. Ich durfte mich nicht wundern, dass man mich für den Täter hielt, wo ich direkt neben der Leiche gehockt hatte. »Nicht die Polizei hat Agatha gefunden, sondern ich. Kurz darauf habt ihr dann mich und Agatha gefunden. Warum ist die Polizei eigentlich in dieses Hotel gekommen? Hat Sie jemand gerufen?«

Schröder sah mich wieder so merkwürdig an. Die Augen zusammengekniffen, den Mund zu einem kalten Lächeln verzerrt. Dann schnellte er wieder nach vorne und brüllte mich an.

»Ich stelle hier die Fragen, Melcher. Kapier das endlich.«

Fast hätte ich auf dem »Sie« bestanden, vielleicht noch auf der Anrede »Herr Doktor«, doch ich konnte diesen Impuls unterdrücken. Es würde die Gesprächssituation nicht verbessern. Und dass Schröder gewalttätig werden konnte, wusste ich ja bereits.

»Wieso sind Sie zu diesem Hotel gefahren?«, fragte Schröder weiter. Und nun schilderte ich ihm mindestens eine halbe Stunde lang in allen Einzelheiten, wo ich war, als Agatha anrief, und auf welchem Weg ich zum Hotel gefahren war. Schröder kippelte auf seinem Stuhl, betrachtete seine vergilbten Fingerspitzen und murmelte immer wieder Zwischenfragen. Wer mich gesehen haben könnte, wie spät es war, als ich an der Villa Knudsen losfuhr, und wie spät es war, als ich am Hotel ankam. Diese Fragen konnte ich nicht beantworten. Ich hatte meine Taschenuhr, ein Erbstück meines Onkels, nicht bei mir gehabt, und auf Kirchturmuhren hatte ich nicht geachtet.

»Der Rezeptionist hat nicht gesehen, wie Sie ins Hotel gekommen sind. Haben Sie einen Hintereingang benutzt?«

»Dieser alte Knacker ...«, rief ich und sprang auf. Der Wärter machte einen Schritt und drückte mich unsanft wieder auf den Stuhl. Schröder blieb unbeeindruckt. »Dieser alte Knacker kriegt gar nichts mit. Er ist blind und taub. Er hat Zeitung gelesen. Das Hamburger Tageblatt. Das können Sie überprüfen, und das beweist, dass ich an ihm vorbeigegangen bin.«

»Wer ist Anton Seeliger?«, fragte Schröder wieder.

»Das hatten wir doch schon, ich weiß es nicht. Ich kenne niemanden, der so heißt.«

»Hat Agatha Rosenberg einmal von einem Anton Seeliger gesprochen?«

»Nicht, dass ich wüsste.«

»Geben Sie es zu, Melcher«, blaffte Schröder mich an, »Sie sind Anton Seeliger. Unter diesem Namen haben Sie das Zimmer bereits drei Tage vor der Tat gemietet. Hatten Sie da bereits geplant, die Frau zu töten? Oder ist Ihr Zusammentreffen anders gelaufen, als Sie es sich vorgestellt haben?«

»Was meinen Sie? Was soll ich mir vorgestellt haben?«

»Es war so: Sie haben unter falschem Namen dieses Zimmer gemietet, um sich dort unbeobachtet von Ihrer Verlobten ... Sie sind doch verlobt?«

Ich nickte. Das konnte er nur von Martin wissen.

»Um sich unbemerkt von Ihrer Verlobten und Isolde Knudsen mit der Rosenberg zu treffen.«

»Wieso sollte ich das tun?«, fragte ich. Eigentlich musste mir doch klar sein, was ein verkommener Kerl wie dieser Schröder hinter meinem Treffen mit Agatha vermutete. Ich war nicht ganz auf der Höhe meiner geistigen Fähigkeiten an diesem Abend im Verhörzimmer.

»Wieso? Na, um es mit ihr zu treiben. Was sonst, Sie Lüstling?«, brüllte er wieder, um dann leiser anzufügen: »Sie sind schon ein wahrer Hurenbock. Gerade verlobt und schon mit der Cousine vögeln.«

»Ich verbitte mir diesen Ton.« Nun wurde ich lauter. »Das sind widerliche Unterstellungen. Kein Wort ist wahr, Schröder.«

»Herr Kommissar, bitte. – Am fraglichen Abend haben Sie die Engländerin dorthin bestellt. Ihr Zusammentreffen hat sich dann anders entwickelt. Sie wollte nicht, hat Sie zurückgewiesen, und Sie sind in Ihrer grenzenlosen Geilheit tobsüchtig geworden. – Geben Sie es zu, Melcher, dann sind wir hier fertig, und Sie bekommen vielleicht nur lebenslänglich.«

»Das ist doch kompletter Unsinn. Agatha ... Frau Rosenberg hat mich dorthin bestellt. Ich kannte dieses Hotel gar nicht. Fragen Sie Isolde Knudsen, die hat doch mitbekommen, dass Agatha mich angerufen hat.«

»Isolde Knudsen sagt aus, dass Sie einen Anruf entgegengenommen haben und nach einem kurzen Gespräch aus dem Haus gelaufen sind. Sie konnte uns nicht sagen, wer angerufen hat und worum es ging.«

»O Gott«, stammelte ich. »Mit Frau Knudsen haben Sie auch schon gesprochen. Haben Sie ihr erzählt, dass Sie mich des Mordes verdächtigen? Wie hat sie es aufgenommen?«

Darauf durfte ich keine Antwort erwarten. Ich versuchte, mir vorzustellen, wie dieser ungehobelte Schröder mit Tante Isolde in der Halle der Villa Knudsen stand und ihr unangenehme Fragen stellte. Vermutlich war sie zusammengebrochen und hatte geweint. Und dieser Kerl hatte einfach weitergefragt. Vielleicht hatte aber auch Martin diesen Teil der Ermittlungen übernommen, von dem ich mehr Feingefühl erwarten durfte.

Schröder stand auf und ging zur Tür.

»Halt, warten Sie«, rief ich hinter ihm her. »Wie geht das jetzt weiter? Ich muss hier raus, ich habe das nicht getan. Das waren doch sicher dieselben Leute, die Emma Neumann verprügelt haben.« Nun war ich wirklich kurz davor, in Tränen auszubrechen.

Schröder öffnete die Tür und verschwand grußlos.

Kapitel 26

»He, Melcher, komm, du hast Besuch«, bellte die raue Stimme des Wärters und riss mich aus meinen Gedanken. Es war der dritte Tag meiner Untersuchungshaft.

Besuch. Welches verheißungsvolle Wort. Tatsächlich war es Tante Isolde, die mich als Erste besuchte, nicht Margot. Die Tante saß in dem kargen Raum, in dem ich auch von Schröder befragt worden war. Ihre elegante Erscheinung wollte so gar nicht in diese hässliche Umgebung passen. Was der kunstvolle Hut und der seidene Sommermantel aber nicht verdecken konnten: Tante Isolde sah elend aus. Blass, übernächtigt. Sie hatte sicher wenig geschlafen und viel geweint. Sie umarmte mich nicht, als ich an den Tisch trat. Sie blieb sitzen und sah mich unsicher an. Als ich ihr gegenübersaß, stellte sie die wichtigste Frage.

»Carl-Jakob, ich frage dich das nur einmal: Hast du Agatha getötet, oder hast du sonst irgendetwas mit ihrem Tod zu tun?«

»Nein, Tante«, antwortete ich, ohne zu zögern, und legte so viel Zuneigung in meine Stimme, wie ich nur auftreiben konnte in meinem konfusen Zustand. »Natürlich nicht. Ich habe Agatha kein Haar gekrümmt. Ich bin ebenso entsetzt über das alles wie du.«

Sie nickte und lächelte zufrieden. Im Gegensatz zu Schröder brauchte die Tante keine Beweise. Sie glaubte mir.

»Es tut mir so leid, Tante«, fuhr ich fort, »dass du das alles durchmachen musst. Ich freue mich so, dass du da bist. Aber ich würde es dir auch nicht verübeln, wenn du diesen garstigen Ort meiden würdest.«

Die Tante lächelte mich an. Klug. Liebevoll.

»Dieser garstige Ort ist mir durchaus vertraut, mein Lieber. Dein Onkel Wilhelm hat hier ebenso Zeit verbracht wie unser guter Johannes, wie du weißt. Und beide hatten sie auch nicht das getan, wessen man sie beschuldigte.«

Nun stellte sie einen Korb auf den Tisch, aus dem es nach frischem Brot duftete. Neben einem Laib Brot enthielt der Korb eine italienische Salami, eine Dose saurer Gurken, ein Stück Speck, ein paar gekochte Eier, Schokolade und ein Päckchen Zigaretten.

Das war zu viel. Nun musste ich wirklich weinen. Es schüttelte mich am ganzen Körper, und die Tränen liefen mir in Bächen über das Gesicht. Die Tante stand auf, ging um den Tisch herum und umarmte mich. Es war die wohltuendste Umarmung, die ich je bekommen hatte. Der Wärter ließ sie gewähren. Es würde mich nicht wundern, wenn ein Geldschein der Tante seinen Langmut beflügelt hatte.

»Die beiden Bierflaschen haben sie mir am Eingang abgenommen«, sagte die Tante, nachdem sie sich wieder gesetzt hatte. »Das tut mir leid.«

»Schon gut«, sagte ich, während ich mir mit dem duftenden Taschentuch, das sie mir gereicht hatte, die Tränen aus dem Gesicht wischte. »Aber wozu die Zigaretten? Ich rauche doch gar nicht, und ich werde es hier bestimmt nicht anfangen.«

»Johannes hat mir gesagt, dass man sich hier mit Zigaretten so einiges kaufen könne, sogar Freunde.«

Johannes hatte vor drei Jahren unter dem Verdacht, an der Mordserie an reichen Hamburgern beteiligt gewesen zu sein, einige Wochen in Untersuchungshaft verbracht. Natürlich war er vollständig unschuldig, aber diese Umgebung war für einen Mann mit schwarzer Haut sicher noch belastender und gefährlicher als für mich. Er hatte nie darüber gesprochen.

Wie erwartet, versprach die Tante, Dr. Lothar einzuschalten, den Anwalt der Familie, und so wäre ich bestimmt bald wieder zu Hause.

»Dein Freund Martin wird doch auch alles tun, um deine Unschuld zu beweisen, nicht wahr?«

»Ja, natürlich, das wird er«, sagte ich, spürte jedoch große Zweifel in mir.

Zellengenosse Malte wurde angesichts des Präsentkorbes der Tante auf einen Schlag wieder zu meinem besten Freund. Wir bissen abwechselnd von der Wurst ab, schoben uns die vom Essig tropfenden Gurken in den Mund und brachen Stücke des Brotes ab. Da wir kein Messer haben durften, ließen wir uns den Speck von einem Wärter in Scheiben schneiden, wofür er gleich die Hälfte des Stückes als Lohn einstrich.

Malte öffnete eines der Zigarettenpäckchen und zog eine Zigarette heraus. Dabei vielen ein paar Blätter aus der Packung auf den Boden. Er hob die Blätter auf, faltete sie auseinander, wobei er durch die Zähne pfiff. Es waren fünf Zehn-Markscheine.

»Damit bist du hier der König«, sagte er, und ich war nicht sicher, ob es anerkennend oder missgünstig klang. Ich würde auf das Geld gut aufpassen müssen.

Malte rauchte genüsslich. Auch ich versuchte eine Zigarette, machte sie aber gleich wieder hustend aus. Dieses Rauchzeug war um Längen widerlicher als Zigarren. Ich musste an Martin denken, mit dem ich im Alter von fünfzehn die ersten Zigaretten, die ich meinem Vater stibitzt hatte, gequalmt hatte. Uns wurde schrecklich schlecht, und wir kotzten um die Wette. Ich hoffte, Martin hatte diese großen Momente unserer Freundschaft noch vor Augen.

Zwei Tage später, als wir den letzten Zipfel der Salami gegessen hatten und sehnsüchtig auf Tante Isoldes nächsten Korb warteten, erzählte ich Malte endlich meine Geschichte ausführlicher – auch in der Hoffnung, seine Geschichte zu hören. Wir saßen auf unseren Pritschen, es war kurz vor Nachtruhe, während der man nicht mal flüstern durfte, auch nicht furzen, wie Malte sagte, und ich erzählte das Nötigste. Er erfuhr, wer Agatha war, und ich gab ein paar ihrer Anekdoten im Kampf für die Rechte von Frauen und Arbeitern zum Besten. Als ich ihm ausführlich den verrückten Film schilderte, den Agatha und Emma auf der Reeperbahn gezeigt hatten, fiel er vor Lachen fast vom Stockbett.

»Diese Agatha«, sagte er, als ich geendet hatte, »war bestimmt ein ganz patentes Mädchen. Ich glaube dir, dass du sie nicht ermordet hast, Carl-Jakob.«

Maltes Geschichte erfuhr ich auch an diesem Abend nicht. Ein Wärter polterte gegen die Tür und gemahnte uns zur Ruhe. Malte schlief sofort ein.

Am nächsten Morgen ging ich in die Bibliothek. Mein Buch hatte ich ausgelesen, und ich benötigte ein neues. Ich wollte mich dem Bibliothekar auch als Gehilfe andienen, um der schrecklichen Langeweile zu entrinnen.

Der Bibliothekar, Robert mit Namen, war für die Aufgabe qualifiziert, weil er lesen und schreiben konnte. Von Literatur verstand er nichts, und er erklärte mir auch lachend, dass er noch nie ein Buch mit über zweihundert Seiten gelesen hatte. Er war nicht mehr in Untersuchungshaft, sondern bereits verurteilt. Er musste fünf Jahre absitzen, weil er einen Kolonialwarenladen überfallen und die Tageseinnahmen geraubt hatte. Dabei hatte er den Inhaber niedergeschlagen. »Der war drei Tage später wieder putzmunter«, versicherte Robert.

Er war dankbar für die Hilfe, weil ich versprach, etwas Ordnung in die sehr willkürlich in den Regalen platzierten Bände zu bringen. Da standen Lehrbücher neben Romanen, Sprachfibeln neben Wörterbüchern. Man konnte eigentlich nur durch Zufall den gewünschten Lesestoff finden.

Während wir Bücher aus den Regalen nahmen und nach einer von mir vorgegebenen Logik stapelten, sprachen wir nicht viel. Robert schien etwas abweisend, unsicher mir gegenüber. Weil ich ein Doktor war? Weil ich einer anderen Schicht angehörte? Vielleicht aber auch, weil er mich für einen Mörder hielt.

Endlich lüftete sich Maltes Geheimnis, als Robert mir eine Frage stellte.

»Was hast du denn mit diesem Malte zu schaffen? Mit dem redet man doch nicht.«

Aha, dachte ich, da habe ich mal wieder gegen irgendein ungeschriebenes Gefängnisgesetz verstoßen.

»Weil er ein Doktor ist? Das bin ich auch.«

»Nein. Weißt du, warum der hier ist?«

»Ein Missverständnis, hat er mir gesagt.«

»Na, wenn dir das reicht. Dieser Malte ist kein Ganove, der ist kein Verbrecher, der ist ein Unmensch. Ehrlich, ein Unmensch.«

»Und du? Bist du ein Heiliger? Du hast einen Raub begangen«, sagte ich.

»Hör auf! Dieser Malte hat an seiner Schule den Knaben Dinge beigebracht, die nicht in den Schulbüchern stehen, wenn du weißt, was ich meine.«

»Nein, weiß ich nicht.«

»Bist du dumm?« Robert schaute mich fassungslos an. »Er hat sie angefasst, Mann, jahrelang, immer wieder. Und zu Sachen gezwungen, da will ich gar nicht drüber nachdenken. Und dann ist einer von den Jungs vor ein paar Wochen verschwunden. Den haben sie bis heute nicht gefunden. Deshalb ist der feine Herr Professor hier.«

Ich war sprachlos. Wie konnte man sich so in einem Menschen täuschen? Wie konnte ein gebildeter und intelligenter Mann wie Dr. Niedlich gleichzeitig so verkommen sein? Hatte er nicht noch die anderen Häftlinge als Abschaum bezeichnet? Welche Hybris! Wenn einer Abschaum war, dann doch Dr. Malte Niedlich.

»Woher weißt du das?«, fragte ich Robert.

»So was spricht sich schnell rum, und wenn der nicht ein paar Leuten hier immer wieder Geld und Zigaretten zustecken würde, hätten sie ihn bestimmt schon umgebracht. Wäre besser so, wenn du mich fragst.«

Er wird umgebracht werden, dachte ich. Wenn er tatsächlich der Unzucht mit Kindern und vielleicht sogar des Mordes an einem Knaben schuldig ist, wird Malte unters Fallbeil kommen.

Zurück in meiner Zelle wusste ich gar nicht, wie ich mich Malte gegenüber verhalten sollte. Musste ich ihn nicht sofort angehen, beschimpfen ob seines grauenhaften Verbrechens? Jeder Ganove, der einen anderen Ganoven erschlug, war doch noch besser als einer, der sich an Kindern verging. Aber vielleicht stimmte das alles auch nicht. Onkel Wilhelm hatte einmal gesagt, nirgendwo würde so viel gelogen wie in der Kirche und im Gefängnis. Vermutlich hatte er recht. Ich sprach den ganzen Abend nur das Nötigste, redete mich raus, dass ich müde sei und Bauchschmerzen habe. Am Abend legte ich mich früh hin und versuchte, zu schlafen. Aber ich konnte nicht. Da lag einer nicht weit von mir, der nachts von kleinen Jungen träumte.

Kapitel 27

Zwei Tage später hatte ich Malte immer noch nicht mit seiner Tat konfrontiert. Ich hatte mir fest vorgenommen, es an diesem Tag, einem Sonntag, zu tun. Am Morgen wurde ein Gottesdienst in der Kapelle des Gefängnisses abgehalten. In der großen Kapelle trafen wir Untersuchungshäftlinge ausnahmsweise auf bereits verurteilte Gefangene. Es war wohl zu aufwändig, für beide Gruppen separate Gottesdienste abzuhalten. Die Gruppen waren streng getrennt, und ein großes Aufgebot von Wärtern achtete darauf, dass die Untersuchungshäftlinge auf der linken und die Verurteilten auf der rechten Seite der Kapelle blieben. Mir fiel auf, dass die Verurteilten meiner Gruppe missmutige Blicke zuwarfen, während meinesgleichen betreten zur Decke oder zum Boden blickte. Es war schon deutlich, wer hier vor wem Angst hatte. Frauen waren keine im Gottesdienst. Die wenigen inhaftierten Frauen, zu denen auch Kathrin Meier gehörte, waren in einem Seitenflügel des Gefängnisses untergebracht und hatten vermutlich einen eigenen Gottesdienst.

Die Kapelle war voll besetzt. Die meisten dieser Kerle machten in Freiheit sicher einen großen Bogen um jedes Gotteshaus. Aber im Gefängnis war der Gottesdienst offenbar eine willkommene Abwechslung, die man sich nicht entgehen ließ.

Malte sah ich nirgends. Möglich, dass er nicht gläubig war, ebenfalls möglich, dass er sich schämte, seinem Schöpfer so nahezukommen. Neben mir in der Bank nahm Robert Platz, der Bibliothekar. Er nickte mir freundlich zu.

»Na, heute ohne deinen Freund?«, flüsterte er.

»Wenn es stimmt, was du mir erzählt hast«, entgegnete ich, »dann will ich ihn ganz sicher nicht zum Freund.«

Ein Wärter, der neben unserer Bank im Gang stand, zischte uns mahnend zu. Es war tatsächlich ganz still in der Kapelle. Als der Pfarrer den Altar betrat, erhoben sich alle, was einen enormen Lärm verursachte. Woher dieser Lärm kam, war nicht sofort festzustellen. Die Kirchenbänke waren fest am Boden verschraubt, sie bewegten sich nicht. Es war das Holz, das knarrte, das Rascheln der Kleidung, Husten und Räuspern. Und ich vernahm ein paar Flüche und Drohungen, die sich Häftlinge unter dem Schutz der Geräusche zuraunten.

Die ersten Lieder wurden gesungen. Fast alle sangen lauthals und schief mit – auch die Wärter. Ein paar Reihen vor uns sah ich die drei Männer, die Malte als »Afrikaner« bezeichnet hatte.

»Du, Robert«, zischte ich meinem Nachbarn zu, »warum nennt man die Kerle Afrikaner?«

»Die sind …«, begann Robert in mein Ohr zu zischeln, doch dann ermahnte uns das Klopfen eines Schlagstocks an der Kirchenbank zur Ruhe, und Robert schwieg.

Der Gottesdienst dauerte ewig. Opernhäuser und Kirchen waren Orte, die ich nur aufgrund sozialen Zwangs aufsuchte. Ich empfand in der Kirche keine Erlösung oder Läuterung, nicht einmal so etwas wie Entspannung. Auch diesen Gottesdienst im Gefängnis besuchte ich nur, um dabei zu sein, um mitzubekommen, wie das ablief.

Nach dem Gottesdienst konnte mir Robert endlich beim Hofgang mehr über die Afrikaner erzählen. Wir gingen langsam diagonal über den Hof. Dabei, so viel hatte ich gelernt, durfte man einigen Leuten nicht in die Quere kommen. So musste das auch in einem Wolfsrudel zugehen.

»Die heißen Afrikaner«, hob Robert an, »weil sie alle mit dem Schiff aus Afrika gekommen sind. Aus irgendeiner Kolonie. Vor ein paar Monaten.«

»Aha«, sagte ich wenig beeindruckt, »und was haben die drei auf dem Schiff Schreckliches verbrochen, dass man sie gleich ins Gefängnis gesteckt hat?«

»Auf dem Schiff wohl nichts. Aber in der Kolonie. Das war wohl schlimm genug, um sie nicht dort zu verurteilen, sondern hier bei uns.«

»Und du weißt nicht, was sie verbrochen haben?«, fragte ich weiter. »Du weißt doch sonst alles.«

»Frag sie doch. Die reden aber nicht viel mit anderen. Es waren auch mal fünf.«

»Und wo sind die anderen beiden?«

»Einer ist wohl entlassen worden. Der andere? Keine Ahnung. Verurteilt, vermute ich. Vielleicht ist er schon einen Kopf kürzer.«

Mir schauderte. Wir blickten hier auf diesem Hof auf Menschen, von denen einige unter dem Fallbeil landen würden.

Aber beim Anblick der Afrikaner kam mir auch Ludolfs wirres Gerede in den Sinn. Hatte er nicht gesagt, dass er auf der Krankenstation des Schiffes mit einem Gefangenen, nein, Verbrecher gesprochen hatte? Hatte er diesem Verbrecher nicht sogar sein Geheimnis anvertraut?

Es gab vier oder fünf Schiffe, die im Linienbetrieb die Kolonien abfuhren. Ihre Fahrpläne hingen bei uns im Institut. Schließlich brachten die Schiffe auch regelmäßig Präparate für unsere Forschungen aus den Tropen mit. Alle ein bis zwei Wochen traf ein Schiff aus Daressalam oder Swakopmund in Hamburg ein. Aber es war kaum anzunehmen, dass auf jedem Postschiff Gefangene überstellt wurden. Das Schiff, auf dem Ludolf angekommen war, hieß »Feldmarschall«. Das hatte in seinem Krankenblatt gestanden.

Ich musste dringend mehr über die Afrikaner erfahren. Ich setzte mich von Robert ab und ging schnurstracks auf die Dreiergruppe zu, die nun mit dem Rücken zu mir in einer Ecke stand.

»Hey, wo willst du hin? Mach keinen Blödsinn«, rief Robert mir hinterher.

Einen Plan hatte ich nicht. Ich wusste nur, dass ich nicht mit der Tür ins Haus fallen durfte. Wenn tatsächlich einer etwas von Ludolf wusste oder sogar etwas Geheimes von ihm besaß, durfte ich nicht sofort mein Interesse daran durchblicken lassen.

»Hallo, Leute«, sprach ich sie an, »wie geht es euch? Ihr wart in Afrika, habe ich gehört. Das ist interessant.«

Ich plapperte wie ein Kind, wie ein Trottel einfach los. Die drei drehten sich gleichzeitig um, sehr langsam. Dann sahen sie mich ausdruckslos an. Zwei waren groß und muskelbepackt. Einer der Riesen hatte eine Glatze, der andere graue Haare, die in Strähnen in den Nacken gekämmt waren. Der dritte war klein und schmächtig, schien aber der Wortführer der Gruppe zu sein. Er grinste mich an und zeigte dabei sein desolates Gebiss.

»Was bist du denn für ein komischer Vogel?«

»Carl-Jakob, mein Name«, plapperte ich weiter und kannte mich selbst nicht mehr. Ich versuchte, ganz beiläufig und leutselig zu wirken, hatte aber tatsächlich panische Angst vor diesen Kerlen. Bei dem Glatzkopf bemerkte ich eine unheimliche Totenkopftätowierung im Nacken. »Ich beschäftige mich auch viel mit Afrika. Wo genau wart ihr denn?«

»Im Arsch deiner Mutter«, sagte der Schmächtige, und seine Kumpane lachten. Dann griff mich der Glatzkopf am Kragen und zog mich ein Stück hoch. Er musste Bärenkräfte haben. Ich sah ängstlich in Richtung der Tür, wo ein Wärter stand, doch der sah in eine andere Richtung.

»Lass, Mücke, der ist harmlos. Lass ihn laufen«, sagte der Schmächtige.

Der Glatzkopf setzte mich ab, und ich stolperte davon.

»Und?«, fragte Robert, der das Schauspiel aus der Ferne beobachtet hatte. »Seid ihr Freunde geworden?«

»Noch nicht ganz«, sagte ich und wischte mir den Schweiß von der Stirn, »aber wir sind auf einem guten Weg.«

Malte hatte ich während des Gottesdienstes und auch auf dem Hof nicht gesehen. Als ich schließlich wieder in meine Zelle kam, war er auch nicht dort.

»Wo ist er?«, fragte ich den Wärter, der mich einschloss, und deutete auf Maltes Bett.

»Fühlt sich nicht gut. Ist auf der Krankenstation.« Der Wärter grinste vielsagend.

»Was heißt das: Fühlt sich nicht gut? Ist er krank? Verletzt?«

»Hatte wohl eine Meinungsverschiedenheit. Ist nur dritter Sieger geworden oder vierter.«

Dann war es also passiert. Sie hatten ihn verprügelt. Wenn ich die Andeutung des Wärters richtig verstand, waren sie zu zweit oder zu dritt auf ihn losgegangen. Im Gefängnis wurden Urteile manchmal schneller gefällt und vollstreckt als bei der Justiz. Ich konnte kein Mitleid fühlen. Eigentlich war ich froh, Malte nicht mehr neben mir schnarchen zu hören.

Kapitel 28

Zwei Tage später war ich immer noch allein in der Zelle. Da die anderen Gefangenen beim Essen und beim Hofgang nicht gerade das Gespräch mit mir suchten, erfuhr ich nur tröpfchenweise von Maltes Schicksal. Robert wollte gehört haben, dass Malte sogar an seinen Verletzungen gestorben sei. Doch ein anderer, der angeblich mit einem gesprochen hatte, der auf der Krankenstation putzte, behauptete, Malte sei nur halbtot. Komatös oder so. Nun tat er mir doch etwas leid. Die Leute, die ihm das angetan hatten, waren doch selbst nicht besser. Natürlich war sein Verbrechen noch verwerflicher als die der meisten anderen, aber gab ihnen das das Recht, einen Menschen zu misshandeln? Vielleicht brauchten diese Kerle das einfach, um wenigstens einmal das Gefühl zu haben, auf der Seite der Guten zu stehen.

Beim Mittagessen setzte sich ein Mann zu mir, der mir bisher gar nicht aufgefallen war. Er war sehr alt, sicher über siebzig, dünn und kahlköpfig. Er schlürfte seinen Eintopf, in den er immer sein Brot tunkte, um es sich dann in den fast zahllosen Mund zu schieben. Ich würde mich an ekelhafte Tischgesellschaft dieser Art nie gewöhnen.

»Du warst in Afrika?«, fragte er plötzlich.

Ich schwieg. Nach meinem Erlebnis auf dem Hof hatte ich mir vorgenommen, nicht sofort loszuplappern, sondern erst mal kühl und abweisend zu reagieren und mir den nächsten Satz gut zu überlegen.

»Ey, sag mal, wo warst du denn, Dokter?«, fragte der Alte weiter.

»Wer bist du überhaupt, alter Mann?«, fragte ich so desinteressier, wie möglich.

»Ich bin Graf Lüchow. Ich habe fünfzehn Jahre ein Hotel in Daressalam geführt. War ein gutes Haus.«

»Schön. Und warum erzählst du mir das?« Ich gefiel mir in der Rolle des abgeklärten Ganoven. Von diesem zahnlosen Greis ging keine Gefahr aus, da konnte ich mich ausprobieren.

»Ich war auf demselben Schiff wie die Afrikaner, für die du dich interessierst«, sagte er und sah mich an, als müsste ich ihm für diese Information um den Hals fallen.

»Und warum bist du dann nicht bei ihnen und wirst auch von den anderen ehrfürchtig Afrikaner genannt, Herr Graf?«

»Ich gehöre nicht zu denen. Die waren als Gefangene an Bord. Ich als Passagier. Mich hat man erst vor vier Wochen hier in Hamburg verhaftet.«

Ich musste lachen. Da führte der Kerl jahrelang ein Hotel in Deutsch-Ostafrika, und als er endlich wieder heimatlichen Boden betrat, kam er gleich mit dem Gesetz in Konflikt.

»Was hast du denn verbrochen?«

»Nichts Schlimmes. Eine Hure hat mir mein Geld geklaut, da habe ich mich gewehrt. Hat sie wohl ein Auge gekostet. Tut mir leid, aber es war viel Geld.«

Das musste ich erst einmal verarbeiten. Dieser alte Mann, dieses Wrack, ging tatsächlich noch zu einer Prostituierten. Was hatte er davon? Und dann hatte er noch viel Geld in der Tasche, der Blödmann. Aber am allererstaunlichsten war, dass er es nicht so schlimm fand, der Frau ein Auge ausgestochen zu haben.

»Gut. Und wie hieß das Schiff, auf dem du gereist bist?«, fragte ich nun mit deutlich mehr Interesse.

»Feldmarschall. Ein großartiges Schiff. Nagelneu, pfeilschnell. Ein Traum.«

»Und fünf Ganoven an Bord«, ergänzte ich.

»Ja, und was ich besonders erstaunlich fand, war, dass die da frei herumlaufen durften.«

»Ja. Erstaunlich. Aber auf hoher See werden sie sicher nicht ausbüchsen. – War einer von denen mal krank während der Überfahrt?«

»Wieso willste das denn wissen?«

»Nur so, aus Neugier«, sagte ich und merkte, dass ich eine Spur zu viel Interesse gezeigt hatte.

»Neugier kostet«, sagte der Graf.

Ich zog eine Zigarettenpackung aus der Tasche und entnahm fünf Zigaretten. Er ließ einen Zeigefinger hin und her schnellen, um mir zu bedeuten, dass ich noch ein paar Zigaretten drauflegen solle. Bei acht Zigaretten war er soweit.

»Der eine von denen, dieser Dünne, der war mal mit den anderen aneinandergeraten. Die haben ihn richtig vermöbelt.«

»Die beiden, mit denen er jetzt immer zusammen ist?«, fragte ich.

»Nee. Ich glaube, die nicht. Weiß nicht so genau. Na, und da musste der wohl ein paar Tage auf die Krankenstation. Hat aber überlebt, wie du siehst.«

»Wie heißt der Kerl?«, bohrte ich weiter und schob gleich noch zwei Zigaretten über den Tisch.

»Siggi«, antwortete er und strich die Zigaretten ein. »Siggi, weiter weiß ich nicht.«

Ein Wärter brüllte durch den Speisesaal, dass jetzt Schluss sei und das ganze Gesocks gefälligst auf den Hof zu verschwinden habe. Graf Lüchow stand ruckartig auf, tippte sich an die Glatze und verschwand.

Kapitel 29

Erst eine Woche war ich nun in Haft, aber es kam mir vor wie ein Jahr. Vor fünf Tagen hatte mich Tante Isolde besucht und mir etwas Hoffnung geschenkt, doch die war längst verbraucht. Die Tage verrannen, und ich spürte keine Fortschritte. Wo blieb Martin?

Doch nun war wieder Besuch angekündigt, und darüber durfte ich mich glücklich schätzen. Die meisten Häftlinge hier bekamen gar keinen Besuch.

Diesmal wurde ich nicht in einen separaten Raum geführt, sondern in eine Halle, in der an kleinen Tischen viele Gefangene gleichzeitig ihre Besucher empfangen konnten. Es waren außer mir aber nur vier weitere Gefangene anwesend. Alle beäugten meinen Gast neugierig. Es war Johannes, den die Tante zu mir geschickt hatte, und viele hier sahen mit Sicherheit zum ersten Mal einen schwarzen Mann aus der Nähe.

Johannes hatte ebenfalls einen Korb mitgebracht. Neben allerlei Leckereien waren nun auch Unterwäsche, ein Handtuch und Rasierzeug dabei. Erst jetzt fiel mir auf, dass mein sonst so akkurat gepflegter Bart struppig geworden war. Es schien mir absurd, mich an diesem Ort zu rasieren, wo Körperpflege auf das Nötigste reduziert war. Und das wäre auch gar nicht möglich gewesen, da zwar Seife und Rasierer im Korb lagen, die Klingen indes bei der Kontrolle eingezogen worden waren.

Johannes schenkte mir sein strahlendes Lächeln und gab mir so das Gefühl, dass die Welt noch nicht völlig aus den Fugen geraten war.

»Die gnädige Frau hat Dr. Lothar getroffen«, sagte er, »und der kümmert sich bereits um Ihre Entlassung, Herr Carl.«

»Dann sag der Tante, dass er sich mal beeilen soll, Johannes«, sagte ich. »Ich werde nämlich langsam verrückt hier. Noch zwei Wochen, und ich bin tatsächlich ein Verbrecher.«

Dann berichtete mir Johannes, wie es so zuging in der Villa Knudsen. Tante Isolde sei die ersten Tage nach meiner Verhaftung kaum aus ihren Räumen gekommen und habe auch so gut wie nichts gegessen. Sie musste sehr unter der Verhaftung gelitten haben. Nach ihrem Besuch bei mir war es ihr aber wohl besser gegangen. Martin war auch bei ihr gewesen, und sie hatten lange gesprochen, aber natürlich hatte Johannes von dem Gespräch nichts mitbekommen.

Doch nun war Besuch im Hause Knudsen eingetroffen. Henriette Rosenberg, Agathas Mutter, wollte den Leichnam ihrer Tochter nach London überführen. Neben tiefer Trauer und vielen Fragen hatte Frau Rosenberg ihre Nichte Rachel mitgebracht, Agathas zwanzigjährige Cousine.

»Die gnädige Frau Rosenberg weint viel«, berichtete Johannes, »und sie hat Herrn Bucher bei der Polizei aufgesucht. Ich habe sie chauffiert. Der gnädigen Frau hat sie dann gesagt, dass sie glaubt, dass Sie, Herr Carl, vielleicht doch der Mörder sind.« Johannes erschrak selbst vor dieser Aussage. Ich war ihm unendlich dankbar für seine Offenheit, und gleichzeitig war ich schockiert. Wie konnte diese Frau, die mich nicht kannte, die vermutlich nicht einmal ihre Tochter wirklich kannte, so etwas in die Welt setzen?

»Herr Carl«, bemühte sich Johannes um eine Richtigstellung, »ich glaube das natürlich nicht und die gnädige Frau Knudsen auch nicht. Ich sage nur ...«

»Ja, Johannes, schon gut.«

»Und dann ist da noch was, Herr Carl. Das Fräulein Rachel will Sie sprechen und bittet darum, Sie besuchen zu dürfen.«

»Fräulein wer?«

»Rachel, die Cousine von Fräulein Agatha …«

»Und warum will sie mich sprechen?«

»Ich weiß es nicht, Herr Carl, aber es darf niemand wissen. Frau Rosenberg nicht und die gnädige Frau auch nicht. Sie hat es mir im Vertrauen gesagt.«

»Ihre Tante soll es auch nicht wissen? Das ist merkwürdig. Aber gut, dann soll sie mich besuchen. Da träumt hier doch jeder von, dass ein junges Fräulein ihn besucht.«

Johannes, der meinen Sarkasmus verstand, grinste. Was wollte diese Rachel von mir? Agatha hatte nie von ihr gesprochen. Und lieber als diese Rachel hätte ich gerne ein anderes junges Fräulein hier gesehen: meine geliebte und unendlich vermisste Margot.

Nachdenklich trug ich meinen Korb in die Zelle. Dem Wärter, der mich begleitete, gab ich ein paar von den Zigaretten. Es war immer nützlich, auch jenseits der Zellenwände Freunde zu haben.

Wurst und Ölsardinen aus meinem Korb konnte ich allerdings nicht genießen, dazu war ich zu verwirrt. Am Boden des Korbes entdeckte ich, gefaltet und etwas zerknüllt, einen Umschlag. Der Umschlag war mit meinem Namen beschriftet, und jemand hatte ihn offenbar wenig feinfühlig aufgerissen. Es ist sicher üblich, dass man hier die Briefe der Inhaftierten öffnete und las.

Der Brief war von Margot. Gefühle unendlichen Glücks und panischer Angst durchströmten mich gleichzeitig. Ich hielt alles für möglich: Sie konnte mich verstoßen, weil sie mich für einen Mörder hielt, sie konnte mir ihre Liebe und Unterstützung versichern. Mit zitternden Fingern faltete ich den Brief auseinander.

Carl-Jakob, begann der Brief in Margots feiner Handschrift, die Bildung und Stil verriet. Ohne mein Lieber oder Geliebter in der Anrede.

> *Ich habe versucht, einen Besuchstermin bei Dir zu bekommen, doch weil wir nicht verheiratet sind, steht mir das nicht zu. Ich habe nicht insistiert, denn ich bin nicht so sicher, ob ich Dich in diesen Tagen sehen möchte. Hast Du getan, was man Dir vorwirft? Ein großer Teil in mir hält das für völlig ausgeschlossen. Doch da ist auch noch ein anderer Teil, der zweifelt. Dieser Zweifel nimmt mir die Luft zum Atmen.*
> *Dein allerbester Freund sagt, dass alles wieder gut wird und er an Dich glaubt. Er steht zu Dir, das soll ich Dir ausrichten.*
> *Margot*

Nicht Deine Margot? Kein Kuss? Keine Hoffnung auf ein baldiges Wiedersehen? Und wenn Johannes für einen Besuch eingelassen wurde und womöglich sogar das Fräulein Rachel, wieso dann nicht Margot? Dieser Brief quälte mich mehr als die Woche, die ich bereits in diesem Loch steckte. Ich musste so schnell wie möglich hier heraus, um bei Margot zu retten, was noch zu retten war. Ich durfte sie durch diese üble Sache nicht verlieren.

Aber der Brief brachte auch Hoffnung. Was mir mit Tränen in den Augen erst allmählich bewusst wurde: Mein allerbester Freund glaubte an mich, schrieb Margot. Martin! Er durfte die Ermittlungen gegen seinen Freund nicht führen, aber er war im Hintergrund aktiv. Darauf durfte ich hoffen. Dabei ging er sicher ein hohes Risiko ein. Schröder, der Idiot, würde sicher nicht gutheißen, wenn Martin in meinem Fall ermittelte. Ebenso Martins Chef Arnold Manthey.

Später, als ich dieses unwirtliche Gebäude endlich verlassen durfte, erfuhr ich, dass Martin in diesen Tagen einem ganz anderen Verdächtigen auf der Spur war: Christoph Heinze.

Der Name des Kaffeebarons stand natürlich ganz oben auf der Liste mit Agathas Widersachern. Nach dem, was Emma Neumann zugestoßen war, lag es ja nur nahe, dass es als Nächstes Agatha an den Kragen sollte. Agatha war Heinze mehr als ein Dorn im Auge, er hasste sie sicher voller Leidenschaft stellvertretend für alle, die seine Welt der Privilegien und Profite bedrohten. Daraus hatte Heinze auch bei der Befragung durch Martin, über die er sich umgehend bei Polizeidirektor Roscher beschwerte, keinen Hehl gemacht. Am Abend der Tat hielt sich Heinze nachweislich auf einer Veranstaltung der Deutsch-Ostafrikanischen Gesellschaft in Bremen auf. Martin hatte ohnehin nicht Heinze selbst in Verdacht, sondern eher einen seiner Leute. Doch eine heiße Spur ergab sich nicht. Bei dieser Gelegenheit befragte Martin Herrn Heinze auch gleich zum Vorfall mit Emma Neumann. Heinze selbst stand auch hier nicht persönlich unter Verdacht und zeigte sich völlig überrascht davon, dass er oder einer seiner Leute mit der Tat in Verbindung gebracht wurden. Der Bürgerschaftsabgeordnete Christoph Heinze war natürlich viel zu schlau, um Spuren oder Zeugen zu hinterlassen, wenn er sich jenseits des Rechts bewegte.

Kapitel 30

Nur zwei Tage später zog der Afrikaner Siggi als mein neuer Zellengenosse ein. Zehn Mark von mir an den falschen Wärter und zehn weitere an den richtigen hatten die Verlegung des Mannes, der bisher mit seinen zwei vierschrötigen Freunden in einer Zelle gesessen hatte, in die Wege geleitet.

Er wunderte sich nicht über die Verlegung, da es zwischen den Dreien wohl ständig zu Auseinandersetzungen kam. Als der Wärter ihn durch die Tür schob, sagte er: »So, Siggi, hier beim Herrn Doktor benimmst du dich jetzt mal anständig. Das ist ein ganz friedlicher Mann.«

Es überraschte mich nicht, dass mich die Wärter hier als friedlich einschätzten. Ich bezweifelte allerdings, dass es meiner Sicherheit besonders dienlich war, wenn sich das herumsprach.

Ich lag bereits auf meiner Pritsche, als Siggi das obere Bett im anderen Stockbett mit seiner Decke und seinem Handtuch belegte. Er streckte sich lang auf das Lager, flatulierte geräuschvoll und grinste mich herausfordernd an.

»N' Abend, ich bin der Siggi, dein neuer Spielkamerad«, sagte er.

Er war ungefähr in meinem Alter. Die dunkelbraunen Haare standen wild vom Kopf ab. Nun grinste er mich an, wobei sein desolates Gebiss sichtbar wurde.

»Carl-Jakob«, sagte ich leise.

»Wat? Habbich nicht verstanden. Kohlkopp?«, bellte der Kerl.

O Gott, dachte ich, mein neuer Zellengenosse ist ein Witzbold.

»Carl-Jakob«, sagte ich lauter. »Du kannst mich aber auch Dr. Melcher nennen.«

Siggi lachte. »So weit kommt das noch. Ich nenn dich Kalle. Ist am einfachsten.«

»Wenn du meinst.«

Siggi hatte natürlich keine Ahnung, dass er es meiner Intervention zu verdanken hatte, dass er nun bei mir lag. Ich hatte mir vorgenommen, ganz allmählich Nähe zu ihm aufzubauen. Wenn ich zu vorschnell auf Ludolfs Geheimnis zu sprechen kommen würde, könnte er misstrauisch werden und sich mir entziehen. Darum erklärte ich nur, dass ich schlafen wolle und er die Furzerei lassen solle, sonst gebe es Ärger. Ich hoffte inständig, dass ich nicht gezwungen sein würde, ihm Ärger zu bereiten. Ich hatte keine Ahnung, wie das ging.

Am nächsten Morgen stießen wir beim Kampf an der Essensklappe mit den Köpfen zusammen. Wir schrien laut und rieben uns die Schädel. Etwas zu lang, wie sich herausstellte, denn die Klappe war schon wieder geschlossen worden, und wir gingen beide leer aus.

»Ihr miesen Sackratten!«, brüllte Siggi hinter den unsichtbaren Essensverteilern her. »Reicht es nicht, dass ihr uns hier unschuldig einbuchtet, müsst ihr uns auch noch quälen? Ihr hinterfotzigen Schwachköpfe!«

Ich hatte dieser Tirade nichts hinzuzufügen und war Siggi dankbar, dass er die fälligen Beleidigungen ausstieß und ich weiter als der Friedliche gelten konnte.

Wir legten uns wieder auf unsere Pritschen und versuchten, den Hunger bis zum Mittagessen zu verschieben.

»Es ist wirklich traurig, was wir nun für exquisite Frühstücksköstlichkeiten verpasst haben«, jammerte ich gekünstelt. Das gefiel Siggi, und er stimmte in mein Lamento ein. Da hatten wir also nun schon zwei Dinge, die uns verbanden: ein leerer Magen und eine Beule am Kopf.

»Biste wirklich n Dokter?«, fragte Siggi nach einer langen Pause. »Wasn fürn Dokter?«

»Ich bin Bakteriologe«, antwortete ich und bemühte mich, in wenigen einfachen Worten zu erklären, was das war. Es war offensichtlich, dass Siggi Mühe hatte, meinen Ausführungen zu folgen. Sein Interesse nahm schnell ab.

»Ich nenn dich dann Doktor Kalle, das klingt gut«, sagte er schließlich und lächelte zufrieden. »Und was hast du verbrochen, Doktor Kalle? Bist du auch unschuldig hier so wie ich?«

»Ja … Ich bin tatsächlich Opfer einer Kette unglücklicher Ereignisse, die zu dem Irrtum führten, dass ich eine Person ermordet haben könnte.«

Siggi sah mich an, als hätte ich gerade in fremden Zungen gesprochen. »Äh, haste jetzt einen kaltgemacht oder nicht?«

»Nein«, sagte ich, »aber die Polizei glaubt mir das nicht. Noch nicht.«

»Na also«, sagte Siggi, »das habe ich jetzt verstanden. Wen sollst du denn totgemacht haben?«

Und dann erzählte ich auch Siggi die Geschichte von der blutenden Agatha im Hotelzimmer, die mir liebgeworden war wie eine Cousine. Und Siggi konnte ich ebenfalls mit ein paar Anekdoten aus der kurzen Zeit, die ich mit Agatha erleben durfte, erheitern. Es erschien mir als kluger Schachzug, den einfältigen Afrikaner ins Vertrauen zu ziehen und möglichst viel von mir preiszugeben.

»Ich glaube dir, Doktor Kalle«, sagte Siggi und sah mich an, wie ein treuer Hund sein Herrchen. »Du bist kein Kerl, der nette junge Damen absticht.«

Man konnte nur froh sein, dass Leute wie dieser Siggi nicht in Richterämter kamen, wenn sie so schnell zu einem Urteil gelangten. Hier im Untersuchungsgefängnis und erst recht draußen in der Welt liefen genug Engelsgesichter herum, die schreckliche Verbrechen begangen hatten.

»Jetzt musst du aber auch mir glauben, dass ich meinen Vater nicht umgebracht habe, Dokter Kalle, das bist du mir schuldig«, jammerte Siggi schließlich.

»Du hast deinen Vater umgebracht?«, rief ich aus. Ich hatte mit vielen gerechnet, aber damit nicht.

»Nein, eben nicht. Hörst du nicht zu, Mann? Ich bin unschuldig.«

Klar bist du unschuldig, dachte ich und glaubte es gleichzeitig nicht. Wenn nämlich jemand wirklich aussah wie ein Schwerverbrecher, dann war es Siggi. Doch, ehrlich gesagt, auch ich erwies mich mit dieser Einschätzung als ungeeignet für ein Richteramt.

»Klar, Siggi, ich glaube dir«, entgegnete ich also. »Aber wer hat ihn denn dann umgebracht?«

Er beugte sich von seiner Pritsche zu meiner hinüber und flüsterte: »Niemand, keiner, nobody. Der alte Hurenbock lebt. Der ist putzmunter.«

Ich hatte von Anfang an den Verdacht, dass bei meinem neuen Freund Siggi, der gleichzeitig witzig und zugewandt und, wie ich gehört hatte, ausgesprochen brutal sein konnte, die Lichter im Oberstübchen etwas schwächer leuchteten.

»Und wieso spaziert dein Herr Vater dann nicht einfach hier herein und sagt: Hallo, ich bin der Papa vom Siggi und, wie ihr seht, quicklebendig. Und jetzt lasst den Siggi frei?«

Siggi lachte. »So einfach ist das nicht. Er ist verschwunden. Niemand weiß, wohin er vor eineinhalb Jahren entfleucht ist. Und meine liebe Mutter behauptet, ich hätte den Alten erschlagen und dann in der Elbe versenkt. Mit einem Stein um den Hals.«

Darüber musste ich erst mal schlucken.

»Und wie kommt deine Mutter darauf?«

»Ich habe es ihr erzählt. – Ja, guck nicht so. – Ich wollte die versoffene Hure ärgern, habe mir eine Geschichte ausgedacht, die sie gleich gefressen hat und jetzt für wahr hält. Sie war ganz froh, dass sie den Alten los war. Er hat sie manchmal vermöbelt. Wenn er ihr nur nicht so viele Schulden hinterlassen hätte. Er stand beim halben Gängeviertel in der Kreide. Und das sind keine feinen Leute wie du, das sind böse Buben.«

Siggis Fall reizte meinen kriminalistischen Nerv.

»Sie können dich doch nicht einfach ohne Beweise, ja sogar ohne eine Leiche des Mordes beschuldigen.«

»Nein. Können sie nicht. Aber es gibt einen Kerl, der wohnte bei meinen Eltern im Haus, der behauptet, dass ich mit dem Alten nachts los bin, und da habe der schon kaum noch gehen können.«

»Stimmt das?«

»Nein. Ich weiß nicht, was der Irre gesehen hat. Ich war nicht mal in der Nähe.«

»Verstehe. Und deshalb sitzt du seit Monaten in Untersuchungshaft? Sie müssen erst noch mehr Beweise finden.«

»Exaktamente, Herr Doktor, bist n schlauer Kerl. Sie haben große Angst, dass ich ihnen wieder ausbüchse, und darum hocke ich hier im Loch.«

In Siggis Erzählung, in den Flüchen und Schimpfworten, mit denen er seine Eltern belegte, taten sich die Abgründe einer Welt auf, von der ich zwar wusste, die ich aber immer wieder aus dem Auge verlor. Zwischen der Villa Knudsen und dem Institut für Tropenmedizin bekam ich nicht viel mit von dem Dreck, in dem die meisten meiner Mitmenschen in dieser Stadt, ach, im ganzen Reich lebten.

Aber ich durfte nicht aus den Augen verlieren, aus welchem Grund ich Siggi in meine Zelle gelotst hatte. Ich musste so schnell und so unauffällig wie möglich herausfinden, ob er Ludolf getroffen hatte.

Kapitel 31

Ich fand so schnell keine Gelegenheit mehr, ein längeres Gespräch mit Siggi zu führen. Beim Hofgang, der am Sonntag länger dauerte als an anderen Tagen, steckte er mit seinen Afrikaner-Freunden zusammen und hatte kein Interesse an mir. Er sah mich nicht einmal an, tuschelte mit den Kerlen, so dass ich fürchtete, dass ihn die Sehnsucht packte und er zurück in ihre Zelle wollte.

Und dann hatte ich viel in der Bibliothek zu tun. Ich war ja selbst schuld, weil ich angefangen hatte, die meisten Regale zu leeren, die Bücher auf dem Boden zu stapeln und dann alphabetisch und nach Gattungen geordnet wieder einzuräumen. In dem kleinen Raum konnte man zwischendurch keinen Fuß vor den anderen setzen, weshalb ich diese Arbeit nicht einfach einen Tag unterbrechen konnte. Robert, der sowieso völlig überfordert war von meinen Aktivitäten, verlangte, dass alle Bücher wieder in den Regalen zu stehen hatten, bevor ich Feierabend machte.

Am Dienstag erschien der von Johannes angekündigte Besuch. Rachel Rosenberg, Tochter von Moses Rosenbergs Bruder Abraham und Cousine der guten Agatha. Was konnte sie nur von mir wollen? Wollte sie mir Vorhaltungen machen, mich beschimpfen? War sie einfach nur neugierig und wollte einen Mörder aus der Nähe sehen? Hatte sie einen Auftrag ihrer Tante, Henriette Rosenberg, zu erfüllen?

Ich wurde gleich nach dem Frühstück in den großen Besuchersaal geführt, in dem die junge Frau als einzige Besucherin saß. Sie stand auf, als ich eintrat. Sie war kleiner als Agatha, aber ebenso dünn. Sie trug ein schlichtes schwarzes Kleid mit schwarzen Blumenapplikationen. Ob sie die Vorliebe ihrer Cousine für Schwarz teilte oder ob sie die Farbe lediglich als Ausdruck der Trauer gewählt hatte, vermochte ich nicht zu beurteilen. Die schwarzen Haare waren zu einem Zopf gebunden und hinter dem Kopf zu einer Schnecke gewickelt, sie trug keinen Hut. Ihr hübsches Mädchengesicht wirkte sanft, ihre Augen blickten wach, interessiert. Über dem Stuhl lag ein dünner dunkelgrauer Sommermantel. Sie gab mir die Hand und deutete einen Knicks an.

»Guten Tag, Herr Dr. Melcher, ich bin Rachel Rosenberg.«

Sie sprach Deutsch mit einem starken englischen Akzent. Ihren Vornamen sprach sie hebräisch mit einem krächzenden ch aus und nicht englisch Rätschel, wie Johannes es getan hatte. Sie war sichtlich nervös. Keine Frage, dass sie zum ersten Mal ein Gefängnis betrat.

»Nennen Sie mich bitte Carl-Jakob, Fräulein Rosenberg ...«

»Und nennen Sie mich bitte Rachel ...«, unterbrach sie mich.

»Gut. Was kann ich für Sie tun, Fräulein Rachel?« Ich wollte mich nicht mit Vorgeplänkel aufhalten, wir waren hier nicht beim Tanztee.

»Ich verstehe, dass Sie mein Besuch verwundert. Hat Agatha nie von mir erzählt?«

»Nein, tut mir leid«, sagte ich und war sicher, dass es sie verletzen würde. »Ihr Name ist nie gefallen.« Aber sie wirkte nicht gekränkt.

»Gut. Sie wird ihre Gründe gehabt haben. Sie müssen aber wissen, dass Agatha und ich uns sehr nahestanden. Wir waren wie Schwestern, mehr als das, wie Zwillinge, obwohl Agatha deutlich älter war als ich. Wir haben beide nur Brüder, da sucht man die

Nähe der Cousine mehr, als wenn man eine leibliche Schwester hat.«

»Aha«, sagte ich nur und wollte damit deutlich machen, dass sie auf den Punkt kommen sollte.

»Agatha hat mit mir über alles gesprochen. Über alles. Und darum weiß ich Dinge, die sonst niemand weiß.«

Plötzlich wurde es mir etwas unheimlich.

»Und wer schickt Sie zu mir? Warum sprechen Sie nicht mit Agathas Mutter? Was wollen Sie von mir?«

Sie schreckte etwas zurück. War ich zu schroff? An einem der anderen Tische, nicht weit von uns, hatten ein Häftling, den ich vom Sehen kannte, und eine Frau, vermutlich seine Ehefrau, Platz genommen. Sie unterhielten sich leise. Die Frau weinte.

Rachel Rosenberg richtete sich auf, atmete tief durch und sah mich entschlossen an.

»Hat Agatha Ihnen erzählt, dass sie guter Hoffnung war, dass …«

»Sie war schwanger?«, rief ich viel zu laut aus. Das Paar am anderen Tisch drehte sich erschrocken zu uns um.

Rachel nickte.

Ich überschlug das schnell im Kopf. Wenn Agatha bereits schwanger in Hamburg angekommen war, so musste sie ja zum Zeitpunkt ihres Todes mindestens im vierten oder fünften Monat gewesen sein, was bei einer dünnen Frau wie Agatha niemandem verborgen geblieben wäre. Und wenn bei der Autopsie von Agathas Leiche ein Fötus entdeckt worden wäre, hätte Schröder mich doch sicher danach gefragt. In seiner Version der Geschichte wäre ich dann vermutlich gar der Vater des Kindes. Oder sollte Dr. Seutter, den ich erst kürzlich als unfreundlichen, aber kompetenten Leichenbeschauer kennengelernt hatte, das übersehen haben?

»Das kann doch gar nicht sein«, flüsterte ich nun. »Das wäre mir doch aufgefallen. Und wenn nicht mir, dann doch meiner Tante oder der schwangeren Frau meines Freundes Martin. Agatha war nicht schwanger. Auf keinen Fall.«

»Ja«, sagte Rachel. »Das habe ich schon verstanden, und es hat mich überrascht, denn als sie London verließ, war sie es.«

Sie ließ diesen Satz im Raum stehen, und ich konnte meine Gedanken ordnen.

»Von wem war sie denn schwanger? Hat Sie Ihnen das gesagt?«

»Nein.«

»Ich denke, Sie sind so vertraut mir ihr, warum hat sie das nicht erzählt?«

Rachel sah betreten auf die schäbige Tischplatte und schien nachzudenken. Dann sprach sie leise und konzentriert.

»Ich muss ihnen die ganze Geschichte erzählen. Agatha ist eine ganz besondere Frau, sie ist nicht ... sie war nicht wie die Frauen, die Ihnen vielleicht sonst so begegnen ...«

»Das ist mir nicht verborgen geblieben«, sagte ich und verspürte einen Stich in der Brust. Ich vermisste sie.

»Mein Onkel Moses hatte die Pläne mit Agatha, die man in seiner Position mit seiner Tochter eben hat. Er drängte sie schon seit Jahren zur Hochzeit und stellte ihr dauernd neue wichtige Herren vor. Erben, Politiker, Witwer. Einer war schon sechzig.« Sie lächelte. »Aber Agatha wollte nicht. Sie wollte nicht in die besten Londoner Kreise heiraten. Sie wollte frei sein, und wenn überhaupt, dann wollte sie einen Mann heiraten, den sie liebte. Aber den gab es nicht.«

»Offensichtlich doch, denn sonst wäre sie ja nicht schwanger geworden«, sagte ich. Nun sah mich Rachel ernst, fast feindselig an.

»Agatha ist vergewaltigt worden«, flüsterte sie kaum hörbar. »In ihr wuchs, wie sie es ausdrückte, ein Kind der Gewalt und der Missachtung, ein teuflischer Bastard.«

Ich erschrak. Und ich hörte Agatha, wie sie diesen Satz voller Abscheu aussprach.

»Warum hat sie den Täter nicht angezeigt? Vergewaltigung ist ein schweres Verbrechen. Auch in England.« Ich war empört und wieder zu laut.

»Das habe ich ihr natürlich auch gesagt. Ich habe auf sie eingeredet. Ich habe ihr angeboten, dass ich mit ihr zur Polizei gehe. Oder dass wir es zunächst ihren Eltern erzählen. Aber das wollte sie erst recht nicht.«

»Warum?« Ich hatte Mühe, die Fassung zu bewahren. »Ihren Eltern konnte ein solches Verbrechen an ihrer Tochter kaum gleichgültig sein, oder?«

»Onkel Moses und Tante Henriette haben hart gearbeitet für ihre Stellung in der ersten Londoner Gesellschaft. Das wollen sie nicht gefährden. Wir sind Juden, Carl-Jakob, und auch wenn wir reich und mächtig sind, werden wir nur akzeptiert, solange wir nicht unangenehm auffallen. Das ist doch im Deutschen Reich bestimmt nicht anders.« Ich nickte. »Das wusste Agatha. Es ging ihr aber nicht nur darum, ihre Eltern zu schützen. Sie wollte sich auch selbst schützen. Vor der Fürsorge der Eltern oder vor ihrer Verachtung ...«

»Verachtung?«

»Sind Sie nicht der Meinung, dass eine Frau, die vergewaltigt wird, ihren Teil dazu beigetragen hat? Sie hat sich vielleicht zu aufreizend verhalten, war in der falschen Gegend unterwegs, hat dem Werben des Mannes nicht entschlossen genug Einhalt geboten.«

Rachel hatte recht. Von Martin wusste ich, dass viele Anzeigen wegen Vergewaltigung im Sande verliefen, weil die beschuldigten Männer die Tat einfach abstritten. Entweder, weil sie angeblich gar keinen Verkehr mit der Frau gehabt hatten, oder sie behaupteten, dass die Frau ihnen das Schäferstündchen gestattet und die Vergewaltigung nur erfunden hatte, um sich vor dem Zorn der Eltern oder eines Ehemannes zu schützen. Die Zahl der Vergewaltigungen, die gar nicht angezeigt wurden, war sicher enorm hoch. Und da war keine Schicht ausgenommen. Ob auf den Lagerböden von Kaffeebaron Heinze oder in den gehobenen Familien – überall wurde Frauen Gewalt angetan, und niemand sprach darüber.

»Wann hat Agatha Ihnen von der Vergewaltigung erzählt?«

»Kurz vor ihrer Abreise nach Hamburg.«

»Und war das der Grund ihrer Abreise?«

»Ich glaube, nicht die Vergewaltigung war der Anlass. Die muss ja schon einige Wochen vor der Abreise stattgefunden haben. Agatha hatte schon lange davon gesprochen, ihre Karriere in einer anderen Stadt fortzusetzen. Aber das war immer sehr unkonkret. Venedig war im Gespräch, weil sie dort Bekannte hatte. Auch Paris stand auf ihrem Wunschzettel. Im April waren wir ein paar Tage in Bournemouth am Meer, und da ist es mir aufgefallen.«

»Was?«

»Sie hat sich morgens immer übergeben. Das ist doch ein Zeichen, das weiß man doch. Und als ich sie darauf ansprach, gestand sie mir, dass sie seit Monaten ...« Rachel stockte. Sie war es ganz sicher nicht gewohnt, mit einem fremden Mann über gynäkologische Themen zu sprechen. »Sie hatte seit Monaten keine Blutung gehabt. Das machte ihr große Sorgen. – Und dann ging plötzlich alles ganz schnell. Zwei Wochen später reiste sie ab. Sie wollte wohl einfach nur weg.«

»Und Sie haben keine Ahnung, wer der Täter sein könnte? Ist er aus Ihren Kreisen? Oder aus einer ganz anderen Schicht? Agatha begab sich ja gerne auch in Gesellschaft von Menschen, die ihr Vater nicht in sein Haus eingeladen hätte.«

Rachel lächelte. »Ja, so war Agatha. Aber sie war bei allem Mut und bei aller Rebellion auch sehr romantisch. Sie würde sich nicht dem Erstbesten hingeben. Sie suchte nach Liebe. Die hatte sie wohl auch einmal gefunden. Vor vielen Jahren. Da hatte es sie richtig erwischt.«

»Wissen Sie, um wen damals es ging?«

»Nein. Das war, bevor sie nach London kam, und ich war ja noch klein, als ich sie dann kennenlernte.«

Wir schwiegen eine ganze Weile. Rachel wirkte erleichtert.

»Warum erzählen Sie das alles mir, Fräulein Rachel, und nicht Ihrer Tante, Agathas Mutter?«

»Ja, das ist eine gute Frage. Weil Agatha es ihrer Mutter auch nicht erzählt hat ...«

»Aber mir hat sie es auch nicht erzählt. Und wir waren, gemessen an der kurzen Zeit, die wir uns kannten, auch recht vertraut.«

»Zunächst habe ich gedacht, dass Agatha das Geheimnis mit ins Grab nehmen soll. Sie hätte es so gewollt. Als ich dann aber mit meiner Tante bei Isolde Knudsen war und den Schmerz Ihrer Tante über Ihre Festnahme erlebte, da kam mir der Gedanke, dass mein Wissen Ihnen, Carl-Jakob, vielleicht nützen kann.«

Ich schüttelte den Kopf und lachte leise.

»Tatsächlich? Ihre Tante Henriette hält mich für den Mörder. Sie nicht?«

»Tante Henriette möchte, dass Agathas Tod gesühnt wird, sie wünscht sich, dass dafür jemand bezahlt. Dabei lässt sie vielleicht außer Acht, dass es auch den Richtigen treffen muss. Das ist der Sinn von Gerechtigkeit. Ich habe Ihre Tante über Sie sprechen gehört, Herr Carl-Jakob, und Agatha hatte mir auch von Ihnen geschrieben. Sie haben sie nicht ermordet. Ganz sicher nicht.«

»Danke«, sagte ich und war gerührt. »Bleibt immer noch die Frage, wer es getan hat. Und dazu beschäftigt mich nun noch die Frage, was aus Agathas Leibesfrucht wurde.«

Rachel Rosenberg nickte. »Natürlich, das ist die Frage.«

»Ist es nicht auch möglich«, brachte ich einen eher abwegigen Gedanken vor, »dass Agatha die Vergewaltigung und die Schwangerschaft Ihnen gegenüber erfunden hat? Vielleicht, um eine Erklärung für ihre überstürzte Abreise zu haben? Vielleicht war sie nie schwanger.«

»Ausgeschlossen«, verwehrte sich Rachel, »Agatha war vieles, aber sicher keine Aufschneiderin oder Lügnerin. Wenn sie gehen wollte, brauchte sie mir gegenüber keinen Grund dafür. Ich wusste ja, wie sehr sie das Leben ihrer Eltern hasste. Sie war schwanger. Da ist die Wahrheit, auch wenn ich die nicht beweisen kann.«

»Wir können es beweisen«, sagte ich nach kurzem Nachdenken und unterbreitete Rachel meinen Plan, in dem sie eine wichtige Rolle spielte.

Ich bat sie, Dr. Seutter im Hafenkrankenhaus aufzusuchen, ihm meinen Gruß auszurichten und dem Gerichtsmediziner von Agathas Schwangerschaft zu erzählen. Ich hegte die leise Hoffnung, dass sich Agathas Körper noch in der Obhut des Leichenbeschauers befand. Er würde sicher umgehend zu einer weiteren Untersuchung ansetzen. Rachel Rosenberg war begeistert, regelrecht erfreut und verabschiedete sich mit dem Versprechen, umgehend Seutter aufzusuchen. Johannes stand mit dem Automobil vor dem Gefängnis. Er konnte sie auch zum Hafenkrankenhaus fahren. Ich versicherte Rachel, dass Johannes über dieses Ziel schweigen würde.

Kapitel 32

Erst zwei Tage nach Rachels Besuch gelang es mir, mein Gespräch mit Siggi fortzusetzen. Wir sprachen zwar immer wieder miteinander, aber Siggi hatte andere Themen oder schlechte Laune oder beklagte sich über das Essen, andere Gefangene oder die allgemeine Weltlage. Ich erfuhr, dass der Kaiser an seinem Schicksal Schuld hatte, bekam dafür aber keine Begründung. Mehrmals hatte ich Siggi gefragt, wie er denn nach Afrika gekommen sei, wenn er doch in Hamburg seinen Vater ermordet haben solle. Doch mehr als »habe mich halt davongemacht« erfuhr ich nicht. Erst als ich nicht zufällig den Schiffsnamen »Feldmarschall« in einer Erzählung über Erreger, die aus Afrika zu uns kamen, fallen ließ, biss er endlich an.

»Ja, mit dem Kahn bin ich ja auch gekommen. Schönes Schiff, wirklich. Wenn man Geld hat und in den Häfen nicht immer angekettet wird.«

»Und wie bist du nach Afrika gekommen, und was hast du da gemacht?«, fragte ich abermals und bekam endlich eine Antwort.

»Na gut, Doktor Kalle, dann erzähle ich das jetzt. Ist nicht der Höhepunkt meines Lebens. Es war so, dass ich damals mitbekommen habe, dass mich die liebe Mama bei den Bullen verpfeift. Das hat mir einer gesteckt, der sie kannte. Ich hatte also keine Zeit zu verlieren und heuerte auf dem nächsten Frachter in die weite Welt an, und der fuhr zufällig Richtung Afrika. Da begann erst mal eine famose Zeit.«

Dann schwärmte Siggi davon, wie er als Heizer auf einem Frachtschiff der Woermann-Reederei bis nach Daressalam gefahren war, wo er sich mit Gelegenheitsarbeiten durchgeschlagen hatte.

»Das ist nicht so einfach für einen Weißen, dort Arbeit zu finden«, erzählte er. »Alles, was ich kann, wird dort von den Schwarzen erledigt. Sachen schleppen, Häuser bauen, Gräben ausheben. Kein Weißer macht sich da die Finger schmutzig. Sind alles nur Beamte und Offiziere in der Stadt. Da habe ich eben als Lehrer gearbeitet …«

»Als Lehrer?« Ich konnte mein Erstaunen nicht unterdrücken.

»Ja, so habe ich auch geguckt, als man mir das angeboten hat. Aber das war prima. Ich habe den kleinen schwarzen Kinderlein Deutsch beigebracht. Die waren wirklich schlau und haben schnell gelernt. Ich hatte so Bilder mit Tieren und Häusern und so, damit habe ich ihnen die Wörter beigebracht, und dann haben wir geschnackt. Den ganzen Tag, über Gott und die Welt. Ja, ich kann selbst kaum richtig schreiben, und da werd ich Lehrer.«

»Und dann?«

»Ich bin wohl ein paar Mal nicht zur Arbeit erschienen, und gelegentlich hatte ich wohl etwas Schnaps intus«, druckste er herum. »Da hat mich so ein preußischer Beamtenarsch, der da das Sagen hatte, zum Teufel gejagt. Danach hatte ich eine Arbeit als Fahrer. Ich musste mit einem Automobil Bierfässer von der Brauerei zu den Lokalen fahren. Das wollten sie die Schwarzen nicht so gerne machen lassen, weil die ja keine Kraftwagen kennen, sondern nur Ochsenkarren.« Ich musste an Johannes denken, den Einzigen im Hause Knudsen, der den Mercedes-Benz fahren konnte. »Ich musste auch bei den Lokalen kassieren und das Geld bei der Brauerei abgeben. Und da kam mir eine ganz wunderbare Idee.«

Nun schilderte Siggi in epischer Breite, wie er auf dem Weg von der Brauerei zu den Gasthäusern aus dreißig Fässern, die er auf dem Wagen hatte, vierzig machte, später fünfzig. Ich spare mir hier die Details, nur so viel: Die wundersame Biervermehrung gelang natürlich durch die großzügige Zugabe von Wasser, was die Fachwelt auch Panschen nennt. Siggi kassierte bei den Wirten für fünfzig Fässer und brachte der Brauerei das Geld für dreißig. Der Rest landete in seiner Tasche. Das ging natürlich nicht lange gut. Siggi war zu dumm und zu gierig. Er wurde verhaftet, und es drohte ihm eine harte Strafe.

»Bierpanschen«, sagte Siggi mit ernster Miene, »ist eine schlimmere Straftat, als wenn du den Kaiser in den Arsch trittst, glaub mir. Der Direktor der Brauerei hätte mich am liebsten gleich auf offener Straße erschossen.«

Stattdessen kam Siggi ins recht große Gefängnis von Daressalam, in dem er zu der Zeit nur einer von zwei weißen Häftlingen war. Die anderen drei, die dann die mir bekannte Gruppe der Afrikaner bildeten, kamen später aus anderen Teilen der Kolonie dazu.

»Die armen Teufel, also die Schwarzen, meine ich, werden ja für jeden Mist eingebuchtet«, erzählte er. »Und dann werden sie verurteilt. Zu Peitschenhieben oder Stockschlägen. Das wird dann auf offener Straße gemacht, damit es die anderen abschreckt. Wie im Mittelalter. Auf die preußischen Tugenden wird da geschissen.«

»Und warum haben sie dich dann nach Deutschland gebracht?«

»Ja, das war wieder das gute deutsche Beamtentum. Ich saß da fröhlich in meiner Zelle und rechnete damit, für sechs oder acht Monate brummen zu müssen. Möglich war auch, dass sie mich in irgendeinen hinteren Winkel der Kolonie verfrachteten, damit ich dort Arbeiten machte, auf die die Beamten keine Lust hatten.

Aber einer von den Kerlen hatte Spaß am Telegrafieren. Der fand das ganz großartig, dass man Nachrichten in kürzester Zeit über Tausende von Meilen schicken konnte. Und der hat sich dann bei der Polizei in Hamburg nach mir und den anderen Weißen erkundigt. Und bumms: Da hatten sie mich. Sigfried Theodor Freiwald, in Hamburg gesucht wegen Mordes an seinem Vater.«

Dieses Vergehen wog noch schwerer als die Bierpanscherei, und daher überstellte man Siggi per Reichspostschiff nach Hamburg, wo er nun auf seinen Prozess wartete. Irgendwie erschien mir Siggis Schicksal noch viel verzwickter als meines. Ich hatte wenigstens Freunde da draußen, die sich bemühten, meine Unschuld zu beweisen. Siggi hatte niemanden. Von Ludolf hatte er immer noch nicht erzählt, als er schließlich einschlief. Aber wir waren offenbar kurz davor.

Kapitel 33

Drei Tage waren vergangen seit dem Besuch von Rachel Rosenberg, und ich hatte noch nichts von ihr gehört. War sie zu Dr. Seutter vorgedrungen? War Agathas Körper überhaupt noch im Kühlkeller der Leichenschau?

Gewissheit erfuhr ich durch den Besuch meines Anwalts Dr. Lothar, der fast zwei Wochen nach meiner Festnahme endlich den Weg zu mir gefunden hatte. Der beleibte, alte Herr erklärte sein spätes Erscheinen wortreich und gestelzt mit der Notwendigkeit, sich zunächst ordentlich in den Fall einzuarbeiten.

Mein Vertrauen in seine Kompetenz stärkte diese Aussage nicht, und Dr. Lothar, der der Familie Knudsen seit vielen Jahren in Rechtsfragen zur Seite stand, war auch nicht auf Mord und andere Straftaten spezialisiert. Sein Geschäft waren eher Vertragsangelegenheiten, Zollprobleme und Seerecht. Alles, was bei einem Reeder wie Wilhelm Knudsen eben so anfiel. Aber ich wusste auch, dass Lothar damals meinen Onkel und später auch Johannes aus der Haft geholt hatte, und das musste mir als Referenz reichen.

Dr. Lothar traf ich in dem kleinen Vernehmungsraum, das Gespräch war schließlich vertraulich. Dennoch war wieder ein Wärter zugegen, der Dr. Lothars Wunsch zu verschwinden nur unter der Bedingung nachkam, mich an Händen und Füßen zu fesseln. Es war entwürdigend und schmerzhaft an Leib und Seele. Einmal mehr kam ich mir vor wie ein wildes Tier, wie ein Monster, das man bezwingen musste.

Der Anwalt saß mir gegenüber in Rock und Weste und schwitzte. Den Hut setzte er während des ganzen Gesprächs nicht ab. Er legte eine nicht besonders umfangreiche Akte vor sich hin und ließ sich zunächst von mir nochmals in allen Einzelheiten die Abläufe in der Tatnacht schildern. Das stand sicher alles auch in seiner Akte, aber natürlich musste Dr. Lothar nach Widersprüchen suchen.

»Wen wollte Frau Rosenberg in diesem Hotel denn treffen, Herr Dr. Melcher?«, fragte der Anwalt, nachdem ich geendet hatte. »Und warum sollten Sie zugegen sein?«

»Ich weiß es nicht. Vielleicht brauchte sie einen Zeugen. Ich halte es für möglich, dass sie mit Christoph Heinze in Kontakt stand. Vielleicht wollte sie mit ihm irgendeine Vereinbarung treffen. Es kann aber auch um ganz andere Dinge gegangen sein. Wie Sie sicher von Frau Knudsen wissen, ist ... war Agatha Rosenberg sehr aktiv in alle Richtungen. Sie hatte täglich neue verrückte Ideen und fand damit nicht jedermanns Zustimmung. Sie wollte mir alles erklären, wenn ich im Hotel war. Doch dazu ist es dann nicht mehr gekommen.«

»Herr Heinze weilte in Bremen zur fraglichen Zeit. – Wer könnte noch ein Motiv haben, Agatha Rosenberg zu töten?«

»Ich weiß es nicht. Sie hat sich nicht überall beliebt gemacht, aber deswegen bringt man doch niemanden um.«

»Der Leichenbeschauer hält einen Freitod für unwahrscheinlich«, sagte Lothar plötzlich.

»Freitod?«, rief ich aus. »Sind Sie völlig verrückt geworden? Doch nicht Agatha. – Was sollen die Spekulationen, Herr Dr. Lothar? Das ist doch Sache der Polizei. Was ist mit der Schwangerschaft? Wissen Sie davon, dass sie schwanger war?« Ich war nicht sicher, ob es klug war, damit herauszuplatzen, aber ich hatte keine Geduld mehr. Der Anwalt wurde etwas nervös. Er druckste herum.

»Ja, diese Schwangerschaft. Sie hatten Fräulein Rachel Rosenberg mit diesem Gerücht zum Leichenbeschauer geschickt und damit in die Ermittlungen der Polizei eingegriffen. Das war nicht sehr geschickt.«

»Nicht sehr geschickt? Was sollte ich denn sonst machen? Mir hört hier drin doch keiner zu. Mein Freund Martin Bucher lässt sich nicht blicken, und dieser Kommissar Schröder ist ein inkompetentes Arschloch. – Also was ist mit der Schwangerschaft? Das ist kein Gerücht.«

Ich war wohl etwas zu laut geworden, weshalb ein Wärter den Kopf durch die Tür steckte. Dr. Lothar verscheuchte ihn mit einer Handbewegung.

»Ich habe hier den Bericht von Dr. Seutter. Er konnte bei einer erneuten Untersuchung Narben in der Gebärmutter feststellen, recht frische Narben, die auf eine nicht besonders fachkundige Entfernung der Leibesfrucht schließen lassen.«

»Na also, da haben wir es doch ...«, fuhr ich den Anwalt an, der hob beschwichtigend die fleischige Hand.

»Dr. Seutter datiert den Eingriff auf März oder April dieses Jahres.«

»Da war Agatha noch in London. Sie hat das dort machen lassen und ist dann nach Hamburg gereist. Und ihre Mutter weiß nichts davon.«

»In der Tat. Frau Rosenberg gibt an, nichts von einer Schwangerschaft ihrer Tochter zu wissen. Sie ist sich sicher, dass das junge Fräulein sie ins Vertrauen gezogen hätte. Als Frau und Mutter hätte sie das auch gespürt, sagt sie.«

»Ja, das wünscht sie sich. Aber Agatha hat ihre Cousine Frau Rosenberg ins Vertrauen gezogen. Die weiß von der Vergewaltigung und der Schwangerschaft.«

»Dazu kann ich nichts sagen«, erwiderte Dr. Lothar und machte dabei ein Gesicht wie ein Pastor. War der Kerl überhaupt auf meiner Seite? »Fräulein Rachel hat sich dazu noch nicht geäußert.«

Das zog mir den Boden unter den Füßen weg. Was auch immer diese Schwangerschaft mit Agathas Tod zu tun hatte, sie durfte nicht außer Acht gelassen werden. Hier konnte das Motiv für einen Täter liegen, den wir noch gar nicht kannten, und damit der Beweis für meine Unschuld. Und nun sagte Rachel nichts mehr? Wozu war sie zu mir gekommen, wenn sie mich dann hängen ließ? Dafür konnte es eigentlich nur einen Grund geben: Ihre Tante Henriette hatte Rachel zum Schweigen verdonnert. Die Familienehre und das Ansehen der Londoner Gesellschaft hatten immer noch Vorrang vor der Gerechtigkeit.

Dr. Lothar wartete geduldig, bis ich mich wieder etwas beruhigt hatte.

»Ich kann Fräulein Rachel nicht zwingen, Herr Dr. Melcher. Wenn sie keine Aussage machen möchte, müssen wir damit leben.«

»Darf ich den Bericht von Dr. Seutter sehen?«

Dr. Lothar reichte mir eine eng mit Schreibmaschine beschriebene Seite. Es war eine Abschrift. Der Originalbericht, mit den im Text erwähnten Fotografien des Innern der Gebärmutter, war also noch bei Dr. Seutter. Zu lesen war dort von einer Curettage, einer Ausschabung der Gebärmutter. Dabei hielt der Leichenbeschauer eine Abtreibung für ebenso wahrscheinlich wie eine Ausschabung nach natürlichem Absterben des Fötus. Ob Agatha die Schwangerschaft bewusst abgebrochen hatte, war also ungeklärt. Zufrieden nickend gab ich dem Anwalt den Bericht zurück.

»Ich erkenne immer noch nicht die Verbindung zu Ihrem Fall, Herr Doktor Melcher.« Der Anwalt sah mich herausfordernd an.

»Ich bin sicher, dass es die gibt und dass Frau Rosenberg vielleicht sogar mehr darüber erzählen kann.«

Der Anwalt zuckte mit den Schultern.

»Bringen Sie mehr über diese Schwangerschaft und vor allem über den Vater des Kindes heraus, den Vergewaltiger«, schnauzte ich Lothar an. Ich wollte nun endlich das Kommando übernehmen. Schließlich war er mein Anwalt und hatte zu tun, was ich wünschte, auch wenn Tante Isolde seine Rechnung bezahlte.

»Wenn Sie meinen«, sagte der Anwalt, »aber eigentlich ist es Sache der Polizei, Straftäter zu ermitteln. Ich sehe, was ich für Sie tun kann. Aber seien Sie beruhigt: Es gibt nicht genug Beweise, um Sie zu verurteilen. Vertrauen Sie mir.«

Wenn ich das nur könnte, dachte ich und verabschiedete Lothar.

Siggi Freiwald schlief, als ich wieder in die Zelle gelassen wurde. Er wachte aber auf, als ich beim Benutzen des Fäkalieneimers den Deckel fallen ließ.

»Doktor Kalle, mach nicht so nen Krach«, stöhnte er, »und du stinkst. Wo warst du?«

»Mein Anwalt war da.«

»Und? Was sagt er?«, fragte Siggi ungeduldig.

Ich legte mich auf meine Pritsche und sah an die Decke. Ich fühlte mich verlorener als je zuvor in den vergangenen Tagen. Auch wenn mir noch nicht ganz klar war, wie die Umstände von Agathas Schwangerschaft für mich entlastend sein konnten, so hätte ich mir doch eine Aufklärung dieser Umstände gewünscht. Aber niemand hörte mir zu.

»Bald bin ich hier raus, komme was wolle«, sagte ich mehr zu mir und um mir Mut zu machen.

»Ich muss hier auch raus. Es reicht langsam«, sagte Siggi. »Ich habe für einen Kerl ein paar Sachen versteckt, die der dringend haben muss.«

Ich war hellwach. Nun würde Ludolfs Geschichte folgen. Ich hatte mich nicht getäuscht. Siggi hatte Ludolf auf dem Schiff getroffen und war offenbar der Verbrecher, dem Ludolf sein Geheimnis anvertraut hatte. Er wähnte es in den Händen eines Ganoven sicherer als bei einem Staatsdiener. Nun musste ich vorsichtig sein. Ich durfte Siggi nicht misstrauisch machen.

»Ach ja, was denn?«, sagte ich und bemühte mich, es beiläufig klingen zu lassen.

»Weiß nicht genau. Irgendwelche Papiere. Und Fotografien. Ist wohl ungeheuer wichtig und geheim.«

Ich brannte innerlich und musste doch nach außen gelangweilt wirken.

»Wo hat er dir die Sachen denn gegeben?«, fragte ich.

»Auf dem Schiff, als wir aus Afrika kamen, irgendwo auf der Höhe von Frankreich oder so. Der war verdammt krank, der Bursche. Hatte wohl Schiss, dass man ihm das Zeug klaut.«

Ich musste mich kneifen, um sicherzustellen, dass ich nicht träumte.

»Wann bist du denn in Hamburg angekommen?«

»Na, Ende Mai. Da bin ich ja hier eingezogen.«

»Wie hieß der Kerl?«, fragte ich weiter.

»Rudolf hieß der. Er ist sicher längst raus aus'm Krankenhaus, wenn er nicht abgekratzt ist.«

»Und wo hast du die Sachen versteckt? Sie haben dich doch bestimmt nicht aus den Augen gelassen bis hierher, oder?«

Nun richtete sich Siggi auf seiner Schlafstatt auf und sah misstrauisch zu mir rüber.

»Warum willste n das wissen?«

»Na, wenn ich vor dir rauskomme, kann ich diesem Rudolf die Sachen bringen. Der wartet ja schon sehnsüchtig darauf, wie du sagst.«

»Das haste dir so gedacht«, quietschte Siggi vergnügt. »Dieser Rudolf kommt zu mir, so ist es abgemacht. Und ich kassiere dann die Belohnung von dem Kerl.«

»Ich brauche kein Geld, Siggi. Das bekommst du dann schon von mir. Ich will dir bloß helfen. Wie soll er denn überhaupt zu dir kommen? Du bist doch gar nicht zu Hause.«

»Ja, das ist schon dumm«, sagte Siggi nachdenklich. »Der war vielleicht schon ein paar Mal bei meiner Mutter, und die hat keine Ahnung, was er will. – Ich weiß jetzt auch nicht«, sagte Siggi und schlief wieder ein.

Kapitel 34

Gleich am nächsten Morgen brachte ich das Gespräch wieder auf Siggis Reise von Daressalam nach Hamburg und auf seine Begegnung mit Ludolf. Er war ausgeschlafen und sehr redselig. Ich erfuhr, dass Siggi und die anderen vier Gefangenen sich auf dem Schiff meistens frei hatten bewegen können. Nur wenn das Schiff irgendwo anlegte – Alexandria, Neapel, Lissabon gehörten zu den Stationen –, wurden die Männer von dem Beamten angekettet.

»Im Suezkanal hätte ich eigentlich von Bord springen und an Land schwimmen können«, prahlte Siggi, »doch was sollte ich in Ägypten? In Italien, ja, da wäre ich gerne ausgebüchst, aber das ergab sich nicht.«

Die Reise dauerte vier Wochen und zehrte an Siggis Nerven. Mit jeder Seemeile, die er Hamburg näher kam, schwand sein Optimismus, den tot geglaubten Vater lebendig präsentieren und so seine Unschuld beweisen zu können. Irgendwann geriet er mit Männern der Mannschaft in Streit und wurde heftig verprügelt. Natürlich half ihm niemand.

»Der Bulle, der auf uns aufpassen sollte, stand daneben und hat nur gelacht. Drei gegen einen, ich hatte keine Chance. Die anderen Gefangenen haben auch nix gemacht, die Feiglinge.«

Ich war sicher, dass Siggi alles dafür getan hatte, um eine Abreibung zu verdienen, aber sie hatten ihn wohl so heftig vermöbelt, dass er ein paar Tage auf der Krankenstation verbringen musste. Und dort traf er auf Ludolf.

»Die wussten da gar nicht, was die mit dem anstellen sollten. Die haben immer nur kalte Wickel gemacht, und Aspirin haben sie ihm gegeben, ganze Schiffsladungen. Die hatten wohl auch Angst, sich bei ihm anzustecken. Manchmal war er ganz weggetreten und dann wieder ziemlich klar. Dann hat er über irgendwelche afrikanischen Seuchen gesprochen und über Forscher im Urwald und merkwürdige Arzneien. Der war bestimmt sehr schlau, der Rudolf, aber ich hab kein Wort verstanden.«

»Und es hat sich niemand um ihn gekümmert?«, fragte ich.

»Na, der Schiffsarzt und eine Schwester, und dann kam immer wieder so ein alter Offizier von der Armee zu ihm. Ein hohes Tier, wie mir einer sagte. Irgendwas mit Korvette.«

»Ein Korvettenkapitän?«

»Ja, kann sein. Der hatte wohl was von Rudolfs Geplapper aufgeschnappt und wollte, dass er mehr erzählte. Er hat auf ihn eingeredet wie auf ein krankes Pferd, aber der Rudolf hat nichts gesagt. Nur auf den Kaiser hat er immer wieder geschimpft, dass der gottlos sei. Aber das ist ja nix Neues.«

»Worum ging es sonst bei seinem Gerede?«

»Keine Ahnung. Um irgendwelche geheimen Dinge. Und eines Nachts, als der Rudolf mal wieder einen wachen Moment hatte, hat er mir die Sachen gegeben. Ein Päckchen, nicht größer als ne Aktentasche. Sollte ich verstecken und ihm in Hamburg wiedergeben, wenn er in Sicherheit ist. – So war das.«

Siggi schwieg einen Moment. Dann fuhr er mich plötzlich an.

»Sag mal, Doktor Kalle, warum interessiert dich dieser Rudolf überhaupt so sehr? Das ist doch merkwürdig, irgendwie. Raus mit der Sprache.«

»Nichts, Siggi. Reine Neugier.«

Für eine weitere Frage blieb mir keine Zeit, denn ich wurde wieder zum Verhör abgeholt. Noch vor dem Mittagessen. Der

Zeitpunkt war so gewählt, dass ich vom Essen höchstens noch den Bodensatz aus den Töpfen gekratzt bekommen würde. Das konnte kein Zufall sein.

Schröder war ungepflegt und nachlässig gekleidet wie bei unserem ersten Termin und rauchte. Ich hatte noch nicht ganz Platz genommen, da fuhr er mich an, wobei er wieder halb über den Tisch hechtete.

»Was fällt Ihnen ein, sich in meine Ermittlungen einzumischen, Melcher?«

Ich erschrak, obwohl mir diese Eskapaden eigentlich vertraut sein mussten.

»Was meinen Sie?«, fragte ich.

»Stellen Sie sich nicht blöd. Sie haben dieses englische Mädchen zum Leichenbeschauer geschickt. Was fällt Ihnen ein? Dafür müsste man Sie in Dunkelhaft sperren.«

Eigentlich sollte es mir Befriedigung verschaffen, dass Schröder sich über meinen Schachzug so erregte, aber seine Bemerkung mit der Dunkelhaft machte mir Angst. Ich hatte in den Wochen hier Männer gesehen, die nach achtundvierzig Stunden ohne Licht und ohne jedes Geräusch nur noch eine verblichene Fotografie ihrer selbst waren. Dieses ganze System des Einsperrens und Quälens, dachte ich, was konnte es der Gesellschaft Gutes bringen? Menschen, die jahrelang solchen Verhältnissen ausgesetzt waren, dieser Gewalt, diesem Dreck, die mussten doch als schlimmere Verbrecher diese Gemäuer verlassen.

»Agatha Rosenberg war schwanger«, sagte ich leise.

»Na und? Haben Sie sie geschwängert? Das würde ja einiges erklären.«

Wenn es einer letzten Erklärung bedurft hätte, warum Martin seinen Kollegen als Idioten bezeichnete, dann war er mit dieser Bemerkung erbracht.

»Wenn Sie den Bericht von Dr. Seutter gelesen haben«, sagte ich, »dann wissen Sie, dass Frau Rosenberg bereits in England empfangen haben muss und dass auch dort die Leibesfrucht entfernt wurde. Das war lange vor ihrem Tod.«

Schröder sah mich wieder mit diesen zusammengekniffenen Augen an. Er wollte etwas sagen, sich über meinen belehrenden Ton beschweren, doch ihm fehlten die Worte.

Schließlich hatte er wieder eine Frage gefunden.

»Und was soll der Bastard dieser Rosenberg mit Ihrem Fall zu tun haben? Das verstehe ich nicht ganz, Melcher.«

»Ich auch noch nicht. Aber mein Anwalt ist der Meinung, dass die Polizei das herausfinden muss.«

»Ach, wollen Sie mir jetzt auch noch erklären, wie ich meine Arbeit machen soll? Ich weiß, dass Kollege Bucher Sie, einen Zivilisten, schon häufiger in unsere Fälle reingezogen hat. Das ist nicht zu akzeptieren, und ehrlich, Melcher, mich beeindruckt das nicht. Für mich sind Sie ein gewöhnlicher Mörder.«

»Ich bin kein Mörder, Schröder.« Ich fühlte Galle in mir hochsteigen. Ich durfte es nun nicht zu weit treiben. »Und wenn Sie ein richtiger Polizist sind, muss Ihnen daran gelegen sein, den wahren Mörder von Agatha Rosenberg zu finden. Also? Haben Sie noch Fragen? Ich möchte den exquisiten Lunch nicht verpassen.«

Nun erwartete ich einen Wutausbruch erster Klasse und auch ein paar Hiebe. Ich wusste ja, dass Schröder diesbezüglich keine Hemmungen hatte, aber es geschah etwas ganz anderes. Er wurde ruhiger.

»Glauben Sie mir, wir suchen auch nach anderen möglichen Tätern. Aber rund um den von Ihnen erwähnten Ratsherrn Christoph Heinze gibt es keine Anhaltspunkte.«

War er ratlos? Offenbar. Er war anscheinend hergefahren, um

von mir eine Inspiration für seine Ermittlungen zu bekommen. Da seine cholerische Art ihm im Weg war, stellte er sich dabei nicht besonders geschickt an. Möglich, dass ihm sein Chef Manthey, der mich ja gut kannte und schätzte, Druck machte, rasch absolut lückenlose Beweise für meine Schuld zu finden oder aber den wahren Täter.

Ich hatte Schröder mit der Schwangerschaft einen Hinweis verschafft, aber er wollte ihn nicht annehmen. Solange er weiter im Trüben fischte, hatte ich wenig Hoffnung. Die Vernehmung war schnell beendet, und ich bekam noch genug von dem absolut ekelerregenden Labskaus, der an diesem Tag das Menü im Speisesaal darstellte. Ich war froh, dass die bei diesem Gericht eigentlich üblichen Zutaten Spiegelei und Hering fehlten. Sie hätten es nur noch schlimmer gemacht.

Kapitel 35

Ich hatte begonnen, die Anzahl meiner Tage an diesem unfreundlichen Ort mit einem Löffelstiel als Striche in den Wandputz zu ritzen. Das hatte ich Siggi abgeschaut. Über seiner Schlafstatt reihten sich schon über siebzig Striche auf – zu Fünfergruppen gebündelt. An seinem ersten Tag bei mir musste er alle Striche, die er in der alten Zelle lassen musste, nacharbeiten. Bei mir waren es nun neunzehn Striche. Jeder Einzelne war einer zu viel. Ich hatte meine Studentenbude in Greifswald, die kleine und muffige Dachkammer im Haus der Verbindung Borussia, manchmal als Zelle oder auch als Gefängnis bezeichnet. Wie dumm ich damals gewesen war!

Die Tage vergingen nicht. Immer derselbe Trott. Wenn es mir gut ging, gelang es mir, einfach nur den Augenblick zu leben und nicht an das zu denken, was geschehen war und was noch geschehen konnte. Ich dachte dann nicht an Margot, nicht an Tante Isolde und nicht an meine Stellung im Tropeninstitut, die ich vielleicht bereits verloren hatte. Ich dachte auch nicht an Martin und nicht an Dr. Lothar, den nichtsnutzigen Advokaten. Aber dies gelang mir zu selten. Ich hatte davon gelesen, dass Mönche in China in der Lage waren, sich nur durch Meditation in einen Zustand der völligen Leere zu versetzen, in dem sie nichts mehr fühlten und nichts mehr dachten. Es wäre zu schön, wenn ich wüsste, wie sie das taten.

Den Mitgefangenen ging ich aus dem Weg. Nur beim Mittagessen und beim Hofgang begegnete ich ihnen. Ich vermied jeden

Blick, jede Geste, die als Provokation gewertet werden konnte. Viele hier warteten nur darauf, ihren Aggressionen freien Lauf zu lassen. Ich wollte keinen Anlass bieten. Nach einigen ereignislosen Tagen, an denen ich keinen Anwalt und keinen Kommissar gesehen hatte, sondern nur zerkochten Kohl, ungesalzene, halbverfaulte Kartoffeln und Steckrüben, bekam ich Besuch. Von allen Menschen, die ich kenne auf der Welt, hatte ich mir diesen Menschen am allersehnlichsten gewünscht.

Ich wurde an einem trüben Nachmittag nach dem Hofgang in die große Besuchshalle geführt, wo vielleicht fünf Gefangene mit ihren Besuchern tuschelten. Die Frau, die allein an dem Tisch saß, zu dem man mich führte, hätte ich durch die geschlossene Tür erkannt. Margot.

Sie hatte es geschafft. Sie hatte sich dazu überwunden, mich zu besuchen. Jetzt konnte alles nur noch gut werden.

Sie trug ein schlichtes helles Kleid und eine weiße Strickjacke, an den Händen weiße Spitzenhandschuhe. Auf ihrem blonden Haar klemmte ein kleiner Hut. In diesem Aufzug ging sie auch zur Arbeit, sie hatte sich für den Besuch bei mir nicht besonders ausstaffiert.

»Margot …«, sprach ich sie aufgeregt an und erwartete, dass sie aufstand und mir um den Hals fiel, doch ich wurde enttäuscht.

»Guten Tag, Carl-Jakob«, sagt sie mit zitternder Stimme, ohne mich wirklich anzusehen. Sie deutete auf den Platz ihr gegenüber, und ich setzte mich.

»Margot«, hob ich erneut an und lief Gefahr, einen unkontrollierten Schwall aus Beteuerungen und Entschuldigungen über sie zu ergießen. Mit einer dezenten Handbewegung gebot sie mir Einhalt.

»Carl-Jakob, ich bin nur gekommen, um dich zu fragen, wie ich helfen kann. Ich habe mit Fräulein Rosenberg gesprochen.

Sie wollte mir nicht sagen, was sie wusste, sie bat mich, dich anzusprechen. Hier bin ich. Warum sagt mir Fräulein Rosenberg nicht, was sie weiß?«

Ich musste mich beruhigen. So kühl, so abweisend hatte ich meine Verlobte noch nie erlebt. Es musste ein schrecklicher Orkan der Gefühle in ihr toben. Zweifelte sie tatsächlich an meiner Unschuld? Wenn sie mit Rachel gesprochen hatte, dann hatte sie auch Tante Isolde gesehen. Beide glaubten mir. Konnte sie mir nicht glauben? Ich beschloss, sie nicht danach zu fragen, sondern das Gespräch so zu führen, wie sie es sich vermutlich in anstrengenden Überlegungen vorgenommen hatte.

»Agatha ist vergewaltigt worden«, sagte ich und beobachtete, wie Margots Gesichtszüge von angestrengt auf schockiert wechselten. Ich erzählte ihr in knappen Worten die Geschichte, die Rachel mir erzählt hatte. Ich endete mit einer Frage.

»Warum hat sie dir das nicht selbst erzählt? Warum schickt sie dich zu mir? Und: Warum erzählt sie es nicht Agathas Mutter, ihrer Tante Henriette?«

»Ich befürchte«, sagte Margot, und ich vernahm ein ganz leichtes Lächeln um ihre Mundwinkel, »sie hat es ihrer Tante erzählt, und das ist offenbar der Grund, warum sie es nicht mir erzählen konnte.«

»Du meinst, Henriette Rosenberg hat Rachel zum Schweigen verdonnert.«

Margot nickte.

»Und nun, wo ich es dir erzählt habe, kannst du weitere Schritte ergreifen.«

Margot nickte wieder. Mein Gott, dachte ich, wie kompliziert ist das alles! Warum sagen nicht einfach alle die Wahrheit? Ich kochte innerlich vor Wut. In dieser ach so feinen Gesellschaft war viel wichtiger, was die Leute dachten, als dass die Wahrheit auf den Tisch kam. Diese Menschen von Stand und Würden putzten täglich ihre Fassaden, damit verborgen blieb, wie viel Verkommenheit dahinter vor sich hin stank. Würde Frau Rosenberg einen Unschuldigen hinrichten lassen, um einen Skandal zu vermeiden?

»Also, Carl-Jakob«, sagte Margot schließlich, »was soll ich tun?«

»Sprich mit Martin«, platzte es aus mir heraus. »Er soll mir diesen fürchterlichen und unfähigen Schröder vom Hals schaffen und den Fall selbst übernehmen. Und sprich mit Henriette Rosenberg, löchere sie so lange, bis sie erzählt, was sie weiß. Wenn sie nichts von der Schwangerschaft ihrer Tochter wusste, so weiß sie vielleicht etwas über Agathas Männerbekanntschaften.«

»Du glaubst, Agatha kannte ihren Vergewaltiger?«

»Ja, das glaube ich. Weil er aus ihren Kreisen stammt, schwieg sie, um sich selbst vor dem Skandal zu schützen.«

»Warum sollte sie mit mir sprechen?«, fragte Margot. »Sie kennt mich gar nicht.«

»Richtig. Sprich besser mit Tante Isolde. Sie soll mit Frau Rosenberg reden. Sie kennt sie am besten.« Ich sah Margot an, versuchte, ihre Hand zu greifen, die auf der Tischplatte lag, aber sie zog sie zurück. »Tust du das für mich?«

Margot nickte und stand auf. Ich sprang ebenfalls hoch, was einen Wächter aus der Lethargie riss. Er kam auf mich zu, blieb jedoch auf Abstand. Vermutlich rechnete er wie ich mit einer flüchtigen Umarmung. Doch die blieb aus. Der Weg zurück in Margots Herz war noch sehr weit für mich.

Kapitel 36

Am nächsten Morgen ließ ich mir in der Bücherei Papier und Bleistift geben. Ich wollte Margot schreiben. Nach ihrem Besuch hatte ich die ganze Zeit wach gelegen und über uns nachgedacht. Ich hatte ihr nicht einmal sagen können, dass ich sie liebte und dass alles in Ordnung kommen würde. Die ganze Nacht war ich meine Zeilen an sie im Kopf durchgegangen, hatte in Gedanken formuliert, verworfen, das imaginäre Papier zerknüllt in die Ecke geworfen. Ich hatte höllische Angst davor, dass meine Zeilen der Rechtfertigung, des Bedauerns und der Liebesschwüre bei Margot falsch ankamen. Deshalb schrieb ich sachlich und, wie ich fand, überzeugend, die Ereignisse in der Tatnacht, ohne zu betonen, dass ich unschuldig war. Das sollte klar sein. Ich beschrieb den Stand der Ermittlungen, soweit ich ihn überhaupt kannte, und betonte, dass ich einen Zusammenhang zwischen der Vergewaltigung und dem Mord an Agatha für sehr wahrscheinlich hielt. Der Täter, wer immer er war, konnte nicht sicher sein, dass Agatha für immer über seine Tat schweigen würde. Den Brief unterzeichnete ich mit: *In ewiger Liebe und mit der Zuversicht auf ein baldiges Wiedersehen in Freiheit, Dein Verlobter Carl-Jakob.*

Nun musste ich den Brief einem Wärter geben, damit er ihn weiter beförderte. Natürlich war es den Untersuchungshäftlingen gestattet, Briefe zu empfangen und zu verschicken, die jedoch allesamt von den Wachen gelesen wurden. Aber Siggi war sicher, dass die Wachen die meisten Briefe wegwarfen, wenn der Inhalt ihnen auch nur im Entferntesten verdächtig vorkam. Und mein Brief – das war jedenfalls Siggis Meinung, der kaum lesen konnte – war hochverdächtig.

Ich gab dem Wärter mit Namen Gabriel, der mir noch am freundlichsten erschien, den Brief, zusammen mit einem Fünfmarkschein für die Briefmarke, wie ich betonte. Natürlich kostete eine Briefmarke eigentlich nur Pfennige.

In der folgenden Nacht wurde ich in einer der wenigen Stunden, in denen ich unruhigen Schlaf fand, wieder einmal von Siggis infernalischem Schnarchen geweckt und verlor völlig die Fassung. Ich sprang von meinem Bett auf seins und trommelte mit den Fäusten auf ihn ein, wobei ich brüllte, er solle endlich die Schnauze halten, er solle verrecken. Es war entwürdigend. Nie zuvor in meinem Leben hatte ich so die Contenance verloren. Ich musste einen solchen Veitstanz aufgeführt haben, so dass ein Wärter an die Tür kam, durch die Luke sah und brüllte, ich solle meinen Klugscheißerarsch wieder auf meine Pritsche schwingen, sonst würde er mir seinen Knüppel ... Ach nein, weiter will ich seine Drohung hier nicht zitieren. Auf jeden Fall half sie mir, mich zu beruhigen.

Im schwachen Licht, das aus dem Gang durch die Luke schien, sah ich Siggis halb geöffnete Augen. »Spinnst du, Doktor Kalle? Lass die Scheiße!«, murmelte er nur und schlief weiter. Ohne zu schnarchen. Als ich mich am nächsten Morgen wortreich für meine nächtliche Attacke entschuldigte, wusste er kaum, wovon ich sprach.

Am Tag zwei nach Margots Besuch und Tag einundzwanzig meiner Haft wurde ich am Nachmittag zur Stunde des Hofgangs wieder zum Verhör abgeholt. Dieser Mistkerl von Schröder, dachte ich, legt seine nutzlosen Befragungen absichtlich auf die wenigen abwechslungsreichen Stunden des Tages.

Doch es war nicht Schröders verhasste Visage, die mir entgegenblickte, sondern das vertraute Gesicht meines Freundes Martin. Ich hätte schreien können vor Glück, aber ich riss mich zusammen. Ich wollte auch nicht ignorieren, dass sich Martin während der vergangenen drei Wochen nicht einmal gemeldet hatte.

Martin lächelte mich an, nicht so offen und herzlich, wie ich es von ihm gewohnt war, aber doch hoffnungsvoll.

»Wie geht es dir?«, fragte er und löste damit heftige Gefühlswallungen bei mir aus. Margot hatte mir diese Frage nicht gestellt. Der Beamte, der mich in den Raum geführt hatte, bezog seinen Posten neben der Tür und ließ uns nicht aus den Augen.

»Mir geht es gut, jetzt, wo du da bist, Martin«, sagte ich, und mir schossen Tränen in die Augen. »Ich freue mich so, dich zu sehen. Konntest du Schröder, diesen Idioten, endlich kaltstellen?«

Martin sah mich an. Kühl? Distanziert? Es war nicht der Blick, der einer Wiedersehensfeier angemessen war. Und eine Antwort auf meine Frage nach Schröder bekam ich auch nicht. Stattdessen hatte Martin Fragen.

»Hatte Agatha dir von ihrer Schwangerschaft erzählt?«

»Nein, Martin. Wieso sollte sie? Wir waren nicht so vertraut. Wenn sie wirklich eine Totgeburt oder eine Abtreibung hatte, wird sie das nicht in der Welt herumtratschen. – Aber das heißt, dass die Vergewaltigung und die Schwangerschaft bestätigt sind?«

Martin zögerte. Dann sah er mich ernst an.

»Carl-Jakob, du hast dich schon wieder in unsere Ermittlungen eingemischt. Erst schickst du Fräulein Rosenberg zu Dr. Seutter und dann Margot zu Frau Knudsen. Vertraust du mir nicht? Glaubst du nicht, dass ich alles dafür tue, deine Unschuld zu beweisen?«

Ich wollte auf diese Frage nicht mit der Wahrheit antworten, nämlich, dass ich meine Zweifel hatte, ob sich Martin überhaupt um meinen Fall kümmerte oder ob er das alles Schröder überlassen hatte.

»Also«, fragte ich erneut, »ist die Schwangerschaft bestätigt?«

»Ja«, sagte Martin kaum hörbar. »Frau Rosenberg hat bestätigt, dass sie von einer Schwangerschaft ihrer Tochter wusste. Von der Vergewaltigung wusste sie nichts.«

»Aber dann muss sie doch interessiert haben, wer der Vater ihres Enkelkindes ist, oder?«

»Ja, aber das hat Agatha wohl nicht gesagt.«

Martin schilderte mir in groben Zügen das Gespräch mit Henriette Rosenberg, das er am Abend zuvor geführt hatte. Sie war in Begleitung von Tante Isolde im Stadthaus erschienen und hatte zu Protokoll gegeben, dass sie selbst den Verdacht hatte, dass ihre Tochter in anderen Umständen war. Als sie sie wenige Tage vor ihrer Abreise darauf ansprach, wich Agatha zunächst aus, bestätigte dann aber den Verdacht. Danach kam Martin auf den erschütternden Höhepunkt der wohl sehr zähen Unterredung mit Frau Rosenberg zu sprechen. Sie hatte wohl schnell einen Verdacht hinsichtlich des Vaters des Kindes: Ein Freund der Familie, ein Bankier, der schon länger um Agatha warb, kam für sie als Einziger infrage. Frau Rosenberg meinte, dass sie den Eindruck hatte, dass Agatha dem Herrn ebenfalls zugetan war. Und auch wenn sie es als unmoralisch empfand, wenn die beiden vor einer Eheschließung miteinander intim geworden waren, so konnte ein Skandal doch noch abgewendet werden, wenn es dem Liebhaber gelänge, Agatha zurückzuholen.

Ich sah Martin entsetzt an.

»Und darum hat Henriette Rosenberg dem Vergewaltiger ihrer Tochter gesagt, wo sich Agatha aufhält?«, stöhnte ich förmlich vor Entsetzen.

»Ja«, sagte Martin weiterhin ganz ruhig. »Sie wusste ja nicht, dass er sie vergewaltigt hat. Sie glaubt es bis heute nicht. Sie ist sich sicher, dass die Tochter lediglich vor dem Zorn der Eltern fliehen wollte und alles in Ordnung gekommen wäre, wenn dieser McMillian, so heißt der Galan, Agatha zur Mutter seines legitimen Kindes gemacht hätte.«

»Wie sagst du, heißt der Mann«, fragte ich. »McMillian? Und sein Vorname?«

»John.«

»Johnny«, rief ich aus und hatte gleichzeitig die blutüberströmte Agatha vor Augen. Martin sah mich irritiert an. »Das hat Agatha zu mir gesagt, ihr letztes Wort, das ich nicht verstanden habe. Es lautete Johnny. Ganz sicher.«

»Gut, Zee-Jott. Wir werden sehen. Wenn sich der Verdacht erhärten sollte, bekomme ich dich vielleicht schnell hier raus.«

»Vielleicht? Wieso vielleicht? Martin, zerstöre nicht meine letzte Hoffnung. Du musst es mir versprechen. Schwöre es! Wir sind Blutsbrüder.«

Martin atmete tief durch. Dieser Begriff aus der Karl-May-Welt unserer Jugend berührte ihn.

»Was glaubst du denn, was ich die ganze Zeit tue. Aber ich stehe unter Beobachtung. Jeder weiß, dass wir Freunde sind. Selbst Manthey muss aufpassen, weil Roscher ihm auf die Finger schaut. Du bist eine Berühmtheit in der Polizeidirektion, das gereicht dir – und mir – gerade nicht zum Vorteil.« Martin beugte sich vor und flüsterte: »Was glaubst du, warum wir dir Schröder den Idioten geschickt haben. Er ist der Einzige hier, der dir nicht wohlgesinnt ist. – Aber er kommt ja nicht weiter. Darum hat Manthey nun mich von der Leine gelassen. Ich habe mich um diesen Heinze gekümmert, und nun kümmere ich mich um McMillian. Du kannst recht haben, dass er unser Mann ist.« Martin legte seine Hand auf meine. »Nur noch etwas Geduld, Zee-Jott.«

Dann erhob er sich und machte Anstalten zu gehen, aber ich hielt ihn zurück. Er musste noch die nachgerade unglaubliche Geschichte von Siggi hören, der auf dem Reichspostdampfer »Feldmarschall« Ludolf Harberg getroffen hatte und offenbar wusste, wo die Dinge waren, nach denen so viele suchten.

Nachdem ich meine atemlose Erzählung beendet hatte, schüttelte Martin ungläubig den Kopf.

»Und du hast das geahnt und ihn deshalb in deine Zelle legen lassen? Du bist ja einer.«

»Na, ich musste nur zwei und zwei zusammenzählen. Ludolf hatte mir erzählt, dass er das Zeug einem Gefangenen gegeben hat, weil er der Polizei nicht vertraute. Das sollte euch zu denken geben, Martin. Und dann hörte ich hier von den Männern, die sie Afrikaner nannten. Es kommen sicher nicht jeden Tag Häftlinge mit der Feldmarschall an.«

»Und was schlägst du nun vor, Zee-Jott?«

»Du sorgst dafür, dass Siggi rauskommt, dann führt er uns zu dem Versteck und vielleicht so auch zu Ludolfs Mörder.«

»Eine ganz famose Idee! Der Kerl ist ein Mörder und hat auch sonst sicher eine Menge Dreck am Stecken. Den kann ich nicht einfach laufen lassen.«

»Er hat seinen Vater nicht ermordet, Martin. Er behauptet, dass der Alte lebt.«

»Ach, hör auf Carl-Jakob, keiner von den Kerlen hier drin hat getan, wofür wir ihn verhaftet haben. Dein Siggi lügt doch.«

»Ich bringe aus ihm heraus, was er weiß. Hast du Zigaretten? Die machen ihn gesprächig.« Martin schob mir eine fast volle Schachtel Sphinx über den Tisch.

»Gut, Zee-Jott, dann bring diesen Siggi zum Reden. Aber viel

Zeit bleibt dir nicht mehr mit deinem neuen Freund. Wenn Scotland Yard Johnny auftreibt und er tatsächlich getan hat, was wir vermuten, ziehst du bald wieder in die Villa Knudsen und schläfst allein.«

Martin stand auf und strahlte mich an. Nun hatte auch er endlich keine Zweifel mehr an meiner Unschuld. Überhaupt war ich sicher, dass nur der Polizist Bucher Zweifel hegte, weil es sein Beruf war. Der Freund Martin war jederzeit sicher, dass ich kein Mörder war. Er umarmte mich sogar zum Abschied.

»Sag Margot, dass ich sie liebe«, flüsterte ich, »und dass alles wieder gut wird.«

»Das mache ich, mein weißer Bruder«, sagte Martin und klopfte an die Tür, um herausgelassen zu werden. »Ach noch was, Zee-Jott, vor einer Woche wurde meine Tochter geboren. Adelheid. Sieh zu, dass du bis zur Taufe wieder in einen Anzug passt. Du hast abgenommen.«

Verdammt, dachte ich. Hatte ich nicht immer gewusst, zu welchem Termin Mathildes Niederkunft erwartet wurde? Hätte ich nicht einmal fragen können, wie es stand? Ich war nur mit mir beschäftigt, während Martin in Sorge um Mutter und Kind vermutlich kein Auge zutat. Ich hasste mich dafür, dass ich nicht bei ihm gewesen war, als er Nägel kauend in seiner Küche gesessen hatte, während nebenan im Schlafzimmer die Hebamme begleitet von Mathildes Schreien Adelheid ins Leben half. Ich hätte gerne gefragt, wie es Mutter und Kind ging, aber da war er schon fort.

Als ich zurück in die Zelle kam, hatte Siggi gerade den Blecheimer benutzt. Es stank fürchterlich. Erst am nächsten Morgen würde der Eimer durch einen halbwegs sauberen ausgetauscht werden. Ich würde mich nie an solche Umstände gewöhnen, vor allem aber beschloss ich, den hygienischen Verhältnissen in den Gefängnissen umgehend den Kampf anzusagen. In diesem Dreck mussten Seuchen und Infektionen ja bestens gedeihen. Ich würde mit Direktor Nocht sprechen müssen, wenn der mich nach meiner schmachvollen Inhaftierung überhaupt noch sehen wollte.

Ich gab Siggi die Zigaretten und bat ihn, so viel wie möglich zu rauchen. Tabakqualm war mir lieber als seine säuerliche Verdauung.

Als wir auf unseren Pritschen lagen, kam ich gleich zur Sache.

»Du, Siggi, ist das wirklich wahr, was du mir da vom Schiff erzählt hast? Die Geschichte von diesem Rudolf?«

»Ja, Mann, klar ist das wahr. So eine verrückte Geschichte erfinde ich doch nicht.«

»Ja, aber es könnte die Geschichte eines anderen sein, die du zu deiner machst, um etwas gegen die Langeweile hier zu tun.«

»Nein, Doktor Kalle. Das ist alles wahr. Glaub mir. Aber was interessiert dich so an der Geschichte? Ist doch alles nicht so wichtig.«

»Doch Siggi, das ist wichtig. Dieser Rudolf hieß Ludolf, ich kannte ihn, und er ist tot. Er wurde im Krankenhaus ermordet. Und die Sachen, die du versteckt hast, führen uns vielleicht zu seinem Mörder.«

Siggi starrte mich mit offenem Mund an. Er schwieg eine ganze Weile. Ich ließ ihm die Zeit.

»Bin ich deshalb hier in deiner Zelle?«, fragte er in einer Geistesgegenwart, die ich ihm nicht zugetraut hatte. »Ist das gar kein Zufall?«

Ich nickte, und er schüttelte den Kopf, wobei er anerkennend grinste.

»Und wer ist uns?«, fragte er schließlich.

»Wie bitte?«

»Na, du sagst, die Sachen, die ich von Rudolf oder Ludolf habe, führen uns zum Mörder. Wen meinst du mit uns? Dich und mich?«

»Ich spreche von meinem Freund Martin Bucher von der Polizei und mir.«

»Haha, Bucher? Ist das nicht der, der dich hier reingebracht und dann vergessen hat? Der ist dein Freund? Na, dann brauchst du ja keine Feinde mehr.«

Sein gehässiges Lachen hätte ich ihm gerne mit einem Faustschlag ausgetrieben, aber ich hatte mich zum Glück im Griff.

»Willst du uns helfen, Siggi?«

»Vielleicht. Aber wie?«

»Du sagst uns, wo du Ludolfs Geheimnis versteckt hast, und dafür tut mein Freund Martin alles, damit du hier rauskommst.«

Siggi lehnte sich an die Zellenwand, zündete sich eine neue Zigarette an und rauchte genussvoll. Ich kannte ihn inzwischen gut genug, um zu wissen, dass er zum Nachdenken eine Weile benötigte. Schließlich richtete er sich auf und glotzte mich an.

»Wir machen es umgekehrt. Dein Freund von der Polizei findet meinen verschollenen Vater, ich komme frei und bringe euch zu dem Versteck. Schlag ein!« Er streckte seine schmutzige Hand in Richtung meiner Pritsche, doch ich verweigerte den Handschlag.

»Wo soll Martin denn suchen? Dein Vater kann mit irgendeinem Schiff sonst wohin abgehauen sein. Es gibt doch gar keine Anhaltspunkte, wo er sein könnte. Sonst wäre er ja längst gefunden worden.«

»Nein, er wurde nicht gefunden, weil ihn nie jemand gesucht hat«, entgegnete Siggi aufgebracht. »Ich konnte ihn nicht suchen, weil ich verschwinden musste, und meine Mutter war froh, dass er weg war. Die Bullen haben nicht ihn, sondern mich gesucht, weil ich ihn ja angeblich ermordet habe.«

»Hast du denn einen Verdacht, wo er sich verstecken würde?«

»Eine weite Schiffsreise konnte der Alte nicht machen. Der wurde schnell seekrank. Der war ne echte Landratte. Er sprach häufiger davon, nach Helgoland zu ziehen, wenn er genug gespart hätte. – Er wollte dort malen, ganz in Frieden.«

»Malen?« Siggis Familie wurde mir immer rätselhafter. »Ich denke, er war ein Säufer, Schläger und Hurenbock.«

»Ja, aber er hatte auch diese Künstlerseite.«

Es schien mir, als hätten wir in diesem Moment begonnen, eine Nadel in einem Heuhaufen so groß wie die Welt zu suchen, und Siggi hätte aufs Geratewohl auf die Stelle gezeigt, an der wir anfangen sollten: Helgoland.

Kapitel 37

Am 23. August 1907 trat ich im Schein der Vormittagssonne als freier Mann durch das Tor der Untersuchungshaftanstalt Hamburg. Fünfundzwanzig Tage nach meiner Inhaftierung. Die zweifellos schlimmsten Wochen meines bisherigen Lebens lagen hinter mir. Wenn man in der Untersuchungshaft schon so leidend und allein war, wie musste es dann erst im Zuchthaus sein? Ich wollte diese Erfahrung nie machen.

Vor dem Tor stand Johannes in seiner Chauffeuruniform und strahlte mich an. Es kam sicher nicht oft vor, dass ein Häftling mit einem Mercedes-Benz Simplex abgeholt wurde. Ich umarmte Johannes überschwänglich. Das war unangemessen, kümmerte mich aber nicht.

Nach John McMillian hatte man nicht sehr lange suchen müssen. Den Ablauf der raschen Ermittlungen schilderte mir Martin ein paar Tage später, ich nehme ihn hier vorweg.

McMillians Namen fand die Polizei auf der Passagierliste des Englanddampfers von London nach Hamburg vom 26. Juli, drei Tage vor Agathas Tod. Eine Rückfahrt nach London war nicht gebucht, aber dafür fand sich später eine Erklärung. Nach der Tat war McMillian mit der Bahn nach Bremen gereist und erst dort auf ein Schiff gestiegen, um seine Spuren zu verwischen. Dass er auf seiner Reise von Anfang an nicht auffallen wollte, war schon daran zu erkennen, dass er allein reiste. Ein Mann seines Standes ließ sich in der Regel mindestens von seinem Butler begleiten.

Scotland Yard traf den zweiundfünfzigjährigen Direktor einer großen Bank und steinreichen Londoner in seinem Haus im vornehmen Stadtteil Kensington an. So privilegiert und wohlhabend, wie er war, so arglos war er wohl auch. Er schien gehofft zu haben, dass ein falscher Name bei der Hotelanmeldung und auf dem Schiff nach London ausreichen würde, um nicht ins Blickfeld der Polizei zu geraten. Folglich brauchten die englischen Beamten nicht lange, um dem Herrn ein Geständnis zu entlocken.

McMillian war schon seit über einem Jahr bemüht, Agatha Rosenberg für sich zu gewinnen. Dabei wurde er von Moses und Henriette Rosenberg unterstützt, da die Verbindung für beide Seiten vor allem geschäftliche Vorteile brachte. In der Silvesternacht 1906/1907, welche die Rosenbergs und McMillian auf einem großen Ball bei einem Lord feierten, kam es dann – wie sich McMillian ausdrückte – zu Intimitäten. McMillian schwor, dass Agatha und ihn die Leidenschaft überkommen habe, als er sie in seiner Kutsche nach Hause bringen wollte. Von einer Vergewaltigung könne also nicht die Rede gewesen sein.

»Das habe sich das Flittchen nur ausgedacht, hat er bei Scotland Yard zu Protokoll gegeben«, erzählte mir Martin.

»Ein feiner Herr«, kommentierte ich.

»Ja. Und als Henriette Rosenberg Monate später ihm gegenüber andeutete, dass Agatha schwanger sein könnte«, erzählte Martin weiter, »sah McMillian eine letzte Chance, sie zurück nach London und an seine Seite zu holen. Eine Hoffnung, die wohl auch Agathas Eltern teilten.«

Martin berichtete weiter, dass McMillian sich in Hamburg in einem Hotel einmietete, wo man es mit den Ausweispapieren nicht so genau nahm, und den Kontakt zu Agatha suchte. Er beteuerte bei der Vernehmung, dass er zu diesem Zeitpunkt keinen Gedanken daran hatte, Agatha etwas anzutun. Der falsche Name und das schäbige Hotel dienten nur seinem Schutz, weil der Name McMillian auch in höchsten Hamburger Kreisen nicht unbekannt war.

Zwei Tage nach seiner Ankunft gelang es McMillian, Agatha über die Oper eine Nachricht zukommen zu lassen und sie zur Aussprache in das Hotel Goldener Adler, Zimmer 212, zu bestellen. Sie erschien pünktlich, und er beschwor sie, zu sagen, ob sie ein Kind von ihm erwartete, und versprach, sie zu heiraten und zu einer glücklichen Frau zu machen. Doch, so gab es der mutmaßliche Mörder zu Protokoll, Agatha weigerte sich, mit ihm zu kommen, beschimpfte ihn und eröffnete ihm schließlich, dass sie das Kind nicht mehr unter ihrem Herzen trage. Angeblich nahm Agatha dann das kleine Obstmesser, das auf dem Tisch lag, und ging auf ihn los. Im Handgemenge kam es zu der Verletzung an Agathas Hals. Agatha brach zusammen, röchelte, zum Schreien war sie nicht fähig. In Panik stürzte McMillian aus dem Zimmer und wollte schon fliehen, als ihn Reue überkam. Vom Telefon im Flur aus rief er die Polizei. Dann verließ er das Hotel durch den Hinterausgang, vermutlich in genau dem Moment, als ich durch den Vordereingang die Halle betrat.

»Hatte Agatha Mc Millian gesagt, was aus der Leibesfrucht geworden ist?«, fragte ich.

»Nein«, entgegnete Martin, »dazu ist es angeblich nicht gekommen.«

»Kann es nicht sein, dass sie ihm eine Abtreibung gestanden hat und er deshalb die Kontrolle verloren hat?«, spekulierte ich.

»Das ist möglich«, erwiderte Martin. »Sie kann aber auch damit gedroht haben, die Vergewaltigung anzuzeigen. Das würde die Tat ebenfalls erklären.«

»Wissen wir denn sicher, ob er sie vergewaltigt hat?«, fragte ich.

»Ja«, sagte Martin entschlossen. »Das brachte eine Vernehmung nur einen Tag nach Mcmillians Verhaftung ans Licht. Der Kutscher, der McMillian und Agatha in der Silvesternacht gefahren hatte, konnte berichten, dass es während der Fahrt zu Turbulenzen im Abteil des vornehmen Fahrzeugs gekommen sei. Dem Kutscher war es nicht neu, dass sein Herr gelegentlich mit Damen in der Kutsche spontan intim wurde, und er tat, was in diesen Fällen von ihm erwartet wurde: Er hielt an und ging ein paar Schritte weiter, um eine Zigarette zu rauchen. Doch dann habe er keine Geräusche der Leidenschaft aus der Kutsche vernommen, sondern Schmerzensschreie und Hilferufe. Darum sei er zur Kutsche geeilt, als Agatha gerade herausstolperte. McMillian habe dem Kutscher ein paar Münzen zugesteckt und sich so seiner Diskretion versichert. Dabei wäre es auch geblieben, wenn McMillian den Kutscher nicht Wochen später wegen einer Kleinigkeit entlassen hätte. Daher sah der Mann sich nicht mehr zu Loyalität verpflichtet. Er konnte sogar einen anderen Kutscher als weiteren Zeugen angeben, der zufällig des Weges gekommen war und beobachtet hatte, wie Agatha mit derangierter Kleidung und heftig weinend vor der Kutsche gestanden hatte.«

»Und wie ist sie dann nach Hause gekommen?«, fragte ich. »Es war Silvester, sicher saukalt.«

»McMillians Kutscher hat sie wohl allein nach Hause gebracht und seinen wartenden Herrn später abgeholt. So viel Gentleman war McMillian dann wohl doch.«

Henriette Rosenbergs Verhalten in dieser Angelegenheit ließ einige Fragen offen. Wenn sie doch davon ausgehen musste, dass ihre Tochter schwanger nach Hamburg gereist war, hätte die Schwangerschaft dann in Hamburg nicht irgendwann auffallen müssen? Musste sie deshalb nicht mit einem Anruf von Tante Isolde rechnen? Und da dieser nicht kam: Wunderte sie sich nicht darüber, dass ihre Tochter in Hamburg an der Oper reüssierte ohne einen verräterischen Bauch?

Laut Scotland Yard war ihr auch nicht bekannt, dass McMillian sich spontan nach Hamburg aufgemacht hatte. Dabei hatte sie ihm doch den Hinweis gegeben, wo sich Agatha aufhielt. Und hätte sie nicht, als sie vom Mord an ihrer Tochter erfuhr, sofort an McMillian als Täter denken müssen?

»Dazu erklärte die Rosenberg nur«, berichtete Martin, »dass sie den Gedanken, dass ein Ehrenmann wie McMillian eine solche Tat begehen könnte, für völlig abwegig hielt. Sie wollte sich deshalb vor Ort selbst ein Bild machen, bevor sie der Polizei einen entsprechenden Hinweis geben würde.«

»Verstehe«, sagte ich, »es ging wieder darum, einen Skandal zu vermeiden. Nicht auszudenken, wenn McMillian am Ende nicht der Täter wäre. Das würde die Familie Rosenberg gesellschaftlich nicht überleben.«

Tante Isolde bestätigte mir diesen Eindruck, dass ihre Freundin Henriette einfach nicht wahrhaben wollte, dass in ihren noblen Kreisen solche Verbrechen passierten. Mister John McMillian, den sie sich, obwohl viel zu alt für ihre Tochter, als Schwiegersohn wünschte, erwies sich als Vergewaltiger und Mörder.

»Das ist ja beides nicht zweifelsfrei bewiesen«, sagte die Rosenberg sogar noch beim Abschied zu Tante Isolde, sehr zum Entsetzen ihrer Nichte Rachel. Henriette Rosenberg verstand McMillian besser, als sie ihre Tochter verstand, glaubte ihm sogar mehr als ihr. Vermutlich, weil der Bankier in ihre Welt gehörte und ihre Tochter in eine ganz andere.

Nach allen Verdächtigungen und Spekulationen der letzten Wochen kam mir die Auflösung des Rätsels um Agathas Tod fast trivial vor. Was wir nie erfahren würden: Wurde Agatha kaltblütig ermordet, oder kam es wirklich eher zufällig zu der schrecklichen Tat? Ein Hamburger Gericht würde darüber zu urteilen haben, wie schwer die Schuld des Engländers wog. Vorher würde er nach Hamburg überstellt und eine Zeit in Untersuchungshaft verbringen. War ich schadenfroh? Sicher. Dieser Mann hatte Agatha erst vergewaltigt und ein halbes Jahr später getötet. Er hatte kein Mitleid verdient.

Nun lief aber noch Ludolfs Mörder frei herum, und der Weg zu ihm führte allem Anschein nach über Siggis Vater und Helgoland. Ich vereinbarte mit Martin, dass ich mich auf die bizarre Felseninsel in der Nordsee begeben sollte. Wo ich nächtigen konnte, wusste ich ja.

Doch zuvor musste ich mich vergewissern, ob ich noch ein Zuhause, eine Verlobte und eine Arbeitsstelle hatte.

Mein Zuhause wurde mir eigentlich schon dadurch versichert, dass Johannes mich abholte. Und der Empfang, den Tante Isolde mir bereitete, war eher einem Kriegshelden angemessen denn einem entlassenen Häftling. Köchin Maria hatte eine riesige geräucherte Ochsenbrust mit Kartoffeln und Gemüse zubereitet. Es gab schon zum Mittagessen Wein, und die Tante ersparte mir Fragen zu meiner Haft, sondern plapperte stattdessen unaufhörlich den neuesten Klatsch herunter, wofür ich ihr im Stillen dankte. Wir saßen zu zweit an dem großen Tisch im Speisesaal und wurden vom Dienstmädchen Pauline unauffällig bedient.

»Du musst ihr Zeit geben, Carl-Jakob. Sie ist sehr verwirrt«, sagte Tante Isolde, die offenbar meine Gedanken lesen konnte. Natürlich hatte ich insgeheim gehofft, dass auch Margot an meinem Begrüßungsmahl teilnehmen würde.

Es ist Donnerstag, sie hat vermutlich Dienst, redete ich mir ein. Aber sie wäre wohl auch ferngeblieben, wenn sie Zeit gehabt hätte. Ein gutes Essen mit Plaudereien war sicher nicht das geeignete Umfeld für unsere erste Begegnung nach den aufwühlenden Ereignissen.

Also begab ich mich am frühen Abend mit dem Fahrrad zum Allgemeinen Krankenhaus Eppendorf. Es tat mir gut, durch den lauen Sommerwind zu gleiten. Ich hatte mich drei Wochen kaum bewegt.

Ich wollte Margot nicht während der Arbeit aufsuchen, also wartete ich vor dem Hauptgebäude. Es verging eine Stunde, bis sie durch das große Tor ins Freie trat. Sie wirkte nachdenklich fast abwesend, und es dauerte einen Moment, bis sie mich bemerkte. Sie trat auf mich zu.

»Carl-Jakob«, sagte sie und lächelte. Kein Kuss, keine Umarmung. »Ich habe gehört, dass du endlich freikommst. Das ist schön.«

Schön? Nur schön?

»Das habe ich dir zu verdanken, Margot. Vielen Dank für deinen Besuch und dafür, dass du mit Tante Isolde gesprochen hast. Anders wäre es nicht gelungen, Agathas Mutter dazu zu bewegen, ihr Wissen über McMillian preiszugeben.«

»Das ist mir nicht leichtgefallen«, sagte Margot und sah mich streng an. »Es war auch Rachel Rosenberg, die mich dazu bewegt hat. Sie sah sich in der Pflicht, die ganze Wahrheit ans Licht zu bringen, um Agathas Ehre zu retten.«

»Ehre? Ging es Rachel darum, zu klären, ob Agathas Schwangerschaft absichtlich oder unabsichtlich endete?«

»Vielleicht auch. Aber eigentlich war Fräulein Rosenberg sicher, dass Agatha nie eine solche Entscheidung getroffen hätte. Auch dann nicht, wenn das Kind von einem Mann stammte, den sie abgrundtief verachtete.«

»Kannte Rachel McMillian?«

»Wohl nur von flüchtigen Begegnungen auf Gesellschaften. Sie wusste, dass er an Agatha interessiert war und sie nicht an ihm. Mehr nicht.«

Aber ich wollte nicht über McMillian reden, nicht über die grausige Tat, ich wollte über uns sprechen. Margot war jetzt nicht weniger kühl als bei ihrem Besuch im Gefängnis.

»Margot«, begann ich zu stammeln. Ich hatte mir tatsächlich nicht überlegt, was ich sagen sollte. Für meinen Vorgesetzten Direktor Nocht hatte ich mir ein paar Sätze zurechtgelegt, für meine Verlobte nicht. »Margot, es tut mir alles so leid. Ich kann nur erahnen, was du durchgemacht hast, und ich hätte dir das gerne erspart, aber es lag nicht in meiner Hand.«

Margot fuhr immer mit der Tram zu ihrem Zimmer in der Altstadt und schlug nun den Weg zur Haltstelle ein. Langsam ging ich neben ihr her. Sie sah mich nicht an.

»Liebste, hast du je geglaubt, dass ich so etwas Schreckliches tun könnte?« Sie schwieg. »Bitte, Margot, ich muss das wissen. Hättest du das für möglich gehalten?«

Sie blieb stehen und sah mich an.

»Nein, Carl-Jakob, das hätte ich nicht«, sagte sie schließlich und blickte mir ernst in die Augen. »Aber wir kennen uns nicht einmal ein Jahr, und ich glaube, man kann einen Menschen fünfzig Jahre kennen und immer noch von ihm überrascht werden. Deshalb habe ich es nie ganz ausgeschlossen. Der Verdacht brannte wie ein böser, kleiner Tumor in meinem Herzen, und ich brauchte alle Kraft, ihn nicht größer werden zu lassen.«

Es verletzte mich, aber ich konnte Margot keinen Vorwurf machen. Ich selbst hatte auch schon erfahren, wie sehr man sich in einem Menschen, den man liebte, täuschen konnte.

»Vielmehr hat mich aber eine ganz andere Frage beschäftigt«, sagte sie und konnte nur mühsam die Tränen zurückhalten, »was hast du in diesem Hotelzimmer gemacht? Warum warst du dort?«

»Aber das weißt du doch, Margot. Agatha hatte mich angerufen, mich um Hilfe gebeten.«

»Ja, ich weiß.« Sie strich sich eine blonde Strähne aus dem Gesicht, wobei ich den Verlobungsring blitzen sah. Sie trug ihn noch. Es war nicht alles verloren. »Aber warum hat sie dich angerufen und nicht irgendjemand anders? Sie kannte doch inzwischen so viele Leute in der Stadt. Wenn sie Angst hatte vor dem Mann, der ihr Gewalt angetan hatte, dann wäre doch Martin der richtige Schutz gewesen, nicht du.«

»Margot, ich …«

»Carl-Jakob, was hattest du mit dieser Frau?«

Daher wehte also der Wind. Margot war brennend eifersüchtig auf Agatha. Das hatte ich ja bereits bei unserer Bootsfahrt auf der Alster wahrgenommen. Diese Eifersucht überlagerte sogar den Mordvorwurf. Es lastete schwerer auf Margot, dass Agatha mich an diesem Abend zu ihrem Vertrauten, gar Beschützer gemacht hatte. Mein erster Gedanke war, dass mit Agathas Tod ja nun kein Grund mehr zur Eifersucht bestand, doch das war ein Irrtum. Wenn Margot so dachte, konnte sich ihre Eifersucht an jeder Frau, die mir zu nahe kam, entzünden. Damit würde ich leben müssen. Oder sie müsste mir einfach vertrauen.

»Vertrau mir doch, Margot«, flehte ich förmlich. »Da war nichts, gar nichts. Nicht mal der Hauch eines Gefühls. Agatha hat auch nie versucht, mir zu nahe zu kommen. Sie mochte dich, schätzte dich sehr. Wirklich.«

Mehr konnte ich nicht dazu sagen. Und wir waren auch schon an der Haltestelle angekommen. Zum Abschied gab Margot mir einen Kuss auf die Wange. Ihre schroffe Ablehnung Minuten zuvor wirkte jetzt nur noch wie eine Inszenierung auf mich. Sie merkte wohl, dass sie mich genug gestraft hatte.

»Hol mich am Samstag ab«, sagte sie und lächelte.

»Hast du frei?« Mir schoss ein verrückter Gedanke durch den Kopf. »Dann fahr mit mir nach Helgoland.«

»Was?« Sie lachte. »Wieso Helgoland?«

Ich sprang mit ihr in die Bahn, die sofort losfuhr. Ich erzählte Margot in groben Zügen von Siggi und warum ich auf Helgoland seinen Vater suchen musste.

»Das ist ja nicht zu fassen. Du bist gerade aus dem Gefängnis und spielst schon wieder Polizei?«, schimpfte Margot und hatte dabei fast schon wieder diesen spöttischen Ton, den ich so sehr an ihr liebte. Ein altes Mütterchen warf uns einen misstrauischen Blick zu. »Fahr mal ohne mich nach Helgoland, Herr Kommissar, und lass dich blicken, wenn du zurück bist.«

An der nächsten Haltstelle sprang ich aus der Bahn und ging zu Fuß zurück zu meinem Fahrrad.

Sie liebt mich noch, dachte ich wieder. Alles wird gut.

Kapitel 38

»Drei Wochen im Gefängnis. Das ist für ein verwöhntes Bürschchen wie Sie sicher eine harte Schule, Melcher«, sagte Bernhard Nocht, als ich ihm am folgenden Morgen in seinem Arbeitszimmer gegenübersaß. Als ich zu Dienstbeginn in seinem Vorzimmer um einen Termin ersucht hatte, wurde ich gleich vorgelassen. Er hatte mich offenbar erwartet.

»So verwöhnt bin ich gar nicht, Herr Direktor«, entgegnete ich. »Aber eine Sommerfrische war das nicht. Also die hygienischen Verhältnisse dort, die müssten wir uns mal …«

»Ja, ja, Moment, junger Freund. Nicht so schnell. Erzählen Sie der Reihe nach.«

Wie sich herausstellte, hatte Martin meinen Chef während der drei Wochen meiner Abwesenheit über die Ermittlungen einigermaßen auf dem Laufenden gehalten. So hatte er wohl dafür gesorgt, dass Nocht keine Sekunde an meiner Unschuld gezweifelt hatte. Etwas lückenhaft war Nochts Wissen rund um Agathas Schwangerschaft. Damit hatte sich Martin wohl aus Gründen der Diskretion zurückgehalten. Als ich Nocht nun erzählte, dass ich Rachel, die englische Cousine des Opfers, zu Dr. Seutter ins Hafenkrankenhaus geschickt hatte, war er sichtlich amüsiert.

»Und diese junge Frau ist da einfach hereinspaziert und hat sich durchgefragt? Das hat funktioniert?«

»Ja. Ein Pförtner hat sie gleich zu Dr. Seutter gebracht.«

»Für die drei Wochen kann ich Ihnen keinen Lohn zahlen, Melcher, das ist Ihnen hoffentlich klar?«, sagte Nocht schließlich und erhob sich, offensichtlich, um mich zu verabschieden. Ich nickte. »Und Urlaub kann ich Ihnen auch erst mal nicht gewähren. Wir haben viel zu tun.«

»Und das Wochenende?«, fragte ich zaghaft. »Ich muss meine Verlobte noch etwas besänftigen.« Das war natürlich nicht der wahre Grund für meine Frage. Am Wochenende stand Helgoland auf meinem Reiseplan.

»Wirklich?« Er kam näher und sah mich verschwörerisch an. »War da etwa etwas mit der englischen Lady und Ihnen? Mir können Sie es ruhig sagen. Unter Männern.«

O Gott, dachte ich, so musste er nach meiner Bemerkung ja denken.

»Nein, Herr Direktor. Ganz und gar nicht.«

Er lachte. »Ich mache nur Spaß. – Bis Samstag ein Uhr wird gearbeitet, dann können Sie Ihre Holde bis Montag früh besänftigen.«

Im Rausgehen musste ich doch noch eine Frage loswerden.

»Wissen Sie, was Robert Koch am Victoriasee treibt, Herr Direktor?«

»Ich verstehe die Frage nicht, Melcher.« Nocht musterte mich misstrauisch. »Koch forscht in Afrika. Ich kenne alle seine Berichte, und Sie sollten sie auch kennen.«

»Unser Patient, der verstorbene Stabsarzt Dr. Harberg, verfügte vermutlich über Dokumente, die unethisches Verhalten bei den Forschungen am Victoriasee zum Inhalt haben.« Ich bemerkte an Nochts Gesichtszügen, dass es keine gute Idee war, dieses Thema so beiläufig vorzubringen.

»Und Melcher, sind Sie im Besitz dieser Informationen? Kann ich sie sehen?«, fragte er barsch.

»Nein. Ich habe sie nicht. Aber Harberg machte solche Andeutungen …«

»Ach so«, unterbrach er mich, und sein Ton wechselte ins Sarkastische, »der halb tote Harberg macht bei einundvierzig Grad Fieber irgendwelche Andeutungen. Das ist ja hochinteressant. Wirklich. – Gehen Sie wieder an Ihre Arbeit, Melcher, und setzen Sie keine Gerüchte in die Welt, wenn ich bitten darf.«

In dieser Weise war ich noch nie von Bernhard Nocht, in dessen angesehenem tropenmedizinischen Institut ich nun seit über drei Jahren Dienst tat, zurechtgewiesen worden. Ich hatte den Bogen überspannt. Seine Großzügigkeit, mir das dreiwöchige Fehlen nicht weiter anzulasten, hätte ich demütig und schweigend hinnehmen sollen. Stattdessen hatte ich haltlose Verdächtigungen gegen Robert Koch von mir gegeben, dem Mann, dem Nocht seine Stellung und ich meine Leidenschaft für die Bakteriologie verdankte. War ich von Sinnen? Als Wissenschaftler sollte ich eigentlich wissen, dass man Erkenntnisse erst öffentlich machte, wenn man doppelte und dreifache Beweise hatte.

Ich durfte mir erst mal keinen Fehler mehr erlauben, wenn ich meine Stellung behalten wollte. Ich musste jeden Tag pünktlich sein und länger arbeiten und schneller Ergebnisse liefern. Es kam mir vor, als hätte ich diese Stelle gerade erst angetreten und müsste mich noch beweisen.

Daher verschob ich meinen Plan, am Wochenende nach Helgoland zu reisen. Ich benötigte mindestens zwei Tage für diese Expedition.

Nun hatte ich also nicht nur Zeit, mich um Margot zu kümmern, sondern konnte meine Reise nach Helgoland auch besser vorbereiten. Ich fuhr am Abend zu Marieluise Harberg, die gerade zu Bett gehen wollte, und ließ mir von ihr die Adresse ihrer Tochter Gretel geben. Wenn ich ein Wochenende später auf die Insel fahren würde, wäre ein Brief sicher vor mir dort. Ich bat Gretel, sich nach einem Maler namens Hannes Freiwald umzuhören. Ich schrieb die vage Beschreibung nieder, die Siggi mir von seinem Vater gegeben hatte, ebenso wie Siggis Vermutung, welche Art von Bildern dieser Maler anfertigen könnte. Mein Zellengenosse kannte nämlich durchaus Bilder, die sein Vater gemalt hatte, bevor er aus unerfindlichen Gründen den Pinsel beiseitelegte, um als Spieler, Tagelöhner und Trunkenbold sein Dasein zu fristen.

»Seestücke hat der gemalt«, hatte Siggi erklärt und mich mit seiner Kenntnis dieses künstlerischen Fachbegriffs überrascht. »Wellen und Strände. Aber auch Schiffe.«

Eine versoffene Landratte, die schnell seekrank wurde, versteckte sich auf einer Insel, um dort Schiffe und das Meer zu malen. War das nicht völliger Unfug? Lohnte sich diese Reise überhaupt? Ich würde es herausfinden.

Die Beisetzung meines Freundes Ludolf hatte ich verpasst. Seine Mutter berichtete von einer würdevollen Feier mit wenigen Gästen. Sie erklärte mir, wo ich Ludolfs Grab auf dem Ohlsdorfer Friedhof finden würde.

An einem regnerischen Abend besuchte ich die Ruhestätte. Ich versprach Ludolf, seinen Mörder zu finden und sein Geheimnis den richtigen Ohren zu Gehör zu bringen.

Von Agatha konnte ich mich nicht verabschieden. Ihr Körper, den Dr. Seutter so gründlich untersucht hatte, war mit Henriette Rosenberg nach London gereist. Ob Agatha nach den komplizierten jüdischen Riten bestattet wurde, konnte mir die Tante nicht sagen. Agatha selbst wäre das sicher herzlich gleichgültig gewesen.

Das Wochenende mit Margot war wunderbar und entschädigte mich für viele Leiden und Entbehrungen der Haft. Am Samstagnachmittag besuchten wir zunächst Martin, Mathilde und ihre kleine Adelheid. Margot fand den Säugling wunderschön und trug das Kind die ganze Zeit umher. Für mich sahen alle Neugeborenen gleich aus, doch das wollten die vor Stolz funkelnden Eltern gewiss nicht hören. Wir aßen einen Kuchen, den Maria extra gebacken hatte, und tranken Kaffee. Es gelang uns tatsächlich, nicht über das Gefängnis, die Morde und alles Leid der vergangenen Wochen zu sprechen.

Am Abend ging ich mit Margot in die Oper, genauer ins Ballett. Es gastierte eine Compagnie aus Moskau, die das Ballett Schwanensee des russischen Komponisten Tschaikowski aufführte. Es handelte sich um ein kulturelles Ereignis von Rang, und Tante Isolde überließ uns großzügig ihre Billetts, die sie schon vor Wochen gekauft hatte. Mir gefiel die pompöse Musik dieses Russen, dem Gehopse der dünnen Tänzerinnen und Tänzer konnte ich jedoch wenig abgewinnen, und die Geschichte um die Schwäne verstand ich nicht so ganz. Aber Margot strahlte vor Glück. Und das war die Hauptsache.

Später berichtete mir Margot von einem Gespräch, das sie mit dem Anwalt von Kathrin Meier geführt hatte, während ich in Haft war. Der Advokat hatte wenig Hoffnung, dass die junge Frau ohne Strafe davonkommen würde. Die Misshandlungen und Demütigungen, denen sie durch den Vorarbeiter ausgesetzt gewesen war, stritt der Beschuldigte rundheraus ab. Augenzeuginnen, die infrage kamen, fehlte der Mut zur Aussage. Ein paar Jahre Zuchthaus waren für die Meier zu erwarten.

»Kathrin ist schon jetzt völlig am Ende«, sagte Margot, die auch mit der Mutter des Mädchens gesprochen hatte. »Sie wird das Zuchthaus nicht überstehen.«

Eine Chance gab es für Kathrin Meier. Der Verletzte musste seine Anzeige zurückziehen, dann konnte das Gericht von einer Anklage absehen. Aber der Vorarbeiter sann sicher auf Rache, und ohne die Zustimmung von Direktor Heinze würde er keine Gnade walten lassen.

Der Anwalt hatte versprochen, ein letztes Gespräch mit Heinze zu führen, um ihn zum Einlenken zu bewegen. Nach allem, was wir über das Verhältnis des Anwalts Rudolf Kramer zu Heinze wussten, ließ das nicht auf Wunder hoffen.

In der Woche vor meiner Reise nach Helgoland begegnete ich auch Pater Paul.

Nach meiner Entlassung hätte ich ihn gerne getroffen, aber ich wusste nicht, wo er wohnte oder ob er irgendwo eine Kirchengemeinde hatte. Deshalb war ich froh, dass er mich im Institut aufsuchte. Pater Paul hatte sich mittags am Empfang angemeldet, und ich beschloss, ihm meine Mittagspause zu widmen. Wir gingen in den Gastgarten eines Lokals in der Nähe und bestellten das Tagesgericht, Buletten mit Kartoffelsalat. Pater Paul trank dazu Bier.

Der Pater hatte Marieluise Harberg in der Trauer um Ludolf beigestanden und sich auch um die Beisetzung gekümmert, die von einem evangelischen Geistlichen durchgeführt worden war. Frau Harberg hatte mir berichtet, dass Pater Paul Ludolfs letzte Habseligkeiten aus dem Krankenhaus zu ihr gebracht hatte. Ich dankte dem Pater für seine Fürsorge.

»Haben Sie vor seinen Tod noch mal mit Ludolf sprechen können?«, fragte er mich.

»Bei meinen letzten Besuchen sprach er nicht viel, und was er dann sagte, war sehr verwirrend. Er war nicht mehr ganz bei sich«, antwortete ich.

»Hat er mehr über sein Geheimnis verraten?«, fragte der Pater und bestellte sich das zweite Bier. Ich konnte mich nicht erinnern, dem Pater von einem Geheimnis erzählt zu haben. Aber in diesen Tagen sprach ich mit so vielen verschiedenen Leuten, dass ich etwas den Überblick verloren hatte.

»Es gab tatsächlich ein Geheimnis, über das ich gerne mit ihm gesprochen hätte«, sagte ich. »Ich habe kürzlich erfahren, dass Agatha, das Opfer dieses schrecklichen Mordes, vor zehn Jahren eine Affäre mit Ludolf hatte. Sie war damals siebzehn Jahre alt.« Der Pater schaute erstaunt, allerdings nicht schockiert, wie man bei einem Gottesmann hätte vermuten können. »Sie wartete dann angeblich in London auf seinen Antrag von Ludolf, der nie kam.«

»Und Sie meinen, dass diese junge Frau schließlich Rache an Ludolf genommen hat? Ernsthaft?« Er schaute fast amüsiert.

»Ich konnte sie leider nicht mehr danach fragen, ich habe davon erst am Abend vor ihrem Tod erfahren. Doch es erscheint mir abwegig. Auch Agatha wusste, dass Ludolf sterben wird. Wenn er eine Strafe verdient hatte, dann war Gott schon dabei, sie zu vollziehen.«

»Gott straft so nicht«, sagte der Pater.

»Ihr Gott vielleicht nicht«, sagte ich und lächelte ihn an. »Aber Agatha war Jüdin.«

»Das ist derselbe Gott, glauben Sie mir. Aber was anderes: Haben Sie vielleicht noch persönliche Dinge von Ludolf? Seine Mutter bat mich, danach zu fragen. Wenn es sich um Erinnerungen handelt, an denen Sie hängen, dürfen Sie sie natürlich behalten.«

»Nein. Was sollte ich von ihm haben? Vielleicht einen Karl-May-Band, den er mir vor vielen Jahren mal geliehen hat. Nichts von Bedeutung.«

»Und ist mit Ihrer Verlobten alles im Reinen, Carl-Jakob? Hat Ihr junges Glück die schlimme Zeit gut überstanden?«

»Ja, ich denke schon. Wir arbeiten noch daran.«

»Ihre Verlobte stammt aus Bayern, sagten Sie. Dann ist sie sicher Katholikin.«

»Ja«, sagte ich nur, denn ich hatte auf die Belehrungen, die nun folgen mussten, keine Lust. Die katholische Kirche steckte in der Frage der sogenannten Mischehe wie in so vielen anderen Fragen noch im 19. Jahrhundert fest. Bismarck hatte sicher recht in seiner Einschätzung, dass die Katholiken dem Fortschritt im Wege standen. Wenn er aber den Papst und seine Gefolgschaft im Kulturkampf seinerzeit nicht so hart angegangen wäre, würde heute vielleicht mehr Harmonie zwischen den Konfessionen herrschen. Die Ehe hatte durch den eisernen Kanzler jedenfalls gewonnen, das war meine Meinung. Man heiratete seit vielen Jahren vor dem Standesamt, und nur diese Ehe war vor dem Gesetz gültig.

»Ihre Ehe wird von der Kirche Ihrer Verlobten nicht anerkannt, das wissen Sie«, sagte Pater Paul.

»Ja, das wissen wir. Und meine Tante, die streng protestantisch ist, weiß es, und Margots Vater, der ein beinharter Katholik ist, weiß es auch. Ich werde bei ihm zu Kreuze kriechen und um Erlaubnis zu dieser sündigen Verbindung bitten, und die werde ich bekommen. Den Segen Ihres Papstes oder Ihren Segen, Pater Paul, mit Verlaub, brauchen wir nicht.« Das klang gewiss etwas zu scharf. Ich wollte den Pater, der mir ja wohlgesinnt war, nicht vor den Kopf stoßen, aber er lächelte nur milde.

»Ihr jungen Leute stellt alles infrage, wollt alle Mauern einreißen. Ich verstehe das, und wenn ihr es nicht tut, kann es keinen Fortschritt geben. Aber wenn ihr den alten Werten nicht vertraut, wenn die Regeln der alten Kirche und der alten Ordnung für euch nicht mehr taugen, dann benötigt ihr neue Werte. Gute Werte. Ohne Werte, ohne etwas, woran alle gleichermaßen glauben können, herrscht Anarchie und Chaos.«

Ich nickte.

»Vielleicht kommen Sie mit zu meinem Schwiegervater und erklären ihm das.«

»Ganz sicher nicht«, er legte seine Hand auf meine, »aber ich werde deiner Margot und dir den Segen geben. Ich kann euch nicht trauen, doch Gottes Segen kann ich euch geben. Das ist allemal besser als nichts. Sag das dem alten Bayern.«

»Wo erreiche ich Sie?«, fragte ich Pater Paul, als wir uns verabschiedeten.

»In der Kapelle der Kasernen an der Zeisestraße in Altona weiß man immer, wo ich zu finden bin. Fragen Sie dort.«

Das war zwar eine merkwürdige Adresse, aber sie würde gewiss reichen.

Kapitel 39

Als ich am nächsten Morgen ins Institut stürmte, wie so häufig etwas zu spät, bemerkte ich beim Pförtner in der Eingangshalle einen Herrn um die sechzig, der auf etwas wartete. Der Pförtner telefonierte. Ich murmelte nur einen kurzen Gruß und war schon fast auf der Treppe, als der Pförtner rief.

»Herr Dr. Melcher, laufen Sie nicht weg, hier ist Besuch für Sie.«

Ich drehte mich um und ging langsam auf den Tresen des Pförtners und den wartenden Mann zu. Er war gewiss wohlhabend und mächtig. Der gute Anzug, der sich der schlanken Figur perfekt anpasste, die polierten Schuhe, der gepflegte graue Bart. In der Hand hielt der Mann einen schwarze Homburg, der matt glänzte, und einen Stock mit goldenem Knauf. Er hatte Schweißperlen auf der hohen Stirn.

»Ja, bitte?«, fragte ich.

»Sie sind Carl-Jakob Melcher?«, fragte er, obwohl er es durch den Ruf des Pförtners längst wissen musste.

Ich nickte.

»Mein Name ist Hartmut von Lobenstein von Lobenstein-Pharmazie in Wuppertal.« Er reichte mir die Hand. »Ich hätte Sie gerne einen Moment gesprochen.«

Ich führte den Mann zu einer Nische, in der ein Tisch und vier Sessel für wartende Besucher standen, und bat ihn, Platz zu nehmen. Was konnte ein Pharmazieunternehmer aus Wuppertal von mir wollen? Wuppertal lag irgendwo in der Ruhrregion, nahe Köln, wenn ich es recht vor Augen hatte. Gut sieben Stunden mit der Bahn entfernt. Ich war nie dort gewesen und kannte auch niemanden von dort. Die Firma Bayer, Hersteller des beliebten Aspirin, hatte ihren Sitz in Wuppertal, aber mehr wusste ich nicht.

»Entschuldigen Sie, dass ich Sie störe, Herr Doktor«, sagte von Lobenstein und schob mir eine Visitenkarte über den Tisch. Ein Wappen mit einem kunstvoll gestalteten L, flankiert von zwei Löwen, bildete das Markenzeichen von Lobenstein-Pharmazie. Der Titel des Mannes war, wie nicht anders zu erwarten, Generaldirektor.

»Man hat mich vom Hafenkrankenhaus zu Ihnen geschickt, Dr. Buchheim war so freundlich. Er sagte, Sie hätten Kontakt zu Ludolf Harberg gehabt, waren sogar mit ihm befreundet.«

»Ja«, sagte ich und verstand immer weniger, »das ist soweit richtig, aber Ludolf ist tot, er ist …«

»Das weiß ich, deshalb bin ich hier. Ich habe es in Berlin beim Königlich Preußischen Instituts für Infektionskrankheiten erfahren, dass dieser junge Stabsarzt an der Schlafkrankheit verstorben ist, und mich sofort auf den Weg nach Hamburg gemacht.«

Ich wollte nicht gleich damit herausplatzen, dass Ludolf nicht von der Schlafkrankheit dahingerafft worden war, sondern von einem oder mehreren Mördern. Die Liste der Verdächtigen reichte von Nemetz und Krohl bis zu – ja absurd, aber möglich – der rachsüchtigen Agatha.

»Mein Sohn Andreas hatte Herrn Dr. Harberg in einem Telegramm erwähnt, und ich hätte ein paar Fragen an ihn gehabt.«

Der Mann wirkte verunsichert, ängstlich. Er herrschte in seiner pharmazeutischen Fabrik sicher über eine große Zahl von Menschen und war in Wuppertal ein angesehener und mächtiger Mann. Hier saß er nun als jemand, der offensichtlich nicht mehr weiterwusste.

Er zog ein Blatt aus dem Rock und gab es mir. Es handelte sich um ein Telegrammformular, das vom Beamten des Telegrafenamtes handschriftlich ausgefüllt war. Der Text hatte die übliche kurze Form, die das Übermitteln der Botschaft schnell und kostengünstig machte. Es war abgeschickt in Bukoba, Deutsch-Ostafrika, am 5. Januar 1907, also vor acht Monaten.

**Lieber Vater,
bin nun nicht mehr bei RK, sondern im Concentration Camp nahe Bukoba – stop – gute Bedingung für unsere Studie – stop – bei mir zwei Ärzte von RK: FW & LH – bin zuversichtlich – schick bitte mehr A.
In Liebe A.**

Ich legte das Telegramm vor mir auf den Tisch und sah von Lobenstein an.

»Entschuldigen Sie, aber ich verstehe nicht, was das bedeutet. Was hat Ihr Sohn dort gemacht?«

»Mein Sohn war auf Einladung von Geheimrat Koch dort. Meine Firma unterstützt die Forschung von Koch, und ich wollte, dass mein Sohn dort mehr mitbekommt.«

»Also steht RK für Robert Koch. Aber er schreibt ja, dass er nicht mehr bei Robert Koch war.«

»Ja, Bukoba ist auf der deutschen Seite des Victoriasees; die Ssese-Inseln, auf denen Kochs Station ist, befinden sich im britischen Teil. Offenbar hat Koch einen Teil der Station nach Bukoba ausgelagert, und mein Sohn ist mit an diesen Ort gegangen.«

»Mit den Ärzten FW und LH. Wissen Sie, wen er meint?«, fragte ich. Ich wusste immer noch nicht, was von Lobenstein von mir wollte.

»LH ist, das weiß ich inzwischen, Ludolf Harberg. Wer sich hinter FW verbirgt, habe ich noch nicht herausgefunden.«

»Was meinte Ihr Sohn mit *unserer Studie*?«

Von Lobenstein musste damit rechnen, dass ich diese Frage stellen würde, und doch schien sie ihm unangenehm zu sein. Er druckste etwas herum.

»Mein Sohn war ja nicht nur zum Zuschauen dort. Wir hatten die Hoffnung, auf diesem Wege früh von Kochs Ergebnissen zu erfahren und entsprechend reagieren zu können. Wer als Erster ein Mittel oder einen Impfstoff gegen Trypanosomiasis auf den Markt bringt, macht das Geschäft. Das muss ich Ihnen nicht erklären.« Von Lobenstein sah auf den Boden. Offenbar schämte er sich mir gegenüber für sein Profitdenken.

»Aber wieso sind die Bedingungen für Ihre Studie gut, wenn Ihr Sohn gar nicht mehr in Kochs Lager ist? Das verstehe ich nicht«, fragte ich. Die Sache begann nun doch, spannend zu werden.

»Mein Sohn hatte nicht wirklich Einblick in die Arbeitsweise von Koch, das hatte er mir schon recht früh in einem Brief geschrieben, den ich leider nicht mehr habe. Er durfte an der Untersuchung der Patienten teilnehmen, durfte auch Spritzen aufziehen und ähnliche Hilfstätigkeiten verrichten, aber er wurde weder in die Dosierung eingeweiht noch in die genauen Krankheitsverläufe der Patienten. Kochs Journale waren Verschlusssache.«

»Das kann Ihnen nicht gefallen haben. Aber Koch ist nicht nur als genialer Wissenschaftler bekannt, sondern auch als guter Geschäftsmann. Er weiß, was Patente wert sind. Haben Sie etwas anderes erwartet?«, fragte ich und lächelte ihn an.

»Ja, das hatte ich. Besonders weil wir Kochs Forschungen, wie gesagt, mit namhaften Beträgen unterstützen. – Aber sei's drum:

So wie ich meinen Sohn verstanden hatte, hoffte er, auf der neuen Station mit Harberg und diesem FW selbst forschen zu können.«

Der Gedanke, dass ein junger Pharmazeut, ein junger Militärarzt und FW, dessen Identität und Kompetenz ein Geheimnis waren, Forschungen an Patienten durchführten, ließ mich erschaudern.

»Und schick bitte mehr A. heißt dann, dass er mehr Atoxyl benötigt?«

Von Lobenstein nickte.

»Und haben Sie es ihm geschickt? Produzieren Sie Atoxyl?«

»Wir selbst produzieren es nicht, noch nicht. Aber ich kann es natürlich beschaffen. Und ich habe es meinem Sohn auch geschickt. Die Sendung müsste nach meinen Berechnungen Ende März bei ihm eingetroffen sein. Doch in dem Telegramm, das ich schließlich von ihm bekam, stand nichts davon.«

Von Lobenstein griff wieder in seine Jacke und förderte ein weiteres Telegramm ans Licht. Es enthielt noch weniger Text als das Erste und war ebenfalls in Bukoba aufgegeben, genau am 2. Mai 1907.

Vater,
zu viele Tote – stop – FW macht Fehler – stop – hört
nicht auf mich – stop – Patienten rebellieren – stop –
ich werde RK berichten müssen – stop – Ludolf
Harberg auf dem Weg nach Hause – stop – sprich mit
ihm – stop – Brief folgt – stop – IL A.

»Das klingt, als wäre in diesem Concentration Camp einiges aus dem Ruder gelaufen. Ist ein Brief gekommen?«

»Nein. Bis heute nicht.«

»Was haben Sie unternommen?«, fragte ich.

»Ich habe meinem Sohn sofort einen Brief geschrieben. Zu viele Tote, was wollte er damit sagen? Er war zum ersten Mal weit weg von zu Hause, weit weg von unserer schönen, heilen Welt. Er war nie im Krieg. Ich schrieb ihm, dass er nicht so zimperlich sein solle. Es wäre nun mal nicht Wuppertal da unten, und die Menschen seien, nun ja, anders. Es ist ein Krieg, den wir da führen. Ein Krieg gegen die grausamsten Erreger, und der fordert Opfer. Aber für einen guten Zweck. Koch wisse schon, was er tue, und wenn er erfolgreich ist, werden sie ihm dort unten Denkmäler bauen und die verstorbenen Eingeborenen wie Helden verehren. Heute schäme ich mich für diesen Brief.«

»Hat Ihr Sohn geantwortet?«

»Nein. Sicher hat der Brief ihn gar nicht erreicht. Dann begann ich, mir Sorgen zu machen. Zunächst habe ich im Institut in Berlin angerufen und mit dem Leiter Dr. Schilling gesprochen. Er wusste von diesen Concentration Camps, die Koch einrichten wollte. Dort sollten Kranke isoliert und beobachtet werden. Koch möchte so auch Langzeitstudien durchführen und erforschen, wie die Behandlungen mit und ohne Atoxyl auf Dauer wirken. Vor allem wollte er aber auch vermeiden, dass die Infizierten ihre gesunden Angehörigen anstecken.«

»Das geht nicht, Herr von Lobenstein, weil ...«, begann ich, den Mann zu belehren, doch er ließ mich nicht weiterreden.

»Ja, ich weiß, es braucht diese Fliege als Zwischenwirt. Aber ich denke mal, dass die Gefahr der Übertragung dennoch größer ist, wenn Gesunde und Kranke dicht beieinander sind.«

Ich nickte.

»Haben Sie Schilling die Telegramme Ihres Sohnes vorgelegt?«

»Ja, ich habe sie ihm am Telefon vorgelesen und auch noch eine Abschrift geschickt. Er wusste nicht, wer FW sein könnte, und auch nicht, wo sich mein Sohn oder von Harberg aufhalten.

Er versprach, Erkundigungen einzuholen und sich bei mir zu melden.«

»Er war sicher nicht begeistert von Ihren eigenen Studien.«

»Nein. Natürlich nicht. Er hat mich beschimpft und ist seitdem nicht besonders hilfsbereit.«

In den folgenden Wochen, so schilderte Hartmut von Lobenstein weiter, war er immer wieder telefonisch und telegrafisch in Berlin vorstellig geworden, um mehr über den Verbleib seines Sohnes zu erfahren, doch man hatte ihn stets nur mit vielen Floskeln vertröstet.

»Auch dieser Ludolf Harberg ließ sich nirgends auftreiben«, sagte er. »Ende Mai bekam ich schließlich die Information, dass das Lager in Bukoba aufgegeben worden sei, und es hieß, Harberg und mein Sohn seien auf dem Heimweg. Das ließ mich hoffen, und ich wartete geduldig Woche um Woche. Die Reise vom Victoriasee bis nach Wuppertal kann durchaus zwei Monate dauern. Mitte August las ich dann, dass ein junger Stabsarzt, der aus Ostafrika kam, in Hamburg an der Schlafkrankheit gestorben sei. Etwas widerwillig rückte man in Berlin im Institut mit dem Namen heraus: Ludolf Harberg.«

Es fiel mir schwer, von Lobensteins Ausführungen zu folgen. Wenn ich richtig gehört hatte, war der Mann seit vier Monaten ohne Nachricht von seinem Sohn. Eigentlich konnte er keine Hoffnung mehr haben.

»Glauben Sie, Ihrem Sohn ist etwas zugestoßen?«, fragte ich behutsam.

»Ich bin fast sicher«, sagte von Lobenstein nach kurzem Zögern. »Wenn er sich am Tag seines angeblichen Aufbruchs direkt zum nächsten Hafen nach Daressalam oder nach Mombasa begeben hätte und von dort nach Deutschland, müsste er längst hier sein. In seinem Telegramm schrieb er ja auch, dass er Koch aufsuchen wollte. Dort ist er aber nie erschienen, wie man im Institut behauptet.«

»Und was kann ich nun für Sie tun?«, fragte ich.

»Sie haben doch mit Harberg gesprochen. Sie waren fast täglich bei ihm, sagte man mir. Er muss doch von meinem Sohn erzählt haben.« Nun klang wirklich Verzweiflung aus seiner Stimme.

»Mein Freund Ludolf Harberg hat nicht viel geredet. Er hatte hohes Fieber und hat sehr viel geschlafen. Er machte gelegentlich Andeutungen über Koch und dass er Sachen wüsste, die das Denkmal stürzen könnten.«

»Mehr hat er nicht gesagt?«, fragte von Lobenstein.

»Er behauptete, Fotografien und Unterlagen als Beweise zu haben, wofür, hatte ich nicht verstanden. Er hatte Angst, das war unübersehbar. Er hielt sein Wissen offenbar für lebensgefährlich. Ob es das tatsächlich war, ist fraglich.«

»Wo ist dieses Material denn, von dem Sie sprechen?«

»Das haben mich schon einige gefragt. Und sogar des Kaisers Geheimpolizei ist auf der Suche danach, aber gefunden hat es, soweit ich weiß, noch niemand. Vermutlich wurde meinem Freund Harberg sein Wissen zum Verhängnis.«

»Sie meinen, er ist gar nicht an der Schlafkrankheit gestorben?«

»Ich weiß, dass es so ist«, sagte ich und erschrak gleich vor meiner Offenheit. Ich wusste nicht, wer dieser Mann war. Vielleicht war alles, was er sagte, gelogen, und er führte etwas ganz anderes im Schilde. Wenn ich eines in den letzten Wochen gelernt hatte, dann, dass um Ludolf herum alles mysteriös und undurchsichtig war.

Von Lobenstein nickte. »Ich bin sicher, dass auch mein Sohn nicht mehr unter uns weilt. Und ob er von einem Krokodil gefressen wurde oder ihm sein Wissen ebenfalls zum Verhängnis wurde, werde ich wohl nie erfahren. Dennoch: Gegen einen Rest

Hoffnung kann ich mich nicht wehren, solange ich keine Gewissheit habe. Ich beneide Harbergs Eltern darum, dass sie ihren Sohn wenigstens begraben können.«

»Es gibt nur noch eine Mutter«, sagte ich, »und die freut sich sicher, wenn sie Ihnen Ludolfs Brief zeigen kann.«

Ich schrieb ihm die Adresse von Marieluise Harberg auf. Dabei hatte ich den Hintergedanken, dass der reiche Mann der Frau auch finanziell etwas unter die Arme greifen könnte. Sie teilten ja irgendwie den gleichen Schmerz und das gleiche Schicksal.

Kapitel 40

Am Abend suchte ich Martin in der Polizeidirektion auf, um ihm meine ungeheuerlichste Theorie im Mordfall Ludolf Harberg zu präsentieren. Als ich mit Margot bei ihm zu Hause war, hatte ich das Thema nicht anschneiden wollen.

Er war gerade im Begriff, den Dienst zu beenden, also gingen wir ein Stück zusammen in Richtung Eimsbüttel. Ich erzählte ihm ausführlich von meinem Gespräch mit Gretel und Ludolfs angeblichem Eheversprechen gegenüber der damals siebzehnjährigen Agatha.

»Das war wirklich nicht nett von Ludolf«, sagte Martin, zeigte sich aber wenig beeindruckt. »Wenn diese Gretel die Wahrheit sagt. Sie war ein kleines Mädchen, als sie gesehen hat, wie die beiden *es* taten. Das kann alles Phantasie sein.«

»Ja, aber erinnerst du dich, wie vertraut Agatha mit Ludolf war, als wir ihn im Krankenhaus besuchten? Und er wirkte ... wie soll ich sagen? ... irritiert.«

»Die Schlafkrankheit ist sicher ein sehr irritierender Zustand«, sagte Martin und lächelte. Dann blieb er stehen und sah mich ernst an. »Zee-Jott, denkst du etwa, dass Agatha ...?«

»Ich halte es auch für absurd, aber man kann nichts ausschließen. Agatha war eine leidenschaftliche Frau, vielleicht zu leidenschaftlich, wenn sie gekränkt wurde.«

»Das ist völlig unlogisch. Sie hätte dabei zusehen können, wie der Verflossene elendig verreckt, ohne selbst Hand anzulegen.«

Ich zuckte mit den Schultern.

Am nächsten Tag befragte Martin trotzdem noch mal alle verfügbaren Menschen im Hafenkrankenhaus, ob sie in der fraglichen Nacht eine junge Frau in Schwarz bemerkt hatten. Ohne Erfolg. Stattdessen sagten aber noch zwei Schwestern aus, dass ihnen zwei Männer aufgefallen seien, deren Beschreibung auf Nemetz und Krohl zutraf. Ihre Angaben deckten sich mit denen des Müllarbeiters aus der ersten Befragung.

Martin kam aufgeregt zu mir ins Institut, um mich über die Neuigkeiten zu informieren. Er wollte nun unbedingt die beiden Geheimpolizisten befragen, durfte es aber nicht.

»Manthey hat es mir verboten, der Feigling«, schimpfte er, »und das tut er auf Geheiß von Roscher.«

»Warum?«, fragte ich, obwohl ich es mir denken konnte.

»Sie wollen keinen Ärger. Die Kerle sind immun, dürfen nicht ohne ausdrückliche Erlaubnis aus Berlin befragt werden. So einfach ist das.«

»Und wenn sie Ludolf getötet haben? Sind sie dann immer noch immun?«

Martin lachte, etwas überheblich, wie ich fand.

»Na, dann erst recht. Sie werden ihn ja nicht getötet haben, weil er ihre Omas beklaut hat. Sie hatten einen Auftrag aus Berlin.«

Diese Theorie klang natürlich deutlich plausibler als Agathas leidenschaftliche Rache, und sie war mir auch nicht neu.

»Es ist nicht lange her, Martin, da waren Ludolfs Andeutungen für dich noch Fieberphantasien eines Todkranken.«

Martin zuckte nur mit den Schultern.

»Wir müssen Nemetz und Krohl befragen«, sagte ich entschlossen, und Martin nickte.

»Müssen wir.«

Nach allem, was wir wussten, hatten Nemetz und Krohl als Geheimpolizisten der Kaiserlichen Armee in Hamburg kein Büro mit Telefon und Adresse, in dem man sie einfach aufsuchen konnte. Als wir vor drei Jahren mit den beiden zu tun hatten, mussten wir das auch nicht. Eigentlich brauchten wir uns nur umzudrehen, und schon sahen wir sie. Über Wochen waren sie uns auf den Fersen gewesen, in der Hoffnung, von unseren Ermittlungen zu profitieren. Wir waren ihnen immer eine Nasenlänge voraus gewesen.

Doch diesmal schien es umgekehrt zu sein. Nemetz und Krohl waren bereits im Krankenhaus gesehen worden, als wir noch ganz arglos den kranken Ludolf besucht hatten. Und nach seinem Tod waren die beiden vor uns bei seiner Mutter erschienen.

Die Geheimpolizei hatte offenbar noch von anderer Seite Wind davon bekommen, dass von Ludolf eine Gefahr ausging. Mein Besuch und meine Fragen am Königlich Preußischen Institut für Infektionskrankheiten in Berlin konnten dafür ein Auslöser gewesen sein. Inzwischen hielt ich aber auch Hartmut von Lobenstein für eine wichtige Verbindung. Indem er eine Abschrift der Telegramme seines Sohnes Andreas ans Institut geschickt hatte, gab er einen Hinweis auf Ludolf Harberg, und so konnte am Institut der Verdacht sprießen, dass Ludolf etwas wusste, was er nicht für sich behalten würde. Der Draht vom Institut in die Regierung war sicher kurz, daher war es nicht verwunderlich, dass am Ende ein Befehl für die Geheimpolizisten stand – wie auch immer der gelautet haben mochte. Außerdem war es nicht ganz auszuschließen, dass Ludolf bereits auf der Krankenstation des Dampfers Feldmarschall unbedacht geplaudert hatte. Siggi berichtete ja von einem Offizier, der sich für Ludolf interessiert hatte.

Wenn Nemetz und Krohl uns also nicht auf den Fersen waren, wie sollten wir sie dann finden? Wir mussten denken wie sie. Ludolf war tot, und ob nun die beiden Geheimpolizisten ihn getötet hatten, Agatha oder sonst jemand, sie mussten ihn nicht mehr mundtot machen. Aber sie wussten, dass es Material gab, das auch ohne Ludolf Sprengwirkung haben konnte. Im Krankenhaus hatten sie es nicht gefunden, bei Ludolfs Mutter ebenfalls nicht und in dem beschlagnahmten Rucksack sicher auch nicht. Wo würden sie also als Nächstes suchen? Bei mir, weil ich so häufig bei Ludolf war? Es war naheliegend, dass er mir seinen Schatz oder dessen Versteck anvertraut hatte. Wir wussten, dass Nemetz und Krohl ungeschickt im Hinterherschleichen waren, vielleicht war es ihnen auch gar nicht wichtig, unentdeckt zu bleiben. In jedem Fall hätten wir sie längst bemerkt. Hinter mir waren sie zurzeit also nicht her.

Blieb noch Hartmut von Lobenstein. Der Wuppertaler Industrielle war noch in Hamburg. Er wollte sich bei den Schiffsgesellschaften Passagierlisten zeigen lassen in der Hoffnung, den Namen seines Sohnes zu finden. Er gab seinen Sohn nicht auf.

Ich traf von Lobenstein am Abend in der Halle des Hotels Vier Jahreszeiten. Er saß in einem Sessel in einer abgelegenen Ecke des weitläufigen Foyers und trank ein Bier. Er sah müde aus. Als er mich bemerkte, blickte er mich hoffnungsvoll an.

»Gibt es Neuigkeiten?«, fragte er, ohne zu grüßen.

»Leider nein«, sagte ich und setzte mich zu ihm. »Aber ich habe eine Frage an Sie. Sind Sie von zwei Männern angesprochen worden? Einer dick, einer dünn, beide in schlecht sitzenden dunklen Anzügen und mit unsichtbaren Schildern auf der Stirn: polizeiliche Spionageabwehr?«

Von Lobenstein schmunzelte über meine Beschreibung.

»Angesprochen nicht, aber zwei Herren, auf die Ihre Beschreibung passt, lassen mich nicht aus den Augen.«

Er sah in eine Ecke der Lobby, und ich drehte mich um. Dort

saßen sie. Natürlich hatten sie mich auch gesehen und erkannt und versuchten, unsichtbar zu werden. Der dünne Krohl drehte sich zu Wand, Nemetz versuchte, seine Leibesfülle hinter einer Zeitung zu verstecken.

»Was wollen die von mir?«, fragte von Lobenstein.

»Das Material, das sie bei Harberg und anderswo nicht gefunden haben, vermuten sie nun bei Ihnen. Und wahrscheinlich auch bei mir. Wenn wir jetzt zusammenbleiben, können sie uns gleichzeitig beobachten. Das ist natürlich ökonomischer.«

»Und wie geht das nun weiter?«, wollte von Lobenstein wissen.

»Ich habe eine Idee«, sagte ich und weihte den alten Herrn ein.

Zwanzig Minuten später hielt unsere Droschke vor Martins Haus in Eimsbüttel, und ich bat von Lobenstein, in der Kutsche auf mich zu warten. Wie ich erwartet hatte, waren uns Nemetz und Krohl in einer Kraftdroschke gefolgt. Das Automobil hielt in einiger Entfernung. Die Fahrgäste stiegen nicht aus.

Es dauerte ein paar Minuten, bis ich Martin von seiner Familie und vom Abendbrottisch losgeeist hatte. Mathilde schätzte es nicht, wenn ihr Gatte außerhalb der Dienstzeit seiner Arbeit nachging, aber das kümmerte Martin nicht. Dann hätte sie keinen Polizisten heiraten dürfen, war seine Meinung.

Die beiden Fahrzeuge standen noch unverändert auf der Straße. Ich bat Hartmut von Lobenstein, mit der Droschke wieder ins Hotel zu fahren. Martin und ich gingen zu der Kraftdroschke. Wir stiegen in den Fonds des Fahrzeugs, wo wir uns neben Nemetz und Krohl quetschten. Martin gab dem Fahrer ein paar Münzen und bat ihn, sich kurz die Beine zu vertreten.

Nemetz, der direkt neben mir saß und ungewaschen roch, begann, zu schimpfen.

»Was soll das? Was wollen Sie hier? Sie sind ja irre.«

»Warum beobachten Sie Hartmut von Lobenstein?«, fragte Martin.

»Schreib das auf, Krohl«, sagte Nemetz und lachte hämisch. »Jetzt wissen wir auch, wie der Kerl heißt.«

»Als ob ihr das nicht längst gewusst hättet«, sagte ich.

»Bucher«, stöhnte Nemetz und rammte Martin seinen Ellbogen in die Rippen, »das gibt verdammten Ärger, das ist Ihnen klar. Was wollt ihr von uns?«

»Wir untersuchen den Tod von Ludolf Harberg …«, sagte Martin.

»Der da«, unterbrach Krohl und deutete auf mich, »kann den Dreck unter meinem Fingernagel untersuchen. Sonst nichts. Der ist kein Beamter. Das ist Amtsanmaßung.«

»Wo waren Sie beide in der Nacht vom 21. auf den 22. Juli?«, fragte Martin unbeeindruckt.

»Da war ich bei deiner Schwester«, krächzte Nemetz, »mit dem Kopf zwischen ihren kleinen Titten.«

Nun bekam Nemetz Martins Ellenbogen zu spüren, so hart, dass er laut aufschrie.

»Noch mal: Wo waren Sie beide in der Nacht vom 21. auf den 22. Juli?«

»Das wisst ihr doch längst. Also lasst uns zusammenarbeiten«, versuchte Krohl, zu besänftigen, der offenbar der Vernünftigere der beiden war. »Ihr sagt uns, was dieser Harberg zu verbergen hatte, und wir sagen euch, was wir wissen.«

»Ihr wisst gar nichts«, sagte nun ich. Es war sehr eng in dem kleinen Automobil. Der Fahrer, ein dünner, alter Mann, stand in einigem Abstand und rauchte. Interessiert beobachtete er sein Fahrzeug. »Wer von euch beiden hat Ludolf das Kissen aufs Gesicht gedrückt? Los, sagt schon! Und woher kam der Auftrag?«

»Ihr seid ja total meschugge«, rief Krohl. »Wir haben den Kerl doch nicht umgebracht. Wie kommt ihr denn darauf? Den musste man nicht umbringen. Der war doch schon so gut wie tot.«

»Wir wollten etwas von ihm haben, das er versteckt hielt. Er sollte uns nur sagen, wo es ist«, ergänzte Nemetz.

»Und was war das?«, fragte Martin.

»Das sagt uns doch keiner.« Nemetz zuckte mit den Schultern. »Irgendwelche Aufzeichnungen. Journale oder so.«

Kapitel 41

Auch am folgenden Wochenende wollte Margot mich nicht nach Helgoland begleiten. Zum einen, weil sie Dienst hatte, zum anderen sicher auch, weil ihr die Übernachtungsmöglichkeit in Gretels Blockhaus etwas unklar erschien. Als Tochter eines Gastwirtes und Hoteliers hatte meine Verlobte gewisse Ansprüche. Martin, dem ich anschließend anbot, mit mir zu reisen, hätte früher keine Sekunde gezögert. Doch vierzig Stunden ohne seine beiden Mädchen waren mittlerweile für ihn undenkbar.

Also bestieg ich an einem sonnigen Samstagmorgen um acht Uhr am neuen Hamburger Hauptbahnhof allein den Schnellzug nach Cuxhaven. Die Abteile waren gut gefüllt. Der kleine Felsen mitten in der Nordsee, der erst seit sechzehn Jahren zum Deutschen Reich gehörte, hatte sich zu einem beliebten Ausflugsziel für Sommerfrischler gemausert. Familien mit Kindern, alte Damen mit kleinen Hunden und ein Männergesangsverein in bunten Uniformen, der unablässig seine Lieder anstimmte, gehörten zu der bunten Schar der Reisenden.

In Cuxhaven bestiegen wir in einer endlosen Promenade weißer Kleider und bunter Hüte den Raddampfer »Prinzessin Heinrich« der Ballin-Linie, der uns in drei Stunden auf die Insel bringen sollte. Die Überfahrt war ruhig. Von Mitreisenden erfuhr ich, dass es gerade am Ende der Saison auch stürmischer werden konnte. Der Männergesangsverein hatte die Bar entdeckt und wurde mit jeder Runde Bier lauter, woran aber niemand Anstoß nahm. Ich schlenderte über das sonnenbeschienene Deck, schaute aufs Meer und bedauerte inständig, dass Margot nicht bei mir war.

Schon bald machte ich in der Ferne den roten Felsen aus. Bismarck war seinerzeit stark dafür kritisiert worden, dass er mit den Briten die karge Insel gegen das blühende Sansibar vor der ostafrikanischen Küste getauscht hatte. Doch Kaiser Wilhelm II. hatte den Wert dieses Postens zwischen England und dem Deutschen Reich bald erkannt und ließ ihn nun zu einer Marinebasis ausbauen. Es war nur noch eine Frage der Zeit, bis sich hier Soldaten und Sommerfrischler in die Quere kommen würden.

Dem roten Felsblock, in seiner Form einem großen Schweinekotelett ähnelnd, war ein flaches Stück vorgelagert, das auf der Karte als Unterland bezeichnet wurde. Dort gab es einen weißen Strand, den man von Weitem leuchten sah, und eine Ansammlung mittelgroßer Häuser. Ein langer Pier ragte weit in das von Segelbooten und kleinen Schiffen übersäte Meer. Unser Dampfer konnte, ebenso wie die drei anderen großen Schiffe, die vor der Insel lagen, wegen seines Tiefgangs nicht an diesem Pier festmachen. Deshalb wurden wir Passagiere über Leitern in sogenannte Bördeboote verfrachtet und an Land gefahren. Das Bemannen dieser Boote vollzog sich unter fröhlichem Gekreische und Gejohle der Passagiere. Ein Mitglied des Männergesangsvereins stürzte von der Leiter in die Nordsee und wurde von seinen Kameraden unter großem Gelächter rasch ins Boot gezogen.

Am Pier, wo die Bördeboote anlegten, stand Gretel. Sie winkte mir fröhlich zu. Sie trug eine kurze Hose, ein buntes, flatterndes Hemd und einen Strohhut. Sie war barfuß.

»Willkommen auf Helgoland«, rief sie, umarmte mich und gab mir einen Kuss auf die Wange. Ich war etwas erschrocken über so viel Vertrautheit, vor allem war ich aber erleichtert, dass Margot dies nicht mitbekam.

Wir bestiegen gleich wieder ein Boot, eine kleine Barkasse, die uns zur Nachbarinsel Düne brachte, einem mit Strandhafer bewachsenen Sandhügel im Meer. Man sah ein paar kleine Holzhütten, auf dem breiten Strand lagen kleine Boote und dazwischen Menschen, die sich sonnten. Die Frauen und die meisten Männer in vollständiger Badebekleidung, manche Männer aber auch nur in kurzen Hosen. Am Wasser spielten Kinder, vereinzelt sah man auch Erwachsene im Meer schwimmen.

»Da sind wir«, sagte Gretel feierlich und breitete die Arme aus. »Das ist unsere Insel.«

Wir gingen über einen schmalen Holzweg die Düne hinauf ins Hinterland. Hinter einem Sandhügel wurde der Blick auf ein großes Blockhaus frei. Es war von hellem Holz, eingeschossig mit einem reetgedeckten Dach und, soweit ich das beurteilen konnte, solide und fachmännisch gezimmert. Gretel führte mich auf eine Terrasse, die von einem Sonnensegel überspannt war, und bat mich, Platz zu nehmen.

»Ulli, unser Besuch ist da«, rief sie ins Haus.

Nun kam eine Frau, deutlich älter als Gretel und auch älter als ich, vierzig vielleicht, aus dem Dunkel des Hauses. Sie war groß, schlank und nur mit einem kuttenartigen Leinenkleid bekleidet, das Arme und Schultern frei ließ. Sie war braun gebrannt und hatte muskulöse Arme und kräftige Hände. Sie trug ein Tablett vor sich her, auf dem ein paar Gläser und eine Karaffe mit einer bernsteinfarbenen Flüssigkeit standen. Sie stellte das Tablett ab und umarmte mich.

»Willkommen, Carl-Jakob, fühl dich wie zu Hause.«

Ich hatte damit gerechnet, dass hier die Bräuche etwas anders waren als in einer Alstervilla in Hamburg. Und ich hatte erwartet, verunsichert zu werden. Doch ich empfand diese unprätentiöse Herzlichkeit gleich als angenehm. Martin würde sagen, dass es mir gefiel, von fremden Frauen umarmt und geküsst zu werden. Aber das war es nicht.

»Das ist meine Ulli«, sagte Gretel und umarmte die Frau von hinten. »Und was sie uns da mitgebracht hat, ist die weltbeste Sanddornbrause.«

Ulli goss die Gläser voll. Das kühle Getränk schmeckte süßsäuerlich und erwies sich als äußerst erfrischend. Schnell hatte ich mein Glas geleert, und Ulli schenkte nach.

Gretel war, seit sie meinen Brief bekommen hatte, nicht untätig gewesen. Sie hatte sich bei vielen Leuten auf der Düne und der Hauptinsel nach Hannes Freiwald umgehört. Aber man kannte niemanden dieses Namens. Das war nicht verwunderlich. Warum sollte er sich hier mit dem Namen vorstellen, unter dem ihn in Hamburg seine Gläubiger suchten? Aber auch die vage Beschreibung seines Äußeren hatte nicht viel ergeben.

»Und ein Maler, der Seestücke und Schiffe malt? Ist da jemand aufgefallen?«, fragte ich.

Die beiden Frauen lachten herzhaft.

»Hier kommen im Sommer täglich viele große und kleine Maler an«, sagte Ulli, »und was, glaubst du, malen die? Steinböcke und Berge? Gletscher?« Sie lachten wieder, und ich musste mitlachen.

»Aber mir ist letzte Nacht eingefallen«, sagte nun Ulli ernsthaft, »dass wir hier vor vielleicht eineinhalb Jahren für ein paar Tage einen Gast hatten, der frisch vom Festland kam. Der hat auch versucht zu malen, ist aber nicht so richtig in Fahrt gekommen. Ich glaube, du warst zu der Zeit gar nicht da, Süße. Du warst bei deiner Mutter in Hamburg.«

»Kann sein«, sagte Gretel.

»Siggi oder so, hieß der«, fuhr Ulli fort. »Vielleicht ist der euer Mann. Der konnte hier nicht malen, weil ihm die wichtigste Zutat fehlte.«

»Farbe?«, fragte ich.

»Nee«, sagte Ulli, »Schnaps. Der zitterte ganz fürchterlich, wenn er den Pinsel in die Hand nahm. Wir haben hier keinen Schnaps. Er hat dann irgendwo welchen besorgt, und ich habe ihn rausgeworfen. Wir wollen das hier nicht. Kein Gift, nichts, was die Sinne vernebelt, verstehst du? Hier kommen gelegentlich Leute her, die wollen von dem Dreckszeug loskommen. Denen helfen wir gerne.«

»Und wo ist dieser Siggi dann hin?«

»Keine Ahnung. Wir sind nicht die Gouvernanten von alten Säufern.«

Sollte sich Hannes Freiwald tatsächlich unter dem Namen seines Sohnes hier bei den Frauen eingemietet haben? Aber wo war er nun? Es würde nötig sein, die Leute, die Gretel bereits nach einem Hannes befragt hatte, nun noch einmal nach einem Siggi zu befragen. Wie ich von Ulli und Gretel lernte, war Helgoland bei Künstlern sehr beliebt, und über die Jahre waren sicher mehrere Hannese und Siggis mit Pinseln und Paletten hier gestrandet.

Auf der Düne gab es nicht viele Leute, die man befragen konnte. Die meisten waren nur kurz an diesem Ort, viele zum ersten Mal, die hatten kaum Menschen kennengelernt.

Den Abend verbrachten wir am Lagerfeuer am Strand. Eine Handvoll weiterer Gäste gesellte sich zu uns, und es wurde angeregt geplaudert. Wir aßen Obst und Gebäck und tranken Tee. Ich kam mit einem älteren Ehepaar aus Lübeck ins Gespräch. Sie führten mit ihren beiden Söhnen eine große Druckerei und waren schon zum dritten Mal hier, um Abstand zu den alltäglichen Mühen zu finden. »Kein Kragen, keine Manschetten, keine Gamaschen«, sagte der Mann, der Uwe hieß und nur mit einer weiten Leinenhose und einem hellen Leinenhemd bekleidet war, »und keine Konferenzen.« Irgendwann spielte Gretel Gitarre, und wir sangen Volkslieder. Es war ein Abend, wie ich ihn seit meiner Schulzeit nicht mehr erlebt hatte.

Die Kammer, die Gretel mir zugewiesen hatte, war noch kleiner als meine Gefängniszelle, und das aus grobem Holz gezimmerte Bettgestell war auch nicht bequemer als das Stockbett. Und doch war alles anders.

Es duftete nach Holz und Meer. Statt Siggis Blähungen drang das Zirpen der Grillen an mein Ohr, und die Notdurft verrichtete man in einem sauberen Häuschen in einiger Entfernung vom Hauptgebäude. Besonders wohltuend: Die einfache Holztür meiner Kammer hatte kein Schloss.

Nach einem Frühstück aus Haferbrei, Früchten, selbst gebackenem Brot und Tee machten wir uns zur Hauptinsel auf. Bis zur Abfahrt meines Schiffes zurück nach Cuxhaven waren noch ein paar Stunden Zeit, die wir nutzen mussten. Wenn ich Siggis Vater hier nicht finden würde, wäre meine Fahrt vergeblich gewesen, und die Chance, Siggi schnell aus dem Gefängnis zu bekommen, wäre geplatzt.

Gretel hatte sich zuvor nur auf dem Unterland umgehört, auf dem Oberland aber nur die ersten Häuser am Rand der Klippe aufgesucht. Man erzählte uns nun von einer Stelle am Nordende der Insel, Nordhorn genannt, wo aber eigentlich nur Schafe und Ziegen ihren Unterschlupf hatten. Die Leute, die an Ständen und in Geschäften am Pier die Bilder der Inselmaler an die Sommerfrischler verkauften, hatten Gretel erzählt, dass sich dort gelegentlich Gäste einfanden, um zu malen oder zu fotografieren.

Wir gingen entlang der sogenannten Kartoffelallee, an der Insulaner in kleinen Gärten Gemüse anbauten, Richtung Norden. Schließlich kamen wir nach kurzem Marsch an die Spitze der Insel. Der Wind blies von vorn, und Möwen und eine andere schwarz-weiße Vogelart, mit dem lustigen Namen Trottellumme, ließen sich mit den Böen treiben. Zwischen windschiefen Hütten machten wir drei Gestalten aus. Im Näherkommen erkannten wir drei Männer, die mit den Rücken zu uns ganz nah an der Klippe standen, jeder eine Staffelei vor sich. So nah, wie die Maler der Klippe waren, konnten sie eigentlich nichts als Meer und Vögel im Blick haben. Wahrscheinlich ging es ihnen genau darum. Ich entschied mich für einen Überraschungsangriff.

»Herr Freiwald«, rief ich laut in Richtung der drei krummen Rücken, und nur einer der Männer, der mittlere, drehte sich ruckartig um. Ich blickte in das Gesicht eines Mannes, der so gar nicht Siggis Beschreibung entsprach. Er hatte lange, weiße Haare, die im Wind wehten und an den Urvater Abraham erinnerten. Dazu passte sein langer, weißer Bart. Er trug ein Fischerhemd und eine weite Leinenhose, an den Füßen einfache Sandalen. Sein Blick war voller Furcht. In dem Moment, in dem er sich umgedreht hatte, war ihm sicher klar geworden, dass er aufgeflogen war.

Ich trat näher. Nun hatten sich auch die anderen Männer umgedreht und sahen uns neugierig an. Sie waren ebenfalls alt und trugen ungestutzte Bärte. Wenn ich einen Moment die Befürchtung gehabt hatte, dass die Suche nach dem flüchtigen Freiwald gefährlich werden konnte, so hatte sie sich jetzt in Luft aufgelöst. Diese Kerle waren harmloser als die Lämmer im kleinen Gatter hinter uns.

Das Bild auf Freiwalds Staffelei zeigte tatsächlich nur Meer und Himmel, aber die Darstellung war von einer solchen Lebendigkeit und Farbigkeit, mit so viel Licht und Tiefe, dass es mich intensiv berührte. Die See war hier nicht einfach abgebildet. In Freiwalds Gemälde wurden mit einer eigentümlichen Farb- und Formensprache Empfindungen wie Erhabenheit und Faszination gleich mit auf die Leinwand gebannt.

Der Alte bestätigte mir, dass er Hannes Freiwald war, und ich erklärte ihm, dass er nichts von mir zu befürchten habe. Ich sei weder ein Gläubiger noch von der Polizei. Wir setzten uns auf einen kleinen Grashügel, und ich erzählte ihm ausführlich von seinem Sohn Siggi. Jetzt, wo ich Freiwald aus nächster Nähe sah, fiel mir seine alte, aber frische Gesichtshaut auf, wo sie nicht vom Bart verdeckt war. Die Augen waren klar, die Zähne für sein Alter in gutem Zustand. Dieser Mann hatte den Schnaps ganz offenbar besiegt. Jetzt könnte er eigentlich wieder bei Gretel und Ulli leben, dachte ich. Der alte Mann hörte mir aufmerksam zu und stellte keine Fragen. Er nickte nur leicht. Freiwald mochte um die sechzig sein. Es sah alles danach aus, dass er hier auf Helgoland zu innerem Frieden gefunden hatte.

Natürlich wusste Hannes Freiwald nicht, dass sein Sohn seit ein paar Monaten unter Mordverdacht im Gefängnis saß, und auch nicht, dass er, Hannes Freiwald, für das Opfer gehalten wurde.

»Hört ihr, Leute«, rief er seinen Malerfreunden zu, »in Hamburg glaubt man, ich sei tot. Etwas Besseres kann mir ja gar nicht passieren.«

Die anderen Männer lachten.

»Aber wenn Sie nicht auftauchen, wird ihr Sohn verurteilt und kommt für viele Jahre ins Gefängnis«, sagte ich. »Wenn es nicht noch schlimmer kommt.«

Freiwald musste die vielen Neuigkeiten in seinem Kopf erst einmal langsam verarbeiten. Er schaute seit fast zwei Jahren immer nur aufs Meer und bannte seine Schönheit auf die Leinwand. Die verwirrende Welt in der großen Stadt hatte er längst vergessen.

Die folgenden zwei Stunden verbrachten Gretel und ich damit, den alten Mann zu überreden, mit mir nach Hamburg zu kommen und sich als der zu präsentieren, der er war, womit er umgehend seinem Sohn die Freiheit schenken würde. Wir schlugen ihm vor, mit mir zur Polizei zu gehen und sich vorzustellen. Ausweispapiere besaß er nicht, aber da er lange vor seinem Verschwinden wegen Betruges ein Jahr in Haft gesessen hatte, waren mit Sicherheit Lichtbilder und weitere Merkmale von ihm in der schon legendären Verbrecherkartei von Polizeidirektor Roscher zu finden. Anschließend könnte er umgehend das nächste Schiff nach Helgoland besteigen, um sein Einsiedlerleben weiterzuführen. Seine Gläubiger, ohnehin nur Ganoven und Buchmacher und keine seriösen Geschäftsleute oder Banken, würden von seinem kurzen Hamburgbesuch gar nichts mitbekommen. Bei der Polizei, so hatte mir Martin zuvor versichert, lag nichts gegen Hannes Freiwald vor.

»Der Junge hat es von Anfang an nicht leicht gehabt«, sagte Freiwald schließlich leise und nachdenklich. »Er hatte weiß Gott nicht die besten Eltern. Eigentlich bin ich ganz froh, wenn ich jetzt mal was für ihn tun kann.«

Freiwald lebte zusammen mit den beiden anderen alten Malern am Rande der Ansiedlung des Oberlandes in einer länglichen Kate, die man im Vorbeigehen für einen größeren Ziegenstall halten würde. Die Behausung war innen geräumiger und wohnlicher, als es von außen den Anschein hatte. Zwei Räume, ein Eisenofen, drei Pritschen. An durch den Raum gespannten Seilen hing die wenige Kleidung der Männer. In einem der Räume lagerten unter löchrigen Wolldecken unzählige kleinere und größere Bilder. Freiwald erklärte, dass sie, wenn sie Geld für Nahrung, Kaffee, Tabak oder Farben benötigten, einige Bilder zu den Händlern am Hafen trugen. Ein kleiner Garten hinter der Kate und ein paar Hühner füllten die Speisekammer. Es war wenig, was die drei besaßen, aber es reichte ihnen offenbar.

Geld für die Überfahrt nach Hamburg hatte Freiwald nicht,

weshalb ich anbot, die Kosten zu übernehmen. Dafür gab er mir ein mittelgroßes Bild, auf dem das Meer in starkem Sturm zu sehen war, weit hinten am Horizont ein Dampfschiff in hohen Wellen. Es beeindruckte mich mindestens so sehr wie das Gemälde, an dem Freiwald gerade arbeitete. Ich versuchte, abzulehnen, aber Freiwald bestand auf diese Art der Bezahlung.

Nach anfänglichem Misstrauen wurde Siggis wiedergefundener Vater schnell zugänglicher. Es schien, als sei ihm eine Last genommen. Jetzt hatte das Versteckspielen ein Ende. Freiwald konnte seinen Sohn retten, das bedeutete ihm viel.

Auf der Überfahrt nach Cuxhaven sah ich meinen Reisebegleiter kaum. Er verbrachte viel Zeit an der Reling und in den Waschräumen. Siggi Freiwald hatte mit der Seekrankheit seines Vaters nicht übertrieben. Ich hätte ihm an Bord etwas zu Essen gekauft, aber ihm genügte ausreichend Trinkwasser. Auf der Reise nach Hamburg drängte sich mir ein weiteres Problem auf. Hannes musste mindestens zwei Nächte in Hamburg verbringen, bevor er nach Helgoland zurückreisen konnte. Wo sollte er hin? Tante Isolde konnte ich die an Rübezahl erinnernde Gestalt auf keinen Fall ins Haus bringen. Zu seiner Frau wollte er nicht; sie hätte ihn, da war er sicher, auch gleich hinausgeworfen. Ein Hotel wollte ich ihm nicht bezahlen. Blieb also nur Pater Paul, der gewiss in seiner mildtätigen Kirche irgendwo eine Pritsche für Freiwald auftreiben würde.

Nachdem ich Hannes Freiwald bei einem Coiffeur am Bahnhof Haar- und Barttracht auf ein zivilisiertes Maß hatte stutzen lassen, fuhr ich mit ihm in einer Droschke zu der von Pater Paul angegebenen Kaserne.

Beim Wachposten fragte ich nach dem Pater und wurde zu einem Gebäude geschickt, dem eine kleine Kapelle angeschlossen war. Es öffnete ein Mann in Mönchskutte, der sogleich den

Pater holte. Wir warteten in einer kleinen Halle, deren einziger Schmuck ein Dutzend gerahmter Fotografien von Männern in Uniformen waren. Über den Bildern stand geschrieben: »Sie bringen den Glauben zu unseren mutigen Soldaten – die Militärpfarrer unserer Garnison.« Jedes Bild trug auf dem Rahmen ein Messingschild mit dem Namen des Abgebildeten. Das vorletzte Bild zeigte Pater Paul, jünger und dünner und in der Uniform mit Mütze reichlich fremd, aber er hatte das typische verschmitzte Lächeln im Gesicht. »Pater Paul-Heinz Wohltat« stand dort. Das war also sein bürgerlicher Name. Für mich würde er Pater Paul bleiben.

»Sie haben Glück, dass Sie mich hier antreffen«, hörte ich die Stimme des Paters, und dann sah ich ihn auch schon in einem dunklen Flur mir entgegeneilen. »Um diese Zeit bin ich oft am Hafen und besuche dort liegende Marineschiffe.«

Pater Paul hatte rasch verstanden, was ich von ihm wollte, und er erwies sich als unkompliziert und hilfsbereit, wie ich es erwartet hatte.

»Dann kommen Sie mal mit, mein Freund«, sagte er zu Freiwald. »Nicht weit von hier haben wir ein Veteranenheim, und da finden wir noch einen Platz für Sie. Und einen Teller Suppe gibt es dort sicher auch noch.«

Ich dankte dem Pater und verabschiedete mich. Alles Weitere würde ich nun Martin überlassen, der Freiwald am nächsten Tag abholen und zur Polizeidirektion bringen sollte.

Zurück in der Villa überreichte ich Tante Isolde das Seestück von Hannes Freiwald. Mir gefiel das Gemälde ausgesprochen gut, und ich hätte es gerne behalten, aber wann konnte ich der Tante schon mal ein Geschenk machen? Umso mehr freute es mich, dass auch ihr das Bild gefiel. Sie ließ es gleich von Johannes an einer der letzten freien Stellen in der Bibliothek aufhängen. Dort hingen Bilder bekannter Maler wie Max Liebermann und Ernst Ludwig Kirchner. Freiwald hatte das Bild nur mit seinen Initialen SF für Siggi Freiwald signiert, und ich erklärte der Tante, dass er in Wirklichkeit Hannes hieß, aber eigentlich war das auch egal. Freiwald würde nie die Berühmtheit seiner Nachbarn in der Bibliothek des Hauses Knudsen erlangen. Dass die Tante das Bild ohne nennenswerten materiellen Wert hier ausstellte, war für mich Ausdruck ihrer Wertschätzung mir gegenüber.

Kapitel 42

Während ich damit beschäftigt war, alle Verbindungen, die ich befürchtete, im Gefängnis verloren zu haben, wieder zu knüpfen, war Martin nicht untätig. Er machte sich auf die Suche nach dem Offizier, der sich laut Siggis Schilderung auf dem Reichspostschiff immer wieder mit Ludolf unterhalten hatte. Er war nicht schwer zu finden, da nur ein Korvettenkapitän auf der Passagierliste der Feldmarschall stand.

Zusammen mit einem Schutzmann suchte Martin den Korvettenkapitän Nikolaus von Schneider in seinem Haus in Blankenese auf und schilderte mir später sehr anschaulich, was er erlebte.

»Es war sicher die letzte große Fahrt des siegreichen Kapitäns von Schneider, Zee-Jott«, berichtete Martin. »Der ist sehr weit vom Kurs abgekommen.«

»Wie meinst du das?«

»Er ist pensioniert und scheint mir etwas besessen. Hat mir seine ganze Lebensgeschichte erzählt. Der war schon als junger Soldat nach Ostafrika gekommen ... zur Unterstützung von Carl Peters ...«

»Carl Peters, war das nicht ...?«, fragte ich und kramte in meinen Erinnerungen. Doch Martin sprach weiter.

»Ich musste mich selbst noch mal schlaumachen. Peters war in den achtziger Jahren in Ostafrika unterwegs und hat jede Menge Land gekauft, um es später Bismarck als Kolonie unterzujubeln. Zur Belohnung wurde er dann Reichskommissar am Kilimandscharo. Er hat dort ein brutales Regime geführt, weshalb er auch später unehrenhaft entlassen wurde. Am Kilimandscharo ist Peters mit von Schneider zusammengetroffen. Die beiden haben sich wohl prächtig verstanden. Von Schneider ist dann in Afrika in verschiedenen Positionen gewesen, wurde mehrfach verwundet und ausgezeichnet. Er hat mir sein ganzes Ordengeklimper gezeigt. Eine typische preußische Karriere eben. Sein Haus sieht aus wie ein afrikanisches Museum. Du glaubst es nicht. Überall Masken und gruselige Skulpturen und mittendrin dieser garstige kleine Mann. Wenn er spricht, meint man, er spuckt Gift. Im vergangenen Jahr ist er wohl im Süden der Kolonie eher zufällig in einen Hinterhalt geraten, er wollte da nur irgendwelche Kolonialposten inspizieren. Ein Stamm hat ihn ein paar Tage festgehalten und nicht nett behandelt.«

»Unsere Leute brennen deren Dörfer nieder, wie Ludolf mir erzählt hat. Das ist auch nicht nett.«

»Ja, genau. Und darum ging es wohl auch auf dem Schiff. Ludolf muss da ziemlich laut über die Gräueltaten der kaiserlichen Armee räsoniert haben, und das gefiel dem Korvettenkapitän gar nicht. Er wollte, dass er den Mund hielt. Ludolf wäre ein Grünschnabel, erklärte er mir, und er wüsste ja nicht, worauf es wirklich ankäme. Er regte sich fürchterlich darüber auf, dass seit Kurzem Sklaverei in den Kolonien verboten ist, und forderte, jeden Eingeborenen zu erschießen, der nicht bereit sei, zu arbeiten. Er schimpfte, dass Ludolf ein Weichling und warmer Bruder sei genau wie der Kaiser. Eine Schande für unsere Rasse seien sie alle.« Martin konnte sich bei diesen Ausführungen ein Grinsen nicht verkneifen. »Der Kapitän forderte, dass man diesen Carl Peters als Gouverneur einsetzen möge.«

»Hört jemand darauf, was dieser Mann fordert?«

»Ganz bestimmt nicht. Er hat keine militärische oder politische Funktion mehr. Und Freunde in Berlin hat er sicher auch nicht.

Darum hat er mir das alles erzählt. Endlich mal einer, der ihm zuhört.«

»Und dieser Carl Peters ... lebt der überhaupt noch?«, fragte ich.

»Ja, ich war auch überrascht. Er wurde vor zwei Jahren vom Kaiser rehabilitiert und lebt mit voller Pension in London, von wo aus er Gold in Südafrika sucht und handelt.«

Ich konnte nur mit dem Kopf schütteln.

»Hältst du es für möglich, dass dieser von Schneider ins Krankenhaus gegangen ist, um dort dafür zu sorgen, dass Ludolf still ist?«

»Nein. Zu alt, zu schwach, zu verrückt. Der schafft es höchstens noch, den nächsten Gang zum Klo zu planen. Der Mann ist am Ende. Und es reichte ihm, zu wissen, dass Ludolf sterben würde. Das hielt er für eine gerechte Strafe für Hochverrat.«

»Dann hat Siggi das völlig falsch eingeschätzt. Der ist ja auch nicht ganz taufrisch im Kopf. Womöglich jagen wir seinen erfundenen Geschichten und Missverständnissen hinterher«, sagte ich, und Martin nickte nachdenklich.

Kapitel 43

Keine 36 Stunden nach meiner Rückkehr aus Helgoland konnte Siggi Freiwald die Untersuchungshaft verlassen. Mit einem kleinen Bündel seiner Habseligkeiten, gekleidet in einen fleckigen hellen Anzug, trat er vor das schwere Tor. Martin und ich holten ihn mit einem Kraftwagen der Polizei ab. Das taten wir nicht aus Freundlichkeit, sondern weil er uns nicht ausbüchsen sollte. Sein Vater Hannes Freiwald war zu diesem Zeitpunkt schon wieder auf dem Weg in seine neue Heimat Helgoland. Für ein Treffen mit seinem Sohn fühlte er sich nicht bereit. Siggi solle ihn auf Helgoland besuchen, wenn ihm danach sei, bat er uns auszurichten.

Siggi war frisch rasiert, nur der Schnauzbart war geblieben. Er duftete nach Seife und Mundwasser. Am Geruch hätte ich ihn so sicher nicht erkannt.

»Und, Siggi«, sagte ich, als wir bei Kaffee und Milchbrötchen in Martins Dienststube saßen, »wo sind die Sachen von Ludolf? Wo ist das so geheime Versteck?«

»Ja, äh«, begann Siggi, »das ist nicht so einfach. Genau weiß ich das nicht. Ich müsste nachsehen …«

»Hab ich mir's doch gedacht«, rief Martin aus und schlug mit der flachen Hand so heftig auf den Tisch, dass die Kaffeetassen leise klirrten. »Dein feiner neuer Freund hält uns zum Narren, Zee-Jott.«

»Siggi«, zischte ich den eingeschüchterten Kerl an, der nun noch dünner und blasser wirkte als in der Gefängniskleidung.

»Mach jetzt keine Spielchen mehr. Wir haben eine Abmachung. Raus mit der Sprache.«

»Ja, wie gesagt, das ist nicht so einfach ...«

»Du mieser Gauner!«, rief Martin. Die Adern auf seiner Stirn schwollen an. »Wenn du gedacht hast, du könntest auf diese Tour entwischen, dann hast du dich getäuscht. Ich setze dich aufs nächste Schiff nach Daressalam, und dort kannst du im Gefängnis verfaulen wegen Bierpanscherei und der ganzen anderen Sachen, die du da noch verbrochen hast. Keinen Tag wirst du die Luft der Freiheit atmen, das schwöre ich dir.«

Es folgte ein Moment der Stille. Martin war offenbar mit seiner Tirade fertig, und Siggi wartete auf einem guten Moment, um seine Erklärung abzugeben.

»Eine Trommel ist das Versteck«, sagte er schließlich leise mit einem unsicheren Blick zu Martin. »Und ob die Trommel nun dort ist, wo ich sie vermute, muss ich überprüfen.«

Dann erzählte er die Geschichte eines in der Tat ungewöhnlichen Verstecks. Er hatte nur wenige Tage auf der Krankenstation des Reichspostschiffes zugebracht, wo er Ludolf begegnet war. Die Verletzungen, die Siggi bei der Prügelei mit den Besatzungsmitgliedern davongetragen hatte, waren nicht so schlimm gewesen. Ein gebrochener Finger wurde eingegipst. Als Ludolf ihm schließlich die Mappe mit den geheimen Dingen gab, wusste Siggi gar nicht, wie ihm geschah. Er versprach, die Mappe zu verstecken und sie für Ludolf aufzubewahren. Er gab dem Fiebernden die Adresse seiner Mutter und versprach, die Mappe dort hinzubringen.

»Ich konnte ja nicht wissen, dass ich monatelang in diesem Loch schmoren sollte. Ich habe die Sache dann auch vergessen. Schließlich habe ich genug eigene Probleme. Der Ludolf wird sich schon melden, dachte ich, und wenn nicht, dann ist es auch egal.«

Nach den Tagen auf der Krankenstation war die Feldmarschall noch gut eine Woche auf See, in der Siggi Ludolf nicht besuchen konnte, weil er, um weitere Prügeleien zu vermeiden, angekettet worden war und bewacht wurde. Zunächst hielt er die Mappe unter seiner Matratze versteckt.

»Aber ich konnte ja in Hamburg mit dem Zeug nicht einfach so von Bord gehen«, erklärte er sein Dilemma. »Mein Weg führte direkt ins Kittchen, und dort hätte man mir die Mappe abgenommen. Ludolf hatte betont, dass besonders die Polizei sein Material nicht in die Hände bekommen durfte.«

»Und es hat dich nicht interessiert, was da drin war?«, fragte ich.

»Nee. Mir war klar, dass da Ärger drin war, und davon hatte ich bereits genug.«

Eines Nachts, als sie nur wenige Stunden von der Elbmündung entfernt waren, geriet der Dampfer auf Höhe der Insel Wangerooge in einen schweren Sturm. Das fast neue, hochseetüchtige Schiff war nicht wirklich in Gefahr, aber Passagiere und Ladung wurden aufs Heftigste geschüttelt. In einem der Frachträume wurden Kisten und lose Gegenstände besonders durcheinandergeworfen. Da die Mannschaft allein mit Aufräumen und Festzurren nicht nachkam, wurden Siggi und die anderen Gefangenen zwangsverpflichtet, ihnen zu helfen.

»Der Stauraum war randvoll mit den merkwürdigsten Sachen, richtig unheimlich«, berichtete er. »So Sachen von den Eingeborenen. Masken, Figuren, Speere und Schilde, sogar Schädel, so Totenschädel flogen da rum.«

»Und wem gehörten die Sachen?«, fragte Martin, der gespannt gelauscht hatte.

»Irgendeinem Museum. Für Volkszeugs. Ich hab's vergessen.«

»Das Museum für Völkerkunde«, sagte ich.

»Ja, genau so hieß das«, freute sich Siggi.

Das Museum war mir wie jedem gebildeten Hamburger bekannt. Es befand sich noch im Gebäude des Naturhistorischen Museums am Steintorwall, ein größerer Neubau am Rothenbaum war aber bereits in Planung. In diesem Museum sammelte man die Zeugnisse der unterschiedlichen Kulturen der Welt, die besonders aus den deutschen Kolonien in Afrika und Asien den Weg zu uns fanden. Sein Zweck war es, einen Eindruck von der Vielfalt der Kulturen der Welt zu vermitteln. Ich hatte bei meinen wenigen Besuchen in diesem Museum allerdings den Eindruck gewonnen, dass es hier eher um die Darstellung der Überlegenheit unserer Kultur ging.

Wie auch immer: Dass man einen großen Schiffsladeraum mit Dingen, die man den Eingeborenen abgehandelt oder entwendet hatte, füllte, schien mir plausibel. Wenn das Museum tatsächlich bald in größere Räume zog, brauchte es Ausstellungsstücke.

»In dem Stauraum lag alles durcheinander. Kisten waren zerbrochen«, erzählte Siggi weiter. »Das war viel Arbeit. Ein Kerl von diesem Museum hat uns erklärt, was wir zu tun hatten. Der lief aber immer wieder raus, um zu kotzen.« Siggi lachte. »Der Seegang hat ihn fast umgebracht.«

»Wie hieß der Mann?«, fragte Martin, aber Siggi zuckte nur mit den Schultern.

»Und da habe ich mir gedacht, wenn diese Sachen unverzüglich im Museum landen, dann ist das doch ein guter Ort für Ludolfs Geheimnis. Ich habe die Mappe dann in so eine große Trommel gesteckt. Der Boden hatte sich etwas gelöst, so dass ich die Mappe einfach nur hineinschieben musste. Den Boden habe ich dann festgenagelt und fertig.«

»Wie sah die Trommel aus?«, fragte ich.

»Die war ungefähr so hoch«, Siggi deutete einen Meter an, »und so breit wie ein großer Kochtopf. Sie war mit Zebrafell überzogen. Das sah wirklich schön aus, so schwarz-weiß gestreift ...«

»Wir wissen, wie Zebrafell aussieht, Freiwald«, sagte Martin ungeduldig. »Wie sah die Trommel genau aus? War sie aus Holz? War sie bemalt?«

»Ja, wie ein Fass, aus Holz. Sie war nicht bemalt, aber es waren helle Muster in das dunkle Holz geschnitzt.«

»Würdest du die Trommel wiedererkennen?«, fragte Martin.

»Ja. Ganz sicher. Es gab auch sonst keine, die ähnlich aussah.«

Es war also ganz einfach. Zum Museum fahren, die Trommel suchen, den Boden öffnen, und wir haben unseren Schatz, so dachte ich.
Aber so einfach war es nicht.

Ohne eine offizielle Anordnung würde man uns nicht gestatten, in der Sammlung des Museums herumzuwühlen oder gar ein Ausstellungsstück zu öffnen. Wenn Siggi das auch nicht verstand, so hatten die Stücke, die im Museum lagerten, einen hohen Wert, den man nicht immer in Goldmark beziffern konnte.

Ein offizielles Schreiben würden wir von Polizeidirektor Roscher sicher bekommen. Aber dann würde sich Roscher auch für den Inhalt der Mappe interessieren, die wir in der Trommel zu finden hofften. Ludolf hatte ausdrücklich davor gewarnt, seine Enthüllungen der Polizei preiszugeben. Er befürchtete offensichtlich, dass sein Geheimnis von staatlichen Stellen unter den Teppich gekehrt werden würde. Also mussten wir den Inhalt der Mappe kennen, bevor wir der Obrigkeit einen Zugriff darauf gestatteten. Dieser Meinung war auch Martin, wenn es ihm als Beamten auch schwerfiel, so zu denken.

Wir entschieden uns für eine List, um der Trommel näher zu kommen. Ich stellte mich dem stellvertretenden Leiter des Museums, einem Dr. Christian Pilz, als Doktorand aus Berlin vor, der die Kunst des schwarzen Kontinents erforsche. Besonders die Musikinstrumente seien Gegenstand meiner Studien, erklärte ich. Meine Geschichte handelte von einem Kollegen, der jüngst von einer Afrikareise heimgekehrt war und mir von ein paar sehr interessanten Stücken berichtet hatte, deren Verladung er in Daressalam beobachten konnte, als er sich nach Hamburg einschiffte. Eine Trommel, die er mir beschrieben hatte, so erklärte ich, erscheine mir einer bestimmten Bauweise des Omo-Stammes zuzuordnen zu sein, die äußert selten und für meine Studien von unschätzbarer Bedeutung sei. Den Stamm hatte ich mir ausgedacht, aber dieser Dr. Pilz konnte unmöglich alle Stämme Afrikas kennen. Die Ladung sei, so habe mir mein Kollege berichtet, für das Museum für Völkerkunde in Hamburg bestimmt gewesen. Ich wollte nun darum bitten, die Stücke in Augenschein nehmen zu dürfen, es würde auch nicht lange dauern.

Dr. Pilz erwies sich als ausgesprochen hilfsbereit. Sicher hat meine Behauptung vom hohen Wert des Gegenstandes sein Interesse geweckt. Er führte mich durch die Ausstellung, zeigte mir einige Musikinstrumente, Trommeln, Saiteninstrumente, Flöten und Schalmeien, die bereits länger im Museum ausgestellt waren. Die Lieferung aus dem Mai war noch nicht vollständig katalogisiert. Deshalb waren die Stücke auch noch nicht ausgestellt. Pilz führte mich in ein düsteres Lager hinter dem Museum, wo wir in muffiger, feuchter Luft mit Petroleumlampen zwischen Kisten und Regalen umherkletterten. Ich stieß auf viele erstaunliche Stücke, kunstvolle Skulpturen, furchterregende Masken, eine tote Ratte, leere Bierflaschen, aber keine Trommel.

»Sie sind sicher, dass Ihr Kollege eine solche Trommel bei unserer Ladung gesehen hat? Sie kann ja auch zu einer anderen Ladung gehört haben.«

»Ja«, beteuerte ich, »er war ganz sicher. Er hatte wohl auch kurz mit dem Begleiter der Fracht gesprochen, und dann ist im Sturm alles durcheinandergeraten.«

»Der Begleiter der Fracht war ich«, sagte Pilz, und ich erschrak. Nun konnte mein ganzes Lügengebäude zusammenbrechen. »Aber ich habe nicht so viel mitbekommen, muss ich zugeben.« Er lächelte verlegen. »Ich litt während der gesamten Reise an Seekrankheit. Gespräche mit Mitreisenden sind mir nicht im Gedächtnis geblieben, aber an den Sturm erinnere ich mich. O ja, und wie ich mich erinnere. Das war meine erste Afrikareise und sicher auch meine letzte. – Trommeln suchen Sie, sagen Sie?«

»Ja. Mein Kollege sprach von einem besonderen Stück, mit Zebrafell bespannt.«

Als wir das Lager verließen, kam uns ein alter Mann in einem grauen Kittel entgegen.

»Kann ich helfen, Herr Doktor?«, fragte er.

»Vielleicht, Herr Hopp. Dieser Herr aus Berlin sucht eine ganz bestimmte Trommel. Mit Zebrafell. Er braucht sie zu Studienzwecken. Sie muss mit der letzten Lieferung aus Daressalam gekommen sein.« An mich gewandt sagte er: »Unser Herr Hopp ist gewissermaßen ein lebender Katalog. Er kennt alle Stücke.«

Aber Herr Hopp, der eher aussah und roch wie ein lebendes Rumfass, kannte meine Trommel nicht. Ratlos trat ich den Weg zur Tramhaltestelle an. Ich wollte gerne glauben, dass Siggi die Mappe in der beschriebenen Trommel versteckt hat. Doch vermutlich brachte der Einfaltspinsel ein paar Sachen durcheinander, und die Ladung, die er aufgeräumt hatte, war für einen anderen Empfänger bestimmt gewesen. Nun hatten wir keinen Anhaltspunkt mehr. Ludolf Harbergs Geheimnis war unrettbar verloren.

Während ich auf die Tram wartete, tippte mir plötzlich jemand auf die Schulter. Ich drehte mich um, und vor mir stand

Herr Hopp, verschwitzt, außer Atem und vom Alkoholdunst umwölkt.

»Gnädiger Herr«, flüsterte er und funkelte mich unheimlich an. »Ich glaube, ich kann Ihnen helfen mit Ihrer Trommel.« Er blickte hinter sich und drehte sich dann schnell wieder zu mir um.

»Tatsächlich?«, sagte ich. Die Tram kam. Menschen stiegen aus und ein, aber ich wollte wissen, was Hopp zu sagen hatte, und ließ die Tram fahren. »Warum haben Sie das nicht vorhin gesagt, als Dr. Pilz Sie gefragt hat?«

»Ist geheim«, sagte Hopp und drehte sich wieder suchend um. »Sie dürfen mich nicht verraten.«

»Ich verrate Sie nicht. Also los, was wissen Sie?«

Er sah mich erwartungsvoll an. Als ich nicht reagierte, nickte er auffordernd. Erst jetzt begriff ich und zückte einen Zehnmarkschein. Hopp steckte das Geld wortlos ein und sah mich unvermindert auffordernd an. Also gab ich ihm noch einen Zehner.

»Dafür erwarte ich nun aber etwas, sonst können Sie mir das Geld gleich wiedergeben«, sagte ich.

»Gehen Sie in die ›Wilde Maus‹. Da ist Ihre Trommel. Und einige andere Sachen aus der Lieferung ebenfalls.« Er drehte sich um und ging zügig fort.

»Warten Sie!«, rief ich ihm hinterher. »Wie ist sie denn dorthin gekommen?«

Er drehte sich nicht mehr um. Die Antwort auf meine Frage konnte ich mir auch selbst geben. Irgendjemand – Hopp selbst oder sogar Pilz – verkaufte Stücke aus den Lieferungen. Natürlich unter der Hand und auf eigene Rechnung. Und da es sich um Eigentum des Deutschen Reiches handelte, war das garantiert höchst strafbar. Ich beschloss, dieses Verbrechen nicht weiter zu verfolgen oder Martin zu melden. Genau genommen hatte auch das Reich viele dieser Dinge gestohlen oder für Glasperlen und stumpfe Beile eingetauscht.

Die »Wilde Maus« war ein bekanntes Varieté am Spielbudenplatz, das ich noch nie besucht hatte. Am Nachmittag war nur die Kasse geöffnet. Große Plakate warben für eine Aufführung mit dem Titel »Nachts im Urwald – bei den Kannibalen«. Das Plakat zeigte eine gemalte Szene, in der schwarze Gestalten mit Speeren und Schilden um ein Feuer tanzten. Ich erwarb zwei Billetts. Zuerst war mein Gedanke, Margot zu dieser Aufführung einzuladen, aber die »Wilde Maus« stand eher für eine sehr derbe Auffassung von Bühnenkunst und hatte mit den von Margot bevorzugten Spielarten wie Oper und Ballett nichts gemein. Also beschloss ich, Siggi mitzunehmen, der so auch gleich seine Trommel wiedererkennen konnte, sollte sie tatsächlich eine Rolle bei »Nachts im Urwald« spielen.

Kapitel 44

Martin amüsierte sich köstlich darüber, dass ich mir meinen Abend mit einem Programm in der »Wilden Maus« verderben wollte. Er wäre einfach zum Bühneneingang gegangen und hätte verlangt, die Requisiten durchsuchen zu dürfen. Er als Polizist hätte das vielleicht tun können, ich hätte damit rechnen müssen, dass man mich hinauswirft. Aber auch Martins Erfolgsaussichten waren fragwürdig. Im Theater wusste man sicher, dass die Requisiten unrechtmäßig erworben worden waren, und hätte sie umgehend verschwinden lassen. Dann wäre jede Hoffnung dahin, die Trommel doch noch zu finden.

Das Theater war gut besucht. Es war nicht die feine Gesellschaft, wie ich sie von den Opernpremieren mit Tante Isolde kannte. Hier kamen die einfachen Leute hin, die Arbeiter und Handwerker, die Droschkenkutscher und Kontorangestellten. Sie trugen ihre besten Anzüge, die Frauen waren noch beim Coiffeur gewesen, und es hing gespannte Erwartung in der Luft, als man sich vom Foyer in den Theatersaal begab. Man saß hier nicht in Stuhlreihen, sondern an kleinen Tischen mit zwei oder vier Stühlen. Es wurde Bier, Wein und Sekt serviert. Auch kleine Speisen konnte man bestellen.

Siggi trug einen Anzug von mir, weil er mit seinem zerschlissenen Tropenanzug unmöglich ausgehen konnte. Uns wurde ein Tisch direkt an der Bühne zugewiesen. Wir bestellten Bier, Siggi orderte noch einen Schnaps dazu. Mein Zellengenosse war aufgeregt und plapperte die ganze Zeit. Noch nie im Leben sei er in einem Theater gewesen, und er komme sich nun vor wie ein feiner Herr. Er hatte schon das dritte Bier bestellt, als die Aufführung begann.

Die kleine Bühne war vollständig dunkel, während die Musik einsetzte. Dann ging ein Vollmond auf, und die Umrisse von Palmen waren zu erkennen. Schließlich betraten drei Menschen in Tropenbekleidung die Bühne, zwei Männer und eine Frau. Sie sangen ein Lied über die Faszination der afrikanischen Wildnis, wohl um sich zu beruhigen, denn sie hatten schreckliche Angst im dunklen Urwald. Eine dicke Schlange hing plötzlich von der Decke, ein Löwe brüllte, Affen kreischten. Das Publikum begleitete jeden neuen Einfall mit Gelächter. Die Geschichte des Stückes ist schnell erzählt. Schon bald wurden die Urwaldbesucher von Eingeborenen erst aus dem Hintergrund beobachtet, schließlich gefangen genommen. Die Eingeborenen wurden von Männern und Frauen gespielt, die nur Baströckchen trugen und am ganzen Körper schwarz angemalt waren. Die Lippen waren rot geschminkt, und in den schwarzen Perücken steckten große Knochen als Schmuck. Mit Speeren und Schilden führten die Eingeborenen wilde Tänze auf, wobei sie Affenlaute ausstießen. Die Brüste der Frauen waren bis auf die schwarze Farbe unbedeckt. Siggi machte mich begeistert darauf aufmerksam.

Irgendwann saß einer der weißen Männer in einem großen, dampfenden Kochtopf und sang ein Lied, in dem er die Eingeborenen anflehte, nicht ihn zu verspeisen, sondern seine Frau, die doch viel jünger und zarter sei als er. Das Publikum schüttete sich aus vor Lachen. Während die Eingeborenen alle möglichen Zutaten und Gewürze in den Topf warfen und sich schon die Lippen leckten, betrat ein Mann die Bühne, der offenbar einen Medizinmann oder Schamanen darstellen sollte. Er trug eine gruselige Maske aus Holz mit langen Haaren von der Art, wie ich sie im

Museum gesehen hatte. Unter dem Arm hielt er eine Trommel, auf der er mit einem Knochen einen langsamen Takt trommelte. Das Gruselige an dieser Figur war wirklich gut gelungen. Er sang davon, dass nun alle zu Tisch kommen sollten, die Suppe sei gleich fertig.

Siggi stieß mich aufgeregt an, wobei er fast sein Bierglas umwarf.

»Das ist meine Trommel«, flüsterte er mir zu. Tatsächlich entsprach das Instrument des Medizinmannes exakt Siggis Beschreibung. »Und jetzt?«

»Abwarten«, sagte ich. »Nach der Vorstellung sprechen wir mit dem Chef«, sagte ich und sah in Gedanken wieder ein paar Scheine für die Trommel aus meiner Brieftasche verschwinden. Ich musste mit Martin sprechen. Diese Ermittlungen überstiegen meine finanziellen Möglichkeiten.

Das Drama auf der Bühne fand sein Ende durch den Auftritt der kaiserlichen Armee, dargestellt von drei uniformierten Männern mit Pickelhauben und Gewehren, die den Mann aus dem Kochtopf befreiten und die Eingeborenen in Reih und Glied antreten ließen. Im Finale tanzten die Eingeborenen unter dem tosenden Applaus des Publikums einen grotesken Walzer. Auch Siggi hielt es nicht mehr auf dem Stuhl. Dann war die Vorstellung zu Ende.

Während sich der Saal langsam leerte und auf der Bühne Arbeiter und einige Darsteller die Requisiten abräumten, fragte ich nach einer verantwortlichen Person. Niemand beachtete mich. Ich drehte mich zu Siggi um, doch ich sah ihn nicht, im ganzen Saal kein Siggi. Und die Trommel mit dem Zebrafell, die während des Walzerfinales am Rande der Bühne gelegen hatte und keine Rolle mehr spielte, war verschwunden.

»Siggi«, rief ich laut und stürmte aus dem Theater. Ich sah in beide Richtungen die Reeperbahn entlang. Von Siggi keine Spur.

Ich musste nicht ins Theater zurückkehren, um zu wissen, was geschehen war: Siggi hatte das Durcheinander nach der Aufführung genutzt und sich mit der Trommel aus dem Staub gemacht. Niemand hatte dies bemerkt, und niemand war ihm gefolgt.

Martin verließ gerade das Stadthaus, als ich mit einer Droschke vorfuhr.

»Los«, rief ich, »steig ein! Wir müssen Siggi finden. Er hat die Trommel geklaut.«

»Einen schönen Freund hast du da«, sagte Martin, als er in der Droschke neben mir Platz nahm.

Uns fiel nur ein Ort ein, an dem wir nach Siggi suchen konnten: die Wohnung seiner Mutter im Gängeviertel. Widerwillig brachte uns der Kutscher dorthin. Es war bereits dunkel, und da hielt sich niemand in dieser Gegend gerne auf, der dort nichts zu suchen hatte. Ein Droschkenkutscher mit einer Geldbörse ging in dem Elendsquartier im Herzen unserer wohlhabenden Hansestadt gewisse Risiken ein. Außerdem würde er dort keinen neuen Fahrgast finden und leer weiterfahren müssen.

Das schiefe Fachwerkhaus mit der Adresse Brauerknechtgraben 2 wirkte wie die meisten Häuser hier, als würde es gleich zusammenfallen. Zwei alte Männer, die rauchend vor dem Haus standen, fragten wir nach der Wohnung der Witwe Freiwald. Wortlos wiesen die Männer uns den Weg in den Hinterhof. Zwischen rostroten Backsteinmauern, die den ganzen Tag keinen Sonnenstrahl in den Hof ließen, spielten verdreckte Kinder mit einer Katze. Ein überquellender Müllkübel stand im Weg. An einem offenen Fenster irgendwo über uns stritten ein Mann und eine Frau lautstark.

Wir betraten einen dunklen Hausflur und gingen langsam die Türen ab, von denen die meisten mit Namen beschriftet waren.

Hinter den Türen hörten wir Gemurmel, Gequengel von Kindern, sogar ein Gebet. Es roch nach Kohl, Zichorienkaffee und Fäulnis.

Im dritten Stockwerk trug eine Tür den ungeschickt geschriebenen Namen Freiwald. Die Tür war nur angelehnt, vorsichtig stieß ich sie auf.

Wir betraten einen düsteren Raum, doppelt so groß wie meine Zelle, der mit alten Teppichen ausgelegt war. An einer Wand stand ein großes Bett, an einer anderen eine schmale Pritsche. In laienhaft gezimmerten Regalen lagen zusammengeknüllte Kleidungsstücke. In einem der Fenster an der Außenwand war eine Scheibe zerbrochen. Wir gingen durch den Raum zu einer Tür, durch die Licht schien.

Am Tisch in der kleinen Küche saß Siggi. Auf dem Boden neben ihm lag die Trommel mit dem Zebrafell, der hölzerne Boden des Instruments war zerbrochen. Siggi studierte konzentriert ein paar Blätter, die vor ihm auf dem Tisch lagen. In der Mitte des Tisches lagen vier Rollfilme, wie man sie aus modernen Fotoapparaten kannte. Siggi sah nicht auf, als wir die Küche betraten.

»Daraus soll einer schlau werden«, murmelte er. »Ich hoffe, du kannst das Gekritzel hier entziffern, Dokter Kalle.«

»Wo ist deine Mutter?«, fragte ich.

»Was weiß ich«, entgegnete Siggi, »vermutlich Geld verdienen. Im Liegen. Kaum zu glauben, dass jemand der alten Hexe dafür noch was bezahlt.«

Martin und ich setzten uns auf die beiden verbliebenen Stühle. Die Küche bestand nur aus einem Ofen und einem Spülstein. In einem Regal stapelten sich Teller und Tassen, die nicht zueinanderpassten. In einer Holzkiste lag verschrumpeltes Gemüse, über dem Herd hing eine gräuliche Speckschwarte, von Fliegen umschwärmt.

»Du hast dich ja nicht besonders gut versteckt«, sagte Martin.

»Ich habe mich nicht versteckt. Ich wollte euch nicht ausbüchsen, ich wollte nur die Trommel in Sicherheit bringen. – Also Doktor Kalle, was hat das hier zu bedeuten? Ich verstehe nix.« Er schob mir die vielleicht zehn Seiten rüber.

Es waren Blätter mit vorgedruckten Linien und Spalten, wie man sie überall in Amtsstuben und Kontoren und auch in Laboren benutzte. Die Blätter waren mit Zahlen und Buchstaben gefüllt. Das meiste in englischer Sprache. Das Journal wies viele unterschiedliche Schriften auf und war mal mit Bleistift und mal mit Tinte ausgefüllt. Die Blätter waren abgegriffen und von Feuchtigkeit gewellt.

Ich begann, die Zeichen zu entziffern.

»Und was ist das?«, fragte Martin und deutete auf die vier Filmrollen.

»Das sind Rollfilme, wie du eigentlich wissen solltest«, sagte ich.

»Ja, das weiß ich. Waren die auch in der Trommel?«

Siggi nickte. Der Ganove saß angespannt auf seinem Stuhl und beobachtete uns.

»Dann werde ich die gleich mal ins Labor bringen«, sagte Martin und griff die Filme. »Ihr seid ja noch etwas beschäftigt.« Er stand auf.

»Es ist bald elf Uhr, Martin. Da wirst du keinen preußischen Beamten mehr antreffen, der dir die Filme entwickelt.«

»Da täusch dich mal nicht, mein Lieber«, sagte Martin. »Wenn wir gebraucht werden, sind wir zur Stelle. Und sonst mache ich es selbst.«

»Das kannst du?«, fragte ich.

»Ich kann noch viel mehr Sachen, von denen du nichts weißt«, sagte Martin und verschwand aus der Wohnung.

Kapitel 45

Acht Stunden später war Siggi tot, und ich saß mit einer frisch genähten Platzwunde am Hinterkopf und einer gebrochenen Rippe bei Martin im Büro und betrachtete die Fotos, die er entwickelt hatte. Die Seiten aus dem Journal besaß ich nicht mehr.

Was war geschehen?

Ich hatte in Siggis Küche bestimmt eine Stunde damit zugebracht, mir einen Reim auf die Einträge in den Journalseiten zu machen. Es deutete vieles darauf hin, dass hier die Behandlungen von Eingeborenen dokumentiert waren. Jede Seite war in der oberen Ecke mit einem Datum versehen. Es war auf allen Seiten dasselbe Datum: 28. Oktober 1906, in der englischen Schreibweise 10/28/06. Jede Zeile war offenbar einem Patienten zugeordnet, dessen Name ganz am Anfang stand. David Adjume, Yoweri Pinda, Mizengo S., häufig nur ein Vorname. Oft waren die Namen nur schwer zu entziffern. Offenbar gab es auch keine festgelegte Schreibweise, und die meisten der Patienten konnten ihre Namen vermutlich nicht buchstabieren. Hinter dem Namen stand das Zeichen für das Geschlecht: die Symbole für Mars und Venus. Schätzungsweise siebzig Prozent der Patienten waren Männer. Dann folgte eine mit »Age« überschriebene Spalte für das Alter, das sicher nur geschätzt war. Es reichte von vierzehn bis fünfundsiebzig. Die weiteren Spalten waren mit »Atox« überschrieben, und ich deutete die Werte als Mengenangaben für die Gabe von Atoxyl in Milligramm, versehen mit dem jeweiligen Datum. Bis zu fünf Gaben im Zeitraum von wenigen Wochen je Patient waren hier verzeichnet. Die Mengen waren höchst unterschiedlich. Neben dieser Ziffer stand eine weitere Ziffer, die die Einheit lb. trug, was nur das Gewicht des Patienten bedeuten konnte. Es war deutlich zu erkennen, dass die Patienten stark abnahmen, gelegentlich auch wieder etwas an Gewicht gewannen. In der letzten Spalte, die mit einem Kreuz überschrieben war, waren häufig Daten eingetragen, natürlich die Todestage der Patienten. Gut die Hälfte der vierhundert Zeilen des Journals hatte hier einen Eintrag. Der jüngste datierte auf den 9. Januar 1907. Das bedeutete, dass von den vierhundert Patienten, so folgerte ich, die am 28. Oktober aufgenommen und behandelt wurden, in den folgenden zwei Monaten zweihundert starben. Ging man davon aus, dass jeden Tag so viele, wenn nicht mehr Patienten aufgenommen worden waren, so starb jeden Tag ein Viertel der Patienten. Hundert Tote am Tag. Das stand so nicht in den bekannten Berichten, und auch das Journal ließ die Frage offen, ob die Menschen an der Schlafkrankheit oder am Atoxyl verstarben.

Als ich mir einige Zeilen genauer ansah, bemerkte ich, dass dort die meisten Todesfälle verzeichnet waren, wo sehr wenig oder sehr viel Atoxyl verabreicht worden war. Daraus mussten die Forscher zwangsläufig schließen, dass es ein Mittelmaß der Atoxyldosierung gab, das Erfolg bei der Behandlung versprach. Alter und Gewicht der Patienten spielten dabei vermutlich eine große Rolle, vielleicht auch ihr Geschlecht. Waren die Forscher also dabei, dieses Mittelmaß gewissermaßen durch Interpolation zu ermitteln? Das wäre mit dem Selbstverständnis des Mediziners – und vermutlich auch mit dem Gesetz – nicht zu vereinbaren. Sollte ich mit meiner Vermutung recht haben, waren diese Dokumente Zeugnisse von Menschenversuchen, wie sie im Deutschen Reich nie durchgeführt werden dürften.

Während ich beim schwachen Licht einer Petroleumlampe über den Blättern saß, hatte Siggi versucht, Tee zu kochen, was er aufgab, weil kein Wasser aus der Leitung kam. Er hatte mir einen trockenen Kanten Brot und ein Stück von der Speckschwarte hingestellt. Ich hatte es nicht angerührt. Nur einmal hatte Siggi gefragt, was die Aufzeichnungen denn zu bedeuten hätten, doch als ich nicht antwortete, übte er sich in Geduld.

Schließlich sah ich auf, streckte meinen schmerzenden Rücken durch und hob an, Siggi eine Erklärung zu geben, die er verstand.

»Die Forscher erfassen auf diese Weise ihre Beobachtungen ...«, begann ich und merkte gleich, dass es viel zu langatmig werden würde, als wir plötzlich Gepolter im Nebenzimmer vernahmen. Wenn das Siggis Mutter war, wog sie mindestens hundert Kilo. Aber es war nicht Siggis Mutter. Plötzlich standen zwei Männer in der Tür: schnaufend, schwitzend, mit triumphierendem Grinsen im Gesicht: Nemetz und Krohl.

»Ich hab gewonnen, Krohl«, sagte der Dicke. »Sie sind wirklich hier. Was für ein lausiges Versteck!«

»Wir hatten Sie nach dem Museum aus den Augen verloren, Herr Doktor«, sagte Krohl und grinste mich triumphierend an. »Man konnte uns dort nur verraten, dass sie nach einer Trommel suchten. Da haben wir gedacht, wir schauen mal bei Ihrem neuen Freund nach.« Der Geheimpolizist betrat die Küche und stellte sich neben den Tisch. Zu seinen Füßen lag die Trommel mit dem zerbrochenen Boden.

»Und das war Harbergs Versteck? Nicht schlecht.«

Ich musterte Krohl, überlegte noch, was ich sagen sollte, da hatte Nemetz auch schon die Hand ausgestreckt und mit einem Griff die Journalseiten gepackt.

»Und das haben wir gesucht.« Er rollte die Seiten zusammen und steckte sie in seine Jacke. »Vielen Dank, die Herren. Auftrag ausgeführt.« Er machte einen Satz zur Tür. Ich sprang auf, versuchte, ihn am Kragen zu packen, doch dann traf mich von hinten ein harter Schlag auf den Hinterkopf. Ich stürzte zu Boden, auf die Trommel, dann wurde es schwarz um mich.

Als ich wieder zu mir kam, war die Küche leer und die kleine Wohnung der Witwe Freiwald totenstill. Ich rappelte mich auf und sah auf die Uhr. Ich konnte nur wenige Minuten bewusstlos gewesen sein. Wo war Siggi? War er den Geheimpolizisten nachgeeilt? Versuchte er, die Dokumente zu retten? Oder hatten sie ihn gar mitgenommen?

Ich betrat das finstere Treppenhaus. Auch hier war es still. Niemand stritt mehr, niemand kochte oder spielte. Im Gängeviertel war Nachtruhe eingekehrt. Langsam ging ich die dunkle Treppe hinunter, elektrisches Flurlicht gab es nicht. Und da sah ich ihn. Siggi lag auf dem Treppenabsatz vor einer Wohnungstür. Sein Körper war merkwürdig verdreht, er bewegte sich nicht.

»Siggi?« Ich stolperte die Treppe hinab zu dem regungslosen Mann. Seine Stirn war noch warm, doch seine Augen starrten ins Leere. Ich fühlte keinen Puls. Siggi war tot. Ich war schockiert. Und unendlich traurig. Siggi war ein kleiner Ganove, ein Dummkopf, einer, den ich kaum kannte und mit dem ich wenig gemein hatte, und doch verband uns so viel. Er war zum Opfer unserer Jagd nach Ludolfs Geheimnis geworden. Ich fühlte mich schuldig.

Siggi hatte keinen äußeren Verletzungen, und wie sich später nach der Untersuchung durch Dr. Seutter herausstellen sollte, brach er sich beim Sturz von der Treppe das Genick. Vermutlich waren Nemetz und Krohl schon aus dem Haus, als er ihnen nacheilte und stürzte.

Erst als ich zum nächsten Polizeiposten lief, beschlich mich kurz die Angst, dass man mich für Siggis Tod verantwortlich machen könnte. Nach meiner Erfahrung mit der sterbenden Agatha hatte ich allen Grund dazu. Doch man glaubte meine Geschichte und machte mich darauf aufmerksam, dass ich heftig blutete. An meiner Jacke und meinem Hemd haftete angetrocknetes Blut. Ich bat darum, zum Stadthaus gebracht zu werden, wo Martin gerade mit der Entwicklung der Filme fertig geworden war. Ein herbeigerufener Arzt nähte meine Kopfwunde und stellte den Rippenbruch fest, dessen Schmerzen ich erst spät bemerkt hatte. Die Kopfwunde, so der Arzt, musste von einem Schlagring verursacht worden sein.

»Die Aufzeichnungen sind weg«, gestand ich Martin, der dies bereits vermutet hatte, »und dort, wo Nemetz und Krohl sie hinbringen, werden sie sang- und klanglos verschwinden. Das ist sehr bedauerlich.«

»Vielleicht schaffen es diese Fotografien, etwas Staub aufzuwirbeln.« Martin schob mir vier Abzüge über den Tisch.

Zwei der Bilder zeigten schwarze Männer nur mit Hosen bekleidet, die aus groben Holzstämmen eine Hütte bauten. Am Rand standen zwei weiße Männer, die ernst in die Kamera blickten. Einer von ihnen war zweifellos Ludolf, den anderen, einen schlanken, kleinen Mann um die fünfzig in einem hellen Kittel, kannten wir nicht. Ein weiteres Bild zeigte einen Zaun aus hohen, dichtgefügten Holzstämmen. Durch ein schmales Tor sah man eine Hütte wie die, die auf dem anderen Bild gebaut wurde. In der Tür der Hütte standen schwarze Männer und blickten scheu in die Kamera. Sie waren abgemagert, trugen auch nur diese einfachen Hosen.

»Das ist das Lager, das Ludolf, Andreas von Lobenstein und dieser Arzt mit der Abkürzung FW errichtet haben. Das Concentration Camp«, sagte ich. »Und das ist sicher dieser FW.« Ich tippte auf den Mann im hellen Kittel. »Sieht eigentlich ganz freundlich aus.«

»Und jetzt sieh dir das an«, sagte Martin und schob drei weitere Fotografien über den Tisch. Sie zeigten wieder den Zaun, davor lagen Männer. Sie waren ganz offensichtlich tot. Ich zählte sieben, sauber aufgereiht, es konnten aber mehr sein, die nur nicht vom Fotografen erfasst waren. Ein weiteres Bild zeigte den Mann, in dem wir FW vermuteten. Er hockte, ein Gewehr auf den Knien, neben den toten Männern. Bei der Leiche ganz zu vorderst erkannte man deutlich ein Einschussloch in der Stirn. Die Aufnahme war aus einiger Entfernung und gewiss heimlich gemacht worden. Das letzte Bild zeigte die Körper schwarzer Menschen in einer Grube. Es mochten ein Dutzend Leichen sein oder mehr. Eingeborene waren damit beschäftigt, die Grube zuzuschaufeln. Auch diese Aufnahme war – darauf deuteten Unschärfen im Vordergrund hin – aus dem Schutz eines Gebüsches heraus gemacht worden. Auf den Bildern mit den Toten war Ludolf nicht zu sehen. Und Andreas von Lobenstein hatte mit dem Druck auf den Auslöser der Kamera sicher sein Todesurteil unterschrieben.

»FW hat offenbar nicht lange gefackelt, wenn die Patienten in seinem Camp Probleme machten«, sagte ich. »Nun müssen wir nur noch wissen, wer dieser Herr ist. Und es sollte mal jemand an dieser Stelle graben.«

Martin nickte.

»Aber nicht wir. Das müssen wir der Behörde in Bukoba überlassen. Und das kann dauern.«

Ich bat Martin um die Fotografie, auf der dieser Unbekannte zusammen mit Ludolf und ein paar lebenden Eingeborenen zu sehen war. Ich wollte sie Direktor Nocht zeigen. Vielleicht war ihm dieser Mann bekannt.

Kapitel 46

Es wurde hell, als ich am Morgen müde und mit einem Verband um den Kopf in der Villa Knudsen eintraf. Ich rief im Institut an und meldete mich krank. So gerne ich Direktor Nocht die Fotografien gleich unter die Nase gehalten hätte, so wenig wollte ich ihm in meinem Zustand unter die Augen treten.

Tante Isolde, der ich eine Geschichte von einem harmlosen Unfall auftischte, zeigte sich besorgt und schickte mich gleich zu Bett. Pauline wies sie an, mir alles zu bringen, was ich begehrte, und stündlich nach mir zu sehen. Das war mir eher lästig, aber ein wenig genoss ich die Fürsorge der Tante auch.

Am späten Nachmittag stand plötzlich Margot in der Tür meines Krankenzimmers. Wie ich erfuhr, hatte Tante Isolde Johannes geschickt, sie abzuholen und zu mir zu bringen. Entsetzt ob meines Anblicks stürzte sie auf mich zu.

Ihr servierte ich keine Lügengeschichte. Sie wollte meine Frau werden, ich musste ehrlich zu ihr sein. Nachdem ich ihr die Jagd nach der Trommel, die Ludolfs Geheimnis enthielt, in allen Einzelheiten geschildert hatte bis zu Siggis tragischem Tod, sah sie mich ernst und durchdringend an. Sie ließ eine quälend lange Zeit verstreichen, bis sie zu sprechen begann, ruhig und konzentriert.

»Mein lieber Carl-Jakob, hör mir jetzt bitte genau zu. Wenn du weiterhin möchtest, dass ich deine Frau werde, dann unterlässt du auf der Stelle diese Polizeiarbeit. Wenn ich mit einem Polizisten leben wollte wie Mathilde, die Abend für Abend zittert, ob Martin nach Hause kommt oder von irgendeinem Ganoven erschlagen wurde, dann hätte ich mir keinen Wissenschaftler gesucht.«

»Auch mein Beruf birgt viele Gefahren, wie du weißt ...«

»Haben wir uns verstanden, Carl-Jakob? Sind wir uns einig?«

»Ja, Margot, natürlich.«

Hätte mich Martin in diesem Moment gesehen, so hätte er mich gewiss einen Feigling gescholten, der seiner Frau nicht mit breiter Brust entgegentreten konnte. Aber ich verstand Margot. Sie hatte recht. Und ich sollte, nachdem ich schon einige Male in Lebensgefahr geraten war, endlich meine Lektion gelernt haben und mich ausschließlich dem zuwenden, was meine Profession war.

»Und sobald du wieder auf den Beinen bist«, fuhr sie unvermindert streng fort, »reichst du bei Nocht Urlaub ein, und wir fahren zu meinem Vater nach Bayern. Es wird Zeit.«

»Ja, natürlich«, sagte ich kleinlaut und wollte noch um etwas Zeit für die Suche nach Doktor FW bitten, doch das verkniff ich mir.

Wir küssten uns lange, und meine Kopfschmerzen lösten sich in einer Wolke des Glücks auf.

Schließlich hatte Margot noch eine Überraschung.

»Komm rein!«, rief sie, und die Tür öffnete sich langsam. Es trat eine Frau, nein, ein Mädchen ein, das so gar nicht in diese Umgebung aus Stuck, Brokat und Glanz passen wollte. Das Mädchen war mittelgroß, dünn, die matten blonden Haare hatte sie ungeschickt hochgesteckt. Sie trug ein schlichtes, hellblaues Baumwollkleid und einfache, flache Stoffschuhe.

»Kathrin wollte sich von dir verabschieden und dir danken. Da habe ich sie mit Johannes gleich abgeholt«, sagte Margot und winkte das Mädchen näher.

Schüchtern trat es an mein Bett. Ich setzte mich auf.

»Ja, vielen Dank, Herr Dr. Melcher, für Ihre Hilfe«, sagte Kathrin Meier leise. Es klang wie auswendig gelernt. Ich hatte diese junge Frau noch nie gesehen und mich nicht wirklich für sie eingesetzt. Warum dankte sie mir?

»Sie müssen nicht mir danken, Fräulein Meier. Danken Sie meiner Verlobten und Emma Neumann. Und schicken Sie einen Dank an Agatha Rosenberg, die nicht mehr unter uns ist, wie Sie sicher wissen.«

Das Mädchen nickte.

»Emma Neumann ist für den Dank nicht zugänglich«, sagte Margot und lächelte Kathrin liebevoll an – wie eine große Schwester. Dann schilderte mir Margot die Ereignisse der letzten Wochen. Christoph Heinze hatte angeboten, alle Vorwürfe gegen Kathrin Meier zurückzuziehen, sein Vorarbeiter würde das Gleiche tun, und das Miedje wäre frei. Unter der Bedingung, dass sie umgehend nach Ostafrika reiste, um dort einen der zahlreichen einsamen deutschen Siedler zu ehelichen und ein gottgefälliges Leben zu führen. Das Wort »gottgefällig«, merkte Margot an, stand tatsächlich in der Vereinbarung, die Kathrins Anwalt mit seinem Widersacher Heinze ausgehandelt hatte. Eine Abfindung war ebenfalls in der Vereinbarung festgelegt. Kathrin Meier sollte sich nie wieder in Hamburg blicken lassen, sonst würde Heinze sofort wieder Klage erheben.

Emma Neumann hätte Kathrin Meier lieber vor Gericht gesehen, in einem Prozess, der die Zustände bei Heinze und seinesgleichen öffentlich ausbreitete und weitere Arbeiter veranlasste, sich zu erheben. Genau das wollte Heinze, sicher unterstützt von seinen Parteifreunden, um jeden Preis vermeiden. Kathrin Meier sah sich nicht in der Lage, als Gallionsfigur in Emmas Klassenkampf zu fungieren. Und so wie sie neben mir stand, unsicher, ängstlich, konnte man nur hoffen, dass sie in Afrika auf einen Mann traf, der es gut mit ihr meinte.

Margot erzählte mir, dass das andere Miedje, das Agatha durch ihre Befragung fast soweit gehabt hatte, ebenfalls gegen Heinze zu klagen, sich angesichts des Rückzugs der Kathrin Meier auch gegen eine Klage entschieden hatte. Emma hatte es wirklich nicht leicht in ihrem Klassenkampf.

Pauline klopfte und steckte den Kopf durch den Türspalt. Sie musste nichts sagen. Es war klar, dass Tante Isolde den fremden Gast schnell wieder los sein wollte. Menschen der Unterschicht in ihrem Haus beunruhigten die Witwe Knudsen, wenn sie keine Dienstboten waren.

»Und wie geht es Emma?«, fragte ich Margot, als sie Kathrin Meier zur Tür begleitet hatte. »Ist sie wieder zu Hause?«

»Ja. Schon seit zwei Wochen, aber sie kann noch nicht arbeiten und sich kaum bewegen. Eine Nachbarin versorgt sie.«

Kapitel 47

Während ich mich von Pauline und Tante Isolde verwöhnen ließ, sorgte die ebenfalls bettlägerige Emma Neumann für eine Überraschung. Sie schickte ihre Nachbarin zum Stadthaus, und die bat Martin an Emmas Krankenlager. Emma hatte sich etwas erholt, und mit der Ruhe kam auch die Erinnerung zurück. Sie erinnerte sich, für den Bruchteil einer Sekunde auf dem Unterarm eines ihrer Peiniger eine Tätowierung gesehen zu haben. Ein Anker. Nun brauchte man in der Seefahrerstadt Hamburg gar nicht erst anzufangen, nach Männerarmen mit tätowierten Ankern zu suchen. Aber ein Detail war vielleicht seltener: Der Anker war umrankt von einem Band mit der Aufschrift: Moni.

»Dass es irgendwo ein armes Mädchen namens Moni gibt«, hatte Emma zu Martin gesagt, »das diesem Arschloch romantisch zugetan ist, macht mich sehr traurig. Aber sicher hat sie ihn längst verlassen, und die Tätowierung erinnert ihn jeden Tag an seinen Verlust.«

Martin war klug genug, nun nicht mit Schutzmännern bei Heinze einzumarschieren und sich von allen Arbeitern die Arme zeigen zu lassen. Er fragte stattdessen Kathrin Meier. Er traf die junge Arbeiterin in der Wohnung ihrer Mutter an. Sie stand kurz vor ihrer Abreise nach Afrika und packte ein paar Sachen zusammen. Viel besaß sie nicht. Martin wurde zufällig Zeuge einer dramatischen Szene. Das Mädchen hockte auf dem Fußboden der kleinen Wohnung und schnürte ein Bündel. Vor ihr saßen zwei kleine Jungen, ihre Brüder, und weinten. Der eine flehte, sie möge nicht reisen. Am Küchentisch saß die Mutter und blickte starr ins Nichts. Auch sie würde die Tochter sicher schmerzlich vermissen, aber die Aussicht auf einen Teil der Abfindung und darauf, dass Kathrin gelegentlich Geld schicken konnte, ließen sie den Schmerz ertragen.

Als Martin Kathrin nach der Moni-Tätowierung fragte, sah er ihr sofort an, dass sie wusste, wer gemeint war. Aber sie tat noch unwissend. So absurd es auch klingen mag, aber in diesem Moment dachte sie gewiss darüber nach, dass sie Heinze ihr neues, hoffnungsvolles Leben in Afrika zu verdanken hatte. Sie wollte ihm nicht schaden. Aber in einem langen Gespräch mit Kathrin und ihrer Mutter konnte Martin sie überreden, einen Namen zu nennen. Ausschlaggebend für den Sinneswandel des Mädchens war, dass Martin einen Irrtum aufklärte. Kathrin Meier und ihre Mutter dachten tatsächlich, dass Heinze in ungeahnter Mildtätigkeit für Mitgift und Reisespesen aufkommen würde und letztlich für den Kontakt zu einem heiratswilligen Siedler sorgte. Tatsächlich bediente er sich aber nur eines Programmes der Kolonialverwaltung. Überall im Land warben sie junge Frauen an. Die einsamen Siedler in den Kolonien verbanden sich immer häufiger mit afrikanischen Frauen, und das wollte der Kaiser um jeden Preis vermeiden. Die Kolonialverwaltung war mit diesem Programm, wie man hörte, nur mäßig erfolgreich. Dienstboten wie Tante Isoldes Pauline konnten sich nicht vorstellen, ein Leben in Dreck und Hitze gegen ihre Arbeit in einer Villa zu tauschen. Afrika war der letzte Ausweg für Verzweifelte.

Heinze zahlte also keinen Pfennig dafür, Kathrin Meier los zu sein. Und wenn der zukünftige Ehemann der jungen Frau einer seiner Kaffeebauern wäre, hätte er gleich zwei Probleme gelöst: Der Kaffeebauer war glücklich und Kathrin unter Kontrolle.

Also verriet die Meier schließlich Martin einen Namen: Otto

Brandt. Er gehörte zur Gruppe der Schauerleute, die Kaffeelieferungen von den Schuten ins Lagerhaus zu verladen hatten. Vierschrötige Kerle, stark wie Bären und dumm wie Möwenschiet.

Von der Dummheit des Otto Brandt konnte sich Martin ein paar Tage später überzeugen, als er den Mann im Stadthaus vor sich sitzen hatte. Brandt war geflohen, als Schutzmänner bei Heinzes Lagerhaus erschienen. Damit hatte er bereits den ersten Beweis seiner Schuld geliefert. Einen Tag hielt er sich verborgen, um dann wiederum am Lagerhaus entdeckt zu werden, wo er Geld besorgen wollte. Martin fragte Brandt, ob er auch hundert Mark für den Anschlag auf Emma Neumann bekommen habe wie sein Kumpan. Brandt reagierte, wie es selbst Martin, der viel Erfahrung mit Dummheit und Verbrechen hatte, nicht für möglich gehalten hätte. Der Mann fuhr augenblicklich aus der Haut, tobte und schimpfte, dass es eine ungeheure Ungerechtigkeit sei, da er nur zwanzig Mark bekommen habe und der Kollege Kolinski von ihm ja sogar habe überredet werden müssen. Als Brandt sich wieder beruhigt hatte, war es zu spät. In seiner Rage hatte er nicht nur die Tat gestanden und den Namen des Mittäters verraten, sondern sich selbst gleich noch als Anstifter präsentiert. Edmund Kolinski, ebenfalls Schauermann bei Heinze, konnte noch am selben Tag festgenommen werden. Martin konnte sich kaum halten vor Lachen, als er mir von der Vernehmung Brandts berichtete.

Ich war nur froh, dass Emmas Peiniger nicht ungeschoren davonkamen. Heinze würde sich für seine Beteiligung an der Tat freilich nicht verantworten müssen. Er würde alles abstreiten, nötigenfalls seine Arbeiter diskreditieren und seine weiße Weste behalten. Das passte auch Martin nicht, aber er betonte einmal mehr, dass er kein Richter sei und die Aussage von reichen und mächtigen Männern nun mal mehr wiegen würde als die von Tagelöhnern.

Kapitel 48

Am folgenden Tag erklärte ich mich unter Protest meiner fürsorglichen Gastgeberin Isolde Knudsen für arbeitsfähig und begab mich in mein Institut. Die Tante bestand darauf, dass ich mich von Johannes mit dem Automobil fahren ließ. Es erschien mir protzig, mit Fahrer und Motorwagen vor dem Tropeninstitut vorzufahren. Nicht einmal Direktor Nocht besaß ein Automobil. Also setzte mich Johannes in einiger Entfernung ab, und ich ging zu Fuß weiter.

Ich konnte meinen Hut schlecht auflassen, als ich Nocht gegenübertrat, daher bemerkte er meinen Kopfverband. Meine Erklärung »ein kleiner Unfall, nichts Schlimmes« nahm er an. Er spürte wohl, dass ihn mehr Details nur in Sachen verwickeln würden, in die er nicht verwickelt werden wollte. Ich bat ihn, sich die Fotos anzusehen, und legte ihm nur jene vor, auf denen der von mir für FW gehaltene Mann abgebildet war. Fotos von den Toten und die Aufnahme, auf der die Körper verscharrt wurden, zeigte ich nicht.

»Woher haben Sie die Bilder?«, fragte er und hielt sich eine Aufnahme dicht vor die Brille.

»Die hatte der verstorbene Ludolf Harberg bei sich. Einer der weißen Männer auf dem Bild ist Andreas von Lobenstein, Sohn eines Pharmazieunternehmers aus Wuppertal ...«

»Ja, ja, ich weiß, der Vater war unlängst bei mir. Und der andere?«

»Ich hatte gehofft, dass Sie es mir sagen können. Es muss sich um einen Arzt aus Dr. Kochs Entourage handeln.«

»Ich kenne ihn.« Nocht sah an die Decke und dachte nach. »Ich habe mal eine längere Abhandlung mit ihm verfasst, und wir haben dazu gemeinsam einen Vortrag gehalten. Ist einige Jahre her. Es ging um die Cholera, wenn ich nicht irre. Aber wie hieß er noch?«

Nocht stand auf und ging durch sein großes Arbeitszimmer auf ein hohes Regal zu. In dicken gebundenen Bänden standen dort Jahrgänge verschiedener Fachzeitschriften. Er suchte die mit geprägten Buchstaben beschrifteten Rücken der Bände ab, griff dann einen heraus und nahm ihn mit an seinen Schreibtisch. Schweigend blätterte er durch den Band. Ich saß regungslos auf dem Besucherstuhl. Das Ticken der großen Standuhr war das einzige Geräusch.

»Hier. Da ist unser Aufsatz. Und der Name meines Kollegen: Dr. Friedrich Wohltat. Ja, ich erinnere mich dunkel. Ein guter Kollege, etwas verschlossen, aber kompetent.« Er sah mich an. »Was ist denn los, Melcher? Sie sind ja ganz blass geworden.«

Ich hatte Mühe, nicht völlig die Fassung zu verlieren. Wohltat. Kein Allerweltsname. Es konnte kein Zufall sein, dass Pater Paul denselben Nachnamen trug. In welcher Weise er allerdings in Ludolfs Ermordung verwickelt war, mussten wir noch herausfinden.

Ich bat Nocht um die Erlaubnis, sein Telefon benutzen zu dürfen, und rief Martin an. Nocht beobachtete mich kopfschüttelnd, als ich dem Freund meine neuen Erkenntnisse schilderte. Martin versprach, Pater Paul umgehend verhaften zu lassen. Ich wies ihn noch darauf hin, dass der Pater zu diesem Zeitpunkt keine Kenntnis davon haben dürfte, dass seine Verbindung zu Dr. Wohltat in Afrika aufgeflogen war. Diesen Moment der Arglosigkeit sollte sich die Polizei zunutze machen.

»Sie wissen schon, Melcher«, sagte Nocht, als ich mein Telefongespräch beendet hatte, »dass Sie hier als Bakteriologe beschäftigt sind, oder?« Ich nickte und wollte schon aufstehen, doch er gab mir ein Zeichen, sitzen zu bleiben. »Und noch eins: Was auch immer Sie und Ihr Polizistenfreund da treiben, ich werde nicht zulassen, dass Sie die Reputation von Robert Koch in den Schmutz ziehen. Dieser Wohltat ist mir egal, und was immer er getan hat, er hat es auf eigene Verantwortung und ohne Wissen Kochs getan. Das steht fest.«

Nun hätte ich eigentlich von den Seiten aus dem Journal berichten müssen und davon, dass im Lager am Victoriasee vermutlich viel mehr Menschen starben, als der Fachwelt, also uns, berichtet wurde. Aber ohne jeden Beweis würde Nocht mir kein Wort glauben, ich würde höchstens das zarte Pflänzchen meiner eigenen Reputation zertrampeln. Und nun, da durch Nemetz und Krohl die Journalseiten auf geheimen Wegen sicher auch beim Institut in Berlin landeten, war damit zu rechnen, dass sämtliche ähnliche Aufzeichnungen in Berlin und am Victoriasee schlagartig unsichtbar würden.

Rückblickend, mit einigem Abstand zu den Ereignissen, bin ich auch gar nicht so sicher, ob die Enthüllungen über mutmaßliche Menschenversuche am Victoriasee die deutsche Öffentlichkeit so erschüttert hätten, wie auch Ludolf es erwartet hatte. Den meisten war das Schicksal der ihnen so fremd erscheinenden Menschen auf dem geheimnisvollen Kontinent doch einerlei.

Es dauerte den ganzen Tag, bis der von Martin in Gang gesetzte Polizeiapparat den Pater auftrieb. Einen ersten Hinweis auf seine Schuld fand sich allerdings bereits am Morgen, als die Polizisten die kleine Kammer des Paters durchsuchten: Ein Telegramm, abgeschickt von einer britischen Telegrafenstation in Kampala am 20. Mai, also zu einer Zeit, als Ludolf noch auf dem Weg nach Deutschland war.

In der Garnison erfuhren die Beamten, dass der Pater mit einem Koffer aufgebrochen war, ohne das Ziel und die Dauer seiner Reise zu hinterlassen. Der Geistliche wurde umgehend mit einem großen Aufgebot am Hauptbahnhof und an allen infrage kommenden Schiffsanlegern gesucht. Warum er ausgerechnet jetzt eine Reise antrat, war schon verdächtig. Hatte ihn jemand gewarnt? Stand er in Verbindung mit Nemetz und Krohl? Unwahrscheinlich.

Schließlich fand sich sein Name auf der Passagierliste des Reichspostschiffs Feldmarschall, ausgerechnet des Schiffes, mit dem der arme Ludolf Monate zuvor nach Hamburg gekommen war. Die Passage nach Daressalam hatte Pater Paul bereits eine Woche zuvor gebucht. Von einer panischen Flucht konnte also keine Rede sein. Er wollte sich in aller Ruhe aus dem Staub machen, vermutlich in der Annahme, dass wir ihm früher oder später auf die Schliche kommen würden.

Die Beamten mussten nur noch auf dem Schiff warten, das gegen neun Uhr auslaufen sollte, und den Pater, der in Uniform an Bord ging, festnehmen.

Bei der Vernehmung durch Kommissar Arnold Manthey und meinen Freund Martin durfte ich nicht anwesend sein. Aber der Pater hatte um ein anschließendes Gespräch mit mir gebeten, zu dem ich kurz vor Mitternacht in den kleinen Vernehmungsraum der Polizeidirektion trat. Zuvor hatte Pater Paul bereits gestanden, Ludolf mit einem Zipfel seines Kissens erstickt zu haben. Und er hatte angegeben, dass er der jüngere Bruder von Friedrich Wohltat war, der am Victoriasee mit Robert Koch forschte.

»Warum wollten Sie mich sprechen, Herr Wohltat?«, fragte ich ausgesucht förmlich. Er verstand, dass sich unser Verhältnis nun verändert hatte und ich ihn deshalb mit seinem Nachnamen ansprach.

»Herr Dr. Melcher, ich bin Ihnen eine Erklärung schuldig, zumindest aber eine Entschuldigung.«

»Mir sind Sie gar nichts schuldig. Machen Sie das mit dem Richter aus, und um Ihr schlechtes Gewissen kümmert sich vielleicht Ihr Herrgott, wenn Sie an den überhaupt glauben.«

In diesem Moment verachtete ich diesen Mann zutiefst. Er hatte mich so böse getäuscht. Ich konnte mir nicht vorwerfen, dass ich auf ihn hereingefallen war. Jeder hätte sich von ihm hinters Licht führen lassen. Der Gottesmann hatte den selbstlos Helfenden, den warmherzigen Samariter so überzeugend gespielt, dass es keinen Platz für Misstrauen gegeben hatte.

Martin hatte mir das Telegramm gegeben, das sie in Pater Pauls Kammer gefunden hatten. Ich legte es vor mir auf den Tisch.

Lieber Paul,
Stabsarzt Ludolf Harberg kommt aus Daressalam nach Hamburg – leidet an Trypanosomiasis – vermutl. Hafenkrankenhaus – hat Fotografien – nimm sie und vernichte sie – dringend
Dein Fritz

»Das hat Ihnen gereicht, um einen Menschen zu töten? Einen hilflosen, ohnehin sterbenden Menschen?«

Der Pater sah das Telegramm an und schüttelte den Kopf.

»Nein. So war das nicht. Ich habe ihn nicht getötet. Jedenfalls nicht absichtlich. Es ist eher passiert, aus der Wut heraus.«

»Was hat Sie so wütend gemacht auf den halb toten Ludolf?«

»Er wollte mir diese Fotografien nicht geben. Ich habe alles versucht, ihn dazu zu überreden, aber er traute mir nicht.«

»Wussten Sie denn überhaupt, um was es sich bei den Fotografien handelte, die er versteckt hielt? Es stand ja nichts Genaues im Telegramm Ihres Bruders.«

»Zunächst nicht. Aber vier Wochen nach dem Telegramm erreichte mich ein Brief meines Bruders, in dem er mir genauer beschrieb, was geschehen war.«

»Wo ist dieser Brief?«

»Ich habe ihn verbrannt. Darum hatte mein Bruder gebeten.«

Der Pater machte eine kurze Pause und holte tief Luft. Nun durfte ich die gesamte Geschichte erwarten.

»Fritz war von Koch nach Bukoba geschickt worden, um dort die Kranken zu beaufsichtigen, die nicht oder nicht mehr behandelt wurden. Er sollte den Verlauf ihrer Krankheiten dokumentieren, aber auf keinen Fall weitere Behandlungen oder Medikamentierungen vornehmen. Zunächst fühlte er sich von Koch abgeschoben, sah dann jedoch seine Chance. Er hatte ohnehin andere Ideen zu der Erforschung der Arzneien, konnte sich damit bei Koch allerdings nicht durchsetzen.«

»Also hat Ihr Bruder Kochs Anweisungen ignoriert und auf eigene Faust weitergeforscht?«

Der Pater nickte. »Ja, und dieser junge Pharmazeut, dieser ...«

»Andreas von Lobenstein.«

»Ja, so hieß er, hat ihn dabei zunächst unterstützt.«

»Und Ludolf Harberg?«

»Der wohl auch, war aber von Anfang an widerwillig, weil er nicht gegen Kochs Anweisungen handeln wollte. – Fritz hat dieses Atoxyl in verschiedenen Dosierungen und in Kombination mit anderen Mitteln eingesetzt und erste Erfolge verzeichnet. Er schrieb, dass er erste Genesungen bei seinen Patienten beobachten konnte. Natürlich starben auch einige.«

»Natürlich«, murmelte ich, um dann zu fragen: »Und woher hatte Ihr Bruder die Arzneien? Die wurden in Kochs Station doch sicher unter Verschluss gehalten.«

»Ja, aber von Lobenstein hatte einen eigenen Vorrat. Er saß mit seiner Fabrik in Wuppertal gewissermaßen an der Quelle. Er war von seinem Vater sogar beauftragt, Forschungen auch an Koch vorbei durchzuführen. Die von Lobensteins erhofften sich wohl einen geschäftlichen Durchbruch, wenn sie ein taugliches Mittel vor Koch fänden.«

»Und dann?« Ich war ungeduldig, aber auch müde. Es war spät.

»Die Eingeborenen wollten nicht eingesperrt sein. Wer kann es ihnen verdenken? Und die Behandlung war wohl in manchen Fällen auch sehr schmerzhaft. Es gab Revolten, Aufstände.«

»Und da hat Ihr Bruder ein paar von ihnen erschossen. Wie viele?«

»Ich weiß es nicht. Er musste sich wehren, sie hätten alles zerstört, was er gerade begann, aufzubauen. Und wahrscheinlich hätten sie ihn auch getötet. Er musste ein Exempel statuieren.«

»Aber da wollten Harberg und von Lobenstein nicht mehr mitmachen.«

»Ja. Sie haben sich gegen Fritz gestellt. Von Lobenstein hatte diese Bilder gemacht und Fritz auch davon erzählt, er wollte meinen Bruder zwingen, Koch gegenüber sein Tun preiszugeben.«

»Und da hat Ihr Bruder von Lobenstein getötet?«, fragte ich. Der Pater zuckte mit den Schultern. »Er ist verschwunden, das wissen Sie?«, fuhr ich fort. Der Pater nickte. »Wenn er es getan hat, dann hat es ihm nichts genützt«, sagte ich. »Die Filme mit den Fotografien von dem Massaker, das Ihr Bruder angerichtet hat, waren mit Ludolf bereits auf dem Weg nach Hamburg.«

»Ja. Und ich sollte sie abfangen.«

»Und was ist mit diesen Seiten aus dem Journal, die Ludolf bei sich hatte?«

»Das haben mich die Polizisten auch gefragt. Davon weiß ich nichts. Mein Bruder hat darüber nichts geschrieben. Ihm ging es nur um die Fotografien.«

Das verwunderte mich und ließ mehrere Schlüsse zu. Möglicherweise hatte Ludolf diese Aufzeichnungen in Kochs Lager entwendet und auch vor von Lobenstein versteckt gehalten. Oder es waren gar keine Aufzeichnungen von Koch, sondern von Wohltat, der nicht bemerkt hatte, dass Ludolf sie an sich genommen hatte. Zum Datum der Aufzeichnungen, die ich gesehen hatte, war das Lager in Bukoba noch nicht errichtet worden. Aber wer konnte wissen, ob Wohltat und von Lobenstein nicht bereits in Kochs Lager mit eigenen Studien begonnen hatten. Zeugen waren tot, Beweise verschwunden, wir würden es vermutlich nie erfahren.

»Und als Ludolf Ihnen die Fotografien nicht geben wollte, haben Sie ihn erstickt? Welchen Sinn sollte das haben?«

»Ich habe es nicht gewollt, wie gesagt. Ich war wütend. Er hat so schlecht über meinen Bruder gesprochen, er hat ihn einen Mörder und Scharlatan genannt.«

»Warum hat er Ihnen gegenüber überhaupt darüber gesprochen?«, fragte ich. »Mir gegenüber hat er ein großes Geheimnis aus seinen Erlebnissen gemacht.«

»Es war wohl eine Art Beichte. Er fühlte sich schuldig, dass er sich nicht sofort gegen meinen Bruder gestellt hatte.«

»Haben Sie ihm irgendwann gesagt, dass Dr. Wohltat Ihr Bruder ist?«

»Ich habe es ihm zum Schluss gesagt. In meiner Wut.«

»Und auch deshalb musste er sterben.«

Der Pater schwieg.

»Ihr Bruder hat Menschen erschossen, keiner weiß, wie viele. Er hat sie einfach abgeknallt, weil sie nicht in seinem merkwürdigen Lager bleiben wollten. Warum musste ausgerechnet er gerettet werden?«, fragte ich.

»Mein Bruder ist kein schlechter Mensch. Er stand kurz vor

dem Durchbruch. Er hätte die Menschheit von der grausamen Krankheit befreit, lange vor Koch, diesem eitlen Geck.«

»Ach ja? Woher wollen Sie das wissen?«

»Weil er klüger ist, schneller und von Gott geschickt.«

Ich rieb mir mit den Händen das Gesicht. Sollte ich mir diesen Unsinn noch länger anhören? Nach einer Weile sah ich den Pater an. Mitleidig? Vorwurfsvoll? Woher sollte ich wissen, wie er meinen Blick deutete?

»Sie haben mir doch von der hohen Kultur der afrikanischen Völker gepredigt, Pater. Sie haben gewettert, dass es Unrecht sei, sie zu versklaven und zu unterdrücken. Aber als Versuchskaninchen dürfen wir diese edlen Menschen, wie Sie sie nannten, einsperren und töten? Das ist unlogisch.«

Jetzt lachte der Pater mich verächtlich an.

»Sie sind ein Narr, Melcher, ein romantischer, liebenswerter Narr. Ich habe Ihnen erzählt, was Sie hören wollten, und Sie sind mir direkt um den Hals gefallen. Sollte ich die Lücken füllen, die erst Ihr Vater und dann Ihr Onkel hinterlassen haben? Das habe ich gerne gemacht, weil ich doch anfangs davon ausging, dass Sie wüssten, wo Harberg die Fotografien aufbewahrte. Ich hatte leichtes Spiel mit Ihnen.«

»Nur, dass ich es nicht wusste, und da Sie Ludolf getötet haben, konnte er es Ihnen auch nicht mehr sagen. Sie sind der Narr.«

»Wie gesagt, ich habe ihn nicht absichtlich getötet, ich wollte ihn nur dazu bringen zu reden. Da hat er in einem seltenen Kraftakt um Hilfe gerufen.«

»Und Sie haben ihm das Kissen in den Mund gedrückt«, sagte ich.

»Ich wollte ihn nicht ersticken, ich wollte nur, dass er still ist.«

Mir war zum Speien zumute. Hatte ich mich von diesem falschen Heiligen so hinters Licht führen lassen? War ich wirklich ein romantischer Narr?

»Waren Sie überhaupt je in Afrika, Pater?«, fragte ich. »Oder war das auch alles Lüge?«

»Nichts von dem, was ich Ihnen erzählt habe, war gelogen, es ist alles wahr. Wahr und wahrhaftig«, ergänzte er in pastoralem Tonfall.

»Aber Ihr Respekt vor den versklavten Bewohnern Afrikas war geheuchelt, das ist mir nun klar.«

»Nein.« Der Pater beugte sich vor und sah mir tief in die Augen. »Diese ostafrikanischen Stämme, die ich kennenlernen durfte, sind faszinierende Kulturen. Schöne Menschen, stolz und stark. Aber eben nicht stark genug. Es ist Ihr Charles Darwin, lieber Dr. Melcher, der uns das Gesetz des Stärkeren nahegebracht hat. Wir sind die stärkere Rasse, wir setzen uns durch. Wissen Sie, ich konnte in der Steppe eine Herde Gnus beobachten. Starke Tiere, ohne Frage, meistens grasen sie friedlich vor sich hin. Und dann beobachtete ich, wie ein Löwenrudel sich der Herde näherte. Ein Löwe ist viel kleiner und vielleicht auch kaum stärker als so ein Gnu. Ich kenne mich da nicht so aus. Aber die Löwen sind schlau. Sie jagen gemeinsam, trennen schwache Tiere von der Herde und greifen gnadenlos an. Klugheit, Schnelligkeit, Skrupellosigkeit, Kooperation addieren sich zu Überlegenheit. Darum ist der Löwe der König in Afrika und das Gnu sein Futter.«

»Verstehe«, sagte ich und war bemüht, meinen Zorn und meine Verachtung im Zaum zu halten. »Daraus leiten Sie ab, dass wir Weißen als vermeintlich stärkere Spezies die Ureinwohner Afrikas wie Gnus abschlachten dürfen. Davon steht nichts in Ihrer Bibel, Pater. In Ihrer Bibel steht, dass wir alle Menschen sind, die sich durch Vernunft und Nächstenliebe von den Tieren unterscheiden. Das Gesetz der Steppe gilt für uns nicht ...«

Ich unterbrach mich selbst, weil ich meinen Worten nicht so richtig glaubte. Die Bibel zur Unterstützung meiner Argumente heranzuziehen war auch gefährlich. Der Pater kannte die Bibel besser als ich, und es standen auch viele Dinge im heiligen Buch, die weit entfernt von Nächstenliebe und Frieden waren. Das Gesetz des Stärkeren galt bei uns doch noch mehr als bei den Tieren. Es war noch viel gnadenloser, einfach deshalb, weil wir eine Wahl hatten, uns anders zu verhalten. Wir folgten nicht unreflektiert unseren Trieben und Instinkten, sondern taten alles bewusst, auch das Falsche.

»Dort, wo Sie nun hinkommen, Pater Wohltat«, sagte ich, während ich aufstand und zur Tür ging, »gilt auf jeden Fall das Gesetz des Stärkeren. Und der Stärkere sind dort ganz sicher nicht Sie.«

Kapitel 49

Pater Paul saß nun also in Untersuchungshaft und würde darunter vermutlich ebenso leiden wie ich, mit dem Unterschied, dass er zu Recht dort saß. Als Grund für seine geplante und von uns vereitelte Afrikareise gab er an, dass er seinen Bruder suchen wollte, um ihn von seinem schändlichen Tun abzubringen. Dies konnte freilich auch eine Behauptung sein, von der er sich ein milderes Urteil erhoffte. Angeblich wusste Pater Paul nicht, wo sich Dr. Friedrich Wohltat aufhielt. Er habe nichts davon in dem vernichteten Brief geschrieben. Das mussten Martin und seine Kollegen glauben.

Was die Kolonialbehörden in dem verlassenen Camp in der Nähe von Bukoba fanden, waren die Körper von sechzehn schwarzen Männern, die meisten mit einem Kopfschuss getötet, andere durch mehrere Schüsse in den Rücken und in die Brust. Also hingerichtet oder auf der Flucht erschossen. Es fanden sich ebenfalls in der Umgebung Eingeborene, die von einem weißen Arzt berichteten, der diese Männer erschossen hatte. Einer der Befragten gab sogar zu, einige der Opfer zur Hinrichtung an Pfähle angebunden zu haben. Er tat dies, um nicht selbst erschossen zu werden. Die Aussagen wurden protokolliert, würden aber, da sie von Eingeborenen stammten, in einem Prozess keine große Bedeutung haben. Die Eingeborenen bezeichneten Wohltat als DocTifo, was in ihrer Sprache Tod bedeutete.

Wohltat, Dr. Tod, konnte überall sein. In Deutsch-Ostafrika, in Britisch-Ostafrika oder zurück im Deutschen Reich. Wer ihn fassen und für seine Taten vor Gericht stellen wollte, musste lange und geschickt suchen. Es gab Fotografien von Wohltat, die in den folgenden Wochen an zahlreiche Posten in den Kolonien geschickt wurden. Zollbeamte und Schiffsbesatzungen wurden befragt und natürlich Robert Koch und seine Kollegen. Niemand konnte sich erinnern, den Mann in den vergangenen Wochen gesehen zu haben. Erst Monate später gab es eher durch Zufall eine Spur. Von einem Konto Wohltats bei einer Hamburger Bank war ein Betrag an ein britisches Postamt in Mombasa geschickt worden. Das Konto war von der Hamburger Polizei beobachtet worden. Wohltat fühlte sich offenbar zu sicher. Mit Unterstützung der britischen Behörden und mithilfe intensiven Telegrafenverkehrs konnte Wohltat schließlich in seinem Haus in Mombasa festgenommen werden. Da er die Morde an den Eingeborenen auf deutschem Reichsgebiet begangen hatte, würden die Briten ihn nach Daressalam überstellen.

Dort stellte sich dann die Frage, ob er neben den Eingeborenen auch Andreas von Lobenstein getötet hatte. Als Mörder eines deutschen Bürgers würde Wohltat nach Hamburg oder Berlin gebracht, um dort verurteilt zu werden – vermutlich zum Tode.

Doch dieser Mord war nicht nachweisbar. Es gab ja nicht einmal eine Leiche. Auch die befragten Eingeborenen und Siedler in Bukoba konnten dazu nichts sagen. Andreas von Lobenstein würde verschwunden bleiben. Und so würde Dr. Friedrich Wohltat nur für die Tötung von sechzehn Eingeborenen vor Gericht gestellt werden. Das galt in den Kolonien nicht als besonders schwere Straftat, vor allem dann nicht, wenn man eine dramatische Geschichte auftischte, in der es auch um Notwehr und die Erziehung der Eingeborenen zum Gehorsam ging.

Während ich diese Zeilen schreibe, habe ich noch keine Kenntnis davon, was nun aus dem skrupellosen Arzt geworden ist. Aber

Kenner der Justiz in den Kolonien rechnen mit Freispruch oder maximal zwei Jahren Haft. Die Eingeborenen in den Kolonien werden im Wert eher dem Vieh gleichgesetzt.

Ich mache mir keine Illusionen, dass auch bei uns im Reich die Justiz mit zweierlei Maß misst. Ein Mann, der Tante Isolde tötet, würde sicher ganz anders behandelt werden als einer, der im selben Haus Johannes ermordet, den schwarzen Diener. Und auch der Täter macht einen Unterschied: Christoph Heinze könnte sich als Mörder eine mittellange Haftstrafe erstreiten, während Siggi Freiwald sofort unters Fallbeil käme. Vor Gott sind vielleicht alle Menschen gleich, vor Gericht nicht.

In den Wochen nach Paul-Heinz Wohltats Verhaftung bemühte sich mein Freund Martin noch redlich darum, hinter den Verbleib der Journalseiten zu kommen, die Siggi das Leben gekostet hatten. Krohl und Nemetz machten dazu natürlich keine Angaben, und auch im Institut in Berlin, zu dem Martin sogar persönlich reiste, wusste man angeblich nichts von diesen Seiten. Sie blieben verschwunden, und so würde ich der einzige lebende Mensch sein neben dem, der die Zeilen verfasst hatte, der sie je zu Gesicht bekommen hatte. Ob diese Seiten nun der Beweis für fragwürdige Versuche von Robert Koch waren oder seines heimlichen Konkurrenten Friedrich Wohltat, würde deshalb nie ans Licht kommen.

In Berlin erwartete man für die kommenden Wochen Robert Kochs Rückkehr aus Afrika. Ich hatte noch Fragen an mein großes Vorbild, aber man würde mir keine Gelegenheit geben, diese zu stellen.

Kapitel 50

Schließlich war es soweit, dass ich zusammen mit Margot den Zug nach München besteigen sollte, von wo wir weiter nach Rosenheim fahren würden, wo uns Margots Vater Maximilian Murnau abholen sollte. Ich war aufgeregt. Schon Tage vorher streifte ich ruhelos durchs Haus und musste mir den Spott von Tante Isolde gefallen lassen, die so großzügig war, Margot und mir die Billetts zu spendieren.

Würde der bayerische Großbauer und Gastwirt seine Tochter einem protestantischen Wissenschaftler überantworten, oder würde er mich aus dem Haus jagen? Letzteres war unwahrscheinlich, da er von meiner Konfession wusste und mich trotzdem eingeladen hatte. Die Tante versuchte, mich zu beruhigen, ich sei ein guter Mann und das sei wichtiger als jede Konfession. Mit Pater Pauls Angebot, Margot und mir den Segen zu spenden, konnte ich mich nun nicht mehr in eine bessere Position bringen.

Ein paar Tage vor meiner Abreise hatte Tante Isolde Besuch von einem befreundeten Ehepaar. Werner Mühlhaus war ein bekannter Steuerberater und Vermögensverwalter, dem Isolde ihre Geldangelegenheiten anvertraut hatte. Die Einladung zum Essen hätte ich gerne ausgeschlagen, mich langweilten solche Abende unendlich, aber das wäre unhöflich gewesen. Also quälte ich mich durch ermüdenden Klatsch aus der Hamburger Hautevolee, der wenigstens von einem phantastischen Fischmenü begleitet wurde.

Nach dem Essen gab es in der Bibliothek Mokka und Calvados. Mühlhaus rauchte eine Zigarre und schritt, die Bilder betrachtend, die Wände ab. Immer wieder nickte er. Vor dem Seestück von Hannes Freiwald blieb er stehen und betrachtete es lange.

»Wo hast du das her, Isolde?«, fragte er schließlich.

»Das hat mir Carl-Jakob aus Helgoland mitgebracht. Gefällt es dir?«

»Ja. Es ist eine ganz besondere Arbeit. Ich habe Werke dieses Künstlers in einer kleinen Galerie am Großneumarkt gesehen. Wirklich sehr beeindruckend. Dort konnte man mir aber auch nicht sagen, wofür SF steht.«

»Siggi Freiwald«, sagte ich und trat auf Mühlhaus zu. »Er heißt aber eigentlich Hannes Freiwald. Er lebt auf Helgoland.«

»Sie kennen ihn?«

»Ja. Und ich bin überrascht, dass seine Bilder in einer Hamburger Galerie hängen. Er ist nicht berühmt. Was kosten die Bilder dort?«

»Ich weiß es nicht genau«, sagte Mühlhaus und lachte, »aber mindestens fünfhundert Mark. Mit Kleinkram gibt sich dieser Galerist nicht ab.«

»Fünfhundert Mark?«, stießen Tante Isolde und ich gleichzeitig aus.

Mühlhaus nickte.

Das war in der Tat eine Sensation. Ich beschloss, mich gleich am nächsten Tag zu der von Mühlhaus erwähnten Galerie zu begeben, um mich selbst davon zu überzeugen, ob Freiwalds Werke dort tatsächlich so hoch gehandelt wurden. Sollte dies der Fall sein, würde ich umgehend Gretel schreiben und sie bitten, Freiwald von der grandiosen Wertsteigerung seiner Werke zu berichten. Es durfte ja nicht sein, dass er von den Händlern auf der Insel zehn oder zwanzig Mark für ein Bild bekam, das in Hamburg für das Fünfzigfache über den Tisch ging.

Unsere Reise nach Bayern war ein voller Erfolg, und ich weiß gar nicht, wieso ich etwas anderes erwartet hatte. Ich wurde von Maximilian Murnau, meinem zukünftigen Schwiegervater, buchstäblich mit offenen Armen empfangen. Auch Margots Bruder, Korbinian, begegnete mir wie ein alter Freund. Er zeigte mir die weitläufigen Ländereien der Familie, die großen Ställe mit Kühen und Schweinen und natürlich alle Gasthäuser in Rosenheim und am Chiemsee. So viel Bier und Braten hatte ich nie zuvor genossen, und ich nahm in dieser einen Woche sicherlich sechs Pfund zu.

Der alte Murnau gab zu, dass er lange damit gehadert hatte, dass seine Tochter eine Mischehe eingehen wollte. Der Pfarrer seiner Gemeinde, mit dem er regen Austausch dazu hatte, drohte mit dem Fegefeuer und weigerte sich, uns das Sakrament der Ehe zu spenden. Aber Murnau, der in einem kleinen Kloster eine seiner zahlreichen Brauereien betrieb, konnte den Abt des Klosters mit einer Spende dazu überreden, es mit den Regeln einmal nicht so genau zu nehmen und uns zu trauen.

Bedingung war allerdings, dass die Trauung in dem Kloster des Abts irgendwo am Alpenrand bei Marquartstein stattfinden sollte. Die Feier selbst könnte dann in einem Gasthaus von Murnau in der Nähe über die Bühne gehen.

Ich hatte nun die schwierige Aufgabe, meine Tante Isolde, die nicht gerne reiste, und meinen Trauzeugen Martin, der mit Kleinkind sicher keine Lust auf lange Fahrten in der Eisenbahn hatte, für diesen Hochzeitsort zu begeistern.

»Du schaffst das schon«, sagte Murnau nur, als er uns am Bahnhof verabschiedete. »Ich freue mich sehr darauf, Isolde Knudsen kennenzulernen.«

Um es kurz zu machen: Natürlich waren Tante Isolde und auch Martin und Mathilde bereit zu dieser Reise. Unsere Hochzeit konnte also für das nächste Frühjahr vorbereitet werden.

Wochen nach meinem Antrittsbesuch bei Maximilian Murnau in Bayern räumte ich nach langer Zeit wieder meine Räume gründlich auf. Dabei fiel mir eine längliche Holzschachtel in die Hände. Ich öffnete sie und fand eine mittelgroße Zigarre. Sie duftete erdig und frisch, wie ein Sommerregen im Wald. Diese Zigarre hatte ich vor Monaten am Spielbudenplatz gekauft, um sie Agatha zu schenken, der einzigen Frau, die ich kannte, die so etwas zu genießen wusste.

Ich nahm die Zigarre und ging zu Johannes, der in der Abendsonne hinter dem Kutscherhaus saß, Gitarre spielte und dazu leise sang. Er unterbrach sein Lied, als er mich bemerkte.

»Spiel weiter«, sagte ich.

»Nein. Ich bin noch nicht gut genug für Zuhörer.« Er lächelte verlegen.

Ich hielt ihm die Zigarre hin.

»Rauchst du?«, fragte ich.

»Wenn es etwas Gutes ist«, sagte er, nahm die Zigarre und roch daran. Er drehte sie am Ohr und lauschte. Ich wusste, dass man so die Frische der Zigarre prüfte.

Johannes nickte.

»Muss aber geraucht werden, sonst wird sie zu trocken«, sagte er. »Die ist nicht gut gelagert worden.«

»Ja, da kannst du recht haben. Woher kennst du dich mit Zigarren aus?«

»Der gnädige Herr hat mir ab und zu eine Zigarre geschenkt.«

Er zündete die Zigarre an und blies dicke Wolken in den Abendhimmel. Es kam mir merkwürdig vor, dem schwarzen Mann in seiner einfachen Kleidung – er trug nur ein Baumwollhemd und eine weite Hose – dabei zuzuschauen, wie er eine Zigarre genoss, die gut und gerne fünf Tageslöhne kostete.

»Wie lange kennen wir uns nun, Johannes?«, fragte ich.

»Seit ich hier bin«, sagte er. »Mehr als zwanzig Jahre.«

»Ja, ich war ein kleiner Junge, und du hast damals schon Herr Carl zu mir gesagt und mich gesiezt.«

Johannes lächelte. Wusste er, was in mir vorging? Ich hatte ihm noch nicht von Dr. Wohltat und seinen grausamen Versuchen mit Afrikanern am Victoriasee erzählt. Es ließ mich nicht los.

»Sie sind die Herrschaft, Herr Carl, ich bin der Kutscher.« Er sagte das ohne Bitterkeit. Einfach als Feststellung.

»Nein, Johannes. Ich bin nicht deine Herrschaft. Ich bin in der Villa Knudsen nur ein Nutznießer, ein Parasit. Ich kann mir kein Haus, kein Automobil und erst recht keinen Fahrer leisten.« Er zuckte mit den Schultern und zog nachdenklich an seiner Zigarre.

»Bitte nenn mich ab sofort einfach Carl-Jakob oder von mir aus auch Carl und sag du zu mir«, sagte ich schließlich, einer spontanen Eingebung folgend.

Johannes verschluckte sich am Rauch der Zigarre, so sehr musste er lachen. Hustend und mit tränenden Augen sah er mich an.

»Nein, das ist verrückt. Bitte. Das geht nicht. Was wird die gnädige Frau sagen?«

Nun musste ich lachen.

»Ja, sie wird sicher außer sich sein. Besser, wenn sie das nicht mitbekommt. In ihrer Welt geht das nicht. Aber in meiner. Versuch's einfach.«

»Jawohl, Herr Carl, äh, Carl-Jakob«, sagte Johannes und musste wieder lachen. »Ganz, wie du wünschst.«

Helga Glaesener
Das Erbe der Päpstin
Roman
459 Seiten. Broschur
ISBN 978-3-7466-4015-0

Ein gefährliches Vermächtnis

Die junge Freya wird Zeuge, wie ihre von dänischen Wikingern entführte Mutter ums Leben kommt. Anschließend flieht sie gen Süden, getrieben von der Sehnsucht nach ihrem Großvater Gerold. Bald findet sie heraus, dass Gerold inzwischen in Rom lebt, als Schutzherr des Papstes. Verkleidet schafft Freya es, im Jahr 858 in die Heilige Stadt zu gelangen. Doch dort muss sie mitansehen, wie Gerold während einer Prozession getötet wird – und mit ihm der Papst, der in Wahrheit eine Frau ist: die Heilerin Johanna. Freya beschließt, herauszufinden, wer hinter dem Mord an der Päpstin steckt, auch wenn sie damit übermächtige Feinde auf den Plan ruft.

Inspiriert vom Weltbestseller »Die Päpstin« erzählt Helga Glaesener eine große, sehr eigenständige Geschichte – wie das Mädchen Freya sich aufmacht, das Erbe Johannas zu verteidigen.

Regelmäßige Informationen erhalten Sie über unseren Newsletter.
Jetzt anmelden unter: www.aufbau-verlag.de/newsletter

Henrik Siebold
Schattenkrieger
Thriller
381 Seiten. Broschur
ISBN 978-3-7466-3950-5

Er ist klug und weise – und ein Auftragsmörder

Hamburg, ein Imbiss auf St. Pauli. Hier steht ein stiller, sanftmütiger Mann, von dem niemand weiß, wer er in Wahrheit ist: Vor Jahren war Manuel Jessen ein Elitesoldat in Afghanistan, dann wurde er aus einer langen Gefangenschaft befreit und lebte mit seiner Geliebten Yūko ein ruhiges Leben in Japan. Aber kaum glaubte er, seinen Frieden gefunden zu haben, forderte sein amerikanischer Retter den Lohn für seine Befreiung ein. Manuel wird zu einem Auftragsmörder für den Geheimdienst. Bis er verraten wird und sich in die falsche Frau verliebt.

Vom Autor der Erfolgsromane über Inspektor Takeda – ein Thriller voller Spannung und Weisheit, voller Abgründe und unerwarteter Wendungen.

Regelmäßige Informationen erhalten Sie über unseren Newsletter.
Jetzt anmelden unter: www.aufbau-verlage.de/newsletter

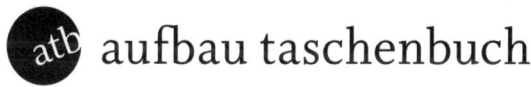

**Lena Johannson
Zwischen den Meeren**
Vier Frauen und ein Jahrhundertbauwerk, das die Welt verändert
Roman
409 Seiten. Klappenbroschur
ISBN 978-3-7466-3945-1

Vier Frauen, vier Schicksale – verbunden durch ein blaues Band

Kiel 1886: Seit Stine denken kann, ist das alte Puppentheater ihres Großvaters das Herzstück des Kolonialwarenladens ihrer Familie. Hier hat sie ihre Leidenschaft für das Geschichtenerzählen entdeckt. Doch statt, wie von ihr erträumt, gemeinsam mit ihrer großen Liebe Thorin auf der Bühne zu stehen, muss sie im Geschäft aushelfen, obwohl immer weniger Kunden kommen. Währenddessen wünscht Sanne sich nichts sehnlicher, als zu studieren und Gebäude zu konstruieren, wie schon ihre Großväter. Regina sieht sich nach dem Tod ihrer Brüder gezwungen, eine Vernunftehe einzugehen. Doch dann wird der Bau einer gigantischen Wasserstraße beschlossen, die die Meere miteinander verbinden soll. Ein Jahrhundertprojekt, das nicht nur die Schicksale der drei Frauen verändert, sondern auch das Leben von Mimi, der Tochter des Kanalplaners.

**Regelmäßige Informationen erhalten Sie über unseren Newsletter.
Jetzt anmelden unter: www.aufbau-verlage.de/newsletter**

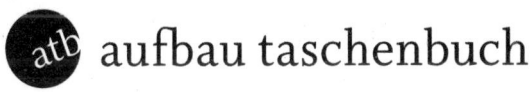